KB134127

교과서에서는 결코 볼 수 없는,
재미와 깊이가 있는 우리시대 최고의 문제작!

고교생이 알아야 할
# 베스트 셀러
# 베스트 작가 · 3

구인환 엮음(문학박사 · 서울대 명예교수)

은희경 박완서

김영현 오정희

승우

이순원

좋은 책 좋은 독자를 만드는—
㈜신원문화사

석제 정정렬

## 삶의 깊이와 서정의 지평을 열며

오늘의 현실을 조명하고 역사의 회오리를 가늠하여 내일의 지표를 바라보게 하는 감동적인 소설들이 있다. 바로 세상을 깜짝 놀라게 하리만치 독서계를 휩쓴 베스트 작가의 베스트 셀러가 바로 그것이다. 이 소설들은 재미와 감동뿐만 아니라 예리한 투시와 깊고 섬세한 감각 그리고 다양한 기법과 참신한 표현으로 독자들을 사로잡으며 삶의 희로애락을 나누게끔 한다. 또한 이런 소설의 지평에 동참함은 보다 나은 미래를 준비하며 오늘의 세태를 투시하고 뛰어넘을 수 있는 지혜와 용기 그리고 원대한 진취력을 길러준다.

이번에《고교생이 알아야 할 베스트 셀러 베스트 작가》를 세상에 내보내는 까닭도 바로 청소년들이 1980, 1990년대의 젊은 작가들이 창조한 새로운 세계에 뛰어들어 감성과 지성을 풍요롭게 하고 삶을 고양시킬 수 있도록 하기 위해서이다.《고교생이 알아야 할 베스트 셀러 베스트 작가》가 젊은 감각으로 독자들에게 다가가 가을의 푸른 하늘과 산야처럼 풍요롭고 아름다운 열매를 맺기를 기대하면서 다음 몇 가지 점에 유의하며 집필하였다.

① 1980, 1990년대 베스트 작가의 베스트 작품을 읽음으로써

현대 감각의 새로운 문학적 향취를 느끼고, 청소년들이 꿈과 미래를 펼칠 수 있도록 함과 더불어 즐거움과 사색의 깊이를 더하게 했다.

2 작품을 깊고 넓게 이해하기 위하여 '이해와 감상'을 더해 상상력과 인지력은 물론 작품을 심층적으로 분석하고 체계적으로 감상하게끔 했다.

3 각 작품마다 '생각해 볼 문제'를 제시하여 논리적 사고력과 창의력을 키울 수 있을 뿐만 아니라, 다각도로 '이해와 감상'에 접근할 수 있도록 했다.

이런 의도로 엮어진 《고교생이 알아야 할 베스트 셀러 베스트 작가》가 입시 준비에 여념이 없는 수험생들뿐만 아니라, 일반 독자들에게도 도움을 주어 삶을 윤택하고 풍요롭게 하는 안식처가 돼주길 바란다.

끝으로 이런 양서를 출간해 주신 신원영 사장님에게 감사하고, 총괄하느라 바쁘신 윤석원 이사님, 편집부 여러분에게 감사한다.

1999. 11
단풍이 온 산곡을 물들인 만추에
구 인 환

## 차 례 CONTENTS

고교생이 알아야 할

# 베스트 셀러
# 베스트 작가 · 3

김 영 현

# 마른 수수깡의 연가

이 작품의 내용은 아내가 죽은 이후 삶에 대한 애정을 잃어버렸던 한
남자가 이전에 알았던 여인과 재결합함으로써 다시 삶에 대한 애정을
회복한다는 것이다. 따라서 이 소설의 주인공이 어떻게 아내의 죽음을
극복하고, 삶에 대한 애정을 회복하게 되는가를 눈여겨볼 필요가 있다.
특히 서술자의 삶에 대한 애정 회복이 새로운 여인에 의해서가
아니라 이전에 짝사랑했던 여인과의 결합을 통해서
이루어지고 있다는 점에 주목하도록 하자.

# 마른 수수깡의 연가

고향이라 하지만 알 만한 사람은 다 떠나버리고 난 후의 고향은 타처나 다름이 없었다. 고향은 단지 산과 집, 언덕과 계곡 같은 것만이 아니었다. 고향은 같은 추억을 나누었던 낯익은 고향 사람이 있어야 비로소 고향이 되는 것이다.

덕수는 낡은 다리 위에 서 있었다. 그 다리는 보수를 하지 않아서 군데군데 난간이 떨어져 나가고, 바닥도 패여 있었다. 그 다리를 보수할 필요가 없다는 것은 그 아래에 새로 난 길을 따라 놓여져 있는 미끈한 새 콘크리트 다리만 보아도 금세 알 수 있었다. 그러나 덕수가 어렸을 땐, 정월 대보름날이면 저녁을 먹고 나서 읍내 사람들이 모두 이 다리 위로 몰려나와 자기 나이만큼 다리 밟기를 하곤 했었다. 얼마나 많은 사람들이 몰려나왔던지 서로 엇갈려서 걸어가려면 한참이 걸리곤 했었다. 어스름 달빛 속에서 처녀와 총각들은 들뜬 마음으로 서로에게 은밀히 곁눈질을 해가며 낄

낄거렸고, 조무래기들은 조무래기들대로 고함을 지르거나, 노래를 부르며 몰려 다녔다. '낮이나, 밤이나……' 하는 식의 단순하기 짝이 없는 노래였다. 그리고 바람 부는 겨울밤이면 이 다리께까지 늑대 울음소리가 들리곤 했었다.

그러나 지금은 별로 건너다니는 사람도 없는 다리 아래에 꺼멓고 더러운 하천만 얼어붙은 채 읍의 중심부로 뻗어 있었다. 그 위로 멀리, 항아리처럼 열려 있는 하늘에는 겨울 특유의 잿빛 하늘이 낮게 가라앉아 있었다. 다리 끝에 서 있던 커다란 버드나무 자리에는 대신, 지금은 '켄터키 프라이드 치킨'이라 쓰인 호프집이 자리잡고 있었다. 바람이 쌀쌀했다.

덕수는 이런 어색한 풍경과 그보다 더 어색한 자신의 모습을 의식하며 담배를 뽑아 물었다. 그는 아까부터 누군가를 찾아가거나 전화라도 넣어보고 싶었다. 그러나 그 '누군가'가 얼른 떠오르지 않았다. 그가 이곳에서 살았던 기억은 초등학교까지밖에 없었다. 초등학교 시절의 친구들은 그후 인생을 살아가는 동안 한 번도 만나보지 못했다. 그러니까 지금 찾아가거나 전화라도 넣어볼 수 있는 그 '누군가'가 그에게는 없었다. 이제 남은 것은 다시 저녁 열차를 타고 서울로 올라가는 것이었다. 그러나 그곳에도 이젠 더이상 자기를 기다려줄 사람은 아무도 없었다. 아니, 있다고 해도 그들은 모두 남일 뿐이었다. 직장의 동료들…… 친구들…… 생각하면 모두가 고맙고 아름다운 존재들이었지만 그의 메마른 외로움을 기댈 수 있는 고향은 아니었다. 그러니까…… 그곳 역시 돌아갈 수 있는 고향은 아니었다. 이 세상에 돌아갈 수 있는 고향이 더이상 현실적으로 존재하지 않는다는 걸 깨닫는 것은 괴로운 일이었다.

덕수는 담배를 태우며 천천히 다리를 한번 건너갔다. 매운 겨울 바람이 금세 연기를 물고 달아났다. 덕수는 다리를 건너며 기계적으로 걸음수를 헤아려 보았다. 초등학교 시절 때는 꽤 길어 보였던 그 다리가 지금은 겨우 서른 걸음도 되지 않았다는 것을 알았다.

그때, 그의 머리 속으로 전화를 넣어볼 만한 그 누군가가 한 사람 갑자기 떠올랐다. 희미한 기억 속에서 그녀는 혼자 서 있었다. 바람이 그녀의 긴 머리카락을 날리며 지나갔다. 혹은…… 눈이 내리고 있었던가.

'아, 어떻게 그녀 생각을 못했을까!'

순간 덕수는 걸음을 멈추고 무언가 새로운 것을 발견한 사람처럼 속으로 감탄사를 터뜨렸다. 그녀를 생각하자 덕수는 갑자기 까닭 없이 가슴이 설레오는 것을 느꼈다. 그것은 마치 깊은 물밑에 있던 물방울 하나가 문득 수면 위로 떠오르는 것처럼, 달콤하면서도 아픈 추억을 불러일으키며 그의 머리 속에 떠올랐던 것이다.

그녀는 친구인 박종구의 아내였다. 아니, 박종구의 아내가 되기 이전부터 덕수는 그녀를 알고 있었다. 박종구는 고향에 남아 있던 그의 유일한 초등학교 동창생이었다. 그는 덕수와 마찬가지로 초등학교를 이곳에서 마치고 도회지로 떠났었다. 그리고 사범학교를 마친 다음, 다시 고향으로 돌아와 중학교에서 국어를 가르치고 있었다.

그러나 덕수가 고향에 내려갈 일은 그렇게 자주 없었기 때문에 두 사람의 만남도 뜸했던 편이었다. 다만 박종구 쪽에서 먼저 가끔 전화를 하거나 편지를 주거나 했을 뿐이었다. 박종구는 시인 지망생이었다. 비록 변변찮은 시집 한 권 내지도 못했지만 그는 그 어떤 시인보다도 더 시적인 마음을 가지고 살다 간 사람이었다.

　3년 전이었던가. 그가 고향 읍내의 다방에서 시화전을 열었을 때 덕수에게도 꼭 와달라는 편지를 보냈었다. 그때 덕수는 회사일로 무척 바빴지만 박종구가 전화가 아니라 편지로 간곡히 부탁을 했는 데다가 다방에서 여는 시화전에 대한 고전적인 호기심 때문에 만사를 젖혀두고 가보았다. 덕수는 박종구의 아내 미경을 그곳에서 처음 만났다. 아니, 정확히 말하면 십여 년 만에 다시 만났던 것이었다.

"인사해. 우리 마누라야. 최미경."

　세상에! 그녀를 보는 순간, 덕수는 자기도 모르게 속으로 소리쳤다.

"안녕하세요. 오래간만이에요."

　그러나 미경은 밝게 웃으면서 아무렇지도 않다는 표정으로 인사를 했다.

"어, 아는 사이였던가?"

　박종구가 약간 의외라는 듯이 말했다.

"하긴…… 두 해 아래이긴 하지만 동창생들이지."

　그리고 나서 그는 재미있다는 듯이 허허 웃었다.

"안녕하세요."

　얼떨떨한 표정으로 서 있던 덕수도 어색하게 웃으면서 말했다.

　그 순간 그의 머리 속에는 미경의 어린 시절 모습이 희미한 영상으로 떠올랐다. 미경의 아버지는 읍내의 가장 번화한 거리에서 드레스 미싱 대리점을 하고 있었는데 아이들은 그를 고바우 영감이라고 놀려댔었다. 고바우 영감처럼 머리가 벗겨진 데다 멜빵을 하고 있었기 때문이다.

긴 머리를 뒤에서 리본으로 묶고 무릎까지 오는 흰 양말을 신은 미경은 시골 아이가 아니라 도회지에서 온 아이처럼 보였다. 얼굴이 유난히 뽀얗고 키가 커서 그랬는지 몰랐다. 비록 어린 나이이긴 했지만 덕수는 학교 운동장이나 길에서 그애와 마주치면 자기도 모르게 얼굴이 빨갛게 되곤 했었다.

미경을 다시 본 것은 덕수가 대학을 다니던 어느 겨울 방학 무렵이었다. 길고 무료한 방학, 그 해따라 눈이 많이도 내렸었다. 그 길고 무료한 겨울 방학 동안 덕수는 을유문화사에서 나온 '세계문학전집'을 읽고 있었다. 그러다가 문득 그녀를 기억해 내었던 것이다. 어린 시절 그의 가슴을 설레게 했던 그녀가 갑자기 보고 싶었다.

언젠가 그곳에서 살던 동갑내기 질녀로부터 그녀의 아버지 고바우 영감은 이미 세상을 떠나고 그녀는 시장통에서 슈퍼마켓을 하는 형부집에서 함께 살고 있다는 이야기를 들은 적이 있었다. 아버지가 세상을 떠난 후, 집안이 기울어졌기 때문에 도회지로 가지 못하고 읍내에 있는 여자고등학교를 다니고 있다는 말과 함께…….

어떻게 변했을까. 얼마나 달라졌을까.

그는 그녀를 생각하자 갑자기 가슴이 설레오는 것을 느꼈다. 한편으로는 의젓한 대학생이 되어 있는 자기 모습을 보여주고 싶은 생각도 은연중에 있었을 것이다.

　그는 오랫동안 망설이다가 마침내 용기를 내어 그녀에게 전화를 했다. 아직 자동전화가 들어오기 전이라 교환 아가씨에게 시장통에 있는 모모 슈퍼마켓을 대달라고 하면 되었다. 그녀가 받았다. 그는 다소 떨리는 목소리로 자기 이름이 변덕수라고 말했다. 그리고 동창생이라는 것과 읍내 변약국의 막내아들이라는 것도 말했다. 그러고 나서 여전히 긴장된 목소리로 오늘 밤 여덟시에 청계다리 옆으로 좀 나와줄 수 없겠느냐고 말했다. 저쪽에서는 갑자기 먹통이라도 된 것처럼 말이 없었다. 그러나 전화를 끊지 않고 있다는 것은 느낌으로 알 수 있었다. 그는 '여보세요', '여보세요' 하고 몇 번 부르다가 전화기를 놓았다.

　그렇게 일방적인 약속을 해놓고 반신반의하면서 그날 밤 그는 청계다리 옆 파란 수은등 밑에서 두 시간을 기다렸다. 눈이 내리고 있었다. 그는 파란 수은등 밑에 서서 흰 눈을 맞으며 그녀를 기다렸다. 그녀는 오지 않았다. 흰 눈은 무수한 벌레처럼 수은등 주변을 맴돌다가 발 밑에 하얗게 쌓였는데, 그녀는 끝내 나타나지 않았던 것이다. 다만 저쪽 다리께의 어둠 속에서 무릎 아래에까지 오는 코트를 입은 단발머리 그림자가 잠시 서성이다가, 무언가 결심한 듯이 가버렸을 뿐이었다. 그의 어깨 위에도 눈은 소리 없이 쌓이고 있었다.

　그날 밤 그는 무언지 모를 괴로움과 슬픔 속에서 심한 몽정을 하였다.

　그러고 나서 그는 다른 청춘의 낯선 한 순간들처럼 그녀를 아련한 망각의 강 너머로 흘려보내고 말았다. 그런데…… 십여 년이 지난 어느 날 박종구의 아내가 되어 그 시화전에 나타났던 것이었다. 검은 투피스에 초록색 블라우스를 받쳐 입은 그녀는 소박했지만 무척 아름답게 느껴졌다. 그리고 웃을 때면 짙은 갈색의 눈가에 잔주름살이 잡히곤 하였다. 비록 나이가 들긴 했지만 그녀의 웃음 속에서 덕수는 밑그림처럼 남아 있는 소녀 시절 그녀의 모습을 발견했다.

그와 함께 마치 아련한 추억처럼 그 옛날 눈 내리던 날 밤의 일이 떠올랐던 것이다. 참 눈이 많이도 내리던 밤이었다. 파란 수은등 아래서 흰 눈을 맞으며 서 있던 자신의 치기만만하던 모습과 그날 밤 몽정을 했던 기억이 한 장의 낡은 사진처럼 떠올랐다. 그러자 왠지 부끄러운 생각이 들었다. 그날 단발머리의 그림자를 쫓아가서 확인을 하지 못했던 것은 아직 그에게 차마 그럴 용기가 없었기 때문이었다.

그녀는 읍에서 미술학원을 경영하고 있다고 했다. 시화전의 그림도 미경이 그린 것이라 했다. 그들은 매우 행복하게 보였다. 덕수는 박종구와 그의 아내 미경의 시화전을 축하하기 위해 자주색 꽃이 나비처럼 피어 있는 양란 한 분을 선물했다. 그리고 '마른 수수깡의 연가'라는 시가 들어 있는 액자를 하나 샀다.

'나는 철자법이 틀린 그의 편지를 받는다 / 뜰에는 난초가 피어 있고 / 마른 수수깡 안으로 바람이 불어간……' 으로 시작되는 그의 시는 서툰 자수처럼 향수가 묻어 있었다. 그 액자는 오랫동안 그의 방 한쪽 벽에 걸려 있었다. 그것은 박종구의 시였지만 거기에서는 미경의 모습이 보였다. 그 시를 읽고 있노라면 박종구의 그리움은 그대로 덕수의 그리움이 되어 가슴 밑바닥으로 잔잔한 파문처럼 전해져 오곤 했다.

　그런데 그 박종구가 1년 전 어느 겨울 밤, 그만 교통사고로 죽고 말았던 것이다. 타고 가던 차가 길가 얼음판에 미끄러지면서 가로수를 들이받았던 것이다. 차는 넝마처럼 구겨져 있었고, 앞좌석에 타고 있던 박종구와, 같은 학교의 생물 선생은 즉사를 하고 말았다.

　장례를 치르던 날 덕수는 연거푸 술을 마셨다. 취하지 않고는 견딜 수가 없었던 것이다. 아무런 할말이 없었다. 까만 한복을 입은 미경은 무척 초췌해져 있었다. 그 순간 이 세상의 어떤 말도 그녀에게 위로가 되지 못한다는 것을 덕수는 알고 있었다. 장례가 끝나고 나자 덕수는 의례적인 인사를 남겨 둔 채 다시 총총히 서울로 올라와 버렸다.

　그러고 나서 모든 일이 다 그렇듯이 바쁜 일상의 틈바구니 속에서 그들도 점점 망각의 늪 속에 빠져들어가 버렸다. 박종구도, 그의 아내 미경도, '마른 수수깡의 연가'도……. 그런데 그 미경이 지금 다리를 건너면서 문득 기억 속에 떠올랐던 것이다. 깊은 망각의 물밑에 숨어 있던 하나의 물방울처럼…….

　그러니까 덕수가 지금 이대로 서울로 떠나지 않는 한 전화를 할 수 있는 곳은 오직 한 군데 박종구의 집, 그러니까 지금은 최미경의 집밖에는 없었다. 그는 망설이면서 다리 아래를 내려다보았다.

　겨울 낮이 짧은 탓인지 다리 위 항아리처럼 생긴 하늘 위에 서서히 어둠이 날개를 펴기 시작하고 있었다. 오늘이 음력 보름경이니까 조금 있으면 달이 뜰 것이었다. 그가 오늘이 음력으로 보름경이라는 것을 알고 있는 것은 아내가 세상을 떠난 지 꼭 한 달이 지나가고 있었기 때문이다. 그가 고향을 찾아온 이유는 아내의 사망신고에 필요한 호적초본을 떼기 위해서였다. 아내를 생각하자 덕수는 갑자기 가슴이 메어져오는 느낌이 들었다.

그는 아내가 죽은 후, 지금까지 죽음의 덫에서 헤어나지 못하고 있었다. 죽음은 마치 어두운 화두처럼 그의 가슴속에서 맴돌고 있었다. 죽음은 적어도 그 당사자에겐 모든 것을 갑자기 무로 돌려놓는 것이었다. 그리고 만일 그를 사랑했던 사람이 있었다면 그를 사랑했던 사람에겐 사랑했던 만큼 무로 돌려놓는 것이었다. 그러고 나서 세상은 여전히 아무 일도 없었다는 듯이 돌아가고 있었다. 정말 아무 일도 없었다는 듯이······!

아내의 죽음 이후, 한동안 덕수는 생의 무의미함 속에서 허우적거리고 있었다. 모든 것은 그저 '삶의 맹목적인 의지'에 사로잡혀 있는 듯이 보였다. 세상은 그저 '삶의 맹목적인 의지'가 나아가는 대로 움직이는, 우연한 사건들의 연속일 뿐이라는 생각이 들었다. 그러니까 그 자신의 하루하루 역시 무의미하고, 덧없는 연속일 뿐이었다. 분명한 것은 그 자신 역시 언젠가는 죽게 될 것이라는 사실이었다. 그리고 그 죽음은 참으로 낯선 것일 터였다. 죽음이란 언제나, 누구에게나, 낯선 법이니까.

호적초본을 떼는 일은 십 분도 걸리지 않았다. 그는 호적초본을 뗀 다음 점심을 먹고 잠시 미적거리다가 군청과 군청 뒤의 공원을 구경하러 올라갔다. 그곳에는 그가 어렸을 땐 아름드리 벚나무들이 온통 분홍빛 우산을 펼쳐놓은 것처럼 꽃을 피우고는 했었다. 그런데 어느 날, 새로 부임한 멍텅구리 같은 군수가 일제시대의 잔재를 없앤다며 벚나무를 몽땅 잘라내고 그 대신 무궁화를 심어

버렸다. 무궁화동산은 벚꽃동산보다 볼품이 없었다. 그것은 마치 삼단 같은 머리채를 잘라낸 여자의 모습처럼 을씨년스러웠다.

그리고 그곳에는, 유엔군의 참전을 기념하는 유엔탑이 서 있었다. 뾰족한 유엔탑의 꼭대기에는 동으로 만든 유엔 마크가 붙어 있었는데, 지금은 시퍼렇게 녹이 슬어 있었다. 마른 가지만 앙상하게 남아 있는 회나무 우듬지에 까치집만 하나 댕그라니 앉아서 바람을 맞아 건들거리고 있었다. 그는, 그나마 겨울이어서 더욱 볼품이 없는 공원을 한 바퀴 휘돌아본 다음 아무런 감동도, 느낌도 없이, 그곳을 내려왔다. 그러고는 발걸음이 닿는 대로 이 다리 위에까지 온 것이었다.

"최미경 씨…… 부탁합니다."

덕수는 다리를 건너 약국 앞에서 옛날에 박종구가 전화번호를 가르쳐주었던 화실로 전화를 걸었다. 자기도 모르게 목소리가 약간 긴장되었다.

"전데요. 누구세요? 어머…… 변 선생님!"

미경은 금세 목소리를 알아보았다. 만나보지 못한 지 1년이 지났는데, 그리고 이전에도 자주 만나본 것도 아니었는데, 목소리를 기억하고 있다는 것이 신기했다.

"변 선생님이…… 웬일이세요? 아니, 지금 거기가 어디예요?"

미경은 뜻밖의 전화에 약간 놀랐다는 듯이 말했다.

"청계다리 근첩니다. 읍사무소에 일이 있어 내려왔다가…… 가는 길에……"

덕수는 말끝을 흐리며 말했다. 왜 자기도 모르게 '가는 길에……'라는 말은 덧붙였을까. 그리고 왜 마치 아무런 일도 아니라는 듯이 그저 '일이 있어……' 라고 말했을까. 그러자 괜히 전화를 건 것은 아닐까, 하고 잠시 후회가 되었다. 정작 만나서 무슨 말을 할까도 걱정이 되었다.

"잠깐만 기다리세요. 나갈게요. 사실은 얼마 전에 화실을 그만두고 양품점을 하고 있거든요. 청계다리면…… 그 끝에 찻집이 하나 있을 텐데. 이름이 뭐였더라…… 아, '퐁네프'. 그래요. 퐁네프라는 찻집이 있을 거예요. 영화 제목 같죠? 그럴 거예요. 한 삼십 분? 충분해요."

그러나 그녀는 의외로 쾌활한 목소리로 바쁘게 말하고는 전화를 끊었다. '퐁네프'? 덕수는 전화를 끊으며 어쩐지 실소가 떠오르는 것을 느꼈다. 이 낡은 다리와 그런 고상한 이름이 왠지 어울리지 않는 실없는 농담같이 들렸기 때문이다. 그러나 전화를 끊고 돌아보니 정말 약국 바로 옆에 그 '퐁네프'가 있었다. 건물은 낡았지만 얼마 전에 새로 흰 페인트칠을 했는지 가벼운 시너냄새 같은 게 나고 있었다. 그리고 간판이 서 있는 입구에는 사철나무가 심어져 있었다. 덕수는 유리문을 밀고 그 안으로 들어갔다. 추운 곳에서 갑자기 따뜻한 곳으로 들어간 탓인지 안경에 뿌옇게 안개가 끼었다.

뿌옇던 시야가 차츰 밝아지자 비로소 안의 풍경이 보였다. 이름만 그렇게 이국적일 뿐, 그곳은 노털들 다방이나 진배없는 짙은 초록색의 두꺼운 소파와, 담뱃불 자국이 군데군데 나 있는 탁자와, 톱밥 난로가 비좁게 놓인 옛날식 찻집이었다.

덕수는 푸른색 선팅이 되어 있는 창문 옆에 가서 앉았다. 푸른색 선팅이 되어 있었기 때문에 창 밖은 아무것도 보이지가 않았다. 그는 다른 탁자 위에 놓여 있던 신문을 가져와서 읽었다. 신문에는 보스니아 내전에 대한 기사가 커다랗게 나 있었다. 그러나 그는 세르비아인의 보스니아인에 대한 대학살에 관한 기사를 읽으면서 하품을 했다. 그러다가 문득 초등학교 4학년 땐가 6·25날, 단체로 군청에서 열렸던 전쟁 유품 전시회를 갔던 기억을 떠올렸다. 복도 옆 탁자를 따라 흰 종이가 깔려 있었고, 그 위에 각종 폭탄, 포탄, 수류탄, 총, 단검, 총알, 지뢰 같은 것들이 놓여 있었다. 그리고 벽에는 팔다리가 떨어져 나무에 걸려 있는 시체를 그린 그림이 붙어 있었다. 덕수는 그때 그 그림이 얼마나 무섭고 두려웠는지 몰랐다.

그러나 지금 그는 신문을 보며 하품을 하고 있었다. 우리가 한창 동족상잔의 피비린내 나는 전쟁을 치르고 있을 때도, 유럽의 어느 찻집에 앉아 있던 사람은 한가하게 신문을 보면서 하품을 하고 있었을 것이라 생각하니 갑자기 세상이 우스꽝스럽게 여겨졌다.

찻집은 따뜻했고, 톱밥 난로 옆에 앉아 있는 늙은 노인네 두 사람을 빼고는 손님도 없었다. 퍼머를 한, 얼굴이 둥그스름한 다방 아가씨가 엽차를 놓고 갔다. 엽차에서는 게으르게 김이 피어오르고 있었다.

얼마나 지났을까. 신문의 기사를 대충 읽고, 광고란을 보고 있는데 누군가가 가까이 오는 기척이 느껴졌다.

"변 선생님? 늦었어요. 많이 기다렸지요?"

낯익은 목소리였다. 덕수는 천천히 신문에서 눈을 떼고 그쪽을 쳐다보았다. 최미경이었다. 그녀는 두꺼운 감색 코트를 걸치고 하얀 목수건을 두르고 있었다. 그녀의 몸에서는 바깥에서 묻어온 찬 바람 냄새가 났다. 싸늘한 그 바람 냄새에서는 어쩐지 먼 향수 같은 게 느껴졌다. 그녀는 흰 명주로 된 목수건을 풀면서 자리에 앉았다.

"오후가 되자 날이 많이 쌀쌀해졌어요. 하늘은 맑은데 눈이 오려는지…… 정말 오래간만이네요."

그녀는 무슨 말부터 해야 좋을지 모르는 사람처럼 한꺼번에 여러 가지 말을 쏟아놓았다.

그녀의 볼은 추위 때문이었는지, 아니면 바쁘게 오느라 더워서 그랬는지, 아니면 그 둘 다 때문이었는지, 빨갛게 변해 있었다. 그래서 삼십대 초반으로 접어드는 나이에도 불구하고 소녀처럼 보였다.

그녀를 보는 순간 이래선 안 되는데 하면서도 덕수는 가슴이 다시 한번 가볍게 설레는 것을 느꼈다. 그는 일부러 박종구의 얼굴을 떠올렸고, 한동안 그의 방 한구석에 걸려 있는 '마른 수수깡의 연가' 라는 시화를 떠올렸다.

'나는 철자법이 틀린 그의 편지를 받는다 / 뜰에는 난초가 피어 있고 / 마른 수수깡 안으로 바람이 불어간다…….' 그는 그 시를 방에 걸려 있는 동안 지겹도록 반복해서 읽었다. 왜냐하면 눈을 뜨면 바로 벽 위에 그 액자가 걸려 있었기 때문이다. 그래서 나중에는 보기가 지겨워서 장 뒤에 치웠다가, 몇 번 이사를 다니던 끝에 잃어버렸다. 어쩌면 아내가 갖다버렸는지도 몰랐다. 그게 돈이 되지 않을 뿐만 아니라, 기성 시인의 것을 흉내 낸 유치한 내용이라는 것쯤은 그녀도 알고 있었을 것이기 때문이다.

"그렇군요. 정말 오래간만입니다. 겨울 날씨는 워낙 변덕이 심해요. 그러나저러나 자주 연락을 드리지 못해서 정말 미안합니다. 쓸데없이 바빴거든요."

덕수는 애써 태연하게 말하고는 습관적으로 엽차를 입술로 가져갔다. 엽차는 미지근하게 식어 있었다.

"그런데 어쩐 일이세요?"

미경은 여전히 반가운 미소를 지우지 않으며 말했다. 그런 그녀의 눈가에 자세히 보니 그새 제법 깊은 잔주름이 잡혀 있었다. 미경은 가벼운 화장을 하고 있었다. 화장을 한 그녀에게서 난초꽃 같은 화장품 냄새가 은은하게 배어나오고 있었다. 덕수는 잠시 망설이다가 한숨을 토하듯 빠르게, 그리고 될 수 있는 한 아무런 감정도 없는 목소리로 말했다.

"아내가…… 죽었어요. 한 달쯤 전에요."

"예……?"

그러자 미경은 웃음을 지우고는 갑자기 어쩔 줄 몰라하는 표정을 짓고 있다가, 이윽고 변명이라도 하듯이 말했다.

"그런 줄도 모르고…… 미안해요."

"괜찮아요. 어쩔 수가 없었어요. 아내는 오랫동안 고생을 했어요. 폐암이라나요. 그런데 사망신고를 하려면 호적초본이 필요하답니다. 호적은 여전히 이곳에 남아 있었거든요."

덕수는 자기가 이곳에 온 이유를 설명하기 위해 대충 생각나는 대로 말했다. 퍼머 머리를 한 둥근 얼굴의 다방 아가씨가 커피를 가져왔다. 커피잔에서도 부드러운 김이 피어오르고 있었다.

"……"

"아이는 잘 크나요?"

미경이 미처 할말을 찾지 못해 가만히 앉아 있자 덕수는 작은 스푼으로 커피잔을 저으면서 문득 생각난 듯이 말했다.

"예. 건강해요. 이제 내년 봄이면 유치원에 들어가요."

미경은 다시 어렴풋하게 미소를 지으며 말했다.

"이름이 뭐였더라……?"

"민정이."

"아아. 민정이었죠. 박민정."

덕수는 커다랗게 고개를 끄덕이며 말했다.

"변 선생님은……?"

"우린…… 애가 없어요. 애를 가졌으면 했는데……."

덕수는 마치 변명이라도 하듯이 말했다.

"애가 있다는 게 때로는 위안이 되기도 하고 때로는 슬픔이 되기도 해요."

미경이 웃으면서 말했다. 그 웃음 속에서 덕수는 문득, 오랜 옛 친구를 만난 것 같은 편안함과 옛 연인을 만난 것 같은 그리움이 동시에 느껴지는 듯해서 또다시 가볍게 가슴이 설렜다.

"화실은 그만두셨다구요?"

그런 감정을 숨기기라도 하는 것처럼 일부러 덤덤한 목소리로 덕수가 말했다.

"예. 민정이 아빠가 죽고 나자 혼자 화실에 들어가기가 싫어졌어요. 그래서 민정이 이모랑 양품점을 하나 열었어요."

"그랬군요."

덕수는 고개를 끄덕이며 말했다. 그녀의 짙은 갈색의 눈과 부딪치자 그는 자기도 모르게 눈길을 피해 그녀의 어깨 너머 멀리로 던졌다. 그 벽에는 밀레의 '이삭줍기' 그림이 걸려 있었다.

"어느 핸가, 기억 나세요? 정류장 근처 다방에서 시화전을 열었던 거. 가끔 민정이 아빠의 그때 모습이 떠오르곤 해요."

조금 있다가 덕수는 다시 화제를 박종구 쪽으로 옮기면서 말했다.

"아, 그럼요!"

미경이 갑자기 추억에 젖은 눈빛으로 말했다.

"그때 사실은 속으로 얼마나 놀랐는지 모릅니다. 뜻밖이었어요. 그런 자리에서 미경 씨를 만나리라고는…… 생각도 하지 않았거든요."

미경은 여전히 미소를 지으며 자기도 그랬다는 듯이 고개를 끄덕였다.

"나는 그때 그 시화전에서 '마른 수수깡의 연가'라는 시가 들어 있는 액자를 하나 샀지요. 기억도 못하실 테지만……."

"그랬어요?"

"이사를 다니느라 잃어버렸는데 지금 생각하니 무척 아까운 기분이 듭니다. 좋은 시였는데……."

"그렇지 않을 거예요. 본인은 그후, 얼마나 부끄러워했는지 몰라요. 모두 다 거두어서 불사르고 싶다면서…… 제 생각도 그랬어요."

미경은 코트의 앞섶에 달린 커다란 단추를 만지작거리면서 말했다.

"아닙니다. 누구든 자기가 지나온 것은 다 부끄러워하기 마련이지요."

덕수는 고개를 흔들면서 천천히 말했다.

"참 좋은 친구였어요. 초등학교 5학년 땐가, 하루는 담임 선생이 무척 화가 난 일이 있어 민정이 아빠더러 뒷산에 가서 매를 만들어오라고 시켰죠. 그때 민정이 아빠는 우리 반 반장이었거든요. 그런데 민정이 아빠가 어떤 매를 해가지고 왔는지 아십니까?"

덕수는 얼굴 가득 웃음을 떠올리며 말했다.

"그야말로 커다란 나무 하나를 통째로 잘라서 질질 끌고 왔지 뭡니까. 정말 대단한 친구였어요. 그걸 보더니 담임 선생님도 잠시 얼떨떨한 표정을 짓고 있다가 마침내 허허 웃고 말았습니다. 덕분에 우리는 화를 면했어요."

미경도 따라 웃었다. 그러나 그녀의 웃는 눈에 얼핏 물기 같은 것이 비쳤다.

그는 더이상 그녀 앞에서 박종구의 이야기를 하지 않는 게 좋겠다고 생각했다. 그녀에게 그 역시 아직 추억이 아니라 상처로 남아 있을지 모르기 때문이었다. 그러자 괜히 그녀에게 전화를 걸었다는 막연한 후회감마저 들었다. 그녀 쪽에서 먼저 말했다.

"그땐 고마웠어요. 민정이 아빠 장례 치르던 날 말이에요. 날씨가 추워서…… 전 정신이 없었거든요."

"아, 당연하죠. 우리야 뭐 고맙고 자시고나 할 게 있어요? 할말이 없었어요."

"그런데 부인은…… 정말 안됐어요."

"그러고 보니 얄궂게도 서로 위로를 해야 할 처지가 되어 버렸군요."

그는 씁쓸한 미소를 지으며 말했다. 그는 잠시 복잡한 감정에 젖어서 차를 마셨다. 톱밥 난로는 제법 발갛게 달아올라 있었다. 톱밥이 들어 있는 통 옆의 주전자에서는 김이 쉬임없이 흘러나오고 있었다.

덕수는 아내를 화장시켰다. 그녀는 돌보는 이 없는 무덤이 싫다면서 마지막으로 화장을 시킨 다음 강에다 흩어달라고 했다. 그러나 덕수는 그녀를 공원묘지에다 묻어주었다. 함께 삶을 나누었던 사람을 이 세상에 아무런 흔적도 없이 떠나보낸다는 것이 너무나 억울하고 허무했기 때문이다.

그녀를 묻고 돌아왔을 때, 비로소 그는 더이상 이 지상에 그녀가 영영 존재하지 않는다는 것을 깨달았다. 병원에 누워 있을 때까지만 해도 그렇지 않았는데 그것은 참으로 믿을 수가 없는 일이었다. 그녀가 남기고 간 공간은 그 무엇으로도 채울 수 없는 것처럼 텅 비어 있었다. 이상하게도 눈물 한 방울 나지 않았다.

"언제 오셨어요?"

그의 상념을 깨듯이 미경이 물었다.

"아까 점심 때쯤요. 아침 일찍이 출발했더니 금세 도착하지 뭡니까. 마음만 먹으면 이렇게 금세 올 수가 있는데 그 마음 먹기란 게 참 어렵군요."

덕수가 말했다.

"그럴 거예요."

"아까는 시간이 남아서 혼자 군청과 군청 뒤에 있는 공원에 올라갔었어요. 예전엔 나도 그 군청 뒤에서 살았거든요."

"그랬어요? 그러고 보니 어렴풋하게 기억이 나는군요. 변 선생님 아버님도…… 약국을 하셨잖아요."

"그래요. 미경 씨 아버진 그때 드레스 미싱 대리점을 하고 계셨죠. 우리가 고바우 영감님이라 놀리곤 했던 게 기억 납니다. 철없던 시절이었어요."

덕수의 말에 미경은 다시 희미하게 미소를 지으며 가볍게 한숨을 지었다. 덕수는 식어버린 차를 마셨다. 톱밥 난로의 톱밥이 가늘게 무너져내리는 소리가 들렸다. 조금 있다가 퍼머를 한 다방 아가씨가 쇠꼬챙이로 공기가 잘 통하도록 위에서 톱밥을 쑤시고 있었다.

"시간이 괜찮으면 우리 새남 저수지 쪽으로 가보지 않을래요? 기분 전환도 좀 할 겸. 유원지로 개발이 되는 바람에 요즘 그곳에 좋은 음식점들이 많이 생겼거든요."

이윽고 미경이 말했다.

"새남 저수지요?"

"예. 마침 제가 차를 가지고 왔어요. 오빠가 고물차를 한 대 물려줬거든요. 오래간만에 오셨으니…… 제가 저녁이나 대접하고 싶어요."

덕수는 잠시 생각에 잠겼다가 고개를 끄덕였다. 저녁을 먹고 밤차로 올라가는 것도 괜찮을 것 같은 생각이 들었다. 새남 저수지라면 덕수도 잘 아는 곳이었다. 초등학교 6학년 때에는 그곳으로 소풍을 가기도 했고, 대학 시절에는 형과 함께 낚시를 가기도 했던 곳이었다.

"좋아요. 그러나 저녁은 제가 사야겠는데요. 미경 씨를 나오라고 한 것은 나니까."

"아무려면 어때요? 그런 건 나중에 생각하기로 하고, 우선 나가고 봐요."

그들이 계산을 하고 밖으로 나오자 짧은 겨울날은 어느덧 저물어 사방에는 엷은 어둠이 내리고 있었다. 바람이 제법 쌀쌀하게 코끝에 닿았다. 아까 덕수가 서 있던 다리 위로 경운기 한 대가 털털거리며 오는 게 보였다.

그들은 곧 미경이 근처에 세워놓았던 낡은 프레스토 승용차를 타고 새남 저수지를 향해 떠났다. 그 저수지는 읍에서 이십여 분 떨어진 교란계곡 아래에 있었다. 차창 너머로 어두운 청색 셀로판지를 통해 본 풍경처럼 겨울 하늘이 보였다. 그 위로 두꺼운 구름이 빠르게 흘러가고 있었다. 그러나 먼 서쪽 하늘에는 아직 약간 붉은 기가 남아 있었다. 그 겨울 하늘을 배경으로 잎새가 다 져서 가지만 앙상하게 남아 있는 가로수의 그림자가 마치 동판화를 떠놓은 것처럼 박혀 있었다. 멀리 산비탈에는 눈이 쌓여 있었다. 그 풍경은 무언지 모르게 쓸쓸하고 슬프게 보였다. 미경은 라디오를 켰다. 먼 바다의 날씨를 알리는 방송이 흘러나왔다. 방송 소리는 마치 바람에 날리기라도 하는 것처럼 흔들렸다. 히터의 작동이 신통치 못해 차 안은 썰렁했다.

"예전에……."

덕수가 말했다.

"우리 형과 함께 어느 여름날 새남 저수지로 낚시를 간 적이 있었어요. 우리 형은 낚시를 좋아했거든요. 그러나 나는 지렁이를 만지는 게 싫었어요. 그래서, 나는 낚시를 별로 좋아하지 않았습니다. 그런데 형은 혼자 가기가 싫으니까 날 억지로 데려간 것이지요."

아스팔트가 끝났는지 차가 덜컹거렸다.

"오다가 우리는 소나기를 만났지 뭡니까. 피할 곳도 없는 허허 벌판에서요. 꼼짝없이 뒤집어쓸 수밖에 없었어요. 비바람과 함께 번개가 치고 천둥이 울고 한바탕 하늘과 땅이 뒤집어지는 듯했어 요. 얼마나 되었을까. 아, 그때 갑자기 비가 그치면서 마치 하늘이 열리는 것처럼 구름 사이로 햇빛이 비치는 게 아니겠어요. 하늘과 땅 사이에, 뭐랄까……. 마치 햇빛으로 된 거대한 기둥이 서 있는 것처럼 보였습니다. 형과 나는 비에 흠뻑 젖은 채 그 장엄한 자연 의 연출을 지켜보고 있었어요."

"멋있었겠네요."

미경이 여전히 운전에 신경을 쓰면서 가볍게 눈웃음을 지으며 말했다.

"아뇨. 무서웠어요."

미경이 헤드라이트를 켰다. 잘 다듬어진 흙길이었지만 헤드라 이트를 켜자 갑자기 울퉁불퉁하게 보였다. 일기예보가 끝나자 라 디오에서는 음악이 흘러나오고 있었다.

"나는 어릴 때부터 무서움을 잘 탔었어요. 해가 지면 학교 변소 도 혼자서는 못 갔을 정도니까요. 그래서 종구더러 늘 함께 가달 라고 조르곤 했었지요. 그런 나를 종구는 종종 버꾸라고 놀리곤 했습니다. 걔는 어릴 때부터 덩치도 컸지만 무척 당찬 데가 있었 거든요. 물론 다정다감한 구석도 있었지만……."

차창 밖으로 바람이 지나가는 소리가 씽씽, 하고 들렸다.

"이런 날엔 눈이라도 한바탕 내렸으면 좋겠는데……."

차창 밖을 보며 덕수는 혼잣말처럼 중얼거렸다.

얼마나 달렸을까. 차가 산모퉁이를 하나 돌자 오른쪽 차창 밖 저 멀리서 무언가가 거울처럼 반짝하고 나타났다. 저수지였다. 가까이 가자 저수지는 점점 넓게 드러났다. 어스름 속에 엷은 안개 같은 것으로 싸여 있는 저수지는 꽁꽁 얼어붙어 있었다. 저수지가 꽁꽁 얼어붙어 있다는 것은 그 위에서 서성거리고 있는 사람들의 그림자로 알 수 있었다. 그리고 얼어붙어 있는 저수지의 한쪽 가를 따라 음식점이 늘어서 있었다. 음식점에는 벌써 불이 환하게 밝혀져 있었다.

"뭘 하는 사람들이죠?"

덕수가 저수지 위에 서 있는 사람들을 내다보며 물었다.

"빙어낚시 하는 사람들일 거예요."

미경도 슬쩍 그곳으로 돌아보면서 말했다.

"빙어낚시?"

"예. 어느 해부턴가 겨울철이면 사람들이 멀리서도 이곳 새남 저수지로 빙어낚시를 하러 오곤 해요. 손가락만한 작은 물고긴데 사람들은 그걸 산 채로 고추장에 찍어서 쌈을 싸서 먹어요. 맛있다고 하는데, 난 끔찍해서 못 먹겠더라구요."

미경이 가볍게 미간을 찌푸리며 말했다.

"허, 참!"

덕수는 완전히 달라져버린 저수지 주변을 눈으로 돌아보며 감탄사를 터뜨렸다. 어디선가 커다랗게 틀어놓은 앰프 소리가 어둠을 헤치고 아련하게 들려왔다.

차는 천천히 돌아서 어느 음식점 앞에 멈추었다.

"생각이 있으시면 한번 자셔 보세요. 전 매운탕이나 먹으면 되니까."

"아뇨. 됐습니다. 저도 사실 살아 있는 회는 별로 좋아하지 않습니다."

그들은 나무 계단으로 된 입구를 올라가서 음식점 안으로 들어갔다. 창문마다 비닐로 막아 놓은 음식점은 넓은 반면에 손님이 없어서 약간 썰렁한 기분이 들었다.

"여름철에는 앉을 자리가 없을 지경이었는데……."

미경은 공연히 썰렁한 분위기가 자기 탓인 양 미안한 표정으로 말했다.

"잘 되었어요. 겨울의 텅 빈 음식점은 그것대로 맛이 있으니까요."

주름살이 많고 말라서 약간 신경질적으로 보이는 주인 사내가 메뉴판을 갖다주었다. 덕수는 밥 생각이 별로 없었기 때문에 매운탕과 소주를 한 병 시켰다. 미경도 밥 생각이 별로 없다고 했다. 전기 장판으로 된 바닥에 앉자 가벼운 피로감이 몰려왔다.

먼저 소주와 간단한 반찬 종류가 나왔다. 미경이 그의 잔에 소주를 따라주었다. 그러고 나서 덕수도 미경의 잔에다 소주를 따라주었다.

"자, 건배 한번 합시다."

덕수는 웃으면서 술잔을 들었다. 미경도 따라 웃으며 술잔을 들어 가볍게 부딪쳤다. 차디찬 소주는 가슴과 배를 훑어내리며 짜릿하게 파고들었다.

"정말 우습군요."

반쯤 빈 소주잔을 놓으며 미경이 말했다.

"우리가 이렇게 마주 앉아서 술잔을 부딪치는 게……."

"그렇군요. 생각하기에 따라서 세상이 참 수수께끼처럼 보이기도 한답니다. 그러나저러나 미안해요. 다른 바쁜 약속이 있었을지도 모르는데……."

그는 진심으로 미안한 표정을 지으며 말했다.

"아뇨. 없었어요. 민정이가 감기에 걸려 골골거리는 것 외에는…… 사실은 저도 한번 보고 싶었어요."

미경은 눈을 내리깔면서 말했다. 희고 반듯한 이마 위에 머리카락 몇 올이 흘러내려 있었다. 그녀는 잠시 입술을 꼭 다물고 있다가 다시 말했다.

"미경이 아빠가 죽고 나서 저도 무척 힘들었지만 변 선생님도 지금 무척…… 힘들어하시는 것 같애요."

"사실은…… 아직도 그렇게 실감이 나진 않아요. 우리는 연애 결혼을 했어요. 어느 핸가 회사에서 하계 연수회를 갔는데 거기서 만났습니다. 착한 사람이었어요. 죽으면서 날더러 뭐라고 했는 줄 아세요? 빨리 결혼을 하고 자기는 잊어버리라는 거였어요."

덕수는 미경이 채워놓은 술잔을 다시 반쯤 비우면서 말했다.

"그게 쉽나요? 시간이 지나야 할 거예요. 세월이 약이라는 말도 있잖아요."

미경이 위로를 하듯이 말했다. 덕수는 그녀에게서 위로를 받고 있는 게 갑자기 부끄러웠다. 그녀 역시 아직 아픈 마음을 끌어안고 살아가고 있을지 모르지 않는가.

비닐로 막아 놓은 창 너머로 멀리 고함 소리와 노랫소리가 들려왔다.

"이렇게 미경 씨와 앉아 있으니 왠지 그 사람에게 미안한 생각
이 드는군요."

이윽고 덕수는 시선을 미경의 어깨 너머 멀리로 던지면서 한숨
을 짓듯이 말했다.

매운탕이 나왔다. 두 사람은 밥 생각이 없었지만 한 그릇을 시
켜 나눠 먹었다. 밥을 먹고 밖으로 나오니 저수지 위로 달빛이 환
하게 내려비치고 있는 게 보였다. 달빛 어두운 안개 같은 것과 어
울려 약간 신비한 느낌을 주고 있었다.

"우리, 술도 깰 겸 조금 걸을까요."

덕수가 말했다. 그들은 꽁꽁 얼어붙어 있는 저수지를 향해 걸어
갔다. 얼얼한 술기운에 단 얼굴에 싸늘한 대기가 기분 좋게 감겼
다.

하늘을 보니 빠르게 흘러가는 검은 구름장 사이로 거울 같은 보
름달이 비치고 있었다. 푸른 대기 속에 비친 달은 마치 투명한 얼
음 속에 갇혀 있는 동전처럼 냉랭하고 맑았다.

"예전에 군청 뒤에 살 때 우리 집에서 개를 한 마리 길렀어요.
그 개는 이렇게 밝은 달밤이면 목을 길게 빼고서 달을 향해 짖어
대곤 했습니다. 마치 늑대처럼요."

덕수가 천천히 걸어가면서 말했다.

"그때 우리가 살던 집은 일제시대에 지었던 낡고 큰 목조 건물
이었지요. 우리는 물론 그 집에 세들어 사는 형편이었지만…….
그 집 주인은 군청에 다녔어요. 그리고 그 주인집에는 중풍에 걸
린 할머니 한 분과 나만한 애 하나와 그 형이 살았지요. 나만 했던

애와는 친하게 지냈지만 지금은 이름도 기억 나질 않습니다. 그 집 뒤에는 커다란 감나무가 여남은 그루 서 있어서 늘 어두컴컴한 그늘이 져 있었어요. 그 개 이름은 다크였어요. 중학교에 다니던 그애의 형이 붙여주었던 이름이었습니다. 나는 다크의 귀가 셰퍼드처럼 빳빳하게 서지 않은 게 늘 불만이었어요. 똥개였으니까요. 그러나 다크는 언제나 졸래졸래 내 뒤를 따라다녔어요. 내가 '앉아!' 하고 명령을 하면 금세 알아듣곤 했습니다. 다크라는 이름은 아마 털 빛깔에 검은색이 많아서 그랬을 것입니다. 나는 영어로 번개라는 이름을 붙여주고 싶었지만 그애의 형은 번개를 영어로 뭐라고 하는지 알지를 못했거든요."

미경과 나란히 어깨를 맞대고 걸으며 덕수는 마치 옛날 이야기를 하듯이 말했다.

"암놈이었습니다. 새끼를 두 번이나 낳았거든요. 그런데 그놈이 어느 날 쥐약 먹은 쥐를 먹고 말았지 뭡니까."

"어머. 불쌍하게…… 그래서요?"

미경은 갑자기 눈을 반짝이며 불안한 표정으로 말했다.

"다크는 길길이 뛰어다녔습니다. 마당과 뒷감나무밭과…… 심지어는 마루 위에까지…… 정말 무서웠습니다. 얼마나 고통스러웠던지 그는 할머니가 누워 있던 방의 격자문을 단숨에 뚫고 이곳에서 저곳으로 뛰어나왔어요. 나는 담장 아래에 서서 벌벌 떨면서 그 모양을 다 지켜보았습니다. 그렇게 뛰어다니던 다크가 어쩌다가 내 앞에 오게 되었어요. 이빨을 드러내고 으르렁거리면서 말이에요. 입가에는 거품을 질질 흘려대고 있었습니다. 그리고 초점 잃은 눈에서는 파란 불꽃 같은 것이 튀고 있었지요. 나는 극도의 공포와 슬픔 속에서 떨리는 목소리로 말했습니다. '다크야…….' 하고 말입니다. 형언할 수 없는 공포와 슬픔이 나의 어린 가슴을 찢어놓는 것 같았습니다. 금세 울어버릴 것만 같은 표정이었어요. 뭐라고 해야 할 것 같은데 아무런 말도 떠오르지 않았습니다. 그러자 다크는, 여전히 침을 질질 흘리면서 거친 숨을 몰아쉬면서 파랗게 변한 눈으로 나를 쳐다보고 있더니 이윽고 비틀거리며 우물가로 가서 세숫대야에 담겨 있던 물을 벌컥벌컥 들이켰습니다. 그러고는 처절하고도 비통한 신음소리를 한 번 토하더니…… 죽었어요."

"……세상에!"

미경은 입을 벌리고 이맛살을 찌푸리며 한숨을 토하듯이 말했다. 흰 명주 목수건이 달빛 때문에 더욱 또렷하게 보였다.

"그런데 정말 기가 막힌 것은 얼마 후에, 동네 사람들이 오더니 우리 다크의 껍질을 몽땅 벗기지 뭡니까. 허옇게…… 그러곤 마당에 큰 솥을 걸어놓고…… 물을 끓여댔어요. 펄펄 끓는 물은 하얗고 풍성한 김을 마당에 가득 쏟아놓고 있었지요."

"……."

덕수는 잠깐 동안 사이를 두었다가 말했다.

"그때 나는 처음으로 죽음이란 것이 어떤 건지 보았어요. 난……. 죽음이 정말 그렇게 두려운 것인 줄 처음 알았어요."

"……."

"그러나 아내가 화장되어 몇 개의 뼈로 나왔을 때, 난 죽음이 그렇게 두려운 것만은 아니라는 사실을 알게 되었습니다. 정말 두려운 것은…… 세상이 갑자기 무의미하게 변해 버린 것이었어요.

무의미한…… 반복…… 같은 거라는…….”

덕수는 그렇게 중얼거리며 자기도 모르게 슬픔의 물결이 가슴 속에 가득 차오르는 것을 느꼈다.

그녀의 뼈를 추스려 작은 절구통에 넣고 빻는 동안, 덕수는 삶과 죽음에 대해서 수없이 생각을 했다. 하얀 뼛가루가 대기 속에 먼지처럼 피어올랐다. 화장터의 마당에는 말라버린 1년생 화초 대신에 조화로 장식을 해놓았었다. 그 조화 위에 천연덕스럽게 햇살이 내려앉아 있었다.

“…….”

미경은 미경대로 자기 생각에 젖어 있는지 아무 말 없이 입술을 꼭 다물고 발 밑만 보며 걸어가고 있었다. 잠시 그렇게 무거운 침묵이 흘러갔다. 추위에 팽창된 얼음이 저절로 깨어지는 소리가 쩽쩽, 하고 들렸다. 얼음을 깨고 빙어낚시를 하던 사람들도 다 가버렸는지 저수지 위는 텅텅 비어 있었다.

“미안해요. 내가 왜, 어쩌다가, 이런 이야기를 하게 되었는지…….”

덕수는 발걸음을 멈추고 미경 쪽을 돌아보며 말했다. 달그림자에 비친 그녀의 눈은 젖어 있었다. 그러자 덕수는 순간 자기의 가슴도 아프게 저려오는 것을 느꼈다.

그렇게 미경을 바라보고 있던 덕수는 자기도 모르게 팔을 벌려 미경을 가만히 끌어안았다. 미경은 순간 움찔하였지만 별 저항 없이 가만히 덕수의 품에 안겼다. 미경의 작고 따뜻한 가슴이 가슴으로 느껴졌다. 그리고 난초꽃 같은 미경의 내음이 은은하게 코끝으로 전해져 왔다. 보름달 위로 구름장이 빠르게 흘러가고 있었다.

"달이 참 밝군요."

이윽고 미경이 그의 가슴을 가볍게 밀어내며 말했다. 두 사람은
다시 발걸음을 옮겨놓기 시작했다.

"언젠가는 물어보고 싶은 질문이 하나 있었는데……."

그는 생각난 듯이 입을 뗐다.

"그 옛날 언젠가 눈 내리던 날, 청계다리 근처에서 만나자는 전
화를 한 거 기억 나세요?"

"예."

미경이 작은 목소리로 말했다.

"그때 다리 저쪽에서 서성거리던 그림자가…… 미경 씨였죠?"

"……."

미경은 대답 대신 희미하게 웃었다.

"난 그때 얼마나 오랫동안 그곳에 서 있었는지 모릅니다. 운동
화가 눈에 파묻혀버릴 정도였으니까요."

미경의 머리카락이 바람에 날려 자꾸 덕수의 얼굴에 감겼다. 찬
바람이 한 줄기 그들의 머리카락과 옷깃을 흐트리며 지나갔다. 그
순간 '마른 수수깡의 연가'가 떠올랐다. 철자법이 틀린 그의 그리
움은 또한 살아 있는 그들의 그리움인지도 몰랐다. 그는 자기 코
트 주머니에 넣었던 손을 꺼내어 미경의 코트 호주머니에 넣었다.
그곳에 그녀의 작고 따뜻한 손이 들어 있었다. 그는 그녀의 작고
따뜻한 손을 꼭 잡아 보았다.

그러자 그의 머리 속에 아내의 모습이 떠올랐다. 그녀의 모습이
떠오르자 갑자기 눈물이 핑 돌았다. 그녀가 죽고 나서 처음 떠오

르는 눈물이었다. 도무지 눈물이 나지 않았던 것이다. 그러자 문득 그녀나 그 자신이나 이제 죽음의 덫에서 벗어나야 할 때가 되었는지도 모르겠다는 생각이 들었다. 온통 얼어 붙어 있는 저수지 위에 푸른 달빛이 투명한 유리처럼 깔려 있었다. 눈앞이 자꾸 흐려져 왔다.

누군가가 저 멀리서 부르는 노랫소리가 어둠 속에서 아득하게 들려왔다.

# 작 품 이 해

## ▌작가 소개 ▌

　　김영현은 1955년 경남 창녕에서 태어났고, 서울대 철학과를 졸업했다. 1984년 단편소설 〈깊은 강은 멀리 흐른다〉를 창작과비평사 14인 신작소설집에 발표하면서 작품 활동을 시작했다. 소설집으로는 《깊은 강은 멀리 흐른다》(1990), 《해남 가는 길》(1992), 《그리고 아무 말도 하지 않았다》(1995), 《내 마음의 망명정부》(1998)가 있으며, 장편소설로는 《풋사랑》(1993)이 있다. 김영현은 소설 이외에도 시와 동화에 적지 않은 관심을 보여주었는데, 시집으로는 《겨울 바다》(1988), 《남해 엽서》(1994)가 있으며, 동화로는 장편동화 《똘개의 모험》(1992)이 있다. 그 밖에 '시소설'이라는 특이한 형식으로 된 《짜라투스트라의 사랑 — 연적》(1996)과 수필집 《겨울날의 초상》(1996), 《서역의 달은 서쪽으로 흐른다 — 실크로드 기행문》(1996) 등이 있다. 그리고 1990년에는 제23회 한국창작문학상을 수상했다.

　　1980년대 김영현의 소설 세계는 한마디로 시대의 불의에 대한 강렬한 분노라 할 수 있다. 이러한 특성은 13편의 단편이 실려 있는 소설집 《깊은 강은 멀리 흐른다》에 집약되어 나타나 있다. 이 소설집에서 김영현은 1980년대 초 삼청교육대를 수용하고 있는 전방의 한 군부대에서 일어난 탈출 사건을 다루면서 비인간적인 제도와 강제에 대해 이야기하거나(〈별〉), 감방에서의 특수한 체험을 그로테스크한 수법으로 그리면서 인간이 외부적 압력에 의해 얼마나 철저히 인간다움을 잃어 가고 있는지를 극명하게 보여주기도 한다(〈벌레〉). 또 한 가족을 둘러싸고 벌어지는 사건을 통해 해방 직후 좌우익의 갈등이 초래한 민족사적 비극을 형상화하거나(〈깊은 강은 멀리 흐른다〉), 6·25 당시 국군에 의해 저질러진 무고한 양민학살 현장에서 구사일생으로 살아 남아 그 이후에 철저히 파괴된 삶을 사는 한 가장의 이야기를 통해 분단의 비극을 1980년대 광주항쟁과 연결시키기도 한다(〈불울음소리〉).

1980년대 소설의 세계가 상처받은 삶 또는 훼손된 삶이 지닌 희망과 그리움에 대한 기록이라고 한다면, 1990년대 김영현의 소설은 희망과 그리움이 상실된 암울한 시대에 대한 기록이라고 할 수 있다. 즉, 그의 소설은 1990년대 들어서 조금 더 자기 속으로, 주변의 보잘것없는 삶 속으로 눈을 돌리고 있다. 그런 만큼 그의 소설들은 현실의 모순을 정면으로 응시하던 이전의 소설들과는 다르게 모순적인 인간의 본질을 탐구하려는 경향을 강하게 보여준다.

먼저 지적할 수 있는 것은 〈벚꽃 아래로〉에서의 '명자 누나', 〈개다리 영감〉에서의 '영감', 그리고 〈김문갑전〉에서의 '김문갑' 등과 같이 사회·경제적으로 약자인 사람들을 주인공으로 내세워 풍자와 해학을 통해 사회 현실을 비판하고 있다는 점이다.

그리고 다음으로는 자신을 연상시키는 지식인들을 내세워 변화된 시대적 분위기 속에서 갈등하는 내면을 보여주기도 한다. 구체적으로 〈고통〉에서는 '감옥'에 관한 추억담이 이전에 그가 품었던 사회에 대한 적극적인 관심에 대한 추억으로 드러나기도 하며, 〈내 마음의 망명정부〉에서는 1980년대의 추억과 1990년대의 현실 사이에서 갈등하는 인물을 통해 미래에 대하여 아무런 희망도 가지고 있지 못한 시대와 그런 시대를 살아가는 자신을 드러내기도 한다.

이렇게 볼 때, 그의 소설 세계의 변모는 소설집 《깊은 강은 멀리 흐른다》와 《내 마음의 망명정부》 사이의 거리에 해당하는 것이라고 할 수 있다. 전자는 개체와 전체, 삶의 구체성과 역사적 전망이 조화를 이루면서 미래를 향한 전망을 보여주었다. 이에 비해 후자는 사회·경제적으로 약자에 속하는 사람들이 보여주는 삶의 구체성과, 지식인들이 보여주는 역사와 혁명 같은 거창한 담론이 서로 분리되어 있다. 이러한 소설 세계의 변모는 바로 시대적·사회적 분위기의 변화와 긴밀하게 맞물려 있다.


## ▌이해와 감상 ▌

이 소설은 아내의 죽음으로 인해 삶에 대한 의욕을 상실했던 한 남자가 전에 사랑했던 여자와 다시 결합하면서 과거의 상처를 잊고 삶에 대한 사랑을 회복한다는 것을 그 주요 내용으로 하고 있다. 그런 점에서 이 소설의 주제는 '삶에 대한 사랑의 회복'이라고 할 수 있다. 그런데 중요한 점은 이러한 과정이 우리 시대의 사회적 변화와 맞닿아 있다는 점이다. 그리고 작가가 의도적으로 그러한 측면을 드러내고자 하였다.

이 소설의 초반부에서 주인공 '덕수'는 고향의 낡은 다리 위에서 이 다리에서 있었던 일들을 생각한다. 그는 지금 한 달 전에 죽은 아내의 사망 신고를 하는 데 필요한 호적초본을 떼기 위해 고향에 내려와 있다. 여기에서 '사망 신고'는 아내의 죽음을 덕수가 스스로 인정할 뿐만 아니라, 공적으로 표명하는 행위라고 할 수 있다. 그렇기 때문에 덕수에게 있어서 현재는 지금까지 아내와 함께했던 삶을 정리해야만 하는 시기이다.

그런데 고향의 낡은 다리 위에서 덕수가 가장 절실하게 생각한 사람은 다름 아닌 '미경'이었다. 미경은 덕수가 오래 전에 짝사랑했던 여자로, 그녀 역시 지금은 남편과 사별한 입장이다. 여기에서 덕수와 미경이 모두 배우자와 사별하는 등 행복한 가정을 유지하지 못하고 있다는 점은 그저 우연한 일로 치부할 수 없는 사항이다. 왜냐하면 이러한 상황 설정은 다른 배우자와의 만남 속에서는 이들이 행복한 생활을 할 수 없으므로 결국 이들은 또다시 만날 수밖에 없다는 점을 그 전제로 하고 있기 때문이다.

물론, 덕수와 미경이 두 사람이 아닌 각기 새로운 배우자를 만나서 새 삶을 시작할 수도 있다. 그런데도 불구하고 여기에서 덕수와 미경이 다시 새로운 인연을 맺게 된다는 것은 작가가 이들의 만남에 결코 가볍지 않은 의미를 던져두고 있기 때문이다.

여기에서 덕수와 미경의 만남이 지니는 의미는 이 소설의 작가가 시대적·사회적 현실에 깊은 관심을 보였던 작가였다는 점을 고려할 때 좀더 분명해진다. 잘 알려져 있는 것과 같이 1980년대는 사회 현실을 변혁시키고자 하는 진보주의 운동이 강했던 시대였다. 그래서 그 시대에는 많은 사람들이 우리 사회가 나아가야 할 미래의 전망을 제시하고자 노력하였다. 그러나 1990년대 들어서 이러한 진보적 사회 운동은 방향성을 상실하고 만다. 이것은 1990년대가 미래에 대한 확실한 전망을 지니지 못한 시대임을 말해준다.

이 소설에서 덕수와 미경 사이의 관계는 바로 이러한 시대적 · 사회적 분위기를 잘 반영하고 있다. 즉, 덕수가 미경을 좋아했던 시절, 덕수와 미경이 각각 다른 사람과 결혼했던 시절, 그리고 덕수와 미경이 배우자의 죽음 이후 새롭게 만나는 시절 등 이들이 삶의 방향성을 상실했다가 다시 회복한다는 설정을 통해서 작가는 개인들의 관계를 통해서 사회의 방향을 제시하고자 한 것이다.

그러나 전반적으로 볼 때 이 작품에서 덕수와 미경 사이의 만남이 지나치게 필연적인 것으로 서술되고 있는 것은 새로운 만남이 지니는 가능성의 폭을 제한한다는 점에서 어느 정도 일방적인 방향 설정이라고 하지 않을 수 없다. 물론, 개인들이 사회적 현실에 다시 관심을 갖게 됨으로써 삶에 대한 애정을 회복해야 하지만 그 회복 가능성은 여러 가지 방향에서 진지하게 모색될 필요가 있는 것이다.

이 소설에서 주인공 '덕수'는 고향에 내려와서 전에 자신이 좋아했던 여자인 '미경'에게 연락해야겠다는 생각을 한다. 여기에서 단적으로 드러나듯이 이 작품의 흐름에 있어서 '덕수'와 '미경' 사이의 관계는 우리의 시대적·사회적 현실에 대한 일종의 비유로 읽힐 수 있다. 이들의 관계에 작가가 어떤 의미를 부여하고자 했던가를 1980년대와 1990년대에 이루어진 시대 변화와 연관지어서 생각해 보도록 하자.

생각의 길잡이 ·······················

🔵 이 소설에서 주인공 덕수와 미경의 관계는 시대적인 특성과 깊은 관련을 맺고 있다. 덕수가 고향에 내려와서 다른 사람이 아닌 과거에 자신이 짝사랑했던 여인인 미경만을 생각하는 것은 일종의 강박관념이다. 그리고 이러한 강박관념은 현재 우리 사회의 모습 역시 덕수의 삶과 마찬가지로 과거와의 관계 속에서 새롭게 재구성되어져야 한다는 작가의 생각을 대변하는 것이기도 하다.

1970년대와 1980년대는 오직 '민주주의 사회'만을 위해 노력했던 시대였다. 그 시대에 많은 사람들은 우리 사회가 나아갈 방향을 민주주의에서 찾았고, 그를 위해 진보적인 운동을 펼쳐왔다.

그런데 1990년대에 들어서는 '민주주의의 추구'라는 이념에 따른 진보적인 사회운동이 점차 약해지면서 우리 사회는 미래의 목표를 상실한 것처럼 보였다. 이 소설에서 덕수가 자신이 짝사랑했던 여인과 결합하지 못했던 것은 이러한 상황에 대한 일종의 비유라고 할 수 있다.

이 소설에서 무엇보다도 주목해야 할 점은 덕수와 미경이 모두 자신의 배우자와 사별하였다는 사실이다. 왜냐하면 이러한 점은 곧 덕수와 미경에게 있어서는 현재의 삶이 결코 바람직한 것이 아니었음을 말해주고, 그렇기 때문에 이들의 결합이 그만큼 필연적인 것임을 전제로 하고 있기 때문이다.

이렇게 본다면, 작가는 덕수와 미경의 독자적인 삶을 개인주의적인 현재 우리 사회의 모습과 연관지으면서, 우리 사회의 나아갈 방향이 바로 이념의 추구에 있다는 점을 강조하고자 한다고 할 수 있다.

박 완 서

# 우황청심환

　이 작품은 한국의 근·현대사에서　제기되는 다양한 문제들을 한 가족사
내부 문제로 전환시켜 그려내고 있다. 따라서 한 개인의 내면적 공허감이나
문제점이 어디에서 근원하는가에 중점을 두는 것은 물론, 그 해결 방식으로
제시되는 서로의 상처를 드러내고 감싸안는다는 것의 의미에 대해 생각하며
　작품을 감상하도록 하자. 또한 매우 많은 이야기들이 소재로 취급되고
　있으나 이 모두가 주인공의 가족사를 통해 서로 연결되어 엮어지고
　　있음을 주목하면서, 이 소설의 유려한 문체를 감상해 보자.

# 우황청심환

가까스로 잠이 좀 오려는데 또 그놈의 소리가 났다. 주우지 니집뿐, 주우지 니집뿐…….

"몇 시라는 소리유?"

노파가 물었다. 남궁씨는 되는 대로 대답했다. 기계로 합성한 음향이면서도 일본말 특유의 교성이 알려주는 시각은 어차피 지금 이 지점의 시간과는 무관할 터였다. 노파의 시계가 친절을 다해 가르쳐주는 시간이 노파가 떠나온 여행지의 시간인지, 한국의 시간인지도 그는 알아보려 하지 않았다. 나는 비행기 속이었다. 노파는 태엽을 누르면 현재의 시간을 말로 알려주는 손목시계를 차고 있었다. 백내장 수술 후 시력이 밤낮이나 가릴 정도로 떨어지고 나서 아들이 일본에서 사다준 거라고 했다. 시간을 알려주는 소리도 물론 일본말이었다. 못 봄을 못 알아들음으로 바꿔가지고 으스대는 노파가 남궁씨는 지겨웠다. 말하는 시계에 관심을 보이기가 잘못이었다. 남궁씨는 판촉물(販促物)을 개발도 하고 납품도 하는 회사의 고용사장이었다. 아이디어가 기발하다 싶은 상품에 대한 유별난 관심은, 그러니까 그의 직업의식이었다. 남궁씨가 시계의 목소리를 처음 듣고 불현듯 호기심이 동해 노파의 흐물흐물한 손을 끌어당겨 자세히 들여다보려고 했을 때, 노파는 믿어지지 않을 만큼 앙칼진 힘으로 손목을 빼내면서 말했었다.

"괜히 만지지 말아요. 고장나면 우리나라에선 고칠 수도 없는 귀한 물건이라우. 일본에서도 엄청 비싼 거라던데."

그제서야 비로소 남궁씨는 자신의 직업의식에 대해 참을 수 없는 배반감과 싫증을 느꼈다. 그의 유럽 여행은 명색이 포상여행이었다. 그러나 속내는 퇴직을 부드럽고 명예롭게 하기 위한 위로여행이란 걸 그는 알고 있었다. 밀려난다는 것은 이유 여하를 막론하고 억울한 일이었다. 은행에서 밀려날 때도 그랬었다. 부하 행원의 부정을 책임질 상급자가 차장선이었다. 신문에 날 만한 큰 부정이었으면 아마 좀더 높은 상급자가 책임을 졌을 것이다. 공교롭게도 그때 남궁씨는 겨우 차장이었다. 하필 자식들 학비부담이 피크에 달했을 때라 아내와 더불어 장삿길로 들어섰다. 돈벌이가 여의치 않아 몇 번씩 업종을 바꿀 때마다 그는 밀려난다는 서글픔과 억울함을 맛보아야 했다. 막내까지 대학을 졸업시키자 문방구와 비디오테이프 대여를 겸한 구멍가게 하나가 달랑 남았다. 아내는 야간상고 다니는 소녀 하나를 거느리고 주인노릇을 하고 싶어했다. 그는 서글픈 내색 한번 제대로 못 해보고 또다시 스르르 밀려났다.

마침 그 무렵 절친하게 지내던 친구의 상을 당했다. 그 친구는 생전에 조그만 회사 사장이었는데, 남궁씨는 그의 상속자인 외아들로부터 선친의 회사 경영을 맡아달라는 부탁을 받았다. 회사는 친구의 생전의 씀씀이와 사무실 규모로 미루어 짐작하던 것보다 훨씬 취약했다. 판촉물이나 기념품, 답례품을 납품하는 사업은 사무실이나 공장 없이 발과 입심만으로도 가능한 영세한 장사였다. 가내공업 규모의 공장이 있다고 해도 사정은 크게 다르지 않았다. 미수금과 재고를 합쳐도 기천만 원에 불과했다. 다행히 빚은 없었고 공장과 사무실로 쓰는 건물이 제집이었다. 게다가 아들은 효자인 듯했다. 건물을 임대하면 훨씬 편하게 수입을 올릴 수 있지만 아버지가 하시던 사업이니 살려보고 싶다고 했다. 그렇다고 과감한 투자로 회생시켜보겠다는 것도 아니었다. 그랬더라면 남궁씨가 그렇게 쉽게 그 일을 승낙하지 못했을지도 모른다. 거기서 이익금을 챙길 생각은 추호도 없으니 현재의 미수금과 재고를 밑천으로 한번 일어나보든지 다 들어먹든지 마음대로 해보라는 조건이 되레 그의 소심한 마음을 사로잡았다. 아내는 남궁씨가 고용사장이 된다니까 처음엔 재벌급 회사인 줄 알고 기쁨을 감추지 못하다가 실상을 알고 나서는 한심해하다 못해 차라리 경멸했다.

"이 철없는 양반아, 창피한 줄도 좀 아슈. 그렇게 사장 소리가 듣고 싶으면요, 우리 가게에서 비디오든지 문방구든지 하나 뚝 떼어드리리다."

그러나 연때가 맞았달까, 세상 풍조가 마침 조그만 가게 하나를 개업해도 고사떡을 돌리는 대신 기념품을 돌리게 변하면서 매상을 급신장시킬 수가 있었다. 외판조직과 손발도 잘 맞았거니와 문방구점을 하면서 생긴 눈썰미를 가미해서 인기를 끈 제품도 적지 않았다. 그의 아이디어가 히트를 친 판촉물들은 거의 다 상품으로도 살아남아 꾸준히 주문이 오고 있었다. 오 년 만에 연간 순이익을 억단위로 셈할 만한 알토란 같은 회사로 키워놓자 친구의 아들은 다니던 회사에 사표를 내고, 남궁씨의 그간의 노고를 치하한다며 해외여행을 시켜주었다. 그는 지난날의 거물 정객처럼 자의반 타의반으로 이 땅을 벗어나는 비행기를 탔다. 처음 삼 주는 관광팀에 끼여서 돌고 나서 나중 한 달은 혼자 파리에 처졌다. 출가한 딸이 해외근무하는 남편을 따라 파리에 살고 있었다. 딸네집에서의 한 달 간은 참으로 지루하고 힘들었다. 딸은 아마 더했을 것이다. 아버지 산책이라도 좀 하세요, 제 소녀적 소원이 뭔 줄 아세요? 파리에 가서 더도 말고 덜도 말고 한 달만 시내를 정처없이 어슬렁거리며 지내보는 거였다구요. 그런 짜증스러운 말투에서 남궁씨는 딸의 노골적인 구박을 참을 수 있는 맥시멈을 한 달쯤으로 잡고 있었다. 그가 견딜 수 있는 한계 역시 그 근처였다. 하루가 여삼추로 징역살이와 진배없는 딸네집살이를 견디면서까지 남궁씨가 해외여행을 한 달씩이나 더 연장한 것은 젊은 회사주인에게 충분한 시간을 주기 위해서였다. 경영에 재미를 붙이든 곤란을 겪든 해볼 만큼 해본 연후에 나타나야 피차 후회 없는 결정을 내릴 수가 있을 것 같았다. 남궁씨가 정말 바라는 것은 물론 그가 객지에서 하루하루 지루함이 목구멍까지 차오르는 동안 젊은 주인 역시 그가 아쉽고도 아쉬워 목구멍까지 차오르는 비명을 겨우겨우 참으며 그를 기다려주는 거였다.

"자매님, 마리아 자매님이 또 가슴이 울렁거리고 손발이 비틀린대요, 말도 더듬거리구."

노파의 일행 중 빨간 잠바를 입은 중노인이 통로에서 창가에 앉은 노파 쪽으로 윗몸을 휘면서 미안한 듯이 말했다. 남궁씨는 중노인의 물렁물렁한 젖가슴의 부피를 이마에 느끼기가 싫어서 고개를 잔뜩 뒤로 제쳤다. 노파의 일행은 성지순례단이었다. 근 삼십 명은 돼 보이는 일행의 좌석은 일련번호로 붙어 있었는데 노파가 창가에 앉고 싶어한다고 가이드인 듯싶은 청년이 창가 손님에게 양해를 구하고 바꿔앉혔기 때문에 노파만 일행으로부터 떨어져 있었다. 시력이 형편없다면서 남의 신세를 져가면서까지 창가에 앉고 싶어한 만큼 노파는 응석이 심한 편이었다.

"아, 직효약이 있는데 무슨 걱정이유."

노파가 발밑을 고이고 있던 배낭을 한 손으로 들썩거리면서 남궁씨를 빤히 쳐다보았다. 시력과는 상관없이 말똥말똥한 눈동자는 명령조였다. 벌써 몇 번째인지 몰랐다. 그래서 남궁씨는 그 배낭이 얼마나 무거운지 알고 있었다. 배낭엔 어이없게도 반 말들이 물통이 들어 있었다. 성지 루우르드에서 길어오는 기적수라고 했다. 젊은 사람도 들기엔 힘겨운 무게여서 순례단은 거의 그런 배낭을 메고 있었다. 물은 화물칸에 실어주지 않아서 들고 탈 수밖에 없다는 것이었다. 남궁씨는 끙끙대며 노파의 배낭을 그의 무릎 위로 들어올려 익숙하게 지퍼를 열고 물통 옆에 든 약주머니를 꺼내 노파의 손에 쥐어주었다. 그리고 해본 장단의 능숙함에 혼자 쓴웃음을 지었다. 배낭 속엔 그동안 기내식에 곁들여 나오는 포도주까지 추가가 되어 무거워져 있었다.

"그동안에 인이 백였나, 이게 벌써 몇 번째래요? 그 귀한걸."

"걱정 말라니까. 우리 아들이 이럴 줄 알고 넉넉히 챙겨주었으

니까 아픈 자매님 있으면 참지 말고 지딱지딱 갖다먹으라고 해
요."

노파가 주머니끈을 풀고 그 안에서 우황청심환을 꺼냈다. 노파
는 그걸 꼭 정육각형의 갑째 건네주지 않고 밀랍으로 포장된 동그
란 내용물을 꺼내 손바닥으로 한번 궁글려보고 나서 내놓았다.

"우황청심환은 뭐니 뭐니 해도 중국 본바닥 거라야지 요새 나온
국산은 믿을 게 못 돼요."

노파의 말투로 보아 그게 국산이 아니란 걸 스스로 확인해보면
서 대견스러워하고 싶어 그러는 것 같았다. 노파가 차곡차곡 배낭
속에 챙겨 넣은 것만큼의 포도주를 마셔댔기 때문일까, 남궁씨는
수치감 같기도 하고 쓸쓸함이나 슬픔 같기도 한 참을 수 없는 느
낌으로 까딱하면 울 것 같았다. 그건 어쩌면 뿌리 깊은 열등감이
었다.

그의 어머니는 중풍으로 사 년이나 자리보전하고 있다가 돌아
갔다. 처음엔 중태였다. 누가 보기에도 못 깨어나고 임종을 맞든
지 식물인간으로 남을 줄 알았다. 그래도 남궁씨 내외가 단념하지
않고 한방과 병원 치료를 겸해 정성을 다한 끝에 의식을 회복하고
불편한 대로 자식과 손자들의 효도를 누리다가 돌아갔건만도 그
동안 원망이 자자했다. 어머니보다 몇 년 앞서 큰어머니가 고혈압
으로 쓰러진 적이 있는데 회복이 감쪽같았다. 어머니는 그런 기적
은 쓰러지던 때마다 그 자리에서 자식들이 진짜 우황청심환을 씹
어서 환자의 입으로 흘려넣었기 때문이라고 굳게 믿고 있었다. 어
머니는 그때부터 노인 모시는 집은 딴 건 몰라도 그 중국 우황청
심환은 갖춰놓고 살 거더란 말을 귀에 못이 박이도록 해왔다. 큰

집 조카들은 툭하면 해외출장도 잘 가고 선물도 잘 들어와 그런 귀한 약도 영신환처럼 흔한데 내 집 자식은 우물 안 개구리에다가 주변머리까지 없어서 에미 소원 하나 못 풀어준다고 노골적인 경멸도 서슴지 않았다. 그때부터 우황청심환은 남궁씨에겐 귀에 박인 못이 아니라 자존심에 붙박인 못이 되었다. 앞을 내다본 푸념이었던지 어머니는 그후 여봐란 듯이 쓰러졌지만, 그는 그때까지도 여봐란 듯이 씹어서 어머니 입 안에 넣어드릴 우황청심환이 준비돼 있지 않았다. 의식을 회복한 어머니는 육신의 반쪽이 마비된 걸 알자 제일 먼저 우황청심환을 먹었나 못 먹었나부터 물었다. 남궁씨 내외는 정직했기 때문에 그 후 어머니가 돌아가실 때까지 지치지도 않고 되풀이되는 원망과 멸시의 말을 들어야 했다. 어머니의 소원이 오로지 우황청심환인데도 그거 하나 못 구해다 드릴 만치 남궁씨가 가난했던 것도 불효했던 것도 아니다. 다만 시기를 놓쳤을 뿐이었다. 마지막 사 년 동안 남궁씨는 어머니의 머리맡에 각종 청심환을 즐비하게 늘어놓고 수시로 만져보게도 하고, 조금만 기분이 언짢아도 잡수시도록 했지만 한번 맺힌 어머니의 마음을 누그러뜨릴 순 없었다. 물론 그 신기하다는 약효도 감감무소식이었다. 점점 노망기까지 생긴 어머니는 아들이 구해온 청심환은 다 가짜고 큰집 아들들이 홍콩에서 사온 것은 진짜일 거라고 우겨서 남궁씨의 마음을 사정없이 할퀴었다. 다시 한번 어머니가 쓰러졌을 때, 소원 풀어드리는 셈치고 청심환 중에서도 가장 진짜스러워 보이는 밀랍으로 포장한 중공제를 씹어서 직접 입에서 입으로 흘러넣으면서도 마음속 깊이에서는 소생을 바라지 않았다.

어머니가 돌아가신 후, 남궁씨에게도 비로소 우황청심환을 선물로 받아보는 일이 생겼다. 역시 은행에 다닐 적이었는데 큰 돈을 대부받은 고객으로부터였다. 사무적인 절차의 심부름 외에는 그가 대부를 위해 힘쓴 바는 전혀 없었다. 그때도 그럴 만한 위치에 있지 않았고, 사직할 때까지도 그럴 만한 지위에 있어본 적이 없는 남궁씨였다. 그만한 액수의 대부라면 대개 어느 선에서 결정이 나게 된다는 걸 알고 있는 정도가 고작 그의 관록이었다. 그런데도 그 고객은 고맙다는 인사와 함께 중국산 우황청심환 열 개들이를 한 상자 선물로 놓고 갔다. 사무적인 수고에 대한 가벼운 인사치레로 적당한 물건이라고 여긴 듯했다. 그때만 해도 국산 청심환에 대한 신뢰도도 높고, 외국 나들이 다녀오는 사람도 부쩍 늘어나 중국산이 별로 귀물이 아닐 때였다. 그럼에도 불구하고 남궁씨는 거액의 뇌물을 받은 것처럼 음흉하게 가슴을 울렁거렸다. 그 후에도 그 고객만 나타나면 뭔가 편의를 봐주어야 할 것 같은 강박관념으로 비굴하게 웃으며 허둥대던 생각을 하면 아직도 남궁씨는 진저리가 쳐지면서 닭살이 돋곤 했다.

방콕이 가까워지고 있었다. 비행기도 쉬면서 승무원을 교체하고 급유를 받을 모양이고, 탑승객도 두어 시간 땅을 밟을 수 있을 것 같았다. 그러나 기내 방송은 연착을 했으므로 방콕까지의 손님만 내리고 계속 여행할 손님은 기내에 머물러 있으라고 했다. 남은 여비를 물건값이 싸다는 방콕 면세점에서 털어버리려고 잔돈까지 샅샅이 뒤져내가지고 벼르던 사람들이 여기저기서 웅성대며 불평을 터뜨렸다. 방콕에서 내린 탑승객들이 거의 외국인이었으므로 서울행 에어프랑스에 남은 손님은 한국인이 대부분이었다. 청소원들이 들어와 닫힌 공간에 여럿이 십여 시간을 붙어앉아 먹

고 마시고 잔 어수선한 자국을 신속하게 지워갔다. 자리가 많이
비어 남궁씨는 노파의 옆자리를 면할 수 있을 것 같았다.

"몇 시간이나 남았수?"

노파가 고개를 빼고 두리번대는 남궁씨의 소매를 당기면서 물
었다. 남궁씨는 못된 짓을 하다가 들킨 것처럼 괜히 움찔했다.

"글쎄올시다. 두세 시간이면 땅을 밟게 되겠죠. 지루하셨죠?"

"아이구, 아녜요. 하나두 안 지루해요. 연착할 거 없이 이왕이
면 무슨 사고가 나서 오던 길을 되짚어 간다구 해도 끄떡없다우."

노파가 고른 이를 드러내고 웃었다. 남궁씨는 만약 그런 일이
있다면 비행기에서 뛰어내리기라도 할 것처럼 무턱대고 땅이 밟
고 싶었다. 비행기 바퀴가 땅에 닿아 있다는 것과는 상관없이 갈
증처럼 다급하게 발바닥에 땅을 느끼고 싶었다. 남궁씨는 방콕에
서 내릴 수 없다는 것을 자기 혼자서 너무 견딜 수 없어 한다고 생
각하면서 막막한 외로움을 느꼈다.

노파의 옆자리를 면하긴 틀린 것 같았다. 방콕에서 탑승한 승객
이 꾸역꾸역 빈 자리를 메우기 시작했다. 승무원도 교체가 되어
한국인 스튜어디스가 이제부터 여러분을 서울까지 편안히 모시겠
다고 인사를 했다.

"저 계집앤 틀렸어."

노파가 표독하게 말했다. 남궁씨는 노파의 그런 말투가 싫었지
만 그 새로운 스튜어디스가 마음에 안 들기는 마찬가지였다. 특별
한 밉상도 아닌데 이상한 일이었다. 평균치의 우리나라 여자들보
다 오히려 정돈된 이목구비와 아담한 몸매를 하고 있었음에도 불
구하고 승객을 귀찮아하는 마음이 여실히 드러난 표정을 보자 울

컥 짜증이 치밀었다. 다들 그렇게 느끼고 있다는 것을 남궁씨는 파리로부터 일행과 자리를 가까이하면서 은연중 생긴 공감대를 통해 감지하고 있었다. 스튜어디스가 칸막이 뒤로 사라지자 누군가가 하품하는 소리로 말했다.

"저 여자 보니까 한국 다 온 실감 나네. 제기랄."

다들 옳소 하는 표정으로 고개를 끄덕였다. 노파에게 우황청심환을 가지러 왔던 빨간 잠바가 다시 통로 쪽에서 남궁씨의 어깨를 짓누르면서 노파에게 속삭였다.

"아까 그 서양남자는 인물도 좋고 인심도 좋더니만 어쩌면 수인사 한마디 없이 없어져버렸을까요? 서운하네요, 자매님."

"한국땅 다 왔으니 슬슬 구박맞을 준비를 해야지 어쩌겠수."

귀국할 날을 앞두고 딸이 비행기를 에어프랑스로 예약했다고 했을 때 남궁씨는 암말 안 했지만 속으로는 여간 괘씸하지가 않았다. 그동안 주리 참듯 참던, 빨리 내 나라 땅을 밟고 내 식으로 퍼지고 싶은 욕망은 우선 내 나라 비행기만 타도 반은 충족될 것 같았다. 타기만 하면 당장 내 나라 같을 우리 비행기 놔두고 에어프랑스라니. 같잖은 것 같으니라구. 그는 별것도 아닌 걸 가지고 딸을 고깝고 아니꼽게 여기면서도 촌스러워 보일 것 같아 애써 내색하진 않았다.

타고 보니 기내 서비스를 맡은 승무원이 아주 잘생긴 백인 미남이었다. 성지순례단을 비롯해서 함께 무리를 지어 모여앉은 한국사람들의 대부분은 외국여행에 익숙지 않아 뵈는 노년층이었다. 기내 방송도 알아들을 수 없는 외국 비행기를 탄 긴장감이랄까, 조심성 같은 걸 남궁씨도 이심전심으로 느낄 수가 있었다. 남궁씨는 혹시 우리 동포가 무시당하는 꼴을 보게 될까봐 조마조마했지만 미남 승무원의 친절은 참으로 완벽했다. 처음 기내식이 나왔을 때, 마실 것을 뭘로 하겠느냐를 물을 적에도 일일이 적포도주, 백포도주, 맥주, 생수 등을 들어서 보여주면서 환한 미소로 의견을 물었다. 할머니들이 알코올음료를 천부당만부당하다는 듯이 도리질을 하며 거부하고, 맹물을 청하는 모습은 남자들의 술자리에 낀 새침데기 처녀가 맥주 한 잔도 못 마시는 척 질겁을 할 때처럼 귀엽기조차 해서 남궁씨는 백포도주를 즐기며 비죽비죽 미소짓곤 했다. 그럴 것 없다고 제일 먼저 아는 척을 한 것은 바로 남궁씨 옆자리의 노파였다. 노파는 기회 있을 때마다 해외 나들이가 처음이 아니라는 걸 비치고 싶어했는데 그때도 혼자만 포도주를 청해 마시지 않고 뒀다가 배낭 속에 챙기면서 그렇게 해도 상관없다는 시범을 보였다. 다음 식사때부터는 너도나도 그대로 했다. 병마개를 따지 말고 그냥 달라고 청할 수 있을 만큼 할머니들은 미남 승무원과 쉽게 친해졌다. 포도주를 챙기는 김에 잼이나 버터, 심지어는 일회용 식사도구까지 가방에 쑤셔넣는 이도 있었다. 그뿐이 아니었다. 처음엔 황송해하던 백인 미남의 서비스를 마음껏 즐겨보려는 분위기까지 감돌기 시작했다. 자주 물을 청하기도 하고 베개나 담요를 더 달라기도 했다. 뭐가 없어졌다고 손짓 발짓으로 흉내를 내어 그로 하여금 발밑을 더듬게 하기도 했다. 남궁씨가 아슬아슬해하는 것과는 상관없이, 그 미남 백인의 태도는 한결같이 귀부인에 봉사하는 기사처럼 우러나는 기쁨과 공손함으로 일관했다. 부르지 않아도 잠든 할머니만 보며 흘러내린 고개를 바로 잡아주고 담요를 양어깨 밑으로 꼭꼭 여며주는 모습은 아기를 돌보는 어머니처럼 거짓없이 자애롭고도 완벽하게 아름다워서 남궁 씨는 제발, 그만 그만 하라니까 하는 비명을 참을 수 없는 기분이 되곤 했다. 남궁씨는 자신이 참을 수 없는 게 동포들의 주책없는 주접스러움인지 백인의 지고지순한 봉사정신인지도 잘 분간이 안 되었다. 다만 죽자구나 엉겨붙고 싶어하면서도 밥의 뉘처럼 단호 하게 고립된 자신을 느낄 뿐이었다.

그렇게 안 오던 잠이 문득 남궁씨를 엄습했다. 자신의 코고는 소리에 놀라서 고쳐앉길 거듭하면서 그 사이사이에 악몽을 꾸었 다. 악몽은 집요하게 연결이 되었다. 노파가 그를 흔들어 깨웠다. 좌석벨트를 매라는 기내 방송이 들려오고 있었다. 노파가 기창 밖 을 내려다보면서 다 왔다고 환성을 질렀다. 남궁씨도 우리의 산천 을 눈으로 확인했다. 그러나 곧 산천은 바다로 변했다. 노파도 정 말 산천을 본 것일까. 같이 오면서 쭉 궁금해하던 생각이 또 났다. 노파는 시력이 겨우 밤낮이나 가릴 수 있을 정도라는 말과 어울리 지 않는 행동을 자주 했다. 뒤에서 웅성웅성 짐을 챙기면서 스튜 어디스를 욕하는 소리가 들렸다. 방콕에서 써버리지 못한 돈을 기 내 쇼핑으로 쓸 요량으로 그녀에게 도움을 청한 듯했다. 기다리라 고만 해놓고 코빼기도 안 비치다가 나중에서야 물건이 거의 다 팔 렸다고 한 모양이었다. 그녀의 잘못도 아니련만 모두들 동족에게 무시당했다고 분개하는 걸 들으며 남궁씨는 그간의 부질없는 긴 장과 갈등이 풍선처럼 쭈그러드는 걸 느꼈다.

"그러게 내 뭐랍디까? 내 관상은 못 속인다니까."

노파가 일행 쪽을 돌아다보면서 의기양양하게 외쳤다. 남궁씨 는 속이 근질근질하면서 내 관상도 한번 봐달래고 싶은 충동을 느

껐다. 할머니, 하고 부르자마자 그런 충동은 열없어졌지만 할머니는 의아한 듯 그를 빤히 바라보았다. 순례단 중에서도 최고령자답게 백발에 쪼그라든 얼굴이었지만 눈만은 의안처럼 부조화스럽게 홀로 말똥말똥했다. 사물을 제대로 분간 못하기 때문에 더 그럴 수도 있겠고, 사물을 제대로 분간 못한다는 게 거짓말일 수도 있으리라. 아무려면 그게 나하고 무슨 상관이란 말인가? 남궁씨는 그렇게 생각하면서도 자기 얼굴을 뚫을 듯이 바라보는 노파의 눈길이 섬칫했다. 만약 시력이 형편없다는 게 정말이라면 지금 노파의 눈에 비친 자신의 얼굴은 어떤 모습일까. 애매한 윤곽 속에 이목구비가 두루뭉수리하게 함몰된 괴물의 형상이 생생하게 떠올랐다. 악몽 속에서도 그렇게 생긴 괴물에게 쫓기느라 소리나지 않는 절규로 목구멍을 짐승처럼 헐떡인 생각이 났다.

공항엔 아내와 맏아들 내외가 마중나와 있었다. 남궁씬 곁눈질로 열심히 출영객들을 살폈다. 뭘 꾸물대냐고 아내가 핀잔을 주었다. 회사에선 아무도 마중나와 있지 않았다. 하긴 제멋대로 연장한 여행이니 귀국 날짜를 알 리가 없지. 그러나 그건 말도 안 되는 소리였다. 만약 회사에서 그동안 그가 아쉬웠으면 집으로 얼마든지 연락을 취해볼 수 있는 일이었다. 남궁씨는 울 것처럼 그게 허전하고 쓸쓸했다. 빨리 회사에 들어가봐야 한다면서 아들도 남궁씨가 머뭇대지 못하게 재촉을 했다. 그놈의 자가용 좀 얻어타려고 아내가 억지로 아들을 마중나오게 했으리라고 남궁씨는 짐작했다. 아들의 운전솜씨는 신경질적이었다. 전에도 자주 느낀 일이었지만 꼭 푸대접만 같아서 고까운 마음이 들었다. 그래도 그는 막연히 뭔가를 기다리며 차창 밖을 감회 없이 내다보았다. 비행기에

선 뛰어내려도 좋다고까지 여길 만큼 밟고 싶어했던 땅이었다. 마침내 돌아왔다는 느낌은 상상한 것과는 딴판으로 삭막했다. 가슴이 울렁거리기는커녕 무겁게 가라앉는 느낌이었다. 오랜 만에 만난 식구들하고도 아무런 교감이 이루어지지 않은 채 붙어앉아 있다는 것은 숨이 답답한 일이었다. 남궁씨는 차창 유리를 조금 내렸다. 바람이 뜻밖에 찼다. 입고 있는 엷은 베이지색 잠바가 을씨년스럽게 느껴졌다. 이 땅은 옷이 여러가지 필요한 고장이었다. 사람들마다 따뜻하고 짙은 색깔 옷을 입고 있었다. 같은 기온에서도 봄과 가을 옷이 사뭇 달랐다. 지금은 가을이 깊어가는 중이로구나. 남궁씨는 낯선 나라에 처음 발을 디딘 것처럼 그렇게 생각했다.

"참, 당신 안 계신 동안에 큰 손님들이 왔다우."

아내는 갑자기 생각난 듯이 말했지만 참고 있다가 내뱉는 말투였다.

"나한테?"

앞자리의 며느리가 짧게 웃는 소리가 남궁씨 귀에 거슬렸다.

"그럼 당신한테지 누구한테겠수. 당신이 초청했다면서요. 왜 있잖아요? 재작년인가부터 연락이 닿기 시작한, 당신하고는 육촌인가 팔촌인가 된다는 그 연변동포 말예요. 초청을 하시려거든 저하고 의논이라도 한마디 하시든지, 갑자기 들이닥치게 하면 어떡해요. 당신도 안 계신 사이에."

남궁씨는 할아버지를 뵌 적이 없다. 그가 태어나기 전에 돌아가셨고, 할아버지에겐 형님이 한 분 계시다는 것도 아버지로부터 들어 알고 있는 정도지 뵌 적은 없다. 그래도 친할아버지보다는 종조부에 대해서 더 궁금해하기도 하고 의미 부여를 하고 싶어한 것은, 청년시절 나라를 빼앗기는 걸 보고 울분을 참지 못해 독립운동을 하러 중국으로 갔다고 전해들은 그분의 이색적인 생애 때문이었다. 남궁씨의 아버지가 그 일을 그닥 좋게 말한 건 아니었다. 당대의 풍습대로 조혼을 한 종조부에겐 그때 이미 처자식이 있었다고 한다. 아버지에겐 사촌형뻘이 되는 그 아이가 장성하지 못하고 일찍 죽자, 집 나간 남편을 원망하기보다는 남기고 간 혈육을 제대로 키우지 못한 죄 많은 팔자만을 심히 부끄러워하며 시들시들 말라가던 그애 어머니도 삼십을 넘기지 못하고 아들 뒤를 따라간 모양이었다. 어린 나이지만 큰집이 그렇게 흔적도 없이 무후(無後)해지는 걸 지켜본 아버지는 그분이 원망스럽기도 했을 것이고 경외스럽기도 했을 것이다. 그리하여 그분에 대한 아버지의 평가는 들쭉날쭉했다. 해방 후 한때는 아버지도 선대에나 당대에 별로 이렇다 할 인물을 배출하지 못한 가문을 그분 덕으로 빛내볼 생각이 없지 않았던 듯하다. 툭하면 그분을 대단한 독립운동가인 양 자랑을 하고 싶어했지만, 남궁씨는 어려서부터 솔직히 말해 그 양반이 독립운동을  하러 갔는지, 아편장사를 하러 갔다가 얼어죽었는지 알 게 뭐냐는 식의 아버지의 폭언을 들어왔기 때문에 그닥 믿기지 않았다. 그나마 남궁씨의 어렸을 적 기억이고 남궁씨 역시 소년시절에 아버지를 여의어서 종조부의 생사나 정체까지 궁금해할 만큼 편안한 세월을 보내지 못했다. 그러나 자식을 낳아 기르면서 가족사 속에 한두 사람의 의인이나 지사쯤 있는 게 없는 것보다는 낫다는 생각으로 더러 자식들 앞에서 그 어른을 적당히 각색해 우려먹은 적도 있지만 다 지난 일이었다. 귀담아듣지 않는 얘기를 무슨 재미로 각색을 하겠는가. 남궁씨 또한 자신이 각색한 얘기는 물론 아버지의 엇갈린 주장이 다 종조부의 진짜 모습과는 아무 상관이 없는 허상이란 걸 알고 있었다.

그런 종조부가 만주에 정착해 살면서 퍼뜨린 자손들이 고국의 친척을 찾아 여러 갈래의 통로로 수소문한 끝에 마침내 당도한 게 남궁씨였다. 당초의 뜻은 그랬는지도 모르지만, 나중에 종조부는 독립운동가도 아편장수도 아니었나보다. 만주에서 만난 조선처녀와 혼인해서 아들 딸 낳고 농사 짓고 고희의 수까지 누렸다고 한다. 그러나 고향에 남긴 일점혈육에 대해선 죽는 날까지 잊지 못한 듯 임종할 때도 자식들에게 언제고 고국땅과 왕래할 수 있는 날이 오거든 제일 먼저 큰형을 찾아가 우의를 나누도록 신신당부했다고 한다. 그러나 유언을 받은 자식들은 다들 늙어죽고, 손자들이 늙어갈 무렵에나 겨우 고향땅과 소식을 주고받고 더러 왕래도 할 수 있을 만큼 길이 트였다.

그들이 바로 종조부의 직계인 남궁씨의 육촌들이었다. 그러니까 그들이 애타게 찾은 국내 친척은 그들의 큰아버지나 그 후손이었으나 그 집안이 절손 상태이고 보니 마침내 남궁씨한테까지 이른 것이었다. 국내에선 누가 수고를 하고 수소문을 해서 육촌까지 찾아내게 되었는지 그 경로까지는 알 길이 없었으나, 아무튼 삼대까지 거슬러 올라간 자세한 자기 소개와 함께 친척을 찾은 벅찬 감격으로 다소 흥분한 육촌의 편지를 받은 게 재작년이었다. 연변으로부터였고 한문을 섞어 쓴 한글은 유려한 달필이었다. 직업이 의사라고 했다. 한의인지 양의인지는 밝히고 있지 않았지만 괜히 한의사일 것 같았다. 최초의 편지에는 남궁씨도 만감이 교차하여

즉각 회신을 보냈으나 다음부터 피차 할말도 없어지고 하여 일 년에 두세 번씩 안부나 주고받았었다. 그쪽 역시 할말이 없어서였겠지만 편지 사연은 죽기 전에 고국땅 한번 밟아보고 싶다는 절절한 소원으로 일관했다. 남궁씨도 자연히 언제든지 오기만 하면 환영한다는 의례적인 답장을 쓴 적은 있어도 정식으로 초청장을 보낸 적은 없었다.

그쪽에선 그 정도의 편지가 초청장을 대신할 수 있는 것일까, 남궁씨는 속으로 의아했지만 초청한 일이 없다고 말하기도 싫었다. 발뺌 같아서였고 연변 친척을 별로 달가워하지 않는 것 같은 식구들의 냉담한 태도가 울컥 밉살스럽기도 해서였다.

"언제 왔는데?"

"한 달포는 됐을걸요."

"그럼 왜 나한테 연락들 안 했소. 내가 영애네 가 있을 적인데."

"연락했으면요? 연락했으면 생전 처음 나간 외국여행 걷어치고 달려오실려구요? 정성이 하늘에 닿았구랴."

아내의 말투는 비꼬는 투였고, 또 몹시 공격적이었다. 남궁씨는 자기가 없는 동안 식구들이 마음껏 친척들을 푸대접한 게 눈에 보이는 듯해 와락 역정이 치밀었다.

"무슨 말을 그렇게 고약하게 하는 거요? 생전 시집식구 치다꺼리라고는 모르고 살더니만 버르장머리하고는……."

남궁씨는 며느리하고 함께라는 것도 잊고 언성을 높였다. 아들과 나란히 앞에 앉은 며느리가 어깨가 흔들릴 정도로 킬킬댔다.

"내가 시집식구 치다꺼리를 안 했다구? 아이구 기가 막혀."

할말이 너무 많아 되레 말문이 막혀 입술만 떠는 아내를 바라보면서 남궁씨는 비로소 아차, 싶었지만 돌이킬 수 없는 일이었다. 아내야 사 년 동안이나 노모의 뒤를 받아낸 시집살이를 생각하고 분개하고 있는 게 뻔했지만, 남궁씨는 우황청심환으로 하여 겪은 모멸감이 먼저 떠올랐다.

"아버님, 우리도 하느라고 했어요. 어머님은 저녁 초대도 하고 여관에 김치도 해 나르시고, 아범도요 바쁜 사람이 일요일도 못 쉬고 롯데월드랑 육삼빌딩이랑 모시고 다닌 걸요. 차가 있으니 어쩌겠어요."

단지 차 때문이라는 말투였다. 이까짓 똥차 하나 굴린다고 유세하는 말투가 마뜩찮아 남궁씨는 얼굴을 찡그렸다. 그러나 화살은 만만한 아내 쪽으로 돌렸다.

"아니 그럼 그 먼 데서 온 친척을 여관에서 묵게 내버려뒀단 말이오?"

"그래요. 그러니 어쩔 테유. 당신이 이렇게 공 모르는 사람이란 걸 모르고 나도 처음엔 집으로 모실려고 했다우. 그쪽에서 마답디다. 한두 식구라야죠. 당신 육촌이 달고 온 식구가 도대체 몇인 줄이나 아슈?"

"그럼 육촌 혼자가 아니란 말이오?"

남궁씨의 언성이 슬그머니 누그러졌다.

"마나님하고 동부인을 한 데다가 처제에다 처조카까지 안동을 하고 왔습디다. 무슨 살판이 난 줄 아는지, 자그마치 네 식구예요."

몽매에도 그리던 조국을 찾아온 사람들에게 어떻게 저런 말투를 쓸 수가 있단 말인가? 그러나 남궁씨가 뭐라고 하기 전에 며느리가 먼저 참견을 하고 나섰다.

"어머님, 지금 그 식구들이 문제가 아니잖아요."

"그래 네 말이 맞다. 이 양반이 하도 남의 화를 돋우니까 초점이 흐리게 되지 뭐냐? 그 사람들이 여럿인 건 문제도 아니라구요. 그 여럿이 제가끔 얼마나 큰 한약보따리를 들고 왔는지 알아요? 우황청심환만 해도 네 사람 걸 한데 모아논 게 이불보따리만합디다."

남궁씨는 우황청심환 소리에 정신이 번쩍 났다. 중국을 찾는 한국관광객이 그걸 몽땅 쓸어 사는 바람에 지방에 따라서는 품귀현상까지 빚고 있다는 걸 신문에서 읽은 생각이 났다. 그 좋은 게 저절로 굴러들어왔는데 모두들 귀찮아하는 걸 남궁씨는 도무지 이해할 수가 없었다.

"우황청심환이라면 현금과 마찬가질 텐데 무슨 걱정이란 말이오?"

"그랬으면 오죽이나 좋겠수, 이 답답한 양반아. 글쎄 중국산 우황청심환이 함량 미달의 가짜라는 게 밝혀졌지 뭐유. 우리 기술로 분석한 결과 그렇게 밝혀졌다고 신문에서 떠들고 나자 청심환 인기가 뚝 떨어질밖에요. 하필 고때를 맞추어 그 사람들이 들이닥칠 게 뭐람."

아내의 말에 추연한 동정심이 어렸다. 요는 우황청심환이 문제지, 아내가 그 사람들을 특별히 귀찮아하는 것은 아닌 듯했다. 그 사이에 그런 변화가 있었던가? 겨우 두 달 상간이었다. 용궁의 사흘이 이 세상에선 삼십 년이더라는 옛날이야기 속을 들어갔다 나왔으면 모를까, 남궁씨는 도무지 믿기지가 않았다. 그러나 그는 현실에 적응하려고 애썼다.

"안 팔리면 도루 가져가면 될 거 아뉴? 절대로 가짜일 리는 없으니 우리라도 좀 팔아주든지."

"좀 팔아줘서 될 일이 아니라니까요. 이 기회에 생전 살 걸 벌어보자고 작정을 한 사람들 같더라구요."

"그럴 리가 있겠소. 의사라던데. 사회주의 나라니 노후 걱정은 안 해도 될 테고."

"사회주의가 물욕에 눈뜬 건 더 못 봐주겠더라구요. 어머니 말씀이 맞아요. 약장사 한탕 잘 하면 팔자를 고치는 걸로 소문이 나 있고, 실제로 초기에 다녀간 동포들은 생전 벌어도 못 만져볼 큰돈을 번 것도 사실이고요. 그러니 너도나도 올리려고 안 하겠어요? 그쪽 정부에서도 나가서 요령껏 딸라 좀 벌어오라고 부추기는 인상이거든요. 여행은 허락하면서 여비는 한 푼도 못 갖고 나가게 하고 물건은 얼마든지 괜찮다니 음성적인 수출장려지 뭐예요. 거의가 다 빚을 얻어서 그렇게들 약재를 사온다니 정부나 개인이나 그런 식으로 딸라에 환장을 해서 어쩌겠다는 건지, 참 그 사람들 큰일이에요."

처음으로 운전석의 아들이 참견을 했다. 냉정한 말투였다. 결혼 날짜를 받아놓고, 너는 맏이니까 그런 생각이 없을 줄 안다만 우린 아직 젊고 앞으로 결혼시킬 애들도 남아 있으니 일 년만 같이 살고 내보내주겠다고 크게 인심쓰듯 말한 적이 있었다. 그때 아들은 망설이지 않고 딱 잘라 말했었다. 우린 처음부터 나가 살겠습니다. 그때도 그렇게 냉정한 말투였다. 남궁씨는 그때 오만정이 떨어지던 걸 어제 일처럼 떠올리면서 일부러 입을 꽉 다물고 대꾸하지 않았다. 그러나 속으로는 뭐가 큰일이냐? 이까짓 똥차 하나 유지하려고 삭신을 혹사하는 너는 뭐가 좀 낫냐? 하고 비꼬고 있었다.

"아버님도 이제 만나보시면 아시겠지만 그 사람들 어쩌면 그렇게 후진지요. 꼭 우리 오십년대 말 같은 궁상이라니까요."

며느리의 이런 말에도 남궁씨는 속으로만, 본데없는 것 같으니라구, 시집어른들한테 그 사람들이 뭐냐? 그래도 들은 풍월은 있어서 뭐 오십년대 말? 넌 그때 태어나지도 않았어. 너 따위가 그 시절의 의미를 뭘 안다구. 이러면서 자기만이 오십년대를, 그 신산한 세월을 부둥켜안은 것처럼 느꼈다.

아들 내외는 문지방도 안 넘고 집앞까지만 데려다주고 돌아갔다. 아들은 회사로 급히 들어가야 한다고 했고, 며느리는 아이가 학교에서 돌아올 시간이라고 했다. 남궁씨는 집으로 들어오자마자 트렁크를 메다꽂으면서 아내에게 신경질을 부렸다.

"걔들은 왜 불렀소? 그까짓 자가용 얻어타자고? 공항엔 버스도 택시도 동났답디까? 도대체 영감을 어떻게 보고, 외국 한번 나가는 걸 무슨 벼슬인 줄 알고 공항엔 꼭 자가용으로 들락거리고 싶어하는 족속 취급을 하는 게요? 남도 아니고 자식한테 그까짓 똥차 한번 얻어타고 이런 수모를 겪게 하다니."

"걔들이 뭘 어쨌다고 그러세요? 그리구 똥차 아녜요. 이번에 새로 뺐어요. 쏘나타루다. 보태준 거 없이 그만큼 사는 걸 대견해 해야지 어쩌겠수."

아내가 불붙는 데 키질을 삼가고 심란한 목소리로 다독거렸다. 그때 전화벨이 울렸다. 아이구, 얼마나 기다렸으면 때도 잘 맞추

네. 보나마나 연변동폴걸. 이렇게 중얼거리며 수화기를 들었다.

"예, 예, 방금 들어오셨어요. 예, 예, 바꿔드릴게요."

얼떨결에 수화기를 받아든 남궁씨는 여봅쇼, 아, 성님이요? 나요 나, 령이가 왔소, 날래 보십시다, 하는 소리가 하도 우렁차서 수화기를 약간 떼면서 자기도 모르게 피곤한 목소리가 나왔다. 장장 스무 시간을 비행기만 탔다는 얘기와 그동안에 거의 눈을 붙이지 못했으니 지금 누우면 내일까지 못 깨어날 것 같다는 변명을 두서없이 하면서 아내를 향해 곱지 않은 눈을 떴다. 도착할 시간을 그렇게 정확하게 가르쳐줄 게 뭐였을까 싶어서였다. 남궁씨는 자기도 연변동포를 귀찮아하고 있다는 걸 상대방이 눈치챌까봐보다는 아내가 알까봐 더 신경이 쓰였다. 래일이요? 래일두 일없구말구요. 육촌아우뻘 되는 영의 목소리는 여전히 명랑하고 씩씩했다. 건강하고 감정이 섬세하지 않을 것 같은 목소리에 남궁씨는 친화감을 느꼈다. 아내가 밥상을 차리는 것 같았다. 구뜰한 된장국 냄새가 났다. 딸네 집에서도 우리 식으로 먹었지만 아내의 된장국 맛은 그의 집에서만 볼 수 있는 맛이었다. 만 하루를 기내식으로만 견딘 속은 그득한데도 식욕이 동했다. 그러나 남궁씨는 토라진 마음 때문에 꾹 참고 오로지 잠이 급한 것처럼 자리 먼저 깔고 길게 누웠다. 허리와 사지를 마음껏 뻗는 쾌감이 에구구, 소리가 절로 나게 황홀했지만 잠은 생각처럼 쉽게 오지 않았다.

"주무시우? 아마 못 주무실 거유. 시차라는 게 그렇답디다."

아내가 머리맡에서 이렇게 운을 떼고 나서 계속해서 구시렁거렸다. 또 연변동포들 얘기였다. 남궁씨는 못 듣는 척했지만, 수면을 갈망하면서도 잠들지 못할 때의 불유쾌한 각성 상태를 아내의 목소리는 마냥 끌고 갔다. 차내에서 못다 한, 연변동포들이 얼마나 못 살고 조야하고 억척스럽다는 얘기를 아내는 지치지도 않고 하고 싶어했다. 가짜로 판명이 난 청심환을 진짜라고 우기면서 연줄을 통해 억지로 떠맡기는 것도 한계에 달한 동포들이 직접 거리로 나앉아서 덕수궁 돌담길이 중국산 약종상 길로 변했다는 얘기도 했다. 설마 그럴 리가. 남궁씨는 두 달도 안 되는 사이에 세상이 그렇게 변했다는 게 믿어지지가 않아 제 집, 제 잠자리로 돌아왔다는 실감까지 잡치는 걸 느꼈다. 아내도 이상했다. 남궁씨의 친척을 꼭 집어 지칭하지 않고 일반론처럼 말하면서도 아내의 말투엔 지나친 관심과 혐오감이 배어 있었다.

다음날 아내가 가르쳐준 대로 찾아간 여관은 광화문 근처의 중심가였지만 재개발지역이라 환경이 구질구질했다. 그 금싸라기 땅에 빈 집도 더러 눈에 띄었다. 여관은 버젓한 오층 건물이었지만 마지막날까지 제 몸 안 아끼고 돈만 버느라 피폐해져 있었다. 현관을 들어서자마자 김치찌개 냄새가 진동을 했다. 접수 창구가 달린 현관방에 여러 식구들이 모여앉아 식사를 하고 있었다. 접객업소의 무신경이 못마땅하여 남궁씨는 적당히 거만하게 삼백오호실 손님에게 인터폰을 넣어달라고 부탁을 했다.

"아, 그 연변서 온 사람들 말이죠. 올라가보슈. 그냥 올라가봐요."

꾸역꾸역 밥을 먹고 있던 주인이 퍼질러앉은 채 턱주걱으로 이층으로 난 계단을 가리키며 말했다. 남궁씨는 그런 불손한 태도에서도 주인이 연변동포를 얼마나 대수롭지 않게 여기고 있는지 짐작할 수가 있었다. 우중충하고 눅눅한 복도 구석방이었다. 노크를 하면서 문을 밀어봤더니 쉽게 열렸다. 남궁씨보다 훨씬 늙어 보이면서도 낙천적인 동안의 남자가 누구냐고 확인도 하지 않고 아이고, 성님 하면서 와락 달겨들더니 남궁씨를 껴안고 볼을 부볐다. 완전 서양식이었다. 그의 힘찬 가슴의 박동을 가슴으로 느끼면서 남궁씨는 비로소 감동이 벅차오르는 걸 느꼈다. 한편 그가 울까봐 겁이 나기도 했다. 그때 하필 친척이 아니라도 동포만 만났다 하면 눈물을 철철 흘린다는 이북사람 생각이 났기 때문이다. 남궁씨는 그것만은 따라 할 자신이 없었다. 남궁씨를 풀어준 연변 아우는 그러나 활짝 웃고 있었다. 우리 친척 중에 저런 웃음을 웃을 수 있는 이가 있다니, 싶을 만큼 눈부시고 너그럽고 대륙적인 웃음이었다. 하긴 의인 아니면 기인이었을 종조부의 직계후손이니까. 그는 소년처럼 종조부의 혈통이 자랑스러워지면서 아직도 속에서 보깨던 소인스러운 오만가지 잡념이 눈 녹듯이 사라지는 걸 느꼈다. 늙은 여자 중 한 사람이 아이고 아지바니, 하면서 그의 손을 잡았다. 그리고 정식으로 뵙기요, 하면서 남편에게 눈짓을 했다. 남궁씨더러 먼저 자리에 앉길 권했지만 엉거주춤하고 서 있다가 그들의 절에 맞절로 답했다. 육촌 계수하고 생긴 거나 연령이 비슷해 보이는 부인이 처제라고 했다. 식구들한테 들은 처조카는 보이지 않았다.

"한 분 더 계시다고 들었습니다만."

남궁씨는 그이들과 금세 친밀감을 느낄 수 있어서 마음이 놓였으나 역시 할말은 없어서 그것부터 물었다.

"련회 말인갑다. 글씨 갸아가 어제 남대문시장 귀경 갔다가 기름튀기가 먹음직하다고 한보따리를 사다가 밤새 쉬엄쉬엄 다 처먹드니만 리질을 만났나, 저리 뒷간을 들락들락해싸니."

처제라는 노부인이 말했다. 물 내리는 소리가 나고 화장실 문이 열리면서 한창 나이에 활짝 핀 아가씨가 상냥하게 인사를 하면서 나타났다. 방에 화장실 딸렸다는 게 여간 다행스럽게 여겨지지 않았다. 젊다는 건 좋은 일이었다. 아가씨는 얼굴도 곱고 아무렇게나 입은 평상복도 세련돼 보였다. 남궁씨는 비로소 긴장을 풀고 방안을 살펴보았다. 장판 비닐이 주글주글 낡은 방은 부모자식간이라 해도 네 식구씩이나 기거하기엔 협소한 방이었다. 게다가 한쪽 벽엔 우황청심환을 비롯한 각종 약재가 장롱 하나 부피는 되게 쌓여 있었고 그 위에는 녹용이 한 대 통째로 우아하고도 신비한 위용을 자랑하고 있었다. 그러나 남궁씨 눈엔 우황청심환만 들어왔다. 그리고 그의 가족사 속의 한 기인이 만들어낸 불가사의한 거리를 뛰어넘어 간신히 상봉한 후손들의 감회를, 우황청심환의 값어치가 떨어진 것만큼의 무게가 짓누르는 것처럼 느꼈다. 처량하고도 고약한 느낌이었다. 만약 저 아우가 한낱 환약 따위의 값어치에 따라 인격까지 격하시키는 이 땅의 인심을 안다면 어떤 마음일까 자괴하면서도 그런 느낌을 극복할 수는 없었다.

아니나다를까, 서로 기억의 족보를 대조도 하고 오르락내리락하기도 하면서 남궁가의 틀림없는 후손이고 육촌간이라는 걸 확인하는 절차를 끝내자마자 육촌은 약 얘기를 꺼냈다.

"운수가 나빴든기라요. 집 떠난 건 구월인데 남들은 일주일 만에 받는 비자를 우리는 미운 털이 백였는지 차일피일하는 바람에 홍콩에서 한 달이나 지체를 했으니. 하필 그동안에 여기서 그 가짜 소동이 나지 않았겠소. 날은 자꾸 추워지고 반값에라도 후딱후

딱 파는 게 수라고 어찌나 성화들을 하는지, 래일부터라도 당장 거리로 나앉아 딴 동포들처럼 좌판을 벌이고 싶은데 그전에 성님하고 의논을 하게 됐으니 얼마나 다행인지 모르오."

"내가 무슨 힘이 있어야 말이지."

"도와달라는 게 아니야요. 성님한테도 리가 될 것 같아 하는 소리지요. 정말 반값이라니까요. 우린 그저 본전치기나 하자는 게지요. 금세 오를 테니 두고보시라우요. 앞으로 들어오는 량이 줄 건 뻔한 리치구요."

육촌이 돈 아쉬운 사람다운 궁기나 조바심을 전혀 나타내지 않고 느긋하고 명랑하게 그런 말을 하는 게 남궁씨 보기엔 매우 신기했다. 그뿐이 아니었다. 쉽게 달고 쉽게 식는 이쪽 풍토를 충분히 알고 있다는 태도도 조금도 냉소적이거나 업수이 여기는 투가 아니고 마냥 너그러워 보였다.

"사회주의 나라에서 온 자네가 더 장삿속에 밝으니 놀랍구만. 여기서 눌러 살아도 한밑천 잡고 살겠어."

남궁씨는 그런 말로 완곡한 거절을 대신했다.

"아이구 성님, 누가 죽을 때까지 호강을 시켜준대도 여긴 못 살뎁다."

"왜요? 왜 못 살아요?"

여기가 마음에 들었음이 역력한 계수가 쳐닿듯이 물었다.

"왠 왜야, 그 소리를 어케 믿고 살아, 살긴."

이렇게 핀잔을 주고 나서 여편네들은 시장으로 백화점으로 쏘다니는 재미에 세월 가는 줄 모른다고 남궁씨에게 설명을 했다. 남궁씨도 그 기회에 여자들에게 말로 수인사를 치렀다.

"어렵고 먼 길을 오셨는데 이런 누추한 데 계시게 해서 면목이 없습니다. 식구들 불찰도 있지만 제 힘이 워낙 딸려서요."

"성님도, 이 호텔이 어드래서요. 우린 려행사 잘 만나서 얼마나 호강인지 몰라요. 몰아다가 짐짝처럼 부려만 놓고 나 몰라라 해서 당장 잠자리 때문에 고생하는 동포가 얼마나 숱하다구요."

듣고 보니 여행사가 초청장은 물론 어떤 약재를 들여오면 가장 수지가 맞는다는 정보까지 제공해주면서 적극적으로 여행 알선을 한 만큼 여관비 등 최소한의 경비는 조달할 수 있도록 약재 판매에도 어느 정도 관여하고 있는 듯했다. 그럴 리야 없지만 자기가 정식 초청자가 아니라는 것만으로도 남궁씨는 마음이 한결 가벼워지는 느낌이었다. 못 말릴 소심증이었다. 방값만 내면 되고 식사는 방에서 지어먹는다고 했다. 현관서부터 여관 전체에 음식 냄새가 배어 있었다. 여인숙과 민박을 혼합한 것 같은 더러운 여관방을 꼬박꼬박 호텔이라 부르는 아우에게 남궁씨는 연민을 느꼈다. 개운치 않은 연민이었지만 아무튼 그런 느낌의 연장선상에서 돌연 생겨난 우월감 때문에 남궁씨는 적지않은 양의 우황청심환을 팔아보겠다고 떠맡았다.

거리에 나선 남궁씨는 촌스러운 보자기 사이로 비죽비죽 비져나오는 청심환갑을 내려다보면서 왜 하필 허구많은 약재 중에서 우황청심환이었을까? 하고 자신의 미련한 선택에 쓴웃음을 지었다. 갈 데가 없었다. 집에 가긴 싫었다. 연변 친척에 대한 아내의 혐오감만 돋울 일은 피하고 싶었다. 그는 용기를 내서 회사로 향했다. 그까짓거 이판사판이다 싶었다. 그동안 회사에선 집으로 아무 연락이 없었다고 한다. 출근해봤댔자 자신의 입지가 남아 있으리라는 희망은 없었다. 그러나 오백만 원도 안 되는 포상여행비만 받고 떨어질 순 없다고 생각했다. 자신의 공로를 그렇게 과소평가 당할 수 없다는 생각은 소심한 그로서는 파격적인 생각이었고, 전 엔 감히 꿈도 못 꿔보던 생각이었다.

그동안 사장실을 어찌나 잘 꾸며놨는지 한때 자신이 몸담고 있었던 데라는 느낌이 조금도 안 났다. 다행이었다. 그 대신 뒤쪽으로 조그맣게 회장실이란 구석방이 하나 새로 생겨난 게 눈에 띄었지만 안은 집기 하나 없이 텅 비어 있었다. 그가 거기라도 붙어 있으려는 눈치면 그때가서 책상 하나 걸상 하나 놔주려는 속셈이 뻔했다. 그는 보따리를 놓고 사장실에 버티고 앉아 출타중인 젊은 주인을 기다렸다. 돌아온 사장은 그를 깍듯이 대접했고 그는 덕택에 좋은 구경 많이 한 사례와 앞으로는 슬슬 여행이나 하면서 지낼 생각이라는 사의를 동시에 표현했다.

"회장님으로 모실 생각이었습니다만⋯⋯."

젊은 사장이 말끝을 흐렸다. 자네 호의는 받은 셈 치겠네, 하면서 남궁씨는 약보따리를 끌렀다. 자초지종을 간략하게 설명하고 나서 덧붙였다

"하필 가짜라고 소문난 물건을 가져와서 안됐네만 속내 아는 자네가 갈아 줘야지 어쩌겠나?"

"가짜는요. 그건 사회주의 나라의 경제체제를 모르는 무식한 사람들이 하는 소리지요. 공장이 다 국영인데 어떻게 가짜를 만듭니까. 함량 기준이 우리하고 좀 다르다고 가짜라고 단정을 해버리다니, 국교를 목말라하면서 그런다는 건 암만 생각해도 경솔한 짓이에요."

이렇게 적극 청심환을 두둔하면서 그걸 몽땅 인수를 해주었다.

"고맙긴 하네만 그걸 다 얻다 쓰려구?"

"두고두고 해외에 나갔다 올 적마다 선물로 쓰죠 뭐. 나갈 때마다 선물 챙기기도 보통 일이 아니거든요."

"내친 김에 하나 더 청을 하겠네. 꼭 들어줘야 하네. 안 들어주면 퇴직금 달라고 데모할지도 모르니 알아서 하게."

"설마 제가 퇴직금 안 드릴까봐 미리 엄포를 놓으십니까? 말씀해 보세요."

남궁씨는 녹용을 사달라는 부탁을 했고, 그는 가져와보라고 반승낙을 했다. 남궁씨에겐 연변 아우에게 여기선 보통 부자가 어느만큼 사나 보여주고 싶다는 허영심이 있었고, 젊은 사장에겐 골치 아픈 공로자를 몰인정하지 않게 제거하고 싶다는 아량이 있었다. 만사가 그들의 뜻대로 형통하여, 아우는 녹용을 통째로 삼백만 원에 팔고, 돈으로 쳐바른 육십 평짜리 아파트 속도 샅샅이 구경할 수가 있었다.

이제 그만큼 해줬으면 흡족한 마음으로 남은 약보따리를 걸머지고 돌아갈 줄 알았는데 그게 아니었다. 덕수궁 돌담길에서 시청앞 지하도로 쫓겨들어간 거리의 약방을 따라 남궁씨의 친척 네 식구도 좌판을 벌였다. 날은 하루하루 추워지고 있었다. 그들의 얇은 초가을 옷과 아무리 도와줘도 채워지지 않는 그들의 욕심이 보기 싫어 모르는 척하려고 해도 갈 데가 없어진 남궁씨의 발길은 매일 그곳으로 출근을 하다시피했다. 평화시장에서 싸고 보기좋은 두툼한 겨울옷을 사다가 그들의 어깨에 슬그머니 걸쳐주기도 하고, 유행 지난 옷을 아내와 며느리에게 구걸을 하기도 했다. 그럴 때마다 아내는 눈에 쌍심지를 돋우고 그들의 궁상에 욕지거리를 퍼붓곤 했다. 그러거나 말거나 그는 친척들 곁에 우두커니 앉아서 홍정에 끼여들기도 하고 말동무도 하면서 소일을 했다. 자연히 점심이나 저녁을 같이 할 적도 많았다. 아우도 계수도 소주를 좋아했다. 화장품이랑 꽤 괜찮은 옷이랑 잔뜩 갖다준 날이었다. 마누라가 아무리 좋은 걸 줘도 감지덕지할 줄 모르고 넙죽넙죽 받기만 하는 게 미안했던지 아우가 거나한 술김에 이렇게 말했다.

"성님도 자식 길러봤으니 부모 맘이 어드렇다는 걸 알죠. 북조선도 가보고 여기도 와보니까 꼭 부모 맘을 닮아갑디다. 자식 중에 못 사는 자식이 있으믄 그저 개져다 보태주고 싶구, 잘 사는 자식한테는 조금이라도 덕을 보고 싶은 리기심이 생기구. 성님이 리해하시라우요."

그리고 나서 그들이 북조선에 처가 친척을 만나러 갔을 때 얘기를 했다. 마누라는 준비해가지고 간 것을 다 털어주고도 신고 간 신, 입고 간 옷까지 동생의 헌것하고 바꿔입고 왔다고 했다. 그럼 그들의 기죽을 줄 모르는 뻔뻔스러움은 부모의식의 당당함이었단 말인가. 남궁씨는 어처구니가 없으면서도 그들이 싫어지거나 미워지지 않았다. 체류기간을 연장하면서까지 그들은 가져온 걸 다 처분하고서야 떠났다. 아내는 앓던 이가 빠진 것보다 더 시원하다고 했다. 그러나 남궁씨는 이제부터 혼자 뭘로 소일을 하나, 끈 떨어진 뒤웅박처럼 막막했다.

그날 밤 잠자리에서였다. 아내가 조용히 눈물로 베개를 적시고 있다는 걸 알아차렸다. 아내는 자주 그랬고 또 왜 그런다는 걸 남궁씨는 알고 있었지만 근래에 그런 눈치를 보인 건 처음이었다.

아내가 그 버릇을 고친 게 아니라 그동안 연변 친척한테 정신이 빠져 아내의 설움에 너무 소홀했었나보다. 그는 하던 버릇대로 아내를 돌아눕혀 조용히 안아주려고 어깨에 손을 얹었다. 아내가 기다렸다는 듯이 와락 돌아누우며 그의 가슴을 마구 두들겼다. 격렬한 오열 사이사이로 아내가 울부짖었다.

"현이 자식 나쁜 자식. 망할 놈의 새끼야, 그 새낀 정말. 아아, 당신 말짝으로 그 새낀 망종이야. 고작 그게 사회주의라니? 그 거렁뱅이 근성이. 그 자식은 그게 뭐가 좋다고 신세를 망치고. 엉, 엉, 엉."

아내는 막무가내로 울부짖었다. 남궁씨는 비로소 그동안 그들 부부가 사이에 끼고 엇갈린 게 연변동포가 아니라 둘째아들 현이였다는 걸 깨달았다. 연변동포에 대한 미움도 호의도 실은 그들의 실상과는 아무런 상관이 없는 것이었다. 낯선 친척을 보는 시각의 차이는 현이로부터 비롯되고 있었다. 현이는 대학 일학년 때부터 운동권이었다. 아무리 타일러도 소용이 없었다. 남궁씨는 자신의 소년시절을 엉망으로 밟고 지나간 육이오의 기억으로 운동권은 다 좌익으로 보았고, 좌경의 소지라면 이를 갈았다. 집안 망칠 망종 취급을 했다. 아내는 그가 말끝마다 아들을 망종이라 부르는 것을 제일 듣기 싫어했다. 아들의 말에도 일리가 있을 테니 들어보고 이해해주자고 아무리 애걸을 해도 남궁씨한테는 먹혀들지 않았다. 아들 또한 아버지하고는 한자리에서 입을 어울리기도 싫어했다. 부자지간은 점점 원수처럼 돼갔고, 현이는 학교를 졸업하기 전에 때려치우고 노동의 현장에 직접 뛰어들겠다며 아주 집을 나가버렸다. 가끔 옷도 가지러 오고 전화로 안부도 묻고, 즈이 에미하곤 그런대로 연락이 되고 있는 줄 알았는데 그게 아닌가. 남궁씨도 가슴이 덜컹 내려앉았다. 아내는 울음을 그치지 않았다.

"올 겨울엔 어떻게 된 게 옷도 안 가지러 오고 전화도 없구, 엉엉 엉, 어디 가서 죽었는지, 살았는지, 엉 엉 엉."

어떻게 아내를 위로할 것인가. 남궁씨는 첫 포옹처럼 가만가만 아내를 안았다. 그리고 가슴을 열고 서로의 상처를 조심스럽게 맞댔다. 나에게도 같은 상처가 있다오, 그걸 확인시켜주는 것밖에 위로의 방법이 없었다.

# 작 품 이 해

## ▌작가 소개 ▌

1931년 경기도 개풍에서 출생한 박완서는 서울대 국문과를 중퇴했으며, 1970년 《여성동아》에 전후의 가난과 절망적 상황 속에서 예술을 위해 몸부림치는 화가를(고 박수근 화백을 모델로 했다) 그린 장편 《나목》으로 데뷔했다. 등단작 《나목》에서도 뚜렷하게 부각되듯이 박완서 작품 세계의 중심은 반속주의로 지칭되는 현실비판의식이다. 박완서는 자신이 살아온 시대 경험 속에서 현실이 인간의 본질적인 생명의식이나 가치를 어떻게 유린하고 억압해왔는지에 대해 차분하게 보여주고 있다. 곧 인간생명에 대한 사랑이나 인간의 본질에 대한 근원적 탐구와 맞물려 그 자체를 방해하는 현대문명의 인간소외와 정치적·사회적 모순에 대한 비판의식으로도 발전해 나간다. 따라서 주제의 측면에서 박완서의 작품을 유형화할 경우, 그것은 크게 보아 자신의 성장과정 등 신변적인 체험을 통해 삶의 의지를 표출하거나 '고향'이라는 사라진 가치를 복원하고자 하는 작품과 생명이 말살당하는 현실에 대한 비판의식을 드러낸 작품으로 나눌 수 있다.

전자의 유형에는 소시민적 행복의 성취가 불가능한 현실을 자전적으로 표현한 〈카메라와 워커〉, 어린 시절의 성장 체험을 다룬

〈엄마의 말뚝1〉 등의 단편과 장편으로는 《그 많던 싱아는 누가 다 먹었을까》, 《그 산이 정말 거기 있었을까》 등이 해당한다. 이 작품들 속에는 수난과 격동의 세월 속에서 고향(어린 시절의 행복하고 아름다운 추억)으로 표현되는 아름다움과 순수한 가치가 상실되어 가는 과정이 잘 드러나 있다. 즉, 아름다움과 가치를 보존하고자 하는 노력이 얼마나 큰 고통을 수반하는가를 보여줌으로써 한 개인의 체험적 진실 속에 녹아있는 삶의 의미가 부각되는 것이다.

　후자의 유형은 박완서의 대부분의 작품이 해당한다. 초기작품으로는 아파트에서의 끔찍한 삶을 그림으로써 현대문명의 획일성과 인간소외를 비판한 〈닮은 방들〉과 비겁과 위선, 이해타산과 욕심이 판을 치는 현대사회를 비판한 〈부끄러움을 가르칩니다〉, 가난한 사람의 성실한 삶이 농락되는 현실을 고발한 〈도둑맞은 가난〉 등이 대표적이다. 이후 박완서는 장편 《도시의 흉년》과 《휘청거리는 오후》나 〈유실〉에 이르러 현대문명사회의 비인간화와 소시민의 세속적 무사안일주의를 극명하게 표출하기 시작한다. 낙태수술을 전문으로 했던 여의사가 마지막으로 '애기(생명)를 받아보는 염원'를 간직하나 끝내 좌절에 이르는 과정을 그린 〈그 가을의 사흘 동안〉에서는 생명존중사상을 강하게 내비치며, 〈꿈꾸는 인큐베이터〉에서는 심지어 부부사이에서도 경쟁관계에 놓여있는 숨막히는 도시와 집에서의 탈출을 보여줌으로써 인간존재와 여성에 대한 질문을 던지고 있다. 요컨대 이들 유형의 작품에서는 일상적 삶의 행복이 건강하고 균형잡힌 가치관에 뿌리내리지 못할 때 파멸로 이어지는 과정을 역설적으로 제시함으로써 비인간적인 현대

사회를 비판하고 있음은 물론, 정신적으로 황폐해진 토대 위에서 어떻게 사는 것이 올바른 삶인지에 대한 반성을 촉구하고 있다.

결국 박완서의 작품 세계는 중산층 소시민의 일상적 삶 속에 감추어진 내면의 공허함을 드러냄으로써 작은 행복의 성취마저도 불가능한 현실을 비판하고 있는 것이다. 아울러 〈엄마의 말뚝2〉 같은 작품에서는 격동기 한국 현대사회가 한 가족에게 어떠한 응어리를 만드는가에 주안점을 두고 형상화한다. 이를 통해 개인의 한풀기가 분단 극복의 과제와 연결되면서 민족의 한이나 정서로까지 고양될 수 있었던 것이다.


## ▌이해와 감상▐

이 소설은 남궁씨라는 한 인물을 내세워 소시민의 일상적 삶에서 생기는 내면의 공허감을 형상화하고 이를 치유하는 방법을 살피는 데 주력하고 있다.

이 작품에서 다루는 문제는 한국사회의 전반적인 문제들로, 매우 광범위하다. 서두부터 제시되는 한국 여행자들의 비행기 안에서의 추태나 조국에 대한 열등의식, 연변동포(조선족)들이 길거리를 점령하고 약장수가 되어가는 문제, 한때는 산업사회의 역군이었던 이들이 노령으로 인해 점점 밀려나 설 자리를 찾지 못하는 것, 가족주의의 해체 등이 맞물려 한 편의 이야기를 엮어낸다. 작가 박완서의 힘은 바로 이러한 문제들을 물 흐르듯 자연스럽게 엮어내는 데 있다. 다시 말해 이 모든 것을 가족이라는 테두리를 중심으로 묶어서 소화해 내는 것이다.

외국을 여행하는 한국 사람들이 보여주는 추태란 실상 제법 먹고 살게 되었다고 으스대는 꼴이어서, 이는 자기보다 나은 사람에 대한 굽신거림과 못한 사람에 대한 멸시로 연결되어 있다. 곧 외국에 대한 막연한 선망과 함께 조국인 한국에 대한 멸시가 작용하고 있는 것이다. 이 점은 비행기 안에서 노인이 알아보지도 못하는 일제 시계를 차고 있는 장면에서도 확인되거니와, 주인공인 남궁씨 자신도 경험한 사실이다. 주인공의 어머니가 중풍으로 쓰러졌을 때 어머니는 중국산 우황청심환을 사줘야 비로소 효도라고 강변하지만, 그러하지 못했던 남궁씨는 끝내 어머니의 한을 풀 길이 없었던 것이다.

이렇듯 어머니의 한과 관련된 우황청심환은 다시 주인공의 먼 친척뻘이 되는 연변동포와도 연결된다. 이들 역시 한약보따리를 들고 한국에 들어와 길거리를 배회하기 때문이다. 남궁씨로서는 이들을 물심양면으로 도와주었으며, 결국 이들은 가져온 약을 모두 팔게 된다.

그러나 문제는 이러한 데에 있는 것이 아니다. 남궁씨의 도움을 뻔뻔스럽게 받아들였던 그들의 태도에는 부모로서의 당당함이 배어 있었다. 이들도 북한에 가서는 가진 것을 다 내어주고 나왔던 것이다.

작가는 이러한 연변동포의 문제를 주인공인 남궁씨 부부의 자식 문제와 중첩시켜서 형상화하고 있다. 남궁씨가 연변동포를 도와주면서 아내와 어긋나고 다투었던 것은 바로 연변동포 그 자체가 아니라 자식의 문제였기 때문이다. 겨울이 되면서 그 먼 친척들에게는 따뜻한 옷가지나마 제공할 수 있었지만, 정작 자기들의 자식인 '현'은 노동운동에 뛰어들면서 연락이 끊어졌다.

이러한 가족의 상처를 위로할 수 있는 방법이란 서로가 자신의 상처를 조금씩 보여주고 확인하는 데 있다는 것이 바로 이 작품의 주제이기도 하다.

1. 다음 구절과 연관하여 이 작품의 제목인 '우황청심환'이 무엇을 상징하고 있는지 생각해보자.

그런데도 그 고객은 고맙다는 인사와 함께 중국산 우황청심환 열 개들이를 한 상자 선물로 놓고 갔다. 사무적인 수고에 대한 가벼운 인사치레로 적당한 물건이라고 여긴 듯했다. 그때만 해도 국산 청심환에 대한 신뢰도도 높고, 외국 나들이 다녀오는 사람도 부쩍 늘어나 중국산이 별로 귀물이 아닐 때였다. 그럼에도 불구하고 남궁씨는 거액의 뇌물을 받은 것처럼 음흉하게 가슴을 울렁거렸다. 그 후에도 그 고객만 나타나면 뭔가 편의를 봐주어야 할 것 같은 강박관념으로 비굴하게 웃으며 허둥대던 생각을 하면 아직도 남궁씨는 진저리가 쳐지면서 닭살이 돋곤 했다.

2. 이 작품에서는 제기되는 한국사회의 문제점들이 한 가족의

이야기를 통해 관련을 맺으며 형상화된다. 가족 구성원 각
자가 지니고 있는 내면의 상처를 치유하는 방식으로 제시
된 '상처 드러내기'의 효과란 무엇인지 생각해 보자.

### 생각의 길잡이

○ 1. '우황청심환'은 이 작품의 다양한 소재들을
엮어 한 편의 이야기가 되게 하는 데 결정적인 역할을 하는 중심
소재이다. 우선 비행기 안에서 추태를 보이는 한국인 여행자들(나
이 든 성지 순례단)의 상시복용약이자, 주인공 자신의 모친에 대한
한스러움을 대변해주는 약이기도 하다. 그리고 다시 이 우황청심
환은 그의 먼 친척뻘이 되는 중국의 연변동포에게로 이어진다.

사회문제로 비화되기까지 한 이 연변동포의 약장수 행렬은 실
상 한국사회에서 벌어지는 하나의 작은 문제에 지나지 않지만, 주
인공에게는 바로 자식의 문제였다. 곧 자식이 노동운동에 뛰어들
면서 가족과 소식이 단절된 상태를 우황청심환을 소재로 엮었던
것이다. 결국 우황청심환은 주인공인 남궁씨에게는 부모님에 대
한 한스러움을 상징하는 약이며, 아내에게는 집을 나가 소식이 두
절된 자식에 대한 안타까움을 드러낼 수 있는 소재이다.

○ 2. 〈우황청심환〉에서는 한국사회의 갖가지 문
제점들이 가족사와 관련하여 한 가족의 내부문제로 전환되어 표

현되고 있다. 곧 근대화 과정에서 겪게 되는 다양한 문제들을 우리 자신의 문제로 이끌어 이해시키고 있는 것이다.

이는 남궁씨가 프랑스에 있는 딸자식한테 얹혀 지내는 동안에 상징적으로 표현된다. 근대화 과정은 무엇보다도 인간다움을 지키는 최후의 보루라고 할 수 있는 가족주의의 해체로 시작되고, 그 과정에서 개인들은 내면의 상처를 입게 된다. 이를 해결하는 방법으로 제시된 것이 바로 서로의 상처를 보여주며 감싸안는, 가족에 대한 따뜻한 배려이다.

다시 말해 먼 친척인 연변동포가 남궁씨의 따뜻한 호의를 기죽을 줄 모르고 뻔뻔스럽게 받아들였던 것은 '자식 중에 못 사는 자식이 있으믄 그저 걔 져다 보태주고 싶구, 잘 사는 자식한테는 조금이라도 덕을 보고 싶은 리기심이 생기'는 부모의식이기 때문이라는 것이다. 그러나 그러한 과정에서 남궁씨 역시 깨닫는 것이 있는데, 바로 아내의 자식에 대한 애정어린 원망과 한스러움을 확인할 수 있었다는 것이다.

가족간의 이러한 내면의 상처를 극복하는 방법은 주인공 자신에게도 같은 상처가 있음을 아내에게 보여주고 서로 감싸안는 것이다. 이 방식은 설령 그 상처가 치유될 수는 없다 하더라도 적어도 견딜 수는 있게 해준다. 이것이 바로 비록 미미하지만, 그 감동은 무엇과도 비교될 수 없는 문학의 현실 치유력이다.

성 석 제

# 첫사랑

이 소설은 자전적 성격이 대단히 강한 작품이다. 모범적인 중학생과 깡패 같은 중학생 사이의 관계를 통해서 작가는 자아가 분열될 수밖에 없었던 청소년 시절의 자아 추구에 대해서 말하고 있다. '우리 시대의 이야기꾼', 혹은 '능청꾼'이라고 불리는 작가의 작품인 만큼 이 소설은 대단히 흥미롭게 전개된다. 이 작품에서 '나'와 '너'는 이성적인 관계나 혹은 동성적인 관계에서 비춰질 수도 있으나 이 작품이 무엇보다도 자아의 분열과 그 극복에 초점을 맞추고 있다는 점에 주목할 필요가 있다.

# 첫사랑

1

흙먼지가 커다란 꽃처럼 피어 올랐다. 빵 공장에서 트럭들이 쏟아져 나왔다. 트럭은 빵 공장에서 나갈 때는 보름달 빵처럼 부풀었다가 돌아올 때는 러스크 빵처럼 납작해졌다. 흰 머릿수건을 하고 하늘색 제복을 입은 처녀들이 소리 없이 지나다녔다. 정자나무 아래에 노인들이 죽은 듯이 잠을 자고 있었다. 매일이 똑같았다. 하나의 빵틀에서 똑같은 빵이 찍혀 나오듯이 오늘은 어제와 같고 내일도 오늘 같을 것이었다. 그리고 네가 따라오고 있었다, 수없이 많은 네가.

시장 앞에서 노래를 하는 춘자 남편을 보았다. 흙투성이에 다 떨어진 교복 차림이지만 구두만은 늘 반짝반짝했다. 혹시 우리 춘자를 못 보았나요, 내 사랑 춘자를. 성은 김이고 이름은 춘자, 오나의 사랑 춘자. 지옥의 주민들은 모두 삶은 달걀처럼 무표정하게 그 앞을 지나쳤다. 조금 있으면 지나가는 여자 하나하나를 붙잡고 물어 보다가 전부 다 춘자라고 소리를 지르다가 춘자가 많다고 히죽거리다가 마침내는 모로 쓰러져 흙구덩이 속에 뒹굴겠지. 다리를 버르적거리면서 눈을 까뒤집고 입으로는 조용히 거품을 흘릴 것이다. 정신을 차리면 구두를 반짝반짝 윤이 나게 닦고 다시 노래를 부르기 시작하겠지. 나는 춘자 남편을 지나 잿빛 수챗물이 흐르는 도랑을 뛰어넘었다. 어제와 똑같다. 너는 여전히 따라오고 있었다, 여전히.

아이들이 찬 공이 268번 버스 아래로 굴러 들어갔다. 차장이 오라잇 탕탕, 차 문을 두드렸다. 버스는 지옥에서 출발해서 어디 있는지 모를 넓고 큰 딴 세상으로 갔다가 다시 지옥으로 돌아올 것이다. 축구공이 뻥, 소리를 내며 바퀴에 튕겨져 하늘 높이 날았다. 어디선가 무엇인가를 태우는 연기는 쉼 없이 솟아오르고 있었다. 너는 어느 때는 연기처럼 어느 때는 노는 아이처럼 어느 때는 바퀴며 공인 것처럼 보일 듯 말 듯 나를 따라왔다.

네 키는 나보다 한 뼘은 더 컸다. 네 얼굴은 크고 네모지고 검었다. 너에게선 늘 낯설고 수상한 냄새가 났다. 너를 두고 선생들은 산적 같다고 말했지만, 선생들이 어디서 산적을 만나 보았는지는 모르겠지만, 산적도 이런 지옥에는 살지 않을 것이고 선생들도 이 지옥에 살지 않았다. 선생들은 딴 세상에서 버스를 타고 와서 아이들을 가르치다가 빈 도시락을 들고 딴 세상으로 가버렸다. 딴 세상에서 온 사람들이 가버리고 나면 지옥에는 어둠과 먼지와 소란과 냄새, 연탄 가스, 뚱뚱한 누나들만 남았다. 또 있었다. 견딜 수 없는 것, 그것, 끔찍한 것, 사람 머리, 머리통, 머릿수였다. 어떤 짐승보다도 사람이 더 많은 땅, 내 머리만한 면적에 내 머리칼 수보다 사람이 많은 세상, 지옥.

우리가 처음 만났던 그때, 지옥 중학교 3학년 26반은 다른 스물다섯 개 반과 마찬가지로 시골에서 도시로 전학 온 아이들이 마흔 명쯤 됐다. 나는 그 중의 하나였다. 넓은 도시에서 하필이면 지옥구 지옥동으로 흘러 들어온 불쌍한 아이들이 스무 명쯤 됐다. 너는 그 중 하나였다. 원래부터 살던 아이들은 열 명도 되지 않았다. 출신 성분이 복잡한 아이들은 서둘러 서열을 지었다. 1등부터 10등까지는 하루 만에. 10등 이하는 천천히. 그렇게 해서 몇 달 뒤 전교 5,000여 명의 서열이 만들어졌다. 거기서 왕이 된 아이가 말했다.

"나는 딴 학교에서 제일 힘센 아이들하고 같이 놀고 있다. 나는 고등학생하고도 논다. 나는 딴 세상의 진짜 깡패들도 알고 있다."

그런데 그 자랑스러운 아이가 바로 우리 반에 있는 너를 제일 무서워하다니. 네가 여차하면 면도칼을 휘두르는 갈 데 없는 독종이며 누구에게도 진 적이 없는 그 깡패에게 존경받는 이유가 무엇인지 나는 몰랐다. 나는 막 전학 온 시골 아이였으니까. 그 깡패에게 잘못 걸리면 죽는다는 건 곧 알게 되었다. 그걸 알아야 도시 변두리의 지옥 중학교에서 살아 남을 수 있었다. 성한 몸으로 졸업해야 딴 세상, 딴 동네로 갈 수 있었다. 나는 그걸 몰랐다. 나는 막 전학을 왔으니까. 그 깡패는 그 위대한 진리를 가르쳐 주려고 아무렇게나 이유를 만들어 나를 변소 뒤로 데리고 갔다. 말라죽은 나무와 부서진 책상과 칠판이 쌓여 있고 구린내가 나는 후미진 곳에서 나는 깡패에게 맞았다. 맞느라고 점심 시간이 끝나는 줄도 몰랐다. 나는 난생처음 남의 주먹에 맞아 코피가 터졌다. 그것 때문에 수업에 들어갈 수가 없어 난생처음 수업을 빼먹게 되었다. 가엾어라, 가엾게도. 나는 울지 않았다. 그 대신에 내 인생의 목표를 바꾸었다. 깡패한테 맞아도, 맞아서 코피가 터져도, 수업에 들어가지 못해도 자살을 하지 않는 것. 그때 네가 다가왔다. 너는 느릿느릿 바지 단추를 채우면서 내 앞에 섰다.

"얼씨구, 여기 땡땡이 치는 놈이 또 있네."

너는 침을 찌익 뱉으면서 규율부처럼 말했다.

"너 누구하고 싸웠어?"

나는 싸운 적이 없다. 맞았을 뿐이다. 나는 일어섰다. 고개를 돌렸다. 네가 무엇이든, 내가 무엇이든 아무 상관이 없다고 생각했다. 가버리려고 했다. 그러나 고양이과 동물처럼 빠르고 가볍게 다가온 너는 내 어깨를 눌렀다. 바로 그때 나는 내 장래 희망을 바꾸었다. 살아서 이 지옥을 빠져나가기. 너는 빙글빙글 웃으면서 나를 흙먼지와 톱밥 속에 주저앉혔다. 나는 너를 노려보았을 뿐이다. 장래 희망을 바꾸었기 때문에.

봄이었다. 아프리카에서 코뿔소들이, 시베리아 벌판에서 사슴들이 각축하는 계절이었다. 코딱지를 누렇게 만드는 흙먼지가 떠다니는 지옥의 공기에는 빵 공장에서 빵을 찌면서 내보내는 고소하고 시큼한 냄새가 섞였다. 하늘은 시퍼랬다. 매일 똑같았다.

너는 신기한 물건을 본 것처럼 네 손가락으로 내 턱을 쳐들었다. 네 손길은 너무나 부드러웠고 자연스러워서 누군가에게 어떤 식으로든 위안받고 싶어하던 내게 거부할 수 없는 것처럼 느껴졌다. 네가 말했다.

"넌 꼭 계집애같이 생겼구나."

나는 노려보고 노려보고 노려보다가 분해서 울고 말았다. 계집애처럼 흑흑 느껴 울었다. 너는 나를 한참이나 내려다보고 있었다. 나는 마음껏 울었다. 싸움과 코피와 수업을 빼먹었다는 것이 서럽지는 않았다. 너에게 계집애 취급을 받았다는 것이 슬펐다. 그런 취급을 받고도 아무 말도 못하고 찔찔 울기나 하는 내가 가여워서 머리가 아프도록 울었다. 너는 문득 사라졌다가 양동이에 물을 담아 가져왔다. 그 양동이에는 축구부라는 글자가 씌어 있었다. 그건 학교에서 가장 사나운 깡패들로 만들어진 축구부말고는 아무도 건드릴 수 없는 물건이었다.

"씻어."

나는 너를 깨끗이 무시했다. 축구부 양동이와 축구부를 무시했다. 온 세상을 무시했다. 일어서서 나왔다. 네가 무섭지 않았다. 그저 창피했다.

다들 너를 피했다. 너를 피하는 아이들을 너는 무시했다. 그런데 너는 너를 싫어하는 나한테는 점점 가까이 다가왔다. 나는 네가 무섭지 않았다. 그냥 싫었다. 웬일인지 너는 그전처럼 수업을 빼먹지 않았다. 선생들은 말했다.

"야, 오랜만에 백승호 얼굴을 보는구나. 잘 있었니."

그러면 너는 피식 웃으면서 의자를 뒤로 젖히고 천장을 바라보았다. 침으로 방울을 만들어 하나씩 날렸다. 옆에 있던 아이들이 웃음소리를 냈다. 그러면 선생은 얼굴이 발개져서 출석부를 접었다. 너는 아예 네 자리를 내 뒤로 옮겼다. 그리고 내 등을 칠판삼아 연필로 한 자씩 썼다.

"너 죽어."

나는 네가 무섭지 않았다.

"그만둬! 싫어!"

칠판에 악보를 그리고 있던 음악 선생이 돌아보았고 앞자리에 앉았던 작은 아이들이 돌아보았고 옆자리에 있던 아이들과 뒷자리에 앉은 아이들은 숨을 죽였다. 너는 옆자리에 앉은 아이의 공책을 빼앗아 거기에 뭘 쓰는 척하고 있었다. 아이들은 무슨 일이냐고 묻는 선생에게 아무 말도 해주지 않았다. 선생은 내 머리를 출석부로 가볍게 탁탁 치고는 교단으로 돌아갔다. 너는 그 뒤에 대고 주먹을 쥐어 앞뒤로 끄떡거리는 시늉을 했다. 아이들이 소리 없이 웃었다. 나는 학교에서 너한테 소리를 지른 최초의 아이가 되었다. 나는 그게 자랑스럽지는 않았다. 매일이 똑같았다. 어쩌다 다른 날이 있기도 했다.

그날도 길에는 빵 트럭이 지나다녔다. 길에서 공을 차던 아이들이 트럭 꽁무니에 달라붙어 같이 뛰기 시작했다. 빵 공장에서 나온 트럭들은 덜컹거리면서 달려가다가 이따금 빵을 떨어뜨리기도 했다. 그런데 그날은 빵이 상자째 내 코앞에 떨어졌다.

"빵이다, 빵!"

삽시간에 아이들 수십 명이 모여들었다. 작은 먼지 구름이 만들어지고 그 속에서 아이들은 서로를 깔아뭉개고 올라타고 물어뜯으며 빵을 나눠 가졌다. 나는 제일 가까이에서 제일 빨리 빵을 집었지만 봉지를 뜯기도 전에 누군가 손목을 쳐서 내 빵을 가져가 버렸다. 나는 빈 빵 상자를 앞에 두고 멍하니 서 있었다.

"빵 도로 놔, 새끼들아."

언제 네가 다가왔는지 아이들에게 나직한 목소리로 명령했다. 아이들은 순식간에 반쯤 뜯어먹은 빵까지 전부 다 상자에 내려놓았다. 나는 그냥 가려고 했다. 그런데 네가 나를 불렀다.

"너, 거기서 다섯 개 집어."

나는 무시했다. 나는 네가 싫었다. 네가 그런 식으로 나한테 접근해 오는 게 싫었다.

"나는 빵 안 먹어."

보름달이 그려진 포장지 속에 든 빵이 얼마나 맛있는지 나는 진작에 알고 있었다. 하지만 끝내 그 빵을 집지 않았다. 나는 터덜터덜 집으로 갔다. 집 앞에서 너는 나를 기다리고 있었다. 너는 찢어진 네 모자 속에서 빵을 꺼내서 내게 내밀었다.

"왜 나한테 이러는 거니. 나는 거지가 아냐. 나는 빵이 싫어. 너도 싫어."

네 턱이 딱딱해졌다. 미술책에서 본 그리스 조각처럼 각이 졌다. 너는 고함을 치면서 빵을 팽개쳤다.

"사람 마음을 이렇게 모르냐."

너는 모자까지 찢어 버렸다. 대문을 발로 힘껏 차고는 가버렸다.

"아니, 왜 대문을 차고 난리냐? 주인 보면 큰일날라."

누나가 달려나올 때까지 나는 찢어진 모자와 그 안에서 종이 조각처럼 구겨진 빵을 노려보고 있었다.

"이거 웬 빵이냐."

누나가 빵을 주워 모았다.

"버려. 버리란 말야."

"얘, 먹는 걸 이렇게 버리는 법이 어디 있니. 포장도 안 뜯었는데. 오늘 저녁 대신 먹어도 되겠다."

누나가 그날 저녁 돼지처럼 그 빵을 다 먹었다. 나는 누나가 싫었다. 누나가 싸주는 도시락도 싫었다. 그래서 잊어버린 척 다음날은 도시락을 가지지 않고 학교에 갔다. 학교가 끝나고 나니 배가 고팠다. 나는 빵 트럭을 따라 열심히 달렸다. 그렇지만 빵 상자는커녕 빵 한 봉지도 떨어지지 않았다. 다음날도, 그 다음날도 그랬다. 하루하루가 똑같았다. 어쩌다 다른 날이 있기도 했다. 그날 누나와 나는 아침을 굶어야 했다. 누나가 다니던 공장에서 월급을 주지 않았기 때문이었다. 누나는 울었고 눈이 퉁퉁 부어서 공장으로 갔다. 나는 수돗물로 배를 채워서 누나처럼 배가 고프지는 않았다. 그날 너는 교문 앞 빵집 앞에서 나를 기다리고 있었다. 너는 나를 끌고 빵집 안으로 들어갔다.

"이건 너 주려고 산 거야."

너는 김이 나는 찐빵을 내밀었다. 너는 커다란 암소가 그려진 우유도 주문했다. 나는 허기가 져서 쓰러질 것 같았지만 먹지 않았다.

"먹어 봐."

"왜 나한테 이러는 거니."

"그냥 주고 싶어."

"난 네 부하가 아냐."

"너 같은 부하 필요 없다."

그때 온 가게 안에 튀김 냄새가 퍼졌다. 나는 기름기가 많은 튀김을 싫어했다. 배고플 때 튀김을 먹으면 설사가 났다.

"저거 먹고 싶어?"

나는 고개를 끄덕였다. 너는 마치 네 것인 양 얼른 튀김을 집어 왔다. 가게 안에 있던 누구도 너에게 뭐라고 하지 않았다. 나는 그걸 새처럼 조금씩 나누어 먹었다. 내가 튀김을 먹는 동안 너는 착한 공룡처럼 눈을 두리번거리면서 나를 내려다보고 있었다. 나는 네가 싫었다. 나도 싫었다. 너는 튀김을 몇 봉지인가 싸서 가방 안에 넣어 주었다. 나는 누나 생각이 나서 그냥 가만히 있었다. 가게를 나오면서 나는 너에게 물었다.

"이 찐빵 가져가도 돼?"

너는 고개를 끄덕였다. 너는 찐빵도 가방이 터지도록 담아 주었다. 그날 저녁 나는 찐빵을, 누나는 튀김을 배가 터지도록 먹었다. 누나는 설사가 나서 그 다음날 공장을 가지 못했다. 또다시 똑같은 날이 반복됐다. 다른 날은 어쩌다 있었다.

독서실 안에는 내 자리가 있었다. 네 자리도 있었다. 내 자리는 고등학생 반에 있었고 네 자리는 중학생 반에 있었다. 나는 공부를 하려고 독서실에 갔고 너는 나를 따라 독서실에 왔다. 너는 독서실에서 공부 같은 건 하지 않았다. 학교에서도 공부를 하지 않았다. 네가 왜 독서실에 나왔는지 나는 안다. 너는 나를 좇아왔다. 그렇다. 고개를 숙인 채 멀찌감치 전봇대 뒤에 숨어서 나의 눈을 피하던 너를 나는 숱하게 보았다. 나는 그런 너를 경멸했다. 그래도 아이들은 너를 존경했다. 너를 함부로 대할 수 있는 아이는 아무도 없었다.

네가 아이들에게 존경을 받는 이유를 나는 몰랐다. 오월, 아니사월이던가. 학교 운동장에 있는 플라타너스 나무가 온몸 가득 새 잎을 피워 올리기 전까지는. 그 무렵 신체 검사라는 걸 했다. 신체 검사를 할 때 아이들은 교복 윗도리를 벗고 바지를 벗고 윗도리 속옷을 벗고 전날쯤 목욕탕이나 부엌에서 때를 벗긴 몸을 드러냈다. 풍선처럼 뚱뚱한 아이들이 있었고 두부처럼 희고 네모진 아이들이 있었다. 길고 가는 몸이 있었고 납작하고 포동포동한 몸이 있었다. 아이들은 서로의 몸에 손톱자국을 내고 간지럼을 태우며 킬킬거렸다. 그런 아이들이 갑자기 조용해졌다. 네가 나타났던 것이다.

너에게는 우리에게 없는, 아니면 드물게 있는 무엇인가가 있었다. 그것은 우리가 가끔 실오라기인 줄 알고 잡아 뽑는, 막 돋아나기 시작하는 이상하고 낯선, 어른 냄새가 나는 털이었다. 그건 겨드랑이의 털이었고 가슴에서 배로, 배에서 속옷에 가려진 사타구니로 줄달음치는 털의 행렬이었다. 수백 개의 눈알이 너에게 집중되었고 흩어졌고 다시 들러붙었다. 반에서 제일 힘센 아이도 어쩔 수 없던 것은 바로 너의 털이었다.

네가 다른 아이들보다 나이가 많았던가. 그건 모르겠다. 네가 조숙했던가. 그것도 모르겠다. 네 생각이나 행동은 다른 아이들과 비슷했다. 다만 너는 너의 털로 존경을 받았다. 너는 털로 덮인 이상한 몸을 저울 위에 올려 놓았다. 그 다음 차례가 나였다. 너는 내가 저울 위에 올라갔을 때 나를 흘끗 쳐다보았다. "이거 어때?" 하고 묻는 듯이, 나는 잠자코 있었다. 내게는 상관이 없는 문제였다. 너는 내가 너나 너의 털을 존경하지 않는 것을 이상해 하는 것 같았다. 그래서 내게 그걸 보여주려고 했는지도 모른다. 그걸, 다른 아이들이 꿈도 꾸지 못하는 그것을.

나는 독서실로 가서 한 달치 출입증을 끊고 여름방학 동안 거기에서 공부를 했다. 내가 알기에 지옥을 잊는 방법, 지옥에서 빠져나가는 방법은 공부밖에 없었다. 나는 공부에 공부에 공부에 공부를 거듭했고 고등학교 교과서에도 손을 대었다. 독서실 주인은 내게 고등학생 반에 들어가도록 허락해 주었다. 대학 입학 시험을 준비하는 형들 사이에서 더욱 열심히 공부를 하라는 격려와 함께.

어느 날 네가 나타났다. 너는 반달치 출입증을 끊었다. 나는 대학 입시를 준비하는 형들과 함께 있었고 너는 너를 무서워하는 아이들과 함께 있었다. 독서실의 중학생 반에서는 분유 깡통에 전기를 연결한 젓가락을 집어 넣고 라면을 끓이는 기술과 수음밖에는 공부할 게 없었다. 나는 독서실에서만은 중학생이 아니었다. 그 따위는 벌써 졸업했다. 다시 그곳에 돌아갈 일이 없었다. 그러므로 어느 날 새벽 세시에 내가 독서실의 옥상으로 가지 않았다면 나는 여름방학 내내 너를 만나지 않을 수도 있었다.

독서실이 들어 있는 건물과 맞붙어 있는 건물의 1층은 목욕탕이었다. 한밤까지 무럭무럭 피어 오르는 살 냄새와 비누 냄새가 건물 뒤편을 돌아 중학생 반의 중학생과 고등학생 반의 고등학생 코에 닿기도 했다. 일요일 새벽에 바구니를 든 얼굴이 붉고 머리가 젖은 아가씨와 여인네들이 막 독서실 셔터를 올리고 집에 돌아가는 우리들과 마주치기도 했다. 그들은 뜨거운 물에 불린 몸과 마음을 뒤뚱거리며 입 안 가득 거품을 채운 듯이 쉴새없이 깔깔거렸다.

독서실 옥상에서 보이는 건 그 옥상과 똑같이 생긴 이웃 건물 옥상이었다. 그 옥상에는 작은 방이 있었다. 작은 방 너머에 전기 철탑이 거인처럼 서서 팔을 벌리고 있었다. 그날 새벽 달은 굴뚝 위를 넘어간 지 오래되었다. 지옥의 하늘에서는 원래부터 별을 볼 수 없었다. 작은 방에 세 든 처녀가 사는 방은 불이 꺼져 있었다. 처녀는 불을 켜고 자는 버릇이 있었다. 그 비밀을 아는 사람들은 재수생 형들이었다. 형들은 옥상으로 가는 계단에 번호 자물쇠를 걸었다. 번호를 아는 사람은 형들과 총무밖에 없었다. 나는 형들 끼리 하는 이야기를 엿들었고 번호를 알게 되었다. 그래서 형들이 자는 것을 확인하고 번호 자물쇠를 열고 올라와 본 것이었다. 나 는 독서실에서는 고등학생이었다. 지옥의 고등학생도 성장을 해 야 했다. 성장을 하려면 불 꺼지지 않는 처녀의 방을 엿보아야 했 다. 처녀의 방을 엿보려면 옥상에 가야 했다. 그 처녀는 그들의 상 상이 만든 성 속에 살고 있는 고귀한 공주였다. 공주는 공장에 다 니고 있었고 자기 전에 옷을 모두 벗어제친 채 머리를 빗으며 노 래를 부르는 습관이 있었다. 못된 계모에 의해 지옥의 탑에 유폐 된 모든 공주가 그렇듯이.

나는 부질없이 손을 저어 불 꺼진 창 쪽으로 흔들었다. 흔들리 는 나의 손을 저주했다. 사방에서 늘어진 끈들이 딱딱 소리를 냈 다. 나는 네가 언제 옥상에 올라왔는지, 언제부터 나를 지켜보고 있었는지 몰랐다. 너는 전봇대처럼 우뚝 서서 담배를 피우고 있었 다

"오랜만이다."

너는 담배를 튀겨 내 쪽으로 날려보냈다. 네가 긴장을 감추려고 그런다는 걸 나는 알았다.

"너 여기서 뭐 하니?"

나는 물었다. 마치 먼저 올라온 게 너이고 나중에 올라와서 너의 비행을 모두 목격한 게 나이기라도 한 것처럼. 너는 나를 탓하지 않았다.

"너를 보러 왔다."

"왜?"

"기차 타고 온갖 곳을 다 돌아다녔다. 네가 보고 싶어지더라."

그러면서 너는 옥상으로 올라오는 문에 쇠를 걸었다. 나는 지붕의 감옥에 갇힌 셈이었다. 그래서 네가 말을 걸어 오는 것을 잠깐 받아 주었다. 하긴 그때 나는 한 번도 기차를 타본 적이 없는 중학생이기도 했다.

"어디로?"

"은척까지 갔다. 여기에서 은척까지 있는 역마다 다 내렸다. 은척에서 여기까지 오면서 모든 역에 다 가보았다."

"바보야, 그 역이 그 역이지 뭐냐."

웃을 일이 없는데도 웃음이 나왔다. 너도 어색하게 웃었다.

"저 너머 방에 누가 사니?"

"몰라."

나는 그전처럼 냉정한 중학생으로 돌아갔다. 서둘렀다. 누가 올지도 몰랐다. 재수생 형들이 알면 나를 반쯤 죽여 중학생 반으로 도로 돌려보낼지도 몰랐다. 내가 너를 지나치려고 하자 바보인 네가 감히 내 팔을 잡았다.

"그냥 갈 거야?"

네 손길에는 소름이 끼치도록 부드럽고 질기고 단호한 힘이 들어 있었다. 그건 사랑에 빠진 자만이 가질 수 있는 것.

"그래."

나는 너와 사랑에 빠질 정도로 어리석은 중학생이 아니었다. 나는 쌀쌀하게 너를 뿌리쳤다. 너는 뜨겁게 호소했다.

"우리 이야기 좀 하자."

"할말 없어."

우리는 잠시 실랑이를 벌였다. 그런 와중에 네가 헐떡거리며 소근거렸다.

"그렇게 여자를 보고 싶니?"

"뭘?"

"네가 왜 옥상에 왔는지 안다."

나는 창피했다. 너에게 화가 났다.

"내가 보여줄게."

"싫다."

"이따가 목욕탕 문 열면 건물 뒤로 와. 건물하고 담 사이로 좁은 길이 있다. 거기로."

"안 갈 거다."

나도 그 자리를 알고 있었다. 건물 뒤 사람 손이 닿지 않을 정도로 높은 담은 금방이라도 쓰러질 듯했고 그 위에 날카로운 유리 조각이 꽂혀 있었다. 담과 유리는 담을 넘어 들어가거나 담 위에 올라 창문을 통해 목욕탕 안을 들여다보려는 저주받은 호기심을 억제하는 효과가 있었다.

"다섯시다."

너는 그 말만 하고는 가버렸다. 나는 손을 씻었다. 씻고 또 씻었다. 가지 않겠다고 맹세했다. 책상에 엎드려 잠을 잤다. 자려고 했다. 분명히 잠이 들었다. 그런데도 웬일인지 나는 새벽 다섯시, 목욕탕 창문으로 김이 쏟아져나오기 시작할 무렵, 건물 뒤편 쓰러질 듯이 위태롭게 서 있는 담 아래에 서 있게 되었다.

"왔구나."

너는 미리 와 있었다. 너는 담 밑에 있는 판자를 치웠다. 판자 아래에는 네가 쌓아 놓은 벽돌이 있었다. 그 벽돌을 딛고 담 위로 올라갈 수 있도록.

"올라가. 내가 받쳐 줄게."

너는 나보다 키가 한 뼘은 더 컸다. 너는 나보다 두 배는 더 힘이 셌다. 네가 받쳐 주면 될 것이다. 네가 올려 주면 될 것이다. 네가 믿음직하고 성실해 보일수록 부끄럽고 창피한 느낌이 커졌다. 그래서 나는 다른 핑계를 찾았다.

"담 위에 유리가 있잖아."

목욕탕 뒤편 창문은 담보다 더 높았다. 담에 올라서야 안이 보이는데 그 담 위에는 유리가 박혀 있는 것이다. 나는 기껏 호기심이나 채우자고 엉덩이가 찢어질 위험을 감수할 생각은 없었다.

"내가 치워 놨어."

그랬다. 너는 몇 시간 전부터 미리 그곳에 와서 담 위로 올라간 다음 한 사람이 앉을 만한 자리만큼 유리를 부수어 놓았다. 네가 소리를 내지 않으려고, 들키지 않으려고 얼마나 조심했는지, 왜 그런 일까지 했는지 내가 생각하는 동안 너는 문득 내 발을 받쳐 올렸다. 나는 얼떨결에 담 위에 올라갔다. 올라탔다. 네가 밑에서 말했다.

"보이지?"

보이지 않았다. 목욕탕 안은 김으로 꽉 차 있었다. 김 속에서 어른거리는 것이 사람인지 고깃덩어리인지 구별이 되지 않았다. 사람이라 하더라도 그게 남자인지 여자인지도 구별할 수 없었다. 남자인지 여자인지 안다고 해도 옷을 벗고 있는지 입고 있는지 벗는 중인지 입는 중인지도 알 수 없었다. 내가 고개를 흔들자 밑에서 안타까워하던 네가 마침내 담으로 올라왔다. 너는 대포처럼 김을 쏟아내는 목욕탕 창문을 보고는 내게 사과했다.

"다음에 오면 괜찮을 거야. 오늘은 재수가 없구나."

뾰족한 유리 위에 커다란 엉덩이를 힘겹게 걸친 네게 나는 괜찮다고 대답해 주려고 했다. 네가 미안해 할 필요가 없다고 말해 주려고도 했다. 다시는 이 따위 담 위에서 너하고 참새처럼 나란히 앉지 않겠다고 말하려고 했다. 그런데 그럴 틈도 없이,

"네, 네, 네이 요 놈들!"

소리치며 목욕탕 안쪽에서 누군가 뛰어나왔다. 새벽의 희붐한 빛 속에서 손에 망치를 든 누군가. 나는 허둥대다가 구두를 떨어뜨리고 말았다.

"내 구두!"

누나가 사준 구두. 다 떨어졌지만 단 하나뿐인 내 구두. 너는 나를 담 바깥으로 떠다밀었다. 나는 담 밖으로 떨어져서도 구두, 구두를 외쳤다. 네가 담 안쪽으로 떨어지는 걸 보고 절름거리며 도망쳤다. 너는 엉덩이를 유리에 찢겼다. 망치에 정강이뼈를 맞았다. 그렇지만 내 구두처럼 담 안으로 떨어진 건 아니다. 네가 뛰어내렸다. 너는 주인에게 허리를 잡혔고 뺨을 맞았고 주인의 의기양

양한 욕설을 들어 가며 구두를 찾았고 찾고 나서는 주인을 떠밀어 나동그라지게 했고 구두를 들고 우리 집 대문 앞으로 나를 찾아왔다. 네가 말했다.

"미안하다."

생각해 보면 나는 지금까지 너에게 한 번도 미안하다는 말을 한 적이 없다. 미안하다는 말은 모두 네 차지였다. 나는 구두 한 짝을 건네 받았고 고맙다는 말도 하지 않았다. 나는 단 한마디 말만 했다.

"너는?"

너는 말없이 무릎까지 바지를 걷어 내게 보여주었다. 발목에서 무릎까지 시퍼렇게 멍이 든, 털이 무성한 다리를. 나는 돌아섰다. 그리고,

"미안하다."

그 말이 네 입에서 나왔다.

"다음에 더 멋있는 걸 보여줄게."

그 말도 너의 입에서 나왔다.


2


어제의 어제는 어제와 오늘과 같았다. 빵 공장에서는 오전 열시만 되면 김이 솟아올랐다. 김에는 빵이 익을 때 나는 고소하고 시큼한 냄새가 섞여 있었다. 그 냄새는 공장 근처 하늘을 연처럼 돌아다니다가 점심 시간 직전에 교실로 흘러들어 아이들의 뱃속을

간지럼혔다. 아이들은 빵과 원수가 져서 빵만 보면 미친 듯이 달려들어 먹어 치우려고 했다.

"너, 빵집 계집애 알지."

교문 앞 빵집의 여자 아이는 네 말처럼 계집애가 아니라 중학교를 졸업하고 집안일을 돕고 있는 처녀였다. 그 처녀를 모르는 아이들은 없었다. 학교를 갔으면 아마 고등학교 2학년? 그 처녀는 늘씬하고 아름답고 가슴이 불룩 솟았고 잔소리가 심했고 중학생들이 자신에 대해 관심을 가지는 것을 끔찍하게 싫어했다. 그 처녀 앞에서는 가장 싸움을 잘하는 아이를 포함해서 그 누구도 꼼짝하지 못하고 고개를 푹 숙인 채 원수 같은 찐빵만 배가 터지도록 먹는 수밖에 없었다. 언제든지 아이들을 얼려 버릴 수 있는 그 차디찬 눈길, 경멸과 권태로 가득한 표정, 쌀쌀하고 매운 손길. 그런데도 그 가게 앞을 그냥 지나쳐 갈 수 있는 아이들은 거의 없었다. 학교 변소에 있는 낙서들, 거기에서 가르치는 그녀의 아름다움, 호색성, 냉혹함의 신화는 아무것도 모르는 1학년 아이들조차 거부할 수 없는 은밀한 빵 배급과 같았다.

"난 계집애들한테 관심 없어."

나는 그렇게 말했다. 내 대답에 거짓이 섞이기는 했지만 거짓만큼 진실도 섞여 있었다. 그때 내가 관심을 가지고 있던 사람은 변소에서 그 처녀와 비슷한 빈도수로 발견되는 이야기의 주인공인 음악 선생이었다.

"그거 내가 먹었다."

거짓말. 그 처녀에게서는 늘 드라이 아이스처럼 찬 김이 뿜어져 나왔다. 아이들이 빵가게 앞에서 일없이 조금 머뭇거리든가, 살짝

들여다본다든가 하면 당장에 용암과 같은 욕설이 터져나왔다. 그 욕설의 첫 대목이나 마지막 대목을 장식하는 말은 '대가리에 피도 안 마른 새끼들'이라는 말이었다. 매일 똑같았다. 그런데 그 마녀 같은 처녀를 처먹어?

가을이 되자 딴 세상처럼 너와 내가 사는 세상에도 바람이 자주 불었다. 집 근처 예전 과수원 자리에 몇 그루 안 남은 배나무에는 작고 뻔뻔스럽게 생긴 배가 열렸다. 곧 그 나무도 배도 쓰레기에 묻힐 운명이었다. 너는 나를 따라왔다. 항상 내 주변에 어른거렸다.

"걔를 좋아해?"

나는 그 처녀를 잘 몰랐다. 질투 같은 건 하지도 않았다. 아무 상관이 없었다. 그런데도 너는 뽐내며 말했다.

"나는 관심이 없는데 그 계집애가 자꾸 따라다니거든. 그런데 걔는 꼭 구멍 난 속옷을 입는다? 너 좋아하면 하나 갖다 줘?"

네가 그럴 때마다 나는 너를 경멸했다. 벌레 먹은 배가 떨어졌다. 내가 가려고 하자 너는 초조해 했다.

"너한테 걔 먹는 걸 보여줄까."

나는 네 눈을 들여다보았다.

"네 맘대로 해."

너는 풀이 죽었다. 그래도 끈질기게 속삭였다.

"내일 시험 끝나고 곰바위로 와줄래?"

나는 집에 와서 손을 씻었다. 네 말 같은 건 신경도 쓰지 않았다. 그런데도 내가 시험을 마치고 곰바위로 간 건 무엇 때문이었을까. 곰바위는 이따금 어른 남녀가 이상한 짓을 벌인다는 소문이나 있는 학교 뒷산의 으슥한 곳이었다. 나는 그 전날 밤에 한잠도 자지 못했다. 시험 준비하느라 밤을 새우려고 했다. 그렇게 해서 다시 1등을 차지하려고 했다. 지옥을 빠져나가는 1등석 기차표를 얻으려고 했다. 너는 공부를 못하면서, 공부를 잘할 생각도 없으면서 내가 왜 공부를 하는지도 모르면서 공부 잘하는 나를 따라다녔다. 어른에 가까우면서 아이와 가까운 나를 좋아했다. 어쩌면 내가 너의 잘난 것 어느 한 가지라도 존중해 줄 수 있다면 너의 맹목적인 헌신에 대한 빚 갚음이 될지도 몰랐다. 그리고 그리고 그리고 그리고 지옥에서도 나는 성장해야 했다.

내가 가방을 든 채 바위 위로 올라갔을 때 너는 없었다. 처녀도 없었다. 나는 바위 위에 누워서 내가 왜 거기까지 왔는지를 생각해봤다. 누나가 처음으로 탄 월급으로 사준 단벌 구두까지 신고, 그 구두의 콧등까지 까져 가면서. 내가 네 말을 믿다니. 나는 지옥의 가을 햇빛 아래에서 혼자 웃었다. 속아 준 것으로 빚은 없다. 와준 것으로 깨끗해졌다. 나는 돌아가려고 했다. 그때 두런거리는 소리가 들려왔다. 나는 바위 위에 납작 엎드렸다. 그냥 그래야만 할 것 같았다. 그 목소리가 너의 것인지 다른 사람의 것인지 구별할 수 없었다. 굵어서 알아들을 수 없는 남자의 목소리에 이어 "추워" 하는 여자의 목소리가 들렸을 때 내 가슴속에 다른 가슴이 들어 있어서 격렬히 다투는 것처럼 쿵쾅거렸다. 그리고 곧 무슨 뜻인지 알아들을 수 있는 소리가 들렸다. 그 소리를 내가 난생처음 들었음에도.

그건 남자와 여자의 피부 가운데 가장 연약한 부분이 맞닿아 나오는 소리였다. 쯔읍, 하고 길게 끄는 소리. 짭짭, 하고 연속적으로 나는 소리. 쭈욱, 하고 무엇인가 잡아당겨지는 소리. 나는 소리를 내지 않으려고 가슴을 움켜쥐었다. 그 다음부터는 아무 소리도 들리지 않았다. 빵 냄새 비슷한 시큼한, 시궁창처럼 더러운, 목욕탕 김처럼 수상한 냄새가 한꺼번에 덤벼드는 것 같았다. 바위 위에서 내려다보이는 교정은 너무도 조용했다. 플라타너스들은 장난감 병정처럼 씩씩했고 어디선가 노랫소리가 들려왔다. 나는 바위 밑에 있는 사람들이 가버렸기를 바랐다. 그들이 갔으면 나도 가리라 했다. 아무도 없는 교정 한 모퉁이에서 음악 선생의 노래를 들으리라. 그전처럼 알 수 없는 감정이 북받쳐 목이 메일지도 몰랐다. 나는 고개를 내밀었다. 아무도 없으면 바위에서 내려가려고.

그런데 바위 밑에서 무엇인가 움직이고 있었다. 그건 누군가의 엉덩이였다. 그 엉덩이가 네 것인가. 나는 너에게 물어 본 적이 없다. 네가 나에게 그때 곰바위에 와보았느냐고 묻지 않았듯이. 다만 그 엉덩이 아래에 길고 매끈한 두 다리가 더 뻗쳐 있던 것을 기억한다. 나는 눈부시다 못해 아픈 햇빛을 반사하는 아래에 깔린 흰 다리에서 눈을 뗄 수 없었다. 뒤에서 누군가 발을 잡아당기는 것 같아 나는 딸려 가지 않으려고 애를 썼다. 앞에서 누군가 끌어당기는 것 같아 끌려가지 않으려고 기를 썼다. 행여 떨어질까 싶어 모자를 움켜쥐었다. 그동안 다리의 모양이 바뀌었다. 다리의 임자 얼굴이 드러났다. 그건 눈을 감고 있는 빵집의 처녀였다. 머리칼이 흐트러진 처녀였다. 그 처녀의 다리가 흔들리고 앙 다문 입술이 흔들렸다. 내 입에서는 단내가 났다. 눈앞에 엄청난 밝기의 전구가 켜진 듯했다.

확실치는 않다. 확실치 않아. 그 처녀가 언제 눈을 떴던가. 나와 눈을 마주치기까지 얼마나 오랫동안 눈을 감고 있었던가. 오오오, 나는 돌이 굴러 내려 내가 보고 있었다는 것을 들키고, 소리가 나서 놀란 두 사람이 떨어지는 것도 아랑곳하지 않고, 떨어지는 것도 두려워하지 않고 뛰어내려, 긁히고 찢기는 것도 모르고 수백 미터 산길을 뛰어내려갔다. 그녀의 눈은 집에까지 따라오고 꿈속까지 따라오고 내가 처음 여자와 자던 20대의 어느 날까지 나를 따라왔다. 어쩌면 지금까지도 가끔 따라온다, 따라온다, 그 눈이.

나는 사랑에 빠졌던 것이다. 바로 그 처녀의 눈에 빠졌다. 놀람과 분노와 당혹감을 한껏 떠진 눈으로 총알처럼 쏘아 보내던 눈빛. 희고 검은 부분의 경계선이 지금도 손으로 그릴 수 있을 만큼 뚜렷한 그 눈. 동그란 눈. 홉뜬 눈.


3


그날 이후 매일이 똑같았다. 나는 너를 상대하지 않았고 그 처녀는 중학생을 상대해 주지 않았다. 우리는 서로 멀리 떨어져서 도는 행성과 같았다. 너는 슬픔에 잠겨 네 맘대로 했고 나는 시름에 겨워 내 마음대로 했다. 너는 퇴학을 당했고 나는 지옥에서의 마지막 시험을 치렀다. 네가 사라지고 나서 그 처녀도 사라졌다.

졸업식을 하기 전에 숫자가 적힌 종이 조각을 나누어 받았다. 그 번호를 가지고 추첨을 해서 진학하게 될 고등학교를 정한다고 했다. 공고나 상고, 또 지옥의 특수지 고등학교에 진학하게 된 아이들은 그런 종이 조각 따위는 받지 않았다. 불합격자에게는 당연히 그런 종이 조각이 돌아가지 않았다. 그러니 학교를 중퇴하고 검정고시도 보지 않았으며 공고나 상고에는 관심도 없는 네가 그 종이 조각을 나누어 주는 특정한 날, 특정한 장소에 나타난 것은 이상한 일이기는 했다.

나는 종이 조각을 받자마자 교실 밖으로 뛰쳐나갔고 해방의 포만감으로 누나처럼 뚱뚱해지고 두 뼘은 키가 커져서 운동장을 달렸다. 빵집 간판이 넘겨다 보였을 때 잠시 멈추었지만, 사랑은 다 그런 법이라는 노래 가사를 떠올렸을 뿐. 그때 햇빛을 받으며 걸어오는 너를 보았다. 너는 두껍고 커다란 외투를 입고 보기에도 멋진 모자를 쓰고 있어서 딴 세상에서 온 부자처럼, 기관사나 뱃사람이나 비행사, 우주인처럼 보였다.

"어디 가니?"

"너는?"

우리는 운동장에서 마주섰다. 네가 천천히 다가왔다. 너를 보는 게 마지막이라는 느낌이 든 건 왜였을까. 네 얼굴을 비추는 노란 햇빛은 내가 가게 될 다른 좋은 세상에서 오는 것 같았다. 해를 등지고 있는 내 몸에서 뻗은 그림자는 짧고 짙었다.

"한번 안아 보자."

"그래."

나는 처음으로 너를 받아들였다. 네가 나를 안았던 팔을 풀고 외투 단추를 풀면서 말했다.

"너, 다시는 안 오겠구나."

"그래."

너는 외투를 벌렸다. 나는 마지막으로 네 품안에 스며들었다.

"사랑한다."

너는 나를 깊이 안았다.

"나도."

지나가던 아이들이 우리를 이상하다는 듯이 쳐다보았다. 지옥의 공장에서 빵 트럭이 쏟아져 나오고 딴 세상 바다에선 고래들이 펄쩍 뛰어오르던 그때, 나는 비로소 내가 사내가 되었다는 것을 깨달았다.

# 작 품 이 해

## ▌작가 소개 ▌

성석제는 1960년 경북 상주에서 태어났고, 연세대학교 법학과를 졸업하였다. 연세대학교 재학 시절 1984년과 1985년에 각각 시와 소설로 '연세문화상'을 수상하였다. 1986년《문학사상》신인발굴에 시〈유리 닦는 사람〉외 4편이 당선됨으로써 문단에 등단하였다. 1993년 동양시멘트를 퇴사한 이후 문학 활동에 전념하고 있다. 시집으로는《낯선 길에 묻다》(1991),《검은 암소의 천국》(1997)이 있으며, 산문집으로《위대한 거짓말》(1995)이 있다. 소설집으로는《그곳에는 어처구니들이 산다》(1994),《새가 되었네》(1996),《재미나는 인생》(1997),《아빠 아빠 오, 불쌍한 우리 아빠》(1997) 등이 있으며, 장편소설에《왕을 찾아서》(1996),《궁전의 새》(1998),《호랑이를 봤다》(1999) 등이 있다. 1997년에 단편소설〈유랑〉으로 제30회 한국일보문학상을 수상하였다.

성석제의 시는 전반적으로 허무와 죽음, 냉소와 풍자가 작품 전체를 짓누르고 있다. 그의 시가 소설과는 달리 무거운 분위기를 보여준 이유는 연세대학교 문학 서클에서 알게 된 시인 기형도의 영향이 크게 작용한 것으로 보인다. 실제로 성석제는 기형도와의 만남을 통해서 문학에 본격적으로 발을 들여놓았다고 해도 지나친 말이 아니다.

성석제의 소설 세계는 한마디로 '재미의 세계'이다. 스스로 '객담'이라 했지만 실제로 그의 소설은 재미있다. 그리고 그의 소설이 지니고 있는 이러한 '재미'는 1990년대가 낳은 새로운 가능성으로 평가되기도 한다.

구체적으로 그의 소설은 삶의 아이러니와 세상의 위선에 대한 깊이 있는 통찰을 풍자와 해학이 가득 담긴 능청스런 '입심'을 통해서 드러낸다. 《그곳에는 어처구니들이 산다》에서 음주운전 단속경관에게 부도가 난 수표를 건네주는 뇌물연구가, 어린 시절 불량배로부터 도망다니기를 밥먹듯이 하다가 결국 국가대표 달리기 선수가 된 사내 등, 그는 소설 속에서 약하고 주변적인 인물들을 주인공으로 삼아 영웅으로 만든다. 그리하여 그들을 통하여 힘있는 사람들을 비꼬고 그들의 위선을 사정없이 까발린다.

한편, 성석제의 소설에서는 늘 한 개인의 삶이 문제가 된다. 이것은 곧 소설이 한 개인의 삶을 축약한다는 말이 되는데, 그의 소설이 보여주고 있는 간결한 문체는 바로 이러한 축약과 관련이 깊다. 가령 〈내 인생의 마지막 4.5초〉에서 그는 시골 깡패에서 출발한 어느 칼잡이의 마지막 순간, 구체적으로 자동차가 다리 난간을 들이받고 강물에 추락하는 찰나의 순간을 과거 회상과 현재의 짧은 시간을 중첩시켜 그려내고 있다. 그런데 이왕 죽을 바에야 사내답게 죽겠다던 칼잡이는 죽음의 순간에 "엄마, 무서워."라고 울부짖음으로써 자신의 종지부를 엉망으로 만들어 버린다. 이러한 어이없는 사태 앞에 독자는 웃음을 터뜨리지 않을 수 없게 되는데, 한때 뒷골목의 세계를 평정했던 '마사오'에 대한 추억담을 들려주는 장편 《왕을 찾아서》는 바로 이 이야기를 개작한 것이다. 《호랑이를 봤다》에는 아득바득 이를 갈며 잘 살아보겠다고 몸부림쳐 보았자 죽어라 되는 것이 없는 소위 '안 나가는' 사람들의 인생 넋두리가 41편의 짤막한 이야기 속에 담겨 있다.

## ▌이해와 감상 ▌

이 작품은 중학생인 '나'를 통해서 소년의 세계에서 청년의 세계로 나아가는 것이 어떤 것인가를 잘 보여준다. 여기에서 '나'와 '너'는 서로 대조적인 속성을 지닌 존재들이다. 즉, '내'가 공부를 열심히 하면서 학교 생활을 모범적으로 하는 학생이라면, 이와는 다르게 '너'는 불량 학생이다. 그런데도 '나'는 반의 모든 학생들이, 특히 학교에서 가장 힘센 학생조차 무서워하는 '너'를 전혀 무서워하지 않는다. 오히려 '너'가 '나'를 자꾸 쫓아다닌다. 이것은 이 소설에서 '너'가 '나'와는 판이하게 다른 또하나의 개체가 아니라, '나'와 언제나 떨어질 수 없는 존재라는 것을 말해준다. 그렇기 때문에 '나'는 '너'를 무서워하지 않는 것이다.

이렇게 볼 때, 이 글에서 '나'와 '너'는 자신의 통일된 자아를 지니지 못하고 분열될 수밖에 없는 소년의 두 모습이라고 할 수 있다. 요컨대, 이 둘은 '나'의 또다른 모습들로 쌍둥이인 것이다.

이 점은 작가가 최근에 쓴 자전적 소설인 〈홀림〉(《문학동네》, 98년 가을호)에서 잘 나타난다. 이 소설에서 성석제는 자신의 성장 과정을 소설화하고 있는데, 중학교 때의 자신의 모습을 분열될 수밖에 없는 존재라는 점에서 '쌍둥이 시기'로 회상하고 있다. 그러니까 그가 말하는 쌍둥이란 자아의 두 양상, 특히 분열된 자아의 두 양상인 것이다.

이렇게 본다면, 〈첫사랑〉의 말미에서 '나'와 '너'가 서로에 대한 사랑을 확인하는 것은 분열된 자아가 새로운 차원에서 극복되기 시작했음을 말하는 것이다. 그런 점에서 이 글에서의 '첫사랑'은 흔히 말하는 남녀간의 첫사랑도 아니요, 동성애적인 첫사랑도 아니다. 그것은 소년에서 어른으로, 사내가 되는 한 소년의 자아와 관련된 것이다.

분열된 자아에서 통일된 자아로 나아감, 혹은 아이에서 사내로의 성장과 관련된 주제는 비단 〈첫사랑〉에만 한정되는 것은 아니다. 특히 이러한 성장과 관련된 주제는 모든 소설가들이 한 번쯤은 다루었다고 해도 지나치지 않는 주제이다. 그러나 성석제의 〈첫사랑〉은 이러한 성장의 과정을 간결한 문체와 걸쭉한 입심을 통해서 제시해준다는 점에서 흥미롭다. 그러니까 〈첫사랑〉 역시 그의 소설이 지니고 있는 문체적 특성을 잘 보여주고 있는 것이다. 특히 이러한 걸쭉한 입심이 고정되어 있지 않음으로써 새로운 면모들을 드러내는 아이의 시선을 통해서 제시되고 있다는 것이 주목할 만하다.

   아래의 제시문 중에서 (가)는 성석제의 자전소설 〈홀림〉에
나오는 대목이다. 여기에서 우리는 〈첫사랑〉의 기본적인 배경
과 구체적인 장면들에 대한 이해의 단서를 찾을 수 있다. 다음
으로 (나)는 〈첫사랑〉의 말미 부분이다. (가)를 토대로 해서
(나)의 '사랑'이 어떤 속성을 지닌 것인지 잘 생각해 보도록
하자.

   (가) 또한 아이는 서른 살이 되기 전까지는 아이로 남아 있
기로 결정했다. 그 결정은 교복이 입혀지고 어떤 섭리로 수염
이 나기 시작하고 대학에 밀려들어가고 직장생활을 하게 되면
서도 바뀌지 않았다. 다만 아이는 겉모습이 변한 만큼 그에 걸
맞게 행동하는 자아를 그때그때 계발해내야 했는데 그 중 성
공적인 것은 중학교 때 쌍둥이로 변한 것, (……) 아이는 이
거대한 컨베이어 벨트 위에서, 나날이 증식하고 뻗어 마침내
시작된 곳으로 돌아와 연결되는 폐곡선 위에서 미치지 않기
위해서라도 스스로를 분열시키지 않을 도리가 없었다. 아이는
스스로를 쌍둥이라고 생각하기 시작했다. 그 쌍둥이는 생김새
는 구별할 수 없을 정도로 똑같지만 성격이며 성적이며 사고
방식은 정반대인 것이 좋았다. ──〈홀림〉중에서


   (나)
   "한번 안아보자."

"그래."

나는 처음으로 너를 받아들였다. 네가 나를 안았던 팔을 풀고 외투 단추를 풀면서 말했다.

"너, 다시는 안 오겠구나."

"그래."

너는 외투를 벌렸다. 나는 마지막으로 네 품안에 스며들었다.

"사랑한다."

너는 나를 깊이 안았다.

"나도."

## 생각의 길잡이

○ 제시문 (가)에서 '쌍둥이'는 분열된 자아가 보여주는 양상을 단적으로 나타낸 말이다. 작가의 말에 따르면, 아이가 성인으로 변모해 가는 과정은 곧 자아가 변모하는 과정이기도 하다. 그렇기 때문에 삶의 도정에서는 누구든지 자아의 변모와 관련된 자아 분열을 경험하지 않을 수 없다. 그러니까 제시문 (가)에서 지적되고 있는 쌍둥이의 속성은 바로 분열된 자아의 양상을 바라보는 작가의 관점이기도 하다.

한편, 제시문 (나)에서 '나'는 지금까지 계속해서 미워해왔던 '너'를 처음으로 받아들인다. '나'가 '너'를 받아들이는 것은 바로 '너'가 자신의 일부였음을 '나'가 새삼스럽게 깨달았기 때문이다. 그러니까 모범생인 '나'가 깡패 같은 학생인 '너'를 미워하면서도 무서워하지 않았던 것과, '너'가 계속해서 '나'를 뒤쫓아다녔던 것은 모두 이들이 서로 떨어질래야 떨어질 수 없는 사이였기 때문이다. 그러니까 (나)에서 서로 다른 속성과 행동 방식을 보여주었던 '나'와 '너'가 서로에 대한 사랑을 확인하는 장면은 일상적인 남녀간의 사랑이나 동성간의 사랑과는 다른 성격의 것이다.

(가)에서 말하는 주체의 분열 양상을 토대로 해서 볼 때, (나)에서의 사랑은 대립적인 속성을 지닌 양상으로 분열되었던 자아가 자기에 대한 사랑을 바탕으로 그 분열을 극복하려는 것으로 해석될 수 있다. 넓게 보면, 이것은 아이에서 어른으로 나아가는 과정이 지속과 단절로 이루어진 역동적인 과정임을 말해주는 것이기도 하다.

오   정   희

# 옛우물

이 소설은 일상 생활 속에 파묻힌 나머지 우리들의 의식과 감각이
파악하지 못하고 놓쳐버린 부분들, 다시 말해서 우리가 상상하지 못했던
부분들을 드러내고 있다. 이 소설이 특별한 사건보다는 일상적인
생활의 단면들을 제시하고, 그와 함께 그 생활의 단면이 지니고 있는데도
우리가 파악하지 못하는 것들을 '연상'을 통해서 제시하는 것도 바로
이 때문이다. 자신은 삶에 대해서 어떻게 생각하고 있는가를 되새겨보면서
작가가 말하고자 하는 바를 제대로 이해하도록 하자.

# 옛우물

마흔다섯 살이 된 생일 아침, 나는 여느 날과 마찬가지로 여섯 시에 맞춘 괘종시계 소리에 눈을 떴다. 겨울 지나면서 해는 발돋 움질하듯 조금씩 길어지고 매일매일 한 겹씩 엷어지는 어둠 속에 섬세하게 깃들인 새벽빛, 친숙하고 익숙한 습관과 사물들 사이에 서 잠을 깨었다. 여기저기, 가장 적합하다고 여겨진 자리에 의심 없이 놓여진 전기 밥솥, 가스 레인지, 프라이팬과 낡고 늙어 부쩍 모터 소리가 요란해진 냉장고 따위의 가운데서 움직이며 나는, 태 어났을 때 사십오 년 후의 이러한 내 모습을 결코 상상하지 않았 으리라는 생각을 잠깐 해본 것이 다르다면 다른 일이었을 것이다. 어느 해 이른봄 오늘과 별로 다를 것 없는 어느 날 나는 스물세 살 부터 십 년에 걸쳐 해거름으로 아이 낳기를 한 서른세 살의, 아마 그녀로서는 마지막 출산이기를 바랐을 여자의 자궁에서 벗어나 시간의 그물에 걸려들었다.

어머니는 그 뒤로도 십 년 가까이 아이를 낳았다. 내가 여덟 살이 되었을 때 낳은 사내아이를 끝으로 자궁은 말린 오얏처럼 쭈그러들었다.

내가 태어난 날임을 상기시키는 아무런 특별함은 없다. 그해 봄날 바람이 불었는지 비가 내렸는지 맑았는지 흐렸는지, 이제는 층계를 오르는 일조차 잊어버린 치매 상태의 노모에게 묻는 것은 의미 없는 일이리라. 다산의 축복을 받은 농경민의 마지막 후예인 그녀에게 아이를 낳는 것은, 밤송이가 벌어 저절로 알밤이 툭 떨어지는 것, 봉숭아 여문 씨들이 바람에 화르르 흐트러지는 것처럼 자연스럽고 범상한 일이었을 것이다.

나는 막내동생이 태어나던 때를 기억하고 있다. 깨끗한 바가지에 쌀을 담고 그 위에 마른 미역을 한 잎 걸쳐 안방 시렁에 얹어 삼신에게 바친 다음 할머니는 또다시 깨끗한 짚을 한 다발 안방으로 들여갔다. 사람도 짐승처럼 짚북데기 깔갯짚에서 아기를 낳나? 누구에게도 물을 수 없었던 마음속의 의문으로 안방 쪽으로 가는 눈길이 자꾸 은밀하고 유심해졌다.

할머니는 아궁이가 미어지게 나무를 처넣어 부엌의 무쇠솥에 물을 끓였다. 저녁 내내 어둡고 웅숭깊은 부엌에는 설설 물 끓는 소리와 더운 김이 가득 서렸다. 특별히 누군가 말해 준 적은 없지만 아이들은 무언가 분주하고 소란스럽고 조심스런 쉬쉬함으로 어머니가 아기를 낳으려 한다는 눈치를 채게 마련이다.

할머니는 언니에게, 해지기 전에 옛우물에서 물을 길어 와 독을 채워 놓으라고 말했다. 머리카락 빠뜨리지 마라. 쓸데없이 수다 떨다 침 떨구지 마라. 부정탄다. 할머니는 엄하게 덧붙였다. 열다섯 살 큰언니는 물 뜨러 다니는 것을 부끄러워해서 물 길러 갈 때마다 입을 한 발이나 내밀었지만 불평 없이 물초롱을 찾아 들고 나는 두레박을 챙겨 따라나섰다. 정자나무 지나 먼 옛우물까지 가는 동안 언니는 한 번도 입을 열지 않았다. 물을 떠오면 할머니는 검불이나 먼지가 떴는지 살핀 뒤 먼저 흰 사발에 담아 장독대로 돌아갔다. 다음에는 부뚜막의 조왕 각시 사발에 채웠다. 아버지는 보이지 않았다. 마실이나 갔다 오게. 아이야 여자가 낳는 거지. 할머니가 손사래를 쳐서 내보냈다. 남자야 아이를 만드는 데나 소용 있는 거지 하는 뜻이었을 게다.

우리들은 불길이 잘 들이지 않아 써늘한 윗방에 모여 재미도 없는 놀이에 열중하는 체하지만 귀는 온통 어머니의 신음 소리가 새어 나오는 안방에 쏠려 있었다. 실뜨기도 공깃돌 놀이도 재미없었다. 우리들이 모이면 으레 아웅다웅 벌이는 싸움질도 하지 않았다. 이슬이 비친다거나 양수가 터졌다거나 문이 덜 열렸다거나 아직 멀었다, 하는 할머니의 목소리에 섞여 아이고 어머니 아이고 어머니, 고통에 찬 외침이 들릴 때마다 언니는 어깨를 움찔움찔 떨고 조그만 얼굴이 굳어지며 말했다. 난 시집 안 가. 아이를 안 낳을 거야. 나는 작은오빠에게 머리를 쥐어박히고 훌쩍훌쩍 울었다. 정옥이의 엄마, 염쟁이 마누라가 아기를 낳다가 아기와 함께 죽었다는 말을 했기 때문이었다. 밤 깊도록 불 켜진 안방의 수런 거림과 산고의 신음에 불안하게 귀기울이다가 옷을 입은 채로 가로세로 쓰러져 잠이 들었지만 아침 일찍 저절로 눈이 떠졌다. 햇살이 퍼지지 않았는데도 문 창호지가 밤새 눈 내린 아침처럼 환했다. 한바탕 큰일이 지나간 것처럼 평온함이 감돌았다. 기름이 뜬 미역국과 흰밥으로 차려진 밥상을 보며 우리는 우리가 잠든 사이 어머니가 아기를 낳았다는 것을 알았다. 안방에 건너가면 윗목에 한아름 뭉쳐 있는 수상쩍은 피빨래와 짚더미. 아기는 우리가 차례로 입었던 배냇저고리를 우리가 막 벗어난, 혹은 지나온 작은 생처럼 물려 입고 밤을 지샌 고통, 피와 땀과 젖 냄새가 비릿하고 후덥덥하게 뒤섞인 공기를 마시며 잠들어 있었다.

할머니는 뒤란으로 돌아가 피 묻은 짚과 태를 태웠다. 우리가 떠나온 세계는 시커먼 연기와 검댕이로 피어 올라 할머니가 장독대에 떠놓은 정화수 흰 대접, 옛날의 우물물에 날아 앉고 그렇게 우리는 영원한 암호, 비밀일 수밖에 없는 한 세계와 결별한다.

마당은 어느새 깨끗이 쓸려 있고 아버지는 새끼를 꼬아 숯과 고추를 끼워 대문에 금줄을 쳤다. 우리들은 싸리비 자국이 선명한, 아직 아무도 밟지 않은 마당에 작은 발자국을 만들며 학교로 갔다. 길에서 만나는 아이들에게마다 비밀 얘기하듯 소곤소곤 말했다. 우리 엄마가 아기를 낳았어. 동생이 생겼어. 사내 아기야.

거기에는, 새 아기가 태어난 풍경에는 밝음과 고즈넉함, 슬픔 같은 것이 어려 있다. 우리는 누구나 가엾은 한 여자의 가랑이에서 피투성이가 되어 태어난다. 그리고 익히 알고 있는 길을 걸어가듯 생애 속으로 한 걸음씩 옮겨 놓는다. 삶에 대한 상상력이란 대개의 경우 지나치게 황당하거나 안일하다. 묘지에 갔을 때 사람의 생애란 묘비에 적힌 생몰 연대 이상이라거나 그 이상이 아니라는 상반된 느낌들이 동시에 고개를 들지만 간단한 생몰 연대에 비해 그의 생애와 업적을 적은 비문은 구차한 변명이나 췌사로 보여질 수도 있으리라.

한 사람의 생애에 있어서 사십오 년이란 무엇일까. 그것은 부자
도 가난뱅이도 될 수 있고 대통령도 마술사도 될 수 있는 시간일
뿐더러 이미 죽어서 물과 불과 먼지와 바람으로 흩어져 산하에 분
분히 내리기에도 충분한 시간이다.

나는 창세기 이래 진화의 표본을 찾아 적도 밑 일천 킬로미터의
바다를 건너 갈라파고스 제도로 갈 수도, 아프리카에 가서 사랑의
의술을 펼칠 수도 있었으리라. 무인도의 로빈슨 크루소도, 광야에
서 외치는 선지자도 될 수 있었으리라. 피는 꽃과 지는 잎의 섭리
를 노래하는 근사한 한 권의 책을 쓸 수도 있었을 테고 맨발로 춤
추는 풀밭의 무희도 될 수 있었으리라. 질량 불변의 법칙과 영혼
의 문제, 환생과 윤회에 대한 책을 쓸 수도 있었을 것이다. 납과
쇠를 금으로 만드는 연금술사도 될 수 있었고 밤하늘의 별을 보고
나의 가야 할 바를 알았을는지도 모른다.

그러나 나는 지금 작은 지방 도시에서, 만성적인 편두통과 임신
중의 변비로 인한 치질에 시달리는 중년의 주부로 살아가고 있다.
유행하는 시와 에세이를 읽고 티브이의 뉴스를 보고 보수적인 것
과 진보적인 것으로 알려진 두 가지의 일간지를 동시에 구독해 읽
는 것으로 세상을 보는 창구로 삼고 있다. 한 달에 한 번씩 아들의
학교 자모회에 참석하고 일주일에 두 번 장을 보고 똑같은 거리와
골목을 지나 일주일에 한 번 쑥탕에 가고 매주 목요일 재활센터에
서 지체 부자유자들의 물리 치료를 돕는 자원 봉사의 일을 하고
있다. 잦은 일은 아니지만 이름난 악단이나 연주자의 순회 공연이
있을 때면 남편과 함께 성장을 하고 밤 외출을 하기도 한다.

갈라파고스를 떠올린 것도 엊그제, 벌써 한 주일 이상이나 화제

가 계속되어 희귀 생물의 희생이 걱정된다는 티브이 뉴스에 비친 광경이 의식의 표면에 남긴 잔상 같은 것일 테고 더 먼저는 아들이, 자신이 사용하는 물건들에 붙여 놓은, '도도'라는 말에서 비롯된 것일 수도 있다. 도도가 무엇인가를 묻자 아들은 4백 년 전에 사라진, 나는 기능을 잃어 멸종된 새였다고 말했었다. 누구나 젊은 한 시절 자신을 전설 속의, 멸종된 종으로 여기지 않겠는가. 관습과 제도 속으로 들어가야 하는 두려움과 항거를 그렇게 나타내지 않겠는가.

우리 삶의 풍속은 그만큼 빈약한 상상력에 기대어 부박한다. 삶이 내게 도태시킨 가능성에 대해 별반 아쉬움도 없이 잠깐 생각해 본 것은 내가 새로 보태어진 나이테에 잠깐 발이 걸렸다는 뜻일 게다. 그러나 나는 이제 혼례에나 장례에 꼭 같은 한 가지 옷으로 각각 알맞은 역할을 연출할 줄 알고 내 손으로 질서 지워주는 일들에 자부심을 갖고 있다. 마늘과 생강이 어우러져 내는 맛을 알고 행주와 걸레의 질서를 사랑하지만 종종 무질서 속으로 피신하는 것도 한 방법이라는 것을 알고 있다.

남편과 아들이 서둘러 아침 식사를 하고 각각 일터와 학교로 간 뒤 화장실 청소를 하려다가 나는 픽 웃었다.

깔끔한 성격의 남편은 그답지 않게 자주 변기의 물을 내리는 일을 잊는다. 나는 한 번도 그 점을 지적한 적이 없다. 비교적 성공한 봉급 생활자인, 이제 머리가 벗어지기 시작하고 몸이 붇기 시작하는 장년의, 일자리나 술자리, 잠자리에서까지 능숙하고 세련된 그에게 어린 날을 떠올리게 하는 것은 거의 없다. 내게서 어린 날의 심한 허기와 도벽, 노란 거품을 게워 내던 횟배앓이의 흔적을 찾을 수 없는 것처럼. 그러나 나는 사타구니에 손을 넣고 모로 누워 웅크리고 자는 그의 모습을 볼 때, 채 물 내리는 것을 잊은 변기 속의, 천진하게 제 모양을 지니고 물에 잠겨 있는 똥을 볼 때 커다란, 늙어 가는 그의 속에 변치 않은 모습으로 씨앗처럼 깊이 들어 있는 작은 그를, 똥을 누고 나서 자신이 눈 똥을 신기하고 이상해 하는 눈길로 물끄러미 바라보는 어린아이, 유년기의 가난의 흔적을 본다.

남편의 선배 중에 경상도 시골에서 과수원을 하는 사람이 있었다. 남편과 내가 찾아갔을 때, 그와 그의 아내는 똥과 풀을 섞어 두엄자리를 만들고 있었다. 그의 아내가 냄새 풍기는 것이 미안했던지 내게 말했다. 똥이 썩을 때의 빛깔은 얼마나 형형색색으로 예쁜지 몰라요. 사람들이 제가 눈 똥을 보지 않게 되면서부터 본질을 잃어 가는 게 아닌가 싶다고 나는 대꾸했었다. 그들 부부는 오래 전 통일 이전의 독일 유학생으로 각각 독일 문학과 교육학의 박사 과정을 마쳐 갈 즈음 모종의 사건에 연루되어 소환되었다. 재판을 받고 일 년 간 복역한 후 풀려 났지만 남편의 선배는 원거리 공포증이라는 이상한 병을 얻었다. 자신이 있는 곳으로부터 이 킬로미터 반경을 벗어나면 심장이 뛰고 불안해서 안절부절못한다는 것이었다. 고향인 시골로 돌아왔을 때도 한동안 검은 수건으로 눈을 가리고 자신이 이제부터 살아가야 할 생활 반경을 익혀야 했었노라고 했다. 버스 터미널까지 자동차를 운전해서 우리를 데려다 준 것도 그의 아내였다. 방랑이 꿈이었는데 인생이 참 아이러니컬하지요. 자랑스런 영농 후계자로 뽑혔다는 그는 사과꽃이 만발한 과수원에서 우리와 작별하며 헛헛하게 웃었다.

집 안을 치우고 나니 한결 호젓하고 조용한 것 같다. 찻물 주전
자를 불에 얹고 나는 부엌 벽에 걸린 전화기의 송수화기를 떼어
들었다. 지역 번호를 누른 뒤 빠르고 센 힘으로 번호판을 꾹꾹 눌
렀다. 아득한 공간 속으로 신호음이 울렸다. 열 번, 열다섯 번, 스
무 번. 송수화기를 제자리에 걸고 나는 더운 물을 부은 찻잔을 천
천히 휘저었다.

　시는 강을 경계로 해서 남과 북으로 갈리고 농사를 짓는 북쪽과
소비 지역인 남쪽의 생활권을 이어 주는 다릿목께에 상설 야채 시
장이 선다. 남편과 아들이 녹즙을 마시기 시작하면서부터 나는 값
도 비교적 싸고 무엇보다 싱싱하다는 이유로 이 시장을 자주 이용
해 왔다.

　이른 아침 시장에 나오면 이슬 맺힌 채로의, 아직 가지런히 땅
에 뿌리내리고 있는 듯한 연상을 불러일으키는 채소들, 푸른 잎과
구근들을 만난다. 그것들은 또한 내가 해 뜰 무렵 이슬에 발목 적
시며 푸른 식물들 사이에 서 있는 듯한 만족감을 주기도 했다. 내
손으로 가꿀 수 있는 작은 밭이 있었으면 좋겠다는 생각을 해보는
것도 그때였다. 대부분 햇빛과 바람, 비에 의한 것이 아닌, 알맞은
온도와 습도, 빛을 인위적으로 조절한 비닐 하우스에서 재배한 것
이라는 것을, 시든 푸성귀에 흠뻑 물을 뿌려 푸릇푸릇 살아나게
하여 갓 뽑은 것 같은 속임수를 쓰기도 한다는 것을 알게 된 뒤에
도 그랬다.

　신선초와 케일, 컴푸리 따위로 채워진 커다란 비닐 주머니를 양
손에 무겁게 들고 시장을 벗어나며 나는 잠깐, 여름이 오기 전에

운전 면허를 따야 하지 않겠는가를 생각했다. 진작 운전을 시작한 이웃 사람들이나 친구들로부터 운전을 하면 생활 형태와 감각이 달라진다는, 얼마나 기능적이고 자유스러워지는가 하는 얘기를 듣고 있는 터였다. 그러나 운전에 대한 생각은 다릿목에 이르러 지워져 버렸다.

차들이 꼼짝 않고 늘어서 있었다. 다리가 끝나는 곳에 시가지로 진입하는 세 갈래 길이 부챗살처럼 뻗어 있어 병목 현상을 일으켜 평소 교통 체증이 심한 곳이긴 해도 이처럼 끝간 데 없이 차들이 뒤엉켜 움직이지 않는 것은 드문 일이었다.

퍼머 머리를 봉두난발로 불불이 세우고 두터운 겨울 코트를 입은 한 여자가 입에 불 붙이지 않은 담배를 서너 개비 한꺼번에 물고 길 가운데 서서 두 팔을 내두르며 교통 정리를 하고 있었다. 길 가던 사람들이 피식피식 웃어대고 자동차들은 신경질적으로 경적을 울려대었다. 나는 그때 늘어선 차 중에서 낯익은 감청색 승용차를 보았다. 남편의 차였다. 뒷자석과 옆에 동승한 남자들이 있었다. 다리 건너 횟집에서 점심 식사를 하고 오는 길이리라 짐작되었다. 은행의 부장직에 있는 남편으로서는 고객과의 식사 자리도 중요한 업무일 것이었다. 핸들에 손을 얹고 있는 남편의, 그의 동승자들에게는 보이지 않을 얼굴은 피곤하고 권태로운 표정을 담고 있었다. 뒷자리의 남자들은 창을 내리고 고개를 빼어 그 여자를 보며 웃고 있었다.

나는 나 자신도 모르게 조금 남편의 시야에서 비껴 섰다. 남편은 나를 보지 못한 것 같았다. 똑바로 앞만 바라보고 있었다. 아침에 입고 나간 그대로의 차림인데도 집 밖에서 보는 남편은 낯설었다. 나는 순간적인 내 태도와 감정에 당황했다. 내가 조금 더 그를 바라보았거나 아주 작은 소리로라도 불렀다면 그는 알아차렸을 만큼 가까운 거리였다.

미친 여자의 교통 정리는 상습적인 것인 듯 그녀는 경찰에게 어깨를 잡혀 순순히 끌려가며 물방개 떼처럼 까맣게 밀린 차들을 향해 손을 흔들어 주는 여유까지 보였다. 차들이 움직이기 시작하고 감청색 승용차도 그 속에 섞여 들어 어느결에 시야에서 사라졌다. 그 차가 안 보일 때까지 눈으로 좇다가 나는 천천히 걸음을 떼어 놓았다.

몇 대의 버스를 보내고도 나는 그 자리에 우두커니 서 있었다. 버스비로 꺼내 쥔 몇 낱의 동전에 축축이 땀이 찼다. 버스를 타기에는 짐이 무겁다고 속으로 말했다. 아직 세시, 집에 들어가서 서둘러 해야 할 일은 없다고, 저녁 밥을 지을 때까지는 아직 시간이 많이 남아 있노라고 왠지 변명하는 기분으로 말했다. 신호등이 파란불로 바뀌어도 건널 염이 없이 비스듬히 맞바라다보이는 건물을 바라보고 서서 뜨거운 커피를 한잔 마시고 싶다고 목쉰 소리로 조그맣게 말해 보았다. 택시는 쉽게 잡히지 않았다. 어쩌다 빈 택시가 지나가기도 했지만 미처 손을 들기 전 지나가 버렸다. 반대 방향으로 가는 빈 택시는 자주 눈에 띄었다. 조금 돌더라도 건너가서 타는 게 낫겠다고 작정을 하고 길을 건넜다. 택시 정류장의 표지판을 찾아 망설이듯 느릿느릿 걷다가 옛날로부터 홀연히 나타난, 낯익은 찻집의 문 앞에서 문득 멈춰 섰다.

문득, 이라고 말하는 것은 옳지 않다. 나는 집으로부터 이곳까지의 먼 길이 여러 해에 걸친 우회라는 것을 부인할 수 없다. 찻집의 유리창에 바짝 붙어 서서 뚫고 들어갈 듯 이마를 대었다. 오래 전 내가 앉았던 자리, 강이 맞바로 내다보이는 창가의 탁자 위에 담뱃갑과 반쯤 마시다 만 찻잔, 몇 개의 열쇠가 매달려 있는 열쇠고리가 무심히 놓여 있었다. 그리고 재떨이에 걸쳐진 담배에서 피어 오르는 연기. 의자는 비어 있었다. 유리 밖의 내 모습이 유령처럼 그 물상 위로 비비적대며 어른거렸다. 나는 훅 숨을 들이마시며 눈을 부릅떴다. 그것은 텅 빈 공허, 사라짐의 공포였을까. 그곳은 사과가 떨어져도 " '툭' 소리가 나"(박목월의 시 중에서)지 않는 저편의 세계. 내가 때때로 송수화기를 통해 듣게 되는, 어둠의 심부로 한없이 빨려 가 사라지는 신호음. 이제는 영원히 과거 시제로 말해질 수밖에 없는 비인칭 명제. 그러나 나로서는 간신히 온 힘을 다해 '그'라고 부르는.

연인들이 저물도록 강물을 바라보다가 돌아가는 찻집이었다. 내가 무거운 나무 문을 밀자 그것은 '여러 해 만에' 비로소 삐익 녹슨 소리를 내며 열렸다. 한낮인 탓에 찻집 안은 손님이 하나도 없이 조용했다. 그 언젠가와 꼭 같았다. 연극 무대에서 흔히 사용하는 방법, 추억을 상기시키는 하나의 장치처럼 모든 것이 그대로였다. 상아빛 와이셔츠에 커프스가 단정한 주인 남자가 이제는 수염을 기르고 있는 것만이 달랐을 뿐이다. 모든 것이 그대로인 채 조금씩 낡아 가고 가라앉아 가고 있었다. 나는 제일 안쪽 자리를 잡고 앉았다. 찻잔이 놓인 탁자가 마주보이는 자리였다. 그 자리에 앉았었을 남자는 카운터 옆의 공중 전화 박스에서 이쪽에 등을 보이고 서서 전화를 걸고 있었다. 유리 칸막이가 되어 있어 말소리는 들리지 않았다.

완연한 봄이군요. 가죽 덮개 씌운 메뉴 책을 가져온 주인 남자의 말에 여러 해 전의 내가, 스스로에게도 이상하게 들리는 낮고 쉰 목소리로 '블루마운틴' 커피를 주문했다. 그와 함께였다면 찻집 남자는 그때처럼, 강물빛이 좋지요라고 말했을 것이다. 정말 그렇군요라고 그가 대답하면 찻집 남자는 이 고장에는 봄, 가을이 없어요. 봄인가 하면 여름이 되고 가을이 오면 곧 눈이 내리지요라고 덧붙일 것이다. 찻집 남자는 그가 혼잡한 대도시에서 왔음을 알아챘다. 이 고장 사람이라면 강물빛이 좋군요 따위의 말은 하지 않는다. 그것은 스쳐 지나가는, 잠시 머물고 영원히 떠나가는 나그네의 말이다. 담배 한 대를 피울 동안, 차 한 잔을 마실 동안, 한 컵의 맥주를 마실 동안만 내 눈빛에 머무는.

재떨이에 걸쳐진 담배는 더 이상 푸르스름한 연기를 피워 올리지 않고 위태롭게 구부러진 흰 재가 어느 순간 소리 없이 무너졌다.

나는 그가 내 어깨 너머로 바라보던 강과 강물 위에 떠 있는 갈대숲 우거진 작은 섬을 바라보았다.

반백의 남자가 전화 박스에서 나와 자리에 털썩 주저앉았다. 담배를 물고 불을 붙였다. 찻집 남자가 커피를 가져왔다. 진하고 뜨거운 커피 냄새가 가라앉은 공기 속을 섬세하게 떨며 실핏줄처럼 퍼져 가는 것을 느꼈다. 그 향기를 감지했던가, 맞은편 탁자의 남자가 고개를 들어 이켠을 바라보았고 잠깐 허공에서 시선이 맞부딪쳤다. 어딘가 몽롱하고 불안해 하는 눈빛이었다. 나는 찻잔에 설탕과 크림을 넣어 천천히 휘저으며 그에게서 눈을 떼지 않았다. 나는 찻집 주인이 손수 뽑아내는 커피 맛이 일품이라는 것을 알고 있었고 또한 그가 남색가라는 것을 알고 있었다. 이 작은 도시에서는 무엇이든 감추어지는 것이 없었다. 아직 늙지 않은 그의, 가짜로 만들어 붙인 듯 풍성한 턱수염 따위는 허세에 지나지 않을 따름일 것이다.

베토벤의 석고 데스마스크는 옛날처럼 벽 위 높직이 그 자리에 붙어 있었다. 나는 마주앉은 그에게, 중학교 미술 시간에 석고로 마스크 뜨던 얘기를 했을 것이다. 콧구멍을 막고 눈을 꼭 감고 되게 갠 석고 반죽을 얼굴에 바를 때의, 화면이 사라지듯 어둡고 차가워지던 느낌을, 아마 죽음이 그럴 거라고 말했을 것이다. 오직 내 어깨 너머로 아득히 가 있는 그의 눈길을 잡으려는 필사적인 노력으로 더듬거리며 감히 죽음을 말했을 것이다.

담배를 다 피우고 난 남자는 일어나 다시 전화 박스로 들어갔다. 나는 눈길을 돌렸다. 강은 완연히 봄빛을 띠고 있었다. 먼 산은 아직 잎 피지 않은 부드러운 갈색으로 아득하지만 강둑을 따라 늘어선 버드나무 가지에는 연둣빛 기운이 안개처럼 어려 있었다. 다리의 중간쯤에서 한 여자가 허리를 깊이 굽히고 강물을 내려다보는 것이 보였다. 다리에서는 종종 자살 사건이 일어났다. 그것은 신병 비관, 생활고, 실연 등의 제목을 달고 지방 신문의 하단 일단기사로 보도되었다. 다리의 중간 지점을 받친 기둥 아래는 물살이 믿을 수 없이 빠르게 소용돌이치기 때문에 깊이 빨려 들어간 익사체는 오랜 후에야 물의 흐름이 느려지는 강의 하류에서 천천히 떠오른다고 했다.

어릴 때 내게 죽음은 흰 봉투였다. 가끔 학교에서 돌아올 때나 아침에 집을 나설 때 대문과 문설주 사이에 반으로 접혀 꽂힌 흰 봉투를 보곤 했었다. 집안 식구들 중 아무도 누가 언제 그것을 끼워 넣었는지 알지 못했다. 어른들은 그것이 부고(訃告)라는 것을 알려 주지 않았지만 아이들은 함부로 만지거나 열어 보면 안 되는 불길하고 부정한 그 무엇이라는 것을 저절로 알았다. 아무것도 씌어지지 않은 흰 봉투에 넣어져 아무도 알아차리지 못하는 순간에 살짝 문틈에 끼워진 죽음은 두렵고 낯선 비밀이었다.

한여름 청청히 물오르는 계절에도, 죽음의 자리에 누운 아버지는 자꾸 뚝뚝 나뭇가지 부러지는 소리가 들린다고 말했다. 저승으로 열린 귀는 셀로판지처럼 얇고 투명해져 다른 사람들은 볼 수 없는, 오직 이미지 속에서만 존재하는 또 다른 세계의 소리를 듣고 있었다. 죽음을 앞둔 사람의 환청이라 귀담아듣지 않으면서도 임종을 지키기 위해 모여든 가족들은 자주 밖을 내다보는 시늉을 하고 아버지를 안심시켰다. 우리는 그것이 죽음의 소리라는 것을 몰랐다. 우리는 죽음을 알아보기에는 너무 젊었던 것이다. 참 깨끗이 곱게 가셨다. 입관을 하기 전 어머니가 자부심을 가지고 말했으나 그 말이 끝나기가 무섭게 아버지는 냄새를 풍기기 시작했다. 온몸을 흔들며 웃던 평소의 습관처럼 전신으로 냄새를 풍겼다. 어머니는 그러한 말을 해서는 안 된다는 것을 몰랐다. 오래된 미신이라 하더라도 옛사람들이 옳았다. 그들은 죽음에 위엄을 부여할 줄 알았다. 죽은 자에 대해 말하는 것은 금기였다. 야삼경 지붕 위에 올라가 망자의 흰 저고리를 흔들며 캄캄한 천공에 외치는 초혼제를 지낼 때 나의 어린 아들은 아주 커다랗고 하얀 새가 날개를 펄럭이며 어두운 하늘로 날아가는 것을 보았다고 말했다.

그가 죽은 후 오랫동안 나를 괴롭히던 귀울음은 나았다. 한없이 귀가 부풀어오르는 느낌, 세상의 온갖 소리들이 종잡을 수 없이 웅웅대며 끓어올라 뇌 속을 파고드는 고통을 호소하자 이비인후과의 젊은 의사는 아마 달팽이관에 이상이 생긴 듯하다는 자신 없는 진단을 내렸다. 이제 범상히 살아가는 내게 그의 흔적은 없다. 밥을 먹고 잠을 자고 혼자 있는 시간에 뜻 없이 내뱉는 탄식처럼 짧고 습관적인 성교를 한다. 그러나 모든 죽은 사람들이, 그들에 대한 기억이 소멸한 뒤에도 그들이 남긴 살아 있는 사람들의 유전자 속에 깃들이듯 그는 나의 사소한 몸짓과 습관 속에 남아 있다. 예기치 않았던 날, 누구나 이용할 수 있는 신문의 부고란에서 그의 죽음을 보았을 때부터 내게는, 그의 떠도는 전화번호를 불러내어 꾹꾹 눌러대는 버릇이 생겼다. 어둠의 심부를 향해 신호음을 울리며 이제 그가 사용할 수 없는 일련의 숫자들은 캄캄한 공허 속으로 끝없이 퍼져 갔다. 그가 왜, 어떻게 죽었는가를 묻는 것은 의미 없는 일이리라.

그가 죽은 뒤 한동안 내게는 모든 사람들이 시체처럼 보였다. 먹고 마시고 너털웃음치는 시체, 걸어 다니는 시체, 쾌락을 느끼거나 고통을 느끼는 시체. 어릴 때 동무 정옥이의 아버지가 옳았는지도 모른다. 술주정뱅이 염쟁이인 정옥의 아버지는 밤마다 관 속에 들어가 잔다고 했다.

전화 박스를 나오는 남자의 시선이 다리 위에 가 있는 내 눈길을 끌어당겼다. 남자가 여자를 바라보는 것이 아닌, 어딘가 혼란에 빠진 눈길이었다. 해가 갈수록 나는 낯선 남자의 눈길을 받을 때 그것이 남자가 여자를 바라보는 눈길이 아님을 느끼게 되었다. 유리알처럼 무의미하고 건조하게 스쳐 가는, 혹은 자신의 내부를 들여다보는 눈빛의 투사. 그것은 내가 더 이상 젊은 여자가 아니라는 의미이리라.

나는 똑바로 그 남자를 바라보았다. 그 남자는 가지런히 빗긴 머리를 공연히 쓸어 보고 얼굴을 문지르며 흐트러진 눈빛으로 허둥대었다. 실내에 갇힌 만져질 듯 단단한 고요함을 견디지 못한 찻집 주인이 턴테이블에 판을 걸었다. 재킷에서 디스크를 꺼내어 조심스레 먼지를 닦아내고 바늘을 올리는 번거로움과 수고, 옛 방식을 그는 즐기고 있는 듯싶었다. 지익지익 바늘 긁히는 소리에 이어 라벨의 볼레로가 흘러 나왔다.

그 남자는 힘겹게 내 시선을 걷어 내며 신문을 펴들었다. 그러나 나는 그의 얼굴을 가린 신문지 너머에서 여전히 나를 바라보는 눈과 조금씩 거북해지고 가빠지는 숨결을 느낄 수 있었다. 그는 심한 혼란에 빠진 것에 틀림없었다. 내가 젊고 아름다운 여자였다면 그가 그토록 당황하지는 않았을 것이다. 저 여자가 누구일까. 왜 나를 뚫어지게 바라보는 것일까. 뒤죽박죽으로 헝클어진 기억의 창고를 헤집어 그가 알았던 여자, 안았던 여자, 버렸던 여자들의 희미한 얼굴을 떠올리며 진땀을 흘릴 것이다. 점차적으로 빨라지는 캐스터네츠의 소리들이 가까스로 끌어올린 실마리들을 흩어 버려 그는 점점 더 미로 속을 헤매게 될 것이다.

그가 마침내 신문을 탁자에 내려놓으며 결심한 듯 몸을 일으켰다. 내 쪽을 향한 몸이 순간 기우뚱하며 탁자를 치고 찻잔이 바닥에 떨어져 날카로운 파열음으로 부서졌다. 그는 이제 극도로 당황한다. 막바지로 치닫는 볼레로의 8분음표와 16분음표의 숨 가쁜 원무를 헤치고 주인 남자가 다가왔다. 당황한 몸짓으로 허리를 굽혀 깨진 조각들을 주우려는 그를 만류했다. 그와 주인 남자 사이에 몇 마디 말이 오갔다. 점점 높아지고 빨라지는 음악 소리 때문에 그들이 하는 말은 들리지 않았다. 그는 이제 절대로 내 쪽을 보지 않았다. 완강히 등을 돌린 자세로 빈 담뱃갑을 구겨 버리고 열쇠고리를 집어 넣고 계산을 치른 뒤 밖으로 나갔다.

넓은 유리창을 통해 어딘가 불안정한 걸음걸이로 횡단 보도를 건너는 그의 모습이 보였다. 그는 담배 가게에서 담배를 사고 손수건을 꺼내 얼굴을 문질렀다.

나는 찻집을 나왔다. 분명히 설명할 수 없는 조바심으로 종종걸음을 치며 그의 발자취를 충실히 따라 횡단 보도를 건너 강둑길로 올라섰다.

그는 강둑, 마른풀들이 깔린 펀펀한 땅에서 버드나무를 짚고 서 있었다. 왼손으로 가슴을 문지르고 애써 심호흡을 했다. 토하려는, 어쩌면 뭔가 자신 속에서 치밀어 오르는 억누를 수 없는 힘과 싸우는 듯도 했다. 낯빛이 무섭게 창백했다. 그가 나를 바라보았던가 알 수 없었다. 미간을 모아 찌푸린 눈길이 힐끗 나를 거쳐 벌써 이울기 시작하는 해를 바라보았다.

그는 신경질적이고 불안한 손놀림으로 넥타이를 풀었다. 목을 매려는가 보다고 나는 순간적으로 생각했지만 그는 넥타이를 주머니에 넣고 양복 상의를 벗어 개었다. 그리고는 개어 놓은 윗도리를 베고 반듯하게 누웠다. 그는 이제 눈에 띄게 헐떡이고 있었다. 바지 주머니에서 손수건을 꺼내 얼굴을 덮으며 그는 으으윽, 억눌린 비명과 함께 몸을 뒤틀었다. 흰 와이셔츠와 엷은 색 바지는 이내 마른풀과 흙으로 더럽혀졌다. 전혀 예기치 않은 돌연한

사태에 나는 왜, 왜 그래요, 어디 아픈가요. 목 질린 소리를 내뱉
으며 물러섰다. 강둑 아래 선착장에서 배를 기다리던 사람들과 노
점을 펼쳐 놓고 있던 사람들이 모여들었다. 그들은 경찰을 부르거
나 병원으로 옮겨야 하지 않겠느냐는 다급한 내 말을 간단히 묵살
했다. 간질이라고, 발작이 와서 넘어지면 뇌진탕을 일으킬까 봐
자신이 미리 알고 대비하는 것이라고 말했다. 그러고는 이렇게 호
젓한 자리를 잡아 옷을 벗어 놓고 누운 것을 보니 병이 골수에 박
여 발작이 잦은 사람인 게라고, 곧 멀쩡해져서 일어날 테니 걱정
할 게 없다고 덧붙였다.

그는 죽어가는 개구리처럼 끊임없이 사지를 비틀고 떨어대었
다. 흰 손수건 밑의 얼굴 윤곽이 젖은 형태로 드러났다. 둘러선 사
람들은 간질이 내림병이라거니 아니라거니, 맞선 보는 자리에서
발작을 일으킨 얘기, 결혼 첫날밤에 발작을 일으켜 색시가 놀라
달아났다는 등 보거나 들은 얘기들을 나누며 발 밑에서 몸부림치
는 그가 어떤 모습으로 일어날까를 기다렸다. 그것은 뭔가 허구적
이고 비현실적인 느낌을 주는 광경이었다. 나 역시 유수한 기업체
의 입사 시험에서 합격한 후 마지막 코스인 면접 시험장에서 발작
을 일으킨 얘기를, 사랑하는 여자의 마음을 어렵게 사로잡은 순간
발작을 일으킨 사람들의 얘기를 알고 있었다. 오분? 십분? 몸의
경련이 차츰 느려지고 어느 순간 그는 부르르 진저리를 치며 길게
휘파람 같은 한숨을 내쉬었다. 이제 다됐어. 누군가의 말을 받듯
불룩하게 치솟은 바지 앞섶이 펑 젖어 들었다. 그것은 점차 짙은
빛깔의 얼룩으로 걷잡을 수 없이 번져 갔다.

그가 일어났다. 돌연히 감지되는 침묵과 둘러선 사람들을 묵살

하고 그는 옷의 흙을 털고 머리를 매만졌다. 양복 상의를 집어 들고 발길을 돌리는 순간 잠깐 나와 눈이 마주쳤던가. 나는 그 고독하고 허전한 눈빛을 결코 잊지 못할 것이다.

저녁 식탁에서 남편은 오늘은 아주 더웠다고, 여름 양복을 손질해 놓았느냐고 물었다. 나는 아무리 그래도 지금은 봄이고 봄 날씨는 예측할 수 없다고 대꾸했다. 남편은 여름의 휴가는 바캉스 시기를 피해 6월쯤 조용한 숲 속의 콘도에서 보내고 싶다고 말했다. 아들이 대학에 들어가서 집을 떠나 대도시로 가게 되면 우리도 함께 외국 여행을 가자고 말하기도 했다. 식사를 마치고 신문을 보던 남편이 더러운 물과 공기는 우리가 스스로에게 가하는 무서운 폭력이라고 하는 말에 나는 동의한다. 신문에는 썩어 가는 식수원과 지렁이가 나오는 수돗물에 항의하는 시민들의 사진이 실려 있다.

조용한 휴가와 깨끗한 물과 공기에 대해, 연금과 전원 주택에 대해 나누는 대화에서 나는 우리가 늙어가고 있다는 것을 느낀다. 남편은 '베드로'라는 영세명을 받은, 십대 후반부터 냉담중인 천주교인이지만 은퇴 후에는 종교 활동을 통해 이웃과 사회에 봉사하는 생활로 평화로운 노년을 보내고 싶다고 말한다. 그것은 꿈이라기보다 계획이라고 해야 옳을 것이다. 사람의 생애나 내일은 예측할 수 없는 것이긴 하지만 우리가 이제껏 살아온 것처럼 별달리 모험을 하려 하지 않는다면 남편과 나는 아마 그러한 노년을 누리게 될 것이다. 남편은 욕심 없이 깨끗하고 점잖게 늙고 싶어하고 그러한 마음이 내게 신뢰를 준다. 나는 우연히 그가 종교 단체에서 벌이는 운동에 동참해서 사후의 장기 기증을 약속했다는 것을 알았다. 그것을 내게 말하지 않은 것은 나의 선택권에 대한 존중으로 여겨진다. 나의 정서로서는 아직 나의 죽은 몸이 채 식어지기 전 벌거벗겨져 낯선 손에 의해 열린다는 것, 내용물을 뽑아 낸 텅 빈 자루가 되어 땅에 묻힌다는 것을 받아들이기 어렵다. 만약 남편이 먼저 죽는다면 나는 아마 그의 박제를 매장하게 될 것이다.

남편과 아들은 지구 온난화 현상과 기상 이변에 대해서, 나라 밖 전쟁과 핵 보유 문제에 대해, 새로 발견된 명왕성보다 더 먼 별에 대해 이야기를 하고 나는 그들이 나누는, 나로서는 잘 알 수 없는 얘기를 듣는 일이 즐겁다. 그것은 우리가 다른, 새로운 세상에 살고 있음을 깨닫게 하고 약간의 두려움과 자부심을 동시에 느끼게 해준다.

인도 바람은 한물간 것 같은데 명상이 대유행이에요. 고도의 경지에 이르면 뭐든지 가능하대. 가만히 혼자 앉아서 섹스도 가능하고 오르가슴까지도 느낀대. 그거야 마스터베이션과 뭐가 달라요? 나는 신문에 끼여 온 명상 센터 광고지를 보며 남편에게 말했다. 생산적이진 않겠지. 남편이 대답했다. 우리의 생활에서 더 이상 생산적인 것은 있는 것일까. 우리의 삶의 내용을 이루는 것들. 그와 나, 합법적인 관계에서 태어난 아들을 나날이 싱싱하게 자라는 나무처럼 바라보며 소망과 걱정을 나누고 자잘한 생활의 문제, 음식과 성을 나눈다. 물론 배반과 환멸과 분노의 몫도 있을 것이다. 그릇에 담긴 물의 평화와, 고약한 항변처럼 끓어오르는 장 항아리의 곰팡이가 있고 무엇보다도 이 모든 것들을 싸안는 충실한 관습, 질서가 있다. 기나긴 습관의 미덕에 기대어 약간의 불면과 무력한 고통의 기억을 잠재운다. 언제부터인가 우리는 나란히 누워 잠들지만 각각 꾸었던 지난밤의 꿈에 대해 이야기하지 않는다. 당신은 나를 어떻게 견디나. 나는 때때로 마음속으로 그에게 물음을 던지지만 그것은 똑같이 나 자신에게도 유효한 물음이기도 할 것이다. 그러나 나는 한 번도 그러한 말을 한 적이 없다. 잠수에 자신이 없는 사람은 어떤 경우에나 수면 아래로 내려가면 안 될 것이었다. 익사의 위험이 따르므로.

그러나 우리의 관계를 단순히 관습이라거나 시간의 길들임이라고 말하는 것은 정직하지 않다. 남의 환심을 사기 위해 짐짓 해보는, 자신에 대한 능멸처럼 비겁하고 위선적이다. 그렇게 말할 수만은 없는 무엇인가가 분명히 있다.

남편과 나는 같은 해에 태어났다. 각각 동서로 나뉘는 다른 고장에서 자랐지만 전쟁중에 태어나서 폐허 속에서 성장한 공유의 경험이 있다. 점심이 없던 봄과 여름 긴긴 오후의 허기와 쓸쓸함을, 그 쓸쓸함을 달래 주던, 무딘 손칼이나 생철 조각으로 무른 흙을 헤집어 캐먹던 메뿌리의 맛을 알고 있다. 춥고 긴 겨울 밤 까닭 모를 슬픔으로 잠 못 이루고 뒤척이게 하던 야경꾼의 딱딱이 소리와 석양 무렵 오후의 늦은 잠에서 깨어났을 때의 서러운 혼미, 상이 군인의 쇠갈고리 손의 공포, 고달픈 부모의 매질과 욕설을 알고 있다. 구구단과 연대기, 우리의 맹세와 혁명 공약을 외우며 자란 작은 아이들.

열일곱 살인 아들을 보면 내가 아직 알지 못했던, 그맘 나이 때의 남편의 모습이 보이고 매번 인간의 유전자 속에 들어 있는 꿈찍한 복제 욕망에 새삼스레 놀란다.

남편은 낮의 다릿목에서 있었던 교통 체증에 대해 말하며 좁은 길과 앞을 내다보지 못하는 도시 행정을 비난했다. 이어 이사철이 지나기 전 작은 아파트를 팔아야 하지 않겠는가고 말했다. 나는 내일 부동산 업자에게 집을 내놓겠노라고 순순히 대답했다.

저녁 설거지를 마치고 나서야 나는 다릿목 시장에서 산 채소를 찻집에 그대로 두고 왔다는 것을 기억해 냈다.

내가 살고 있는 고층 아파트 앞 아카시아 덤불과 잡목이 우거진 야산을 넘어가면 우리 가족이 편의상 '작은집'이라고 부르는 예성 아파트가 있다. 그리고 그 아파트로 가는 길에 연당집이 있다. 예성 아파트로 가려면 우리가 사는 아파트의 진입로에서 연결된 찻길로 나와 아파트 단지의 담을 끼고 빙 돌아야 하지만 나는 대개의 경우 길도 나 있지 않은 야산을 넘어 작은집으로 간다. 지름길인 탓도 있지만 용케도 둥치 굵은 나무들이 이루는 숲이 남아 있기 때문에 나는 개인 소유의 땅이므로 다른 사람들의 출입을 금한다는 푯말을 무시한 채 철망 울타리의 개구멍으로 기어들어 가곤 했다. 그곳에는 소나무와 참나무, 커다란 오동나무까지 있어 예성 아파트를 오갈 때마다 나는 그 작은 숲 가운데서 저절로 발길이 멈추어지곤 했다. 잎을 모두 떨구고 앙상한 나목일 때에도 밤이 깃들일 무렵 그 아래에 서면 왠지 현자가 된 듯한 느낌이 들어 오랫동안 숨을 가다듬으며 피어 오르는 어둠을 응시하기도 했다.

산비탈의 경사가 끝나는 곳에서 연당집의 나무 울타리는 시작되었다. 산자락이 싸안은 북쪽을 빼고는 모두 웬만한 집 서까래 굵기의 통나무를 어른 키 높이로 가지런히 잘라 굵은 철사로 촘촘히 엮어 울타리를 두른 것이다. 그러나 봄으로 접어들면서 그 울타리가 동쪽부터 헐려 나가기 시작했다. 오래된 집을 헐고 향어와 송어회를 파는 음식점을 할 거라는 소문이 떠돌았다.

예성 아파트로 가기 위해 연당집 앞을 지나다가 나는 문득 눈을 치떴다. 대문 옆 울타리에 눈에 익은 내 스카프가 매어져 있었던 것이다. 벌써 여러 날 전 내가 바보의 다리 상처에 묶어 주었던 것으로 나는 그동안 스카프 따위는 까맣게 잊고 있었다. 오래된 물건으로 색깔이 낡고 올이 해져, 버리려고 내놓았다가 그날 목에 두르고 나갔던 것이다. 엉뚱한 장소에 놓인, 붉은 무늬가 요란한 낡은 스카프는 이물스럽고 부끄러웠다. 내게 익숙하고 내 몸에 걸쳤던 것이기 때문일 것이다.

어제까지도 종일 울타리를 뽑고 있던 바보는 보이지 않았다. 나는 다른 사람들이 그러하듯 그를 바보라고 부른다. 그는 이미 이름이 불릴 나이를 지났을 것이다. 그를 바보라고 부를 때 (물론 마음속에서지만) 나는 하등 미안하거나 불편함을 느끼지 않는다. 모르는 사람의 이름이 다만 자음과 모음의 어울림이듯 단지 바보라는 두 글자 외에 어떤 느낌도 없다. 서른? 마흔? 나이를 가늠해 보기도 하지만 종잡기 어려웠다.

며칠 전 나는 바보가 울타리를 뽑는 것을 보고 있었다. 바보는 작은 톱으로 울타리를 엮은 철사를 끊으려고 애쓰고 있었다. 톱이 아닌 펜치를 사용해야 한다고 말하는 것은 부질없는 짓이었다. 일을 시작하면 바보는 누구의 말도 듣지 않았다. 언제나처럼 바보의 주위에는 유치원에도 학교에도 가지 않는 동네 아이들이 모여 있었다. 아이들은 바보의 행동 하나하나에 따라 바보가 담배를 피운다, 바보가 오줌을 눈다, 바보가 웃는다, 라고 일일이 말했다. 끊기지 않는 쇠줄을 끊으려 온 힘을 다해 애쓰던 그가 다리를 싸쥐고 주저앉았다. 더러운 트레이닝 바지에 피가 배어 나왔다. 톱이 동강이 나면서 무릎을 찔렀던 것이다. 바보가 쥐어짜듯 온 얼굴을 찡그리며 어헝어헝 울었다. 집 안에서는 아무런 기척이 없었다. 피는 점점 더 짙고 붉게 번지고 나는 바보에게 바지를 걷도록 한 뒤 스카프를 풀어 피 흐르는 상처를 동여매었다. 피 흐르는 분수치고는 상처가 그리 깊지 않았다. 바지 자락이 자꾸 흘러내려 나는 무릎 위로 버쩍 올려 주었다. 근육질의 단단한 살 위로 내 손이 닿자 바보는 간지럼을 타듯 움찔움찔 몸을 비틀었다. 바보도 털이 난다, 우리 아빠처럼. 어린아이들이 바보의 다리를 가리키며 떠들어대고 울음을 그친 바보는 잔뜩 찡그린 얼굴에 자랑스런 표정을 떠올렸다. 나는 그가 알아들으리라 믿지 않으면서도 꼭 소독을 하고 약을 발라야 한다고 일러주었다. 바보라서 아무것도 몰라요. 바보는 히죽 웃고 아이들이 대신 대답했다. 바보는 아마 내게 돌려주기 위해 스카프를 울타리에 묶어 놓는 기교를 부렸는지도 몰랐다. 나는 엷은 수치심 비슷한 느낌에 스카프에서 눈을 돌리고 예성 아파트로 향했다.

아무런 기대도 생각도 없이 다만 내 소유의 아파트 번호가 적혀 있다는 이유로 열어 보게 되는 우편함에서 언제나 기본 요금에 머무는 수도와 전기 요금 청구서를 뽑아 들고 층계를 올라 갈 때 반장일을 맡아 보는 3층 여자를 만났다. 오랜만이라고, 통 만날 수가 없다는 그녀의 말에서 나는 그녀가 몇 차례 나를 찾아왔었다는 것, 정식 입주인이 아닌 나를 못마땅해 하고 있다는 것을 동시에 느꼈다. 아파트 공동의 궂은일과 심부름을 도맡아 해야 하는 반장의 처지에서 보자면 나처럼 빈집에 이름만 걸어 두고 층계 청소부터 연판장 서명, 때로 떼지어 시청에 달려가 민원을 호소하거나 궐기 대회에 나가는 일 따위에 일절 참여하지 않는 사람은 난처하기도 할 것이었다. 내가 집을 비워 두고 있다는 것은 그녀가 잘못 알고 있는 일이다. 드나드는 시간이 일정치 않았던 것뿐이다. 반장은 내게 밀린 반 회비며 그 밖에도 몇 가지 자질구레한 명목의 돈을 요구하고 나는 곧 내겠노라고 약속했다. 집을 팔 작정이니 마땅한 매도인을 찾아 달라고 부탁하면 반가워할 것이라는 생각이 스쳤으나 나는 간단한 인사로 그녀와 엇비껴 층계를 올라갔다.

맨 위층인 5층 끄트머리의 초록빛 철제 현관문을 열고 들어서며 나는 아마 빈집의 잠긴 문을 열고 들어갈 때의 그 이상하게 호젓하면서도 충만한 느낌 때문에 별반 쓰일 일도 없는 이 집을 처분하지 않는가 보다고 잠깐 생각했다. 남편은 한 가구가 집 두 채를 갖는 것에 따른 불리함을 말하며 팔도록 했지만 나는 전혀 믿는 바가 아니면서도, 이곳 사람들이 크게 기대를 걸고 있는 재개발에 대해, 그럴 경우 우리가 얻을 이익을 말하며 차일피일 미루고 있었다. 솔직히 말하자면 나는 나 혼자만의 공간이 필요했던 것이리라.

아주 오래 전에 지은 열한 평짜리 서민 아파트였다. 방바닥에 불기는 느껴졌지만 사람이 살지 않는 집의 서늘한 기운, 삭막함이 엷게 깔린 먼지와 함께 고여 있었다.

이태 전 우리 가족은 이곳에서 석 달을 살았다. 새로 분양받은 아파트의 입주 전, 이사철을 놓치지 않으려고 살던 집을 팔고 임시로 거처할 셋집을 찾다가 싼값에 이 집을 사고 들었다. 전셋돈이나 매입금에 차이가 없었던 것이다. 석 달을 살고 새 아파트로 입주를 하며 세를 놓았는데 지난 겨울 그들이 이사를 나간 뒤로 다시 비어 있게 되었다.

집은 세들었던 사람들이 나갈 때 그대로였다. 나는 한차례 쓸고 닦은 것 외에 아무것도 달리 손대지 않았다. 경우가 바르고 분명한 젊은 부부는 자신들이 쓰던 물건은 허드레 걸레 조각 하나 남기지 않고 떠났기 때문에 일은 훨씬 쉬웠다. 단 하나, 부엌 찬장 서랍 안쪽에 넣어 두었던 노트 외에는. 아마 잊고 간 것이리라. 얇은 노트의 위쪽에 송곳으로 구멍을 내고 고무줄을 꿰어 볼펜을 달아 놓아 그것은 구멍가게의 외상 장부처럼 보이기도 했다. 가계부로 썼던가 보았다. 두부 한 모, 꽁치 세 마리, 시금치 한 단 등의 세목이 날짜와 함께 꼼꼼히 적혀 있었다. 미니 카, 바나나 1킬로그램, 콘돔 한 박스…… 그리고 뜸뜸이 시구인지 유행가 가사인지 알 수 없는 글들이 적혀 있었다. 아이를 때리고 남편을 미워하는 마음에 대한 반성이 적힌 곳도 있었다. ……그 역시 착하고 가엾은 사람이다. 이해하려고 노력해야 한다. 가난이 우리를 메마르게 한다. 사랑의 말과 눈빛을 잊게 한다. 오늘은 특히나 내가 참을 수 없이 싫어지고 우울하다. 비가 오기 때문일까. 어디론가 홀쩍 떠나고 싶은 마음뿐……. 능숙하지 않은 글씨체로 담긴 젊은 부부의 생활을 보며 나는 미소지었다. 선뜻 쓰레기통에 던져 버릴 수가 없어 언제든 우연히 마주칠 일이 있으면 돌려주리라는 생각에 찬

장 위칸에 넣어 두었다.

지난 겨울 내내 거의 매일 나는 연탄 보일러의 불이 꺼지면 온수 파이프가 얼어 터질 것이라는 구실로 이 집에 왔다. 빗자루와 쓰레받기 그리고 그들이 잊고 간 노트 외에 이 집에는 아무것도 없다. 아, 벽에는 장롱이 놓이고 액자가 걸렸던 자리의, 빛에 바랜 다른 벽지에 비해 조금 짙은 색깔로 남아 있는, 정사각형 혹은 직사각형의 흔적이 있다. 사라진 뒤에야 비로소 드러나는 존재의 흔적. 나는 이곳에서 낮잠을 자기도 하고 창 밖을 내다보기도 하면서 아무런 하는 일이 없이 시간을 보낸다. 세탁소 배달차에서 흘러 나오는 〈소녀의 기도〉나 트럭 행상인의 외침 그리고 어디선가 들리는, 내가 이제는 잊어버린, 어린아이의 울음 소리에 귀를 기울이기도 한다. 서향의 창으로 해가 들 무렵이면 으레 우리 가족이 이곳에서 살았던 짧은 동안의 시간들이 곧 스러질 금빛 햇살 속에 환각처럼 살아나 슬픔이 차오르곤 했다.

창을 열면 눈 아래에 연당집이 빤히 내려다보였다. 이 동네 사람들은 이백 년도 넘었으리라는 커다랗고 낡은 기와집을 진사집 혹은 바보네집, 연당집이라고 부른다. 앞마당의, 여름이 되면 수련이 장관을 이룬다는 연못 때문에 그렇게 부르는 것이리라. 누대로 당상관을 지낸 이가 다섯 명이 넘고 아홉 명의 바보가 태어났다는 것, 교사와 공무원, 장사꾼으로 풀린 자손들은 각지로 흩어져 뿔뿔이 제 살림들을 살고 있고 노모만이 남아 있는 커다란 집에 장가 못 간 바보 아들이 허드렛일꾼으로 집안일을 하고 있다는 것 따위는 모두 아파트 초입의 구멍가게 주인에게서 들은 얘기였다. 이 동네에서 태어나 육십 년을 살아왔다는 그는 연당집에 대해 모르는 것이 없었다. 고층 아파트로 이어지는 야산이 연당집 소유라는 것과 원래 예성 아파트와 내가 살고 있는 고층 아파트 자리도 그 집 땅이었는데 떡 잘라 먹듯 야금야금 팔아먹었다는 것, 제삿날에나 모여드는 자손들의 재산 싸움이 볼 만하다는 것, 귀신이 나올 것처럼 퇴락해 가기만 할 뿐인 집을 헐고 '가든'을 할 거라는 것도 그에게서 들은 얘기였다. 세상이 달라졌는걸. 돈 버는 게 제일이지 까짓 족보 끼고 가문 내세우며 백년을 살아 보라지. 땡전 한닢 생기나. 그가 연당집을 비껴 보며 덧붙인 말이었다.

연당집, 엄장하게 엎드린 기와 지붕 틈새로 드문드문 돋아 난 시든 풀들이 이따금 생각난 듯 바람에 흔들렸다. 후원에 헝클어진 개나리가 노랗게 피어나고 진달래는 불긋불긋 꽃봉오리를 내비치고 있었다. 봄볕이 지천으로 흐르고 있었다. 집을 멀찌감치 둘러 친 해묵은 나무들도, 연당가의 살구나무, 배나무들도 곧 잎 틀듯 불그레 살찐 눈을 부풀렸다.

이젠 채마밭으로 변해 버렸지만 터를 넓게 잡아 후원과 앞뜰이 넉넉하고 연당과 누각과 정자를 갖춘 집은 화사한 봄볕 속에서 세월을 털어 내며 재처럼 조용히 삭아 가고 있었다. 어느 자손이라도 이 집을 감당할 수 없었으리라.

기척 없이 조용한 집 안에서 바보가 나왔다. 마당의 수돗가에서 세수를 하고 삽을 집어 들고는 휑하게 터진 동쪽 울타리 쪽으로 갔다. 울타리 뽑는 일을 하려는가 보았다. 톱으로 상처를 입은 바보는 아마 다시는 톱을 만지지 않을 것이다. 휑하니 열린 대문 옆 울타리에는 아직도 내 낡은 스카프가 불그죽죽한 빛깔로 매어져 있었다. 바보는 힘이 세다. 쉴새없이 울타리 나무를 쑥쑥 뽑아 던지는 모습은 춤을 추는 것같이 보이기도 했다. 바보는 보이지 않는 끈에 매어 있는 것처럼 언제나 집 주위를 맴돌며 일을 하고 있었다. 그래서 창 밖, 내가 바라보는 풍경 속에는, 바람 속에는 언제나 바보가 있었다.

수증기가 가득한 사우나실에는 벽을 따라 좁다란 붙박이 의자가 붙어 있고 벌거벗은 여자들이 수건으로 입을 막고 고통스러운 얼굴로 말없이 앉아 있다. 아우슈비츠에서 사람들은 이렇게 죽어갔으리라. 그러나 땀구멍이 한껏 열리고 복숭아빛으로 익은 몸들은 활짝 핀 꽃처럼 보인다. 사우나실 안에는 여기저기 쑥 타래가 걸려 있어 진짜 쑥탕을 하고 있다는 만족감을 준다. 찬 물수건으로 입을 막고 백까지 세어본다. 처음에는 스무 번 세는 것도 힘이 들었지만 이제 백을 세는 일이 어렵지 않다.

사우나실에서 나와 미지근한 물로 땀을 닦아낸다. 동네 목욕탕치고는 시설이 좋고 물이 깨끗해서 사람이 항상 많았다. 젊은 처녀들로부터 둥글고 기름진 몸매의 중년 여자, 만삭의 임부, 다산의 주름이 겹겹이 늘어진 노파들이 열심히 때를 밀고 비누질을 하고 마사지를 한다. 남편이 지난해 가을 러시아 여행에서 민속인형을 사왔다. 얇은 나무로 만든 것으로 볼이 붉은 처녀의 얼굴이 그려지고 민속 의상의 무늬와 채색을 입힌, 얼핏 오뚝이처럼 단순한 모양이었지만 그 안에는 똑같은 모양의 인형들이 크기의 차례대로 겹겹이 들어 있었다. 그것은 내게 인생의 중첩된 이미지로 받아들여졌다. 앙상한 뼈 위로 남루하고 커다란 덧옷을 걸친 듯 살

가죽이 늘어진 한 늙은 여자 속에 얼마나 많은 여자들이 들어 있는 것일까. 보다 덜 늙은 여자, 늙어가는 여자, 젊은 여자, 파과기의 소녀, 이윽고 누군가, 무엇인가가 눈 틔워주기를 기다리는 씨앗으로, 열매의 비밀로 조그맣게 존재하는 어린 여자 아이.

옆자리에서 배가 붕긋이 부른 젊은 여자가 아이를 씻기고 있었다. 제 엄마에게 몸을 맡기고 있는 네댓 살 된 여자 아이는 끊임없이 플라스틱 인형의 몸을 씻기고 있었다. 여자에게 모성이란 생래적인 본능인가. 결혼을 하자 나는 재빨리 모성의 자리로 옮겨앉았다. 마치 방과 방 사이의 마루를 의심 없이 건너듯. 오늘 아침 나는 서둘러 현관문을 나서는 아들을 보며 까닭 모르게 가슴이 서늘해졌다. 얼결에 이름을 불러 세웠지만 아들이 고개를 돌려 나를 바라보자 아무것도 아니라고 웃으며 손을 내저었다. 문득 그토록 강하게 가슴을 치고 지나간 것이 그애에게서 뿜어져 나오는 순수한 성(性), 무 싹 같은 동정(童貞)이었다는 것을 깨달은 것은 문을 잠그고 돌아서서였다.

아이를 낳은 뒤로 나는 이전에 그토록 빈번하게 꾸던 꿈, 날거나 추락하는 꿈을 꾸지 않는다. 아주 조그맣고 조그마해져서 어디론가 숨어드는 꿈을 꾸지 않는다.

아이 엄마가 비누 거품으로 뒤덮인 아이의 몸에 맑은 물을 끼얹었다. 앗 뜨거, 쌍년. 물이 뜨거웠는지 아이가 공처럼 튀어오르며 비명을 내질렀다. 아이의 느닷없이 낭랑한 욕설은 방자하고 통쾌했다. 말없이 몸을 씻던 사람들이 쿡 웃으며 돌아보았다. 아이 엄마는 당혹한 표정으로 손을 멈칫하며 주위를 둘러보았다. 반사적으로 얼결에 욕설을 내뱉은 아이는 어쩔 줄 몰라 으앙 울음을 터뜨렸다. 엄마 미안해, 엄마인 줄 모르고 그랬어. 아이의 새된 울음소리가 휑뎅그레 비어 높은 천장에 부딪혀 울렸다.

샤워 꼭지 밑에서 쏟아지는 더운 물줄기에 몸을 맡기고 섰다가 섬뜩 놀랐다. 거울 속에 내가 없다. 수증기 탓에 거울이 흐려졌기 때문이라고 알면서도 반드시 있으리라는 것이 없다는 것은 두렵다.

나는 샤워기의 물을 잠그고도 한참을 그대로 거울을 보며 서 있었다. 차츰 수증기가 걷히고 맑아지는 거울 면에 아주 먼 곳으로부터 다가오듯 천천히 얼굴 윤곽이 살아났다. 잘못 당겨진 천처럼 좌우 대칭이 깨진 얼굴. 그가 죽은 뒤 내게 미미하게 나타난 변화.

마른 빨래를 개키면서 건성 눈길을 주었던 신문의 부고란에서 그의 이름을 보았을 때, 괄호 속에 박힌 직장과 전화번호를 재차 확인한 후 내가 제일 먼저 한 일은 거울을 본 것이었다. 왜 그랬는지 어떤 심리가 나를 거울 앞으로 이끌었는지 나 자신도 알 수 없었다. 거의 무의식적으로 다가간 거울에 조각조각 균열된 얼굴이 비쳤다. 갑자기 눈에 띄는 주름살도, 처음의 놀람처럼 거울이 깨진 것도 아니었다. 오랜 세월 길들여진 관습과 관행이 한 순간에 깨진 얼굴이었다. 아, 내 안의 비명이 새어나오기도 전에 깨진 얼굴은 스러지고 익히 알고 있는 얼굴이 나타났다. 자신의 것이면서도 거울이나 사진이라는 방법을 통하지 않고는 알 수 없는. 거울 앞을 떠난 나는 빨래를 마저 개키고 낮에 절여 둔 배추를 버무려 김치를 담갔다. 하던 일을 계속하는 것말고 달리 내가 무엇을 할 수 있었을까. 아들의 도시락 반찬을 만들고 남편과 티브이를 보며 농담을 나누고 방충망의 허술한 틈새로 비비적대며 들어와 절박

하고 불안한 날갯짓으로 등 주위를 맴도는 나방을 내보내었다.

그의 죽음은 내게 전혀 비개인적인 방법으로 그렇게 심상히 통보되었다.

존재하던 한 사람이, 그가, 이 세상에서 영영 사라졌다는 기미는 어디에도 없는, 여느 날과 다름없이 예사롭고 평온한 저녁 시간은 느릿느릿 흘러갔다.

그가 죽고 내 안의 무엇인가가 죽었다. 그것이 무엇인지 나는 알지 못한다. 아마 알고자 하는 소망조차 없는 건지도 모른다. 내게는 문득 걸음을 멈추고 상점의 진열창에, 슈퍼마켓의 거울에, 물 위에 비치는 내 얼굴을 물끄러미 바라보는 습관이 생겼다. 저녁쌀을 씻다가 문득 눈을 들어 어두워지는 숲이나 낙조를 바라보는 시선 속에, 물에 떨어진 한 방울 피의 사소한 풀림처럼 습관 속에 은은히 녹아 있는 그의 존재와 부재. 원근법이 모범적으로 구사된 그림의, 점점 멀어져가는 풍경의 끝, 시야 밖으로 사라진 까마득한 소실점으로 그는 존재한다. 지금의 나는 지나간 나날들이 그러했던 것처럼 가끔 행복하고 가끔 불행감을 느낀다. 나는 그렇게 늙어갈 것이다. 다른 사람들과 다르지 않은, 공평하게 공인된 늙음의 모습으로.

목욕을 마치고 집에 돌아와 거실 긴 의자에 누워 깊이 잠이 들었다. 꿈 속에서 나는 조그만 계집애로 옛우물가에 서서 울고 있었다. 두레박을 빠뜨린 것이다. 까치발을 하고 가슴팍까지 닿는 우물턱에 매달려 내려다보지만 까마득히 깊은 우물 속에서는 아무것도 보이지 않았다. 빠뜨린 두레박도, 아무도 없는 밤이면 슬며시 떠오르기도 한다는 금빛 잉어도 보이지 않았다. 잠을 깨어서도 꿈 속에서의 막막하기만 하던 기분은 사라지지 않았다. 이즈음 나는 가끔 옛우물의 꿈을 꾼다. 내용은 언제나 비슷했다. 두레박을 빠뜨려 울고 있거나 어릴 때 죽은 동무 정옥이와 함께 가없이 둥그렇고 적막하게 가라앉은 우물 속을 들여다보는 것, 우물 치는 광경 따위였다.

내게 오래된 옛우물과 그 속에 사는 금빛 잉어에 대해 말해 준 사람은 증조할머니였을 것이다.

어릴 때 살던 동네 가운데에 큰 우물이 있었다. 물맛이 달아 단 샘, 커다랗다고 해서 한우물이라고도 했지만 사람들은 예부터의 습관대로 옛우물이라고 불렀다. 아주 옛날부터 있어 온 우물이라는 뜻이었을 것이다. 우물은 물이 깊고 물맛이 좋았다. 증조할머니는 내게 말했다. 옛우물에는 금빛 잉어가 살고 있단다. 천 년이 지나면 이무기가 되고 또 천 년이 지나면 뇌성벽력 치는 밤 용이 되어 하늘에 올라가지. 아흔 살이 넘은 할머니에게서 검은 머리털이 돋아나고 텅 빈 입에 누에씨 같은 희고 깨끗한 이가 돋아나자 어머니는 그것을 불길한 재앙의 징조로 여겼다. 노망이 들었다고 말했다. 할머니에게 대꾸도 하지 않았고 바로 보지도 않았고 밥도 조금씩밖에 주지 않았다. 노망든 노인네들은 오래 산다는 속설을 두려워했다. 그러나 할머니는 고양이 혼이 씌어 밤마다 고양이 울음 소리를 내며 쥐를 잡으러 다니는 광자네 할머니 같지는 않았다. 오돌이네 할아버지처럼 자기가 싼 똥을 주워 먹지도 않았다.

달빛 가득한 우물을 들여다보면 금빛 잉어가 슬멋슬멋 물 속에서 움직이는 소리가 들리는 듯도 했다. 계집아이들은 학교에서 오전 수업을 마치고 돌아오면 해지기 전까지 물을 길어 놓아야 했다. 두레박을 빠뜨리면 매를 맞거나 밥을 굶었지만 아이들은 늘 두레박을 빠뜨리고 저물 때까지 우물가에서 무력하고 절망적이고 공포에 찬 울음을 울곤 했다. 방심은 언제나 용서받지 못할 악덕이었다. 계모가 낳은 아기를 업고 물을 길러 나오던 염쟁이의 딸 정옥이는 자주 두레박을 빠뜨렸다.

정옥이의 집에는 어엿이 동해 장의사라는 간판이 걸려 있었지만 동네 사람들은 정옥이의 아버지를 염쟁이라고 불렀다. 밤이면 가게에 쌓아 놓은 관 속에 들어가 잔다는 말도 떠돌았다. 그럴지도 몰랐다. 사람들은 그다지 자주 죽지 않았기에 할 일이 없는 염쟁이는 거의 늘 술에 취해 있었다. 계모는 시장에서 떡 장사를 했기 때문에 정옥이는 밥을 하고 빨래를 하고, 그래서 손은 늘 커다랗고 물에 불어 있었다. 등에 언제나 아기가 달려 있었지만 신이 많고 흥이 많은 정옥이를 막을 것은 아무것도 없었다. 무섭고 이상한 냄새가 나는 듯한 정옥이의 집까지 찾아가 불러낼 필요가 없었다. 집에서 아기를 보고 있으라고 아무리 야단을 쳐도 계모가 나가면 대여섯 발짝 뒤에서 아기를 들쳐업은 정옥이가 싱긋이 웃으며 나타났기 때문이었다. 아기를 업은 채 줄넘기를 하다가 아기가 혀를 깨물린 뒤로는 전봇대에 포대기째 매어 놓고 술래잡기, 줄넘기를 했다. 숨바꼭질을 하다가 아기를 달아 놓은 것을 잊어버려 저물도록 아기가 보따리처럼 전봇대에 매달려 잠든 적도 있었다. 두레박을 빠뜨리면 정옥이는 빈 초롱을 들고 집에서 쫓겨났다. 종종 해질 때까지 우물가에 서서 울었다. 물을 길러 나온 아주머니나 동네 큰 언니들은 정옥이의 덜렁대는 버릇을 한바탕 나무란 뒤 '이것도 빠뜨리면 네가 우물 속에 들어가서 건져 와야 해.'

경고하듯 선심 쓰듯 두레박을 빌려주었다.

물이 가득 찬 두레박을 힘겹게 끌어올리다 보면 어느결에 우물 속에서 끌어당기는 아귀 센 힘이 따라올라왔다. 아앗 놀라라 하는 순간 줄이 긴장된 손아귀에서 미끄럽게 빠져 나가거나 두레박에 단단히 묶었던 줄이 스르르 풀려 빈 줄만 허전하게 올라오기도 했다.

아이들은 우물 속에 금빛 잉어가 산다는 내 말을 아무도 믿지 않았고 거짓말쟁이, 허풍쟁이라고 했지만 정옥이는 내 말을 믿어주었다. 게다가 '소원을 들어주는 잉어'일 거라고 덧붙였다.

그해 여름 장마가 지나고 우물을 쳤다. 물맛이 뒤집혔기 때문이었다. 가뭄이나 큰 홍수 따위 큰일이나 나라의 변고가 있을라치면 우물이 뒤집히고 장맛이 변한다고 어른들은 믿었다. 그해의 장마는 대단했다. 아이들은 모두 강으로 달려갔다. 어른들은 긴 장대와 망태를 들고 집을 나섰다. 학교는 휴교였다. 수재민들의 숙소가 되었기 때문이었다. 강 건너 섬에는 포플러 가지들만이 비죽비죽 솟아 있고 그 위에 커다란 새들이 날아와 앉았다. 누런 물이 범람하는 강은 벌판 같았다. 어른들은 강이 범람하여 둑을 무너뜨릴까봐 밤새 잠을 이루지 못하였다. 그러면서도 아침이면 장대를 들고 강으로 나갔다.

아이들은 강가에서 노래를 불렀다. 장마통에 똥 덩어리가 제 이름 부르며 흘러가더라. 동동동동 똥똥똥똥. 마지막 후렴은 목소리를 모아 악을 쓰듯 질러대었다. 비바람에 새파래진 얼굴과 입술로. 강에는 없는 것이 없었다. 호박과 장롱과 양은 솥, 우리에 든 채인 닭과 토끼가 사나운 물살에 실려 떠내려왔다. 인자 아버지는 꽥꽥 비명을 지르며 떠내려오는 돼지를 잡으려다가 물살에 휩쓸려 죽을 뻔했다.

　동네 어른들은 우물 속에 차오르던 황톳물이 가라앉기를 기다려 날을 잡아 떡과 돼지머리, 과일을 차려 놓고 고사를 지냈다. 고사를 지낸 뒤 남자들이 물을 퍼냈다. 그러고는 제대 군인 순옥이 삼촌이 양말과 신발을 벗고 옛날 얘기에 나오는 사람처럼 튼튼히 엮은 삼태기를 타고 우물 밑으로 내려갔다. 아이들은 순옥이 삼촌이 까무룩히 아래로 내려가는 것을 불안하게 바라보았다. 한없이 깊고 어두운 동그라미 속으로 빨려 들어가는 것 같았다. 푸른 이끼 자라는 우물의 돌 틈에서 손톱만한 개구리들이 팔짝팔짝 뛰어오르고 빈 우물이 우우웅 웅숭깊은 소리로 울었다. 바닥을 긁는 소리, 그리고 올리어어라는 순옥이 삼촌의 소리가 땅 밑으로부터 벽에 부딪혀 몇 바퀴 돌아나오면 우물가의 남자들이 줄을 당겼다. 삼태기에는 바닥의 흙이며 녹슨 두레박과 두레박 건지는 갈쿠리, 삭아 버린 고무신 한 짝, 썩은 나무 토막, 사금파리 따위들이 한없이 실려 올라왔다. 위에서 내려다보면 까마득히 깊은 우물 속에서 허리를 굽히고 그 안의 것들을 퍼담는 순옥이 삼촌은 난쟁이처럼 납작해 보였다. 삼태기가 올라올 때마다 모두들 유심히 그것들을 살펴보았다. 아무도 내려가본 적이 없는 깊은 우물 속에는 우리가 알지 못했던 무엇인가 굉장한 것들이 있으리라는 기대였을까. 삼태기에 고운 모래흙만 담겨 올라오자 일은 끝났다. 마지막으로 순옥이 삼촌이 한 오백 살이나 나이 먹은 얼굴로 삼태기를 타고 올라왔다. 빛에 눈이 부신지 한동안 낯선 눈길로 주위를 둘러보다가 으허허 영문 모를 웃음을 터뜨렸다.

순옥이 삼촌과 우물 치던 남자들은 술을 마시러 갔고 아이들은 우물 턱에 조롱조롱 매달려 아무것도 없이 텅 빈 우물 속을 말없이 들여다보았다.

우물 속에 금빛 잉어는 없었다. 그래도 나는 맑은 물이 그득 고이면 금빛 잉어가 살리라는 생각을 버릴 수 없었다. 정옥이는, 금빛 잉어는 사람들 눈에 띄면 안 되니까 샘이 솟는 깊은 구멍으로 잠시 숨어 버렸을 거라고, 맑은 물이 고이면 다시 돌아올 거라고 말했다.

정옥이는 그해 늦가을 우물에 빠져 죽었다. 해가 퍼지기 전 물을 길러 간 사람이 우물가에서 빈 초롱과 우물 속에 떠 있는 정옥이를 발견했다. 동네 누구도 해진 뒤 물을 긷는 것을 금기로 알았기에 정옥의 죽음은 밤중이리라 했다. 정옥의 계모는 밤중에 물을 길러 내보낸 적이 없다고 말했지만 정옥이는 밤중에 물을 길러 나간 것이 틀림없었다. 어른들은 그 어린것이 무엇엔가 홀린 것이 틀림없다고 수군거렸다. 일찍 죽은 제 어미가 불러 간 것이리라고도, 우물 치는 일에 부정이 끼여들었기 때문이라고도 말했다.

우물은 메워졌다. 하룻동안 굿을 하고 흙으로 메워 물귀신을 꽝꽝 묻어 버렸다. 아이들은 대낮에도 우물가를 얼씬거리지 않았고 한밤중에 오줌을 쌌다. 죽은 정옥이가 우수수 바람 부는 밤, 창호지 문에 비치는 검고 비죽비죽한 나무 그림자로 찾아와 물에 불어 커다란 손을 내저으며 자꾸자꾸 불러대었기 때문이었다. 정옥이는 금빛 잉어를 보기 위해 한밤중 옛우물로 간 것이 아니었을까.

늙은이들은 옛우물의 차고 단 물맛을 그리워했지만 자라나는 아이들은 죽은 동무와 매몰된 우물의 두려움을 쉽게 잊었다. 집집이 펌프를 박아 물을 길러 다니지 않아도, 두레박을 빠뜨려 매를 맞을 일도 없어졌기 때문이었다.

남편이 낚시를 다니기 시작할 무렵 나는 잉어가 흐리고 더러운 물, 썩은 수초와 이끼 속에 산다는 것을 알았다. 잡아 온 물고기를 손질하는 것은 늘 내 몫이었다.

밀봉된 것을 뜯을 때의 모독감과 긴장으로 살아 있는 물고기의 배를 가를 때면, 피융 하는 약한 소리가 났다. 우리와 마찬가지로 창조되고 봉인된 그리고 아무도 볼 수 없었던 내부가 드러났다. 밀폐된 공간의 어둠이 있고 최초의 빛의 순간이 있었다. 갑작스런 외기에 놀란 붉고 푸른 내장들이 푸르르 경련하고, 찬피 동물의 어둡고 축축한 몸 속에서, 의지하고 있는 세계의 무너짐을 감지한 더 작은 생물체들이 고래 뱃속에 들어간 요나처럼 고통의 몸부림으로 흩어졌다.

아파트로 이사 오기 전 주택에 살 때는 손질하고 난 나머지, 내장과 머리를 마당 화단에 묻었다. 좋은 비료가 되리라는 생각에서였다. 그러면 밤새 그것을 탐하는 쥐떼가 끓었다. 화단 밑에 쥐구멍이 숱한 공동을 만들어 맥없이 발이 빠졌다. 쥐덫을 놓으면 덫에 걸린 살찐 쥐들이 밤 내내 쥐덫을 끌고 맴돌며 단말마의 비명을 질러대었다.

추억이란 물 속에서 건져 낸 돌과 같은 것인지도 모른다. 물 속에서 갖가지 빛깔로 아름답던 것들도 물에서 건져내면 평범한 무늬와 결을 내보이며 삭막하게 말라가는 하나의 돌일 뿐. 우리가 종내 무덤 속의 흰 뼈로 남듯. 돌에게 찬란한 무늬를 입히는 것은 물과 시간의 흐름일 뿐이라는 것을 안다. 그러나 나는 종종 이즈음에도 옛우물과 금빛 잉어의 꿈을 꾼다.


봄 가뭄이 계속되고 있었다. 수은주가 섭씨 삼십 도를 웃도는
이상 기온이다. 연당집은 하룻밤 새 목련이 활짝 피고 동쪽부터
뽑기 시작한 울타리는 대문에 이르기까지 거의 다 사라졌다. 서쪽
에만 남아 있어 집은 반벌거숭이 꼴이 되었다. 대문 옆 울타리에
매어져 있던 내 스카프는 연당가의 늙은 살구나무 가지에 높직이
걸려 있었다. 바보가 장난을 치나? 쓴웃음이 나왔다. 누구의 것인
지는 이미 기억에서 지워졌지만 꼭 돌려주어야 한다는 일념만은
남아 있는 건지도 몰랐다.
　바보는 가뭄 때문에 푸석푸석 메말라 보이는 채마밭에 물을 주
고 있었다. 수도에 연결한 호스로 물을 뿌려대는 것이다. 그러다
가는 문득 울타리가 없어져 휑하니 내다보이는 길을 보며 불안하
게 고개를 갸웃거렸다. 마당 한쪽에 차곡차곡 쌓여 있던 울타리
나무들은 트럭에 실려 나갔다. 평소 사람의 기척이 없이 조용하던
집이 갑작스레 활기를 띠고 있었다. 허드레 작업복을 입거나 예비
군복, 청바지 차림의 남자들이 때없이 드나들고 양복을 갖춰 입은
중년 남자도 있었다. 옷차림이나 무람없이 방문을 들락거리는 것
으로 보아 따로 나가 사는 맏아들쯤 되는 게 아닌가 싶었다. 마당
에는 은색의 중형 승용차가 늘 머물렀다. 마당에 시멘트 포대와
모래를 쌓는 것으로 보아 횟집을 할 거라는 소문은 사실인 모양이
었다.
　나는 예성 아파트에 머무는 대부분의 시간을, 창을 통해 연당집
을 내려다보는 것으로 보냈다. 어제는 구멍가게에 내려가 화장지

를 사며 지나가는 말처럼 넌지시 연당집이 정말 헐릴 것인가를 묻기도 했다. 워낙 좋은 옛날 재목을 써서 지은 집이라 탐내는 사람이 많다는 것, 어느 부자가 이 집 재목을 그대로 옮겨 써서 산속에 근사한 한식 별장을 짓기로 했기에 대들보와 서까래 문짝까지 비싼 값으로 진작 팔아먹었다는 것이 그의 대답이었다. 짓기가 어렵지 무너뜨리는 건 한순간이야. 그가 덧붙여 말했다.

나는 연당집에 대한 집요한 관심을 스스로도 이해할 수 없어 다만 달리 할 일이 없기 때문이라고, 창을 열면 바로 보이는 것 그뿐이라고, 오래된 아름다운 집이 사라지는 것이 안타깝기 때문이라고 자신에게 말하기도 했다.

바보가 물 흐르는 호스를 내려놓고 쭈그리고 앉았다. 그러고는 하염없이 흙을 들여다보았다. 호스에서 콸콸 쏟아져 나오는 물이 발을 적시고 도랑을 지어 흐르는 것도 모른 채 땅에 박은 눈길을 돌리지 않았다. 간혹 손가락으로 무언가 파헤치는 시늉도 했다. 무엇을 열심히 찾고 있는 것도 같았다.

날은 점점 더워지고 봄빛을 이기지 못한 꽃들이 아우성치듯 피어 올랐다. 집 주위를 둘러친 나무들은 시시각각 잎을 피워 푸르러 가고 바보는 더욱 분주해졌다. 본채 옆의 사랑채가 없어지고 다음날에는 헛간처럼 보이던 작은 기와집이 밤새 헐려 깨진 기와 조각과 흙덩이로 내려앉아 빈자리로 남았다. 연당집은 나날이 제 자리와 모양을 지워 가고 있었다.

울타리가 있던 자리를 따라 서너 명의 인부들이 벽돌 담을 쌓기 시작했다. 마당 안쪽에서는 시멘트를 개는 작업이 한창이었다. 한

낮, 해는 높직이 떠서 발 밑에서 짧게 뭉개진 그들의 그림자 위로 시멘트 가루와 모래 먼지가 간단없이 부옇게 피어 올랐다. 채마밭을 뒤엎어 평평히 고르고 한 뼘만큼씩 파랗게 자라 오르던 배추들은 흙과 뒤섞여 묻혀 버렸다.

바보는 이제 집 뒤켠의 나무 베는 일을 하고 있었다. 벌목꾼처럼 도끼를 휘둘러 해묵은 나무의 밑둥을 찍고 쓰러뜨리며 힘이 좋은 바보는 종일 쉴 짬이 없었다. 누군가의 지시에 충실히 따르고 있는 것이리라. 그럼에도 불구하고 바보는 몹시 허둥대는 것 같았다. 소나무를 베다 말고 무엇을 잊은 듯 허둥지둥 뛰어가 산수유 나무의 둥치를 끌어안고 뽑아 내려 용을 쓰기도 하고 땀을 닦는 사이사이, 도끼를 놓고 허리를 두드리는 사이사이 문득 집 주위를 돌아보며 이상하다는 듯 고개를 흔들기도 했다. 그가 태어나 살았고 유일하게 깃들였던 한 세계, 그것의 변모, 사라짐에 불안해 하는 것일까.

불안은 전염성이 있는 모양이다. 나는 파를 썰거나 두부 모를 자르는 하찮은 칼질에도 자주 손을 베고 유리 컵을 깨뜨린다. 더위 탓이라고, 두통 탓이라고 변명하지만 봄이 되면 심해지는 두통은 새삼스러운 것이 아니다.

남편은 작은 아파트를 복덕방에 내놓았는가고, 여름이 오기 전에 팔아야 한다고 다시 말하고 나는 애매하게 고개를 끄덕였지만 집을 팔기 위한 어떠한 시도도 하고 있지 않다.

나는 이즈음 더욱 자주 야산을 넘어 이 아파트에 온다. 식구들이 잠든 한밤중에 몰래 빠져 나올 때도 있다. 이제 제법 잎이 무성해진 나무들 사이에 서면 이상하게 머리가 맑아졌다. 작은 아파트에서 보내는 시간이 많아지자 남편은 어딜 외출했었는가고, 연락할 일이 있었는데 하루 종일 통화를 할 수 없었다고 내가 집을 비운 것에 대해 종종 힐난했다. 남편으로서는 내가 그 빈집에서 아무런 하는 일 없이 하루를 보낸다는 것에 생각이 미칠 수 없을 것이다.

오토바이가 한 대 털털대며 마당으로 들어선다. 옆구리에 함석 가방을 끼고 있는 것으로 보아 중국집에서 음식 배달을 온 모양이었다. 일을 하던 사람들이 일손을 털고 일어나 수돗가로 몰려갔다. 그들 중의 하나가 아직도 둥치 굵은 나무를 끌어안고 힘을 쓰는 바보를 소리쳐 불렀다. 연당집 앞길로 노란색 포크레인이 들어서고 요란한 캐터필러 소리는 바보를 부르는 목소리를 삼켜 버렸다.


방안 가득 붉은 기운이 어려 있었다. 잠이 들었었나? 후닥닥 일어났다. 열린 채로인 창 밖 하늘이 불을 지른 듯 붉었다. 베개도 없이 방바닥에 그대로 누워 잠이 들었던 모양이었다. 나는 일어나 앉아 우두커니 노을빛이 짙은 하늘을 올려다보았다.

해가 질 때, 그리고 떠오를 때 우리들은 그들을 기억하리라. 일차대전에서 죽은 무명 용사들의 묘비문. 사람들은 그렇게 살아 있음을 변명한다.

왜 장엄한 황혼을 볼 때면 열패감을 느끼게 되는 것일까.

어릴 때 해가 지고 노을이 물들 무렵이면 몹시 울었다. 계집애가 사위스럽게 청승을 떤다고 매를 맞으면서도 까닭 없이 서러워 목놓아 울게 하던 것은 어찌해 볼 수 없는 운명, 어쩌면 비겁하고 허약할 수밖에 없는 인간으로서의 열패감, 두려움 때문이 아니었을까.

　그 여름, 나를 찾아온 그의 전화를 받았을 때 나는 아이에게 젖을 먹이고 있었다. 허둥대는 어미의 기색을 본능적으로 느낀 아이는 필사적으로 젖꼭지를 물고 놓지 않았다. 진저리를 치며 물어뜯었다. 이가 돋기 시작한 아이의 무는 힘은 무서웠다. 아얏, 나도 모르게 비명을 지르며 아이의 뺨을 후려쳤다. 불에 덴 듯 울어대는 아이를 떼어놓자 젖꼭지가 잘려 나간 듯한 아픔과 함께 피가 흘러내렸다. 아이의 입에도 피가 묻어 있었다. 브래지어 속에 거즈를 넣어 흐르는 피를 막으며 나는 절박한 불안에 우는 아이를 이웃집에 맡기고 그에게 달려나갔다. 그와 함께 강을 건너 깊은 계곡을 타고 오래된 절을 찾아갔다.

　여름 한낮, 천년의 세월로 퇴락한 절 마당에는 영산홍꽃들이 만개해 있었다. 영산홍 붉은빛은 지옥까지 가 닿는다고, 꽃빛에 눈부셔 하며 그가 말했다. 지옥까지 가겠노라고, 빛과 소리와 어둠의 끝까지 가보겠노라고 나는 마음속으로 대답했을 것이다.

　절에서 배 터까지 내려오는 계곡에는 행락객들로 끓었다. 강가에는 음료수와 술을 파는 장사치들의 차일이 늘비했다.

　저녁이 이울었지만 햇살이 뜨거웠다. 그와 나는 그 중의 한 곳으로 들어갔다. 바닥에 비닐을 깔고 서너 개의 상을 놓은 그곳에는 두 가족이 어울려 나온 것으로 보이는 남자와 여자, 아이들이 자리를 벌이고 있었다. 어린아이들이 잠들어 있고 접은 군용 담요 위에 화투짝들이 흐트러져 있는 것으로 보아 그들은 복잡한 계곡으로 들어가느니 아예 이곳에 자리잡고 놀기로 작정했던 듯싶었다. 소주와 도토리묵을 가져온 주인 여자가 그에게 생색내는 어투로 오소리 간을 먹겠느냐고, 아저씨들에게 아주 좋은 거라고 말했다. 이거 아주 귀한 겁니다. 옆자리의 남자가 붉고 흐늘거리는 것을 한 점 집어 올리며 거들었으나 그는 난처한 표정으로 웃으며 고개를 저었다. 주인 여자와 그들은 살아 있는 오소리를 통째로 넣어 담그는 술의 신묘한 효험에 대해 이야기를 나누었다.

저녁해는 느릿느릿 이울었다. 해가 지고 강물 위 하늘에 짙은 노을이 드리울 때까지 그는 말없이 강물을 보며 소주 한 병을 천천히 비웠다. 가까이에서 본 강물은 더러웠다. 얕게 밀리며 끊임없이 더러운 쓰레기들을 우리들의 발 밑에 밀어올렸다.

마지막 배가 몇 시에 뜨느냐고 묻는 내게 주인 여자는 요즘 같은 철에는 늦게까지 있다고, 위쪽으로 가면 방갈로도, 깨끗한 민박집도 있으니 걱정할 게 없다고 대답했다. 옆자리에 앉았던 사람들은 생포한 오소리를 사겠노라고 잠든 두 아이만을 남겨 둔 채 함께 차일 밖으로 나갔다. 의좋은 내외분이시네요. 주인 여자가 발라맞추듯 말했지만 나는 그녀가 마음과는 다른 말을 하고 있다는 것을 알았다. 술기로 눈빛이 붉어진 그와 그 앞에 무릎을 싸안고 말없이 동그마니 앉아 있는 나는 그녀의 눈에 수상쩍은, 그렇고 그런 남녀였다. 어디로든 사람 없는 곳에 가서 뒤엉키고 싶다는 갈망을 숨기는 일에 서툰. 진정 부부인 양 천연덕스러웠던 우리의 표정은 그녀의 말에서 일기 시작한, 서로의 마음속으로 느끼고 있는 거북스러움 때문이 아니었던가. 그 거북스러움은 단지 질서와 제도에서 비껴 선 데 대한 것이었을까. 그것만은 아니었을 것이다. 그 거북스러움을 천연덕스런 표정으로 은폐할 수 있는 모든 관계들에 대한 역겨움이 아니었을까.

나는 더러운 간이 화장실에서 오줌을 누고 브래지어 속을 열어 보았다. 피와 젖이 엉겨 달라붙은 거즈를 들치자 날카롭게 박힌 두 개의 잇자국이 선명했다. 나는 돌연 메스꺼움을 느끼며 헛구역 질하는 시늉을 하였다.

잠에서 깬 아이들이 서럽디서러운 소리로 울기 시작했다. 살아 있는 오소리를 사러 간 아이들의 부모는 아직 돌아오지 않았다. 먼저 울음을 그친, 누나인 듯한 계집애가 작은 아이를 달랬다. 신발을 신기고는 오소리의 피와 술 자국으로 더러운 차일을 벗어나 손을 잡고 강을 따라 걸어갔다. 아이들은 곧 보이지 않게 되었다. 짙은 노을을 치받으며 피어 오르는 땅거미가 조그맣게 멀어져 가는 아이들의 모습을 지웠다.

강물이 그렇게 더럽지만 않았다면, 그렇게 짙은 황혼이 아니었다면, 황혼과 어둠 속으로 조그맣게 지워져 간 그 두 아이가 아니었다면 우리는 그토록 극력 감추고 있던 욕망의 본질을, 허위를 단번에 꿰뚫어보는 일은 없었으리라. 지옥까지 가겠노라는 행복감의 또 다른 얼굴을 보는 일은 없었을지도 모른다.

그와 나는 똑같은 생각을 동시에 하였음에 틀림없었다. 나는 나의 집과 아이를 생각하고 한 번도 본 적이 없는 그의 가족과, 그를 맞아 줄 저녁식탁과 불빛을 생각했다. 그 역시 그러했을 것이다. 그가 시계를 보았다. 나는 마지막 배 시간이 많이 남아 있었음에도, 그와 함께 있는 시간을 조금이라도 늘려 보려는, 그는 모를 필사적인 소망과 노력에도 불구하고 우리를 태우고 각자 떠나온 곳으로 안전하게 데려갈 배가 다가오는 것에 안도감을 느끼며 일어났다.

창 아래 연당집이 사라졌다. 내가 꿈 없는 깊은 잠에 들었던 사이, 정오의 태양이 이우는 사이, 이백 년의 세월은 재처럼 내려앉았다. 장엄한 노을은 보랏빛으로 시들어 어둠이 차오르고 있었지만 집이 있던 자리, 폭삭 내려앉은 자리만은 이상하게 훤히 떠 보였다. 밤에도 공사를 계속할 모양이었다. 마당을 가로지른 줄에 몇 개의 알 전구가 때 이른 불을 밝히고 있었다. 바보는 무너진 집의 잔해를 헤집어 보다가 그 주위를 황망하게 돌아다니기도 한다. 무엇인가 찾으려는 몸짓으로. 안타까운 목안엣소리를 지르며 아직 남아 있는 나무 둥치를 끌어안고 흔들기도 했다. 왜, 왜, 왜? 뭐였지? 뭐였지? 바보의 움직임은 커다란 의문 부호 같았다. 그러나 바보는 자신이 찾는 것이 무엇인지 알 수 없을 것이다. 익숙한 것의 사라짐, 그 낯섦을 이해하지 못할 것이다.

나는 조금 울었던가. 아마 그랬을 것이다.

아파트의 문을 잠그고 계단을 내려오며 곧 집을 내놓으리라고 생각하기도 했을 것이다.

나는 연당집 울타리가 있던 길로 접어들다 발길을 돌려 아파트 입구의 공중 전화 박스로 들어갔다. 동전을 넣고 번호판을 하나씩 힘주어 꾹꾹 눌렀다. 벨이 두 번 울리기도 전에 생소한 여자의 목소리가 들렸다. 잘못 걸렸나? 나는 할말을 몰라 가만히 수화기를 내려놓았다. 동전을 넣고 다시 번호판을 꼼꼼히 눌렀다. 역시 벨이 두 번 울리기 전에 조금 전의 목소리가 받았다. 잘못 걸렸나 보다고, 미안하다고 더듬더듬 말하는 내게 그 여자는 새로 바뀐 전화번호라고 상냥하게 대답했다.

나는 천천히 발길을 돌렸다. 그가 오랫동안 소유했던 그 일련의 숫자들이 이제는 다른 사람에 의해 쓰여진다는 것이 기이했다. 그 일련의 숫자들은 그를 기억할까. 그의 음성과 말버릇, 말 속에 담거나 숨겼던 무한히 복잡한 감정들을 기억할까. 어느 날 그들은 까마득한 지난날로부터 들려 오는 귀익은 소리에 문득 놀라고 그게 누구였지? 기억을 더듬어 보지 않을까. 내가 갈게. 여긴 비가 오는데 거긴 어때? 그냥 전화했어요. 이젠 됐어요. 끊을게요…….

어둠이 깃들이는 숲에 발걸음을 멈추고 서 있으면 현자(賢者)가 된 느낌이 든다. 나무의 몸체에 가만히 귀를 대어 보기도 한다. 그러나 나는 나무의 말을 알아듣기에는 너무 나이를 먹었다. 나무의 몸에서 귀를 떼고 팔을 벌려 안아 보았다. 따뜻한 기운이 느껴지는 것 같았다. 신을 벗고 나무 위로 기어올랐다. 거친 줄기의 속 깊이 흐르는 수액이 향기롭게 맡아졌다. 나무는 곧게 자라 자칫 주르르 미끄러지거나 떨어질 듯 긴장이 되었다. 나는 다리를 꼬아 힘껏 굵은 줄기를 휘감았다. 돌발적이고 불합리한 욕구로 몸이 뜨거워졌다. 나는 나무를 껴안고 감아 안은 다리에 힘을 주며 온 힘을 다해 비틀었다. 아아, 억눌린 비명이 터져 나오고 나는 산산이 해체되어 흰빛의 다발로 흩어지는 듯한 짧은 희열을 느끼며 축 늘어졌다. 나는 조금 울었던가?

오동의 보랏빛 꽃이 어둠 속에서 나울나울 피고 있었다. 별과 꽃이 난만한 밤에 그는 죽었다. 내가 존재하지 않을 어느 시간대에도 이 나무에는 꽃이 피고 잎이 피고 새가 깃들이겠다.

나는 나의 생보다 오랠 산과 나무, 별들을 바라보았다. 비로소 먼 옛날 증조할머니가 내게 해준 말을 정확히 기억해 내었다. 옛날 어느 각시가 옛우물에 금비녀를 빠뜨렸는데 각시는 상심해서 죽고 금비녀는 금빛 잉어로 변해…….

# 작 품 이 해

## ▌작가 소개 ▌

오정희는 1947년 11월 서울에서 출생하였고, 이화여고를 거쳐서 1970년 서라벌예술대학 문예창작과를 졸업하였다. 1968년 《중앙일보》 신춘문예에 〈완구점 여인〉이 당선되어 문단에 등단한 이후 계속해서 활발한 창작 활동을 하고 있다. 창작집으로는 《불의 강》(1977), 《유년의 뜰》(1981), 《바람의 넋》(1986), 《야회》 (1990), 《술꾼의 아내》(1993), 《옛우물》(1994), 《불꽃놀이》 (1995), 《새》(1996) 등이 있으며, 장편동화에 《송이야, 문을 열면 아침이란다》(1993)가 있다. 1979년 〈저녁의 게임〉으로 제3회 이상문학상을, 1982년 〈동경(銅鏡)〉으로 제15회 동인문학상을 수상하였다.

오정희의 초기 소설은 주로 고립된 인물들이 보여주는 파괴 충동을 주요 모티프로 다루고 있다. 즉, 그의 소설에서 인물들은 타인들과 더불어 화해로운 관계를 맺지 못하고 그들과는 철저히 단절된 삶을 살아간다. 물론 그들이 그러한 삶을 저주한다고 해서 그 단절된 삶에서 벗어날 수 있는 것은 아니다. 벗어나고자 하는데도 벗어날 수 없는 것, 다시 말해서 억압된 충동 속에서 오정희 소설의 인물들은 자신뿐만 아니라 타인들을 파괴시키고자 하는 힘을 돌출하게 된다. 예를 들어서 〈안개의 둑〉, 〈미명〉, 〈불의 강〉 등에서 이러한 억압된 충동은 육체적 불구·왜곡된 관능·불모의 성 등으로 표현되고 있다.

1970년대 중반 이후 오정희의 소설에서는 격렬한 충동이 완화되고, 그 대신 일상의 무의미성에 대한 탐구가 주를 이룬다. 대부분 중년 여성들로 설정된 주인공들은 사회적으로 규정된 자신의 일상으로부터 벗어나, 보다 본질적이고 진실한 존재의 모습을 찾고자 시도한다. 이것은 오정희 소설의 주인공들이 일상적인 삶에 구속되어 있지만 거기에 안주하거나 함몰되어 있지 않음을 암시하는 것이다. 이 시기의 작품으로는 〈저녁의 게임〉, 〈중국의 거리〉, 〈유년의 뜰〉, 〈별사〉, 〈야회〉, 〈동경〉, 〈집〉, 〈불망비〉, 〈지금은 고요할 때〉, 〈순례자의 노래〉, 〈그림자 밟기〉, 〈파로호〉 등이 있다.


### ▌이해와 감상 ▌

이 작품은 삶에 대한 우리들의 상상력이 얼마나 빈곤한 것인가를 문제삼고 있다. 마흔다섯 번째 생일을 맞은 '나'는 자신의 생일을 계기로 하여 '탄생'의 의미를 되새겨보면서, 탄생이 생애 속으로 발을 들여놓는 것이라고 생각한다. 그러면서 '나'는 자신을 비롯한 많은 사람들이 지금까지 '생' 혹은 '삶'에 대해 지나치게 단순한 상상력만을 보여주었다고 생각한다. '삶에 대한 상상력이란 지나치게 황당하거나 안일하다.'라는 지적은 서술자의 주요 관심이 궁극적으로는 '삶이란 무엇인가'라는 근본적인 질문에 있음을 잘 보여준다.

이 소설의 주인공인 '나'는 작은 지방 도시에서 일상적인 생활 속에 파묻혀 살아가는 중년 부인이다. 사람들이 삶에 대해서 지니고 있는 상상력이 얼마나 빈약한가라는 화두를 던지면서, '나'는 자신의 일상적인 삶 속에 갇혀서 도태되어진 자신과 삶의 또다른 모습을 찾고자 한다. 그리고 이러한 노력은 곧, 익숙한 세상이 아닌 새로운 세상에 살고 있다는 느낌을 통해서 삶에 대해 약간의 두려움과 자부심을 동시에 간직하고자 하는 '나'의 바람이기도 하다.

이 소설에서 중요한 역할을 하고 있는 연당집과 옛우물은 삶의 표상이다. 먼저, '나'만의 공간인 '작은집'에서 보이는 연당집은 시간 속에 존재해 왔던 삶에 대한 우리들의 상상력이 '개발'이나 '현대'라는 단선적인 시간 속에서 무너져감과 동시에 빈약해져 가는 것을 표상한다. 시간의 흐름 앞에서 화려하면서도 권위를 지녔던 연당집이 현대적인 건축으로 대체되는 것과 마찬가지로, 시간과 연루된 삶 앞에서 우리들은 모두 연당집에 사는 '바보'와도 같다. 이러한 시간에 바탕한 삶에 대한 상상력은 〈비어 있는 들〉에서는 '아들의 시간', '남편의 시간', 그리고 '나의 시간'이라는 세 개의 시간을 통해서 제시되기도 한다.

다음으로, 이 소설의 제목이기도 한 '옛우물'은 시간과 관련되어 있기도 하지만 어떤 면에서는 그것을 뛰어넘어 존재하는 삶의 심연을 표상한다. 어느 날 목욕을 다녀온 후 나는 옛우물에 대한 꿈을 꾼다. '아주 오래된 우물'이라는 뜻을 지닌 옛우물은 물이 깊고 물맛이 좋았다.

어린 '나'와 친구인 정옥이는 우물 속에 금빛 잉어가 산다는 할머니의 말을 믿고서 자주 우물 속을 들여다보곤 했다. 그러던 어느 해 여름 장마로 인해 우물물 맛이 변하자 동네 사람들은 우물을 청소했다. 이때 비로소 '나'는 우물 속에 금빛 잉어가 없다는 것을 알았다. 그래도 맑은 물이 고이면 금빛 잉어가 다시 살리라는 생각을 버릴 수 없었다. 그러던 어느 날 정옥이 우물에 빠져 죽었고, 그로 인해 옛우물은 메워져 버렸다.

이로 미루어 볼 때, 옛우물은 그 자체 삶에 대한 우리들의 상상력의 깊이라 할 수 있다. 삶은 언제나 금빛 잉어가 사는 옛우물처럼 소중하고 고귀한 것으로 생각되기도 하지만, 순간순간 쓰레기로 가득 차 있는 바닥을 드러내기도 한다. 그럼에도 불구하고 '나'는 삶은 여전히 금빛 잉어가 사는 우물이어야 하고, 정옥의 죽음에서 나타나는 죽음 역시 '삶의 고귀함'의 바탕이라고 생각한다.

전체적으로 볼 때 이 소설에서 '나'는 삶에 대한 상상력을 풍부하게 함으로써, 다시 말해서 삶에 대한 두려움과 자부심을 회복함으로써 무미건조한 일상적인 삶을 극복하고자 한다. 이 소설이 주로 일상적인 사건과 그에 대한 주인공의 연상이 교체되는 가운데 진행되고 있는 것도 바로 이 때문이다. 이를 통해서 작가는 끊이지 않고 진행되는 스토리 속에 내재되어 있는 삶에 대한 상투적이고도 빈약한 인식을 의도적으로 차단함으로써 삶에 대한 풍부한 상상력을 드러내고자 하는 것이다.

　아래의 제시문에서 (가)는 '옛우물'과 관련된 것이고, (나)는 '연당집'과 관련된 것이다. 옛우물과 연당집은 모두 이 소설에서 중요한 역할을 하는 삶의 표상이다. (가)와 (나)에서 서술자가 각각 삶의 어떤 측면을 드러내려고 하는지 잘 생각해 보자.

　(가) 추억이란 물 속에서 건져낸 돌과 같은 것인지도 모른다. 물 속에서 갖가지 빛깔로 아름답던 것들도 물에서 건져내면 평범한 무늬와 결을 내보이며 삭막하게 말라가는 하나의 돌일 뿐. 우리가 종내 무덤 속의 흰 뼈로 남듯. 돌에게 찬란한 무늬를 입히는 것은 물과 시간의 흐름일 뿐이라는 것을 안다. 그러나 나는 종종 이즈음에도 옛우물과 금빛 잉어의 꿈을 꾼다.

　(나) 날은 점점 더워지고 봄빛을 이기지 못한 꽃들이 아우성치듯 피어 올랐다. 집 주위를 둘러친 나무들은 시시각각 잎을 피워 푸르러 가고 바보는 더욱 분주해졌다. 본채 옆의 사랑채가 없어지고 다음날에는 헛간처럼 보이던 작은 기와집이 밤새 헐려 깨진 기와 조각과 흙덩이로 내려앉아 빈자리로 남았다. 연당집은 나날이 제자리와 모양을 지워가고 있었다.

◐ (가)에서 서술자는 삶에 대한 상상력이 추억을 바라보는 우리들의 태도와 비슷한 것이라고 생각한다. 왜냐하면 삶이란 추억과도 같이 상상력이 곁들여질 때에야 비로소 아름답고도 풍부하게 보이기 때문이다. 달리 말하자면, 삶을 아름답고 풍부하게 만드는 것은 바로 상상력인 것이다. 물론 이러한 상상력이 단지 시간의 흐름에 의한 것일 뿐이라고 하더라도 크게 달라지지는 않는다. 여기에서 '나'가 여전히 옛우물과 금빛 잉어의 꿈을 꾸는 것도 바로 이 때문이다.

이 소설에서 사람들은 옛우물 속에 금빛 잉어가 살고 있다고 생각해왔다. 그러니까 여기에서 금빛 잉어는 옛우물이라는 삶의 표상에 사람들이 부여한 상상력의 정수라고 할 수 있다. 그러나 우물을 청소할 때 보았던 것은 금빛 잉어가 아니라 온갖 쓰레기였다. 그럼에도 불구하고 '나'는 눈에 보이는 것만이 삶의 전부는 아니라고 생각하고, 여전히 금빛 잉어의 꿈을 꾼다.

한편, 시간의 흐름 속에서 모든 것이 변모되어 가듯이 삶에 대한 우리들의 인식 또한 변하기 마련이다. (나)에서 과거에 권위를 자랑했던 연당집이 헐리고, 새로운 현대식 건물이 그 자리에 들어서는 것도 바로 이러한 시간의 흐름 속에서 맞이할 수밖에 없는 모든 것들의 운명이기도 하다. 이렇게 본다면, 시간 속의 운명과 연당집을 통해서 서술자가 말하고자 하는 것 역시 옛우물과 마찬가지로 '삶에 대한 상상력의 중요성'이라고 할 수 있다.

은 희 경

# 빈    처

소설집《타인에게 말 걸기》(1996)에 실려 있는 이 소설은 부부간의
대화가 단절된 채 각박한 일상에 묻혀 살아가는 아내의 삶을 남편의
시점에서 그린 작품이다. 아내가 아닌, 남편의 입장에서 이야기가
전개된다는 점에서 이 작품은 아내의 처지에 대한 이해를 일방적으로
남편에게 강요하는 것이 아니라 진정한 이해를 이끌어내고자 한다.
자신의 삶을 진지하게 살아가고자 하는 아내를 남편이 점차 이해하게
되는 과정에 초점을 맞추어 작품을 읽도록 하자. 또한 자신은
다른 사람의 삶을 얼마만큼 제대로 이해하고 있는지
스스로 되짚어보면서 감상해 보자.

# 빈 처

　나는 그녀가 일기를 쓴다는 걸 몰랐다.

　뭘 쓴다는 것이 그녀에게는 도무지 안 어울리는 일이었다. 자기 반성이나 자의식 같은 것이 일기를 쓰게 하는 나이도 아니었다. 그렇다고 학생 때 무슨 글을 써봤다는 소리도 듣지 못했다. 내게 쓴 연애 편지 몇 장도 그저 그런 여자스러운 감상을 담고 있을 뿐 글재주 같은 건 없었다.

　그날 나는 낮 시간에 집에 있었다. 간밤에 초상집에 갔다가 새벽에 들어와서 열두시가 넘도록 늘어지게 잤던 것이다. 자고 일어나 보니 집에는 아무도 없었다. 그녀는 아이들을 데리고 시장에라도 간 모양이었다. 물을 마시려고 자리에서 몸을 일으키던 나는 화장대 위에 웬 노트가 놓여 있는 걸 보았다. 당연히 가계부인 줄 알았다. 그런데 일기장이었다.

6월17일

　나는 독신이다. 직장에 다니는데 아침 여섯시부터 밤 열시 정도
까지 근무한다. 나머지 시간은 자유다. 이 시간에 난 읽고 쓰고 음
악 듣고 내 마음대로 할 수 있다. 외출은 안 되지만.

　대체 이게 무슨 소리야. 내 마누라가 독신은 웬 말이며 집에서
애 둘을 키우는 여자가 직장이라니? 다른 사람 노트인가? 허나
다른 사람 일기장이 그녀의 화장대 위에 놓여 있을 리가 없다. 글
씨를 봐도 그녀가 틀림없다. 이응을 크게 쓰는 것이며 비읍을 둥
글게 말아 쓰는 것이.

　직장 일 외의 시간에 난 애인을 만날 수도 있다. 스테디한 애인
이 없기 때문에 또 열애에 빠지지 않았기 때문에 매일같이 애인을
만나지는 않는다. 1주일에 서너 번 정도다. 1주일 내내 한 번도
못 만나는 적도 있다. 그런 때 나는 생각한다. 20대에도 애인 없
던 시절이 있었는데 뭘. 그러면 쓸쓸함이 조금 줄어드는 것도 같
다.

　처음엔 웬 애인인가 싶어 의아했다. 그러나 여기까지 읽었을 때
나는 알아챘다. 그녀가 애인이라고 표현한 것이 바로 나라는 걸.
물론 그녀는 그것을 애틋한 의미로 쓴 것은 아니다. 내가 밖으로
도는 시간이 많기 때문에 잘 만날 수 없다는 뜻에서 그렇게 표현
한 것이다. 그녀 말이 맞다. 남편이긴 하지만 그녀 자신이 거칠게
표현한 대로 '스테디한' 관계라고는 할 수 없을지 모른다. 나는

거의 매일 술을 마셨고 집에 안 들어오는 날도 종종 있다. 자정이나 새벽에 들어오는 게 습관이 되어서 이제는 그런 일과가 피곤한 것도 거의 모른다. 언젠가 그녀가 말했다. 나는 인생에서 두 가지 일밖에 하지 않는데, 하나는 술 마시는 일이고 하나는 술 깨는 일이라고.

하지만 그녀는 그럭저럭 참아 왔다. 내가 가정적이지 못한 것이 불만이긴 하겠지만 그것이 그녀의 인생에 결정적으로 심각한 그늘을 드리운다고는 생각해 본 적이 없다. 물론 신혼 때는 바가지를 좀 긁었다. 이혼을 합네 마네 투닥거리기도 했다. 그러나 요즘은 살림하고 아이들 키우기 바빠서 나한테 매달릴 여유가 없다. 작년인가부터는, 난 당신 포기했어, 라고 스스로 공언하기까지 했다. 이웃 아줌마들하고 물건 싸게 산다고 마을 버스 타고 연금 매장 같은 데에 다니는 데 재미도 붙은 모양이던데…… 그런데 포기했다고 하는 게 이런 거였나? 자기를 과부나 독신으로 여기고 사는 거? 나는 입맛이 썼다.

나의 직장 일이란 아이 둘을 돌보고 한 집안의 살림을 꾸려 가는 일이다. 아빠 없는 어린애는 생겨날 수 없으므로 그 아이들은 물론 아빠가 있다. 하지만 사정이 있어 아빠와는 같이 살지 못하는 아이들이다. 나는 그 아이들을 사랑한다. 결혼도 안 했으면서 마치 내 아이 같은 느낌이다. 그 아이들을 사랑한 나머지, 아빠와 함께하는 즐거움을 알게 해주고 싶어서 고통스러운 때가 있다. 때로 아빠를 찾는 그애들에게 "아빠는 너희와 함께 계시지 못한단다"는 말이 불행스러운 느낌을 줄까 봐 조바심난다. 하지만 세상

살이에 이런 어려움은 얼마든지 있으니(내게뿐 아니라 아이들에게
도) 이런 직업적 고충을 오래 생각할 필요는 없다.

　애인이 오지 않는 날 난 애타게 기다리기도 한다. 하지만 오지
않은들 그게 무슨 큰일이랴. 남편이라면 내게 오지 않는 것이 상
처를 주겠지만 애인이니 조금의 쓸쓸함만을 남길 따름이다. 신통
하게도 아주 변심하여 영원히 안 와버릴 애인은 아니니 그나마 다
행 아닌가.


　제기랄, 글 솜씨는 투박했지만 나는 그녀가 하려는 말을 충분히
알 수 있었다. 그녀는 그러니까, 불행한 것이었다.

　다음 페이지를 넘기려는데 밖에서 문 따는 소리가 들려 왔다.
그녀가 아이들을 걸리고 업고 들어왔다. 손에는 검은 비닐이 여러
개 들려 있다.

　"언제 일어났어요?"

　그녀의 목소리는 정답다. 나에게 주려고 샀을 주스병 주둥이가
검은 비닐 봉투 밖으로 비죽이 나와 있다. 그것이 어쩐지 무거워
보인다. 나는 그녀의 손에서 엉거주춤 비닐 봉투를 받아 든다. 익
숙하지 않은 동작임을 스스로도 깨달으며.

　그녀에게 어젯밤 초상집에서 만난 친구들 얘기를 꺼냈다. 고등
학교 동창의 아버지 상이었는데 친구들이 꽤 모였다. 그녀도 거의
아는 친구였다. 결혼하기 전 내 친구들은 생일이다 뭐다 하면서
애인을 데리고 배밭에도 가고 북한산의 두부집에도 곧잘 다니곤
했다. 언젠가 초파일에는 화계사에 놀러 갔는데 돌아오는 길에 친
구들이 "야, 니가 집이 제일 멀구나"라고 나를 놀리던 기억이 난

다. 그때 나는 화계사 바로 앞에 살았는데 그녀의 집이 잠실이었던 것이다. 그들이 놀리는 대로 과연 나는 잠실에 그녀를 데려다 주고 집까지 되돌아오는 데에 차 타는 시간만 세 시간 가까이 걸렸으니 친구들 말이 틀린 건 아니었다.

"다들 잘 있어요? 동구 씨는 결혼했대요? 민석 씨네는 이제 아기 있겠네?"

내 친구들의 안부를 물으며 그녀는 목소리가 밝다. 자기의 처녀 적 생각이 나는 거겠지. 나는 결혼한 뒤로는 친구들 만나는 자리에 그녀를 데리고 가본 적이 없다. 우리끼리 마시는 게 훨씬 편했다. 집에서 듣는 것만도 지겨운데 밖에서까지 그만 마시라는 잔소리 들어 가며 술 맛을 축내고 싶지는 않으니까. 또 카페 같은 데서 아가씨와 몇 마디 주고받는 게 아무 일도 아니련만 그녀가 보면 신경이 쓰일 게 뻔하다. 내 속을 떠보려고 귀찮은 시비를 걸어 올 지도 모른다. 달리 이유가 있는 것은 아니다. 자꾸 이렇게 변명 비슷한 말을 늘어놓다 보니 왠지 아내를 집 안에 팽개쳐 두고 혼자 나가 재미 본 기분이다. 오늘따라 왜 이리 마음에 걸리는 게 많은지, 망할 놈의 일기장.

사실은 어젯밤에도 나는 기분이 별로 안 좋았다.

언제부터인지 고등학교 동창을 만나도 불알 친구라는 다정함이 없다. 학교 다니던 때 등교길이며 선생님이며 철봉이며에 대해 다퉈가며 기억을 더듬을 때까지는 좋다. 그런데 각자의 사는 이야기로 돌아오면 좀 각박해진다. 은근한 과시와 견제, 무력감, 그런 것들이 나타난다. 어제만 해도 그렇다. 특히 두 친구가 거들먹거렸다. 하나는 아버지가 물려준 못나 빠진 야산이 돌산이라 떼부자가 되었다. 또 하나는 세무사 사무실에서 요령만 는 친구인데 이번에 여차저차해서 세 번째 아파트를 샀다고 한다.

나 같은 월급쟁이 친구들은 애써 웃으며 들으려 한다. 허나 얼굴 근육이 유연하지 않다. 사촌이 논을 사서가 아니라 거들먹거리는 품이 아니꼬워서다. 쟤들은 학교 다닐 때 공부도 못하고 늘 선생님한테 야단이나 맞던 애들이다. 대학 문턱도 밟아 보지 못한 녀석들이고. 바로 그 점 때문에 대학 물이나 먹은 우리 앞에서 더욱 돈 자랑을 하는 것이다. 모르는 건 아니지만 그래도 위축감이 든다. 내가 한 달 내내 스트레스 받아 가며 버는 돈의 열 배를 쟤들은 부동산 같은 걸로 앉아서 번다.

다 못난 소리다. 사실 학교 다닐 때 공부를 잘하고 모범생이었다는 게 무슨 내세울 일이나 되는가. 제도 교육의 커리큘럼이 사람을 구별하는 절대적인 잣대가 되는 것은 아니다. 또 우열을 판단하는 선생들의 평가 기준이 꼭 공정했던 것만도 아닐 것이다. 그러니까 그때 영어나 수학 따위를 좀 잘했다고 해서 그렇지 못했던 친구들의 물질적 성공을 부당하게 생각하는 것은 또 하나의 불공정함일 뿐이다.

누군가가 이민 얘기를 꺼냈다. 야, 미국은 좀 그렇고 캐나다가 좋다더라. 맨날 이렇게 살면 뭐 하나. 지겹다. 더 늙기 전에 이민을 가든지 그것도 안 되면 시골 가서 농사나 짓든지 무슨 수를 내야지 매일 아침 회사 들어가기가 죽기만큼 싫다.

그러는데 한 친구가 자기는 벌써 이민 신청을 하고 인터뷰까지 마쳤다고 한다. 우리 이야기는 그 친구를 둘러싸고 한참이나 이어졌다. 나는 그녀에게 그 이야기를 했다.

"여보, 태원이 있잖아."

"예, 생각나요. 당신 고등학교 친구 중에서 제일 먼저 결혼했잖아요."

"걔 이민 간대."

"왜요? 좋은 직업 놔두고?"

"방송국 피디가 보통 정신없는 게 아니잖아. 사람답게 살고 싶대. 그리고 이번에 애가 학교 들어갔는데 촌지 안 줬다고 담임이 이유없이 벌 세워 갖고 걔 딸이 학교 안 간다고 울고 난리래. 그걸 보니까 이 나라에 남은 마지막 미련까지 사라지더라고 그러드만."

그녀는 대꾸를 안 한다. 부러웠나? 하지만 아니었다. 그녀는 시금치를 다듬고 있었는데 말없이 손놀림이 거칠어졌다. 그러더니 이렇게 말했다.

"그 정도도 안 힘들고 어떻게 살아요? 싫다고 그렇게 쉽게 떠나 버리면 거기 가서는 뭐 주인 행세하고 살 수 있대요? 힘들어도 내 땅에서 사는 게 낫지."

이건 또 무슨 소리인가. 이런 때 마누라들은 무턱대고 "어머, 좋겠다" 하거나 아니면 "외국 가서 살면 외롭지 않을까, 몇 년 갔다오는 것은 몰라도" 식의, 여우와 신포도 우화 같은 반응을 보일 줄 알았더니 그녀답지 않게 웬 신랄함일까? 그녀가 언제부터 이렇게 자기 생각을 갖고 산다는 걸까. 좀 뜻밖이었다. 그녀는 아이를 키우고 집안일을 하는 데 소질이 있는 편이었다. 나는 그녀에 대해 그 정도로 알고 있었다. 물론 연애 시절에는 잔디밭에 앉아 문학 토론도 하고 포장마차에서 소주잔을 기울이며 시국에 대한 막연한 의분을 토로하기도 했지만 그것은 어디까지나 아줌마가 되기 전 일이다. 결혼 이후에는 그녀가 책을 들추는 것조차 본 적이 없는데…… 하긴 그녀와 길게 얘기를 나눠 본 것도 꽤 오래되긴 했다.

"그럼 당신은 내가 가자고 우겨도 이민 안 갈 거야?"

그녀는 나를 홀끗 보았다. 손으로는 시금치에 이어 파를 다음으면서.

"난 내가 태어난 곳에서 죽을 때까지 살 거예요. 연애나 하면서."

"뭐, 연애?"

그래서 나는 다음날 다시 그녀의 일기장을 훔쳐보지 않을 수 없었다. 일기장을 앞뒤로 뒤지다가 드디어 '연애' 라는 글자를 발견한 나는 정색을 하고 그 페이지를 읽기 시작했다.


*9월 4일*

나는 연애하고 싶다. 남자에게 심각한 얼굴로 헤어지자고 한 뒤 술을 마시고 싶다. 같이 자자고 요구하는 남자에게 눈물만으로 사랑을 확인해 달라며 폼잡고 싶다. 누구든 애태우고 싶다. 누구도 내 환심을 사려 들지 않을 뿐더러 나 때문에 마음 졸이지 않는다. 나는 하찮은 존재다. 나는 소박만 맞는다. 그이는 이제 내 얼굴을 똑바로 쳐다보는 일조차 별로 없다. 어떤 때는 이렇게 말해 주고 싶다. 이렇게 안 쳐다보고 살 걸 남자들은 왜 그렇게들 예쁜 여자와 결혼하려고 안달인지 몰라, 나는 이제 얼굴을 밀어 버리고 그냥 남들과 구별만 가게 '마누라' 라고 써붙이고 있을게, 라고.

어휘력이 떨어지는 탓이겠지만 소박이 뭔가, 소박이. 그녀는 여전히 내게 소중한 아내인데. 그 소박이란 말이 내 마음을 무겁게 한다. 난 그냥 좀 바쁠 뿐인데. 정보도 얻어야 하고 부탁도 해야 하고 친해 두어야 할 사람도 있고, 그래서 술도 좀 먹고 모임에도 자주 얼굴을 내밀고 또 가끔씩 매운탕집에서 화투도 치고 그러는 것뿐인데. 사실 영업부 일이라는 게 다 그런 거 아닌가.

연애를 하고 싶다는 그녀 말의 속뜻은 어쨌든 확실했다. 즉 나와 많은 시간을 함께하고 싶다는 뜻이다. 그리고 그것은 내 예상에서 그다지 빗나가지 않은 아내의 속마음이었다. 아내가 다른 남자에게 관심을 가진다는 건 잘 상상이 가지 않았다. 언젠가 내 생일에 그녀는 이런 말까지 하지 않았던가. 재일 씨, 오늘은 당신 생일이지만 내 생일도 돼. 왜냐하면 당신이 오늘 안 태어났으면 나는 태어날 이유가 없잖아.

설령 아내가 진짜로 다른 남자와 새 연애를 하고 싶어한다고 치자. 그렇다고 한들 어디를 보나 살림 사는 아줌마일 뿐인 그녀에게 무슨 기회가 오겠으며 그럴 능력이나 있겠는가…… 이것이 또 새 연애를 하고 싶다는 아내의 말에 내가 긴장하지 않는 이유였다.

*8월 25일*

*허리가 아프다. 작년에 그이가 출장을 가게 돼 사흘에 걸쳐서 나 혼자 이삿짐을 푼 적이 있다. 그때 소파를 옮기다 허리가 삐끗했다. 침을 맞아서 다 나았나 했는데 피곤하다 싶으면 영락없이 도진다. 어제부터 그 허리가 다시 아프기 시작했다. 그런데도 아*

침에 그이가 출근하며, 무슨 일이 있어도 오늘은 일찍 들어와 쉬어야겠는데, 몸이 영 안 좋아, 라고 하기에 그이가 좋아하는 음식을 만드느라 좀 부산을 떨었다. 다섯시에 시작했는데 아홉시에야 끝났다. 민영이가 너무 보채고 민후도 오늘따라 말썽만 피웠던 것이다.

칭얼대고 보챌 때마다 참기름이며 달걀이 묻은 손을 씻고 방에 데리고 들어갔지만 좀처럼 자려고 하지 않는 민영이. 그래서 부엌으로 데리고 나와 다시 칼질을 하다 보면 어느새 애가 도마 끝을 위태롭게 잡고 있다. 멀찌감치 데려다 놓아도 다시 기어오곤 하더니 급기야는 식탁 의자를 넘어뜨려 발가락 살이 벗겨졌다. 한참을 울고, 울다가 저녁 무렵 애써 먹인 달걀과 우유 한 통을 깡그리 토해 버렸다. 그것을 겨우 치우고 나서 손을 씻고 황급히 싱크대로 돌아와 끓고 있는 기름에 새우를 집어 넣으려는데 이번에는 민후가 똥을 누겠다고 한다. 화장실에 앉혀 놓고 정신없이 부엌으로 뛰어간다. 가스 불을 줄여 놓았는데도 벌써 프라이팬에서 연기가 올라오고 있다. 서둘러 프라이팬을 내려놓는데, 손에 물기가 남아 있었는지 프라이팬을 잡자마자 뜨거운 기름이 파팍, 하고 손목으로 튀어 오른다. 금세 손목이 부풀어오른다. 바셀린을 바르고 오니 민영이가 식탁 위에 놓여 있던 밀가루통을 하얗게 뒤집어쓰고 있다.

전화가 왔다. 늦는다는 걸 알리는 그이의 목소리. 그 목소리가 끊겨 버린 뒤에도 전화기를 한참 동안이나 들고 있었다. 나는 대체 몇 시간 동안 무슨 짓을 한 걸까.

허리를 다쳤다는 말을 들었을 때 나는 이렇게 말했던 것 같다. 미련스럽게 그걸 혼자 했어? 라고만. 만약 그녀가, 그럼 어떡해요 당신도 없는데, 했다면 나는, 사람을 좀 쓰지, 했을 거고 그러면 그녀가, 이사 비용도 빠듯한데 어떻게 사람을 불러요, 라고 항의 했을 거고 나는 그때부터 듣기가 싫어져, 알았어 알았으니 당신이 다 알아서 하라구, 라고 그쯤에서 말을 돌려 버렸겠지. 그러면 그녀는 한숨을 쉰 다음 입술을 한 번 깨물고 또 어떻게든 꾸려 나갔을 것이다. 그것이 남편과 아내의 판에 박인 대화법이니까.

내가 나쁜 놈일까. 별로 그런 것 같진 않다. 바람을 피운 것도 아니고 월급을 안 갖다 주는 것도 아니다. 세상에 자기 아내와 자식 귀하지 않은 놈 있겠는가. 밖에서 술을 먹고 돌아다니는 게 내 아내나 자식새끼가 싫어서 집에 안 들어가려고 버팅기는 게 아님은 모든 술꾼들이 다 안다. 그리고 그건 누구보다도 그녀가 잘 알고 있다. 그것을 그녀는 이렇게 적고 있었다.

하긴 살뜰하고 다감하여 지겨운 아내, 귀하고 기특해서 조바심 나는 자식들, 남들처럼은 행복해야 하기 때문에 번거로운 가정사, 그런 것들로 이루어진 집이라는 일상에 갇혀 살기에는 그는 너무나도 자유에 익숙해졌다. 그리고 그 자유가 이 척박한 세상에서 그라는 사람이 무너지지 않고 살아갈 수 있는 한 방법이라는 것을 나는 인정해야 한다.

그녀는 지금 깊이 잠들어 있다. 고단한 잠이라서 입에서 단내가 난다. 이마 위로 부스스한 머리카락이 몇 가닥 내려와 있다. 나는 머리카락을 쓸어올려 준다. 그녀가 문득 눈을 뜬다. 내가 자기를 바라보고 있다는 사실이 믿기지 않는 듯 한동안 의아하게 쳐다보더니 다음 순간 '설마, 꿈이겠지' 하는 표정으로 다시 스르르 눈을 감는다.

*8월 29일*

*난 그이가 매일 일찍 들어오는 것도 싫다. 일찍 오는 것이 가정에 충실한 거라는 편견도 갖고 있지 않다. 자기 시간을 갖지 않는 인간은 고여 있는 물처럼 썩는다고 생각한다. 그런데, 그런 나도 못 견딜 외로움이라니!*

*분명히 사랑해서 결혼했는데 사랑을 이루고 나니 이렇게 당연한 순서인 것처럼 외로움이 기다리고 있다. 이루지 못한 사랑에는 화려한 비탄이라도 있지만 이루어진 사랑은 이렇게 남루한 일상을 남길 뿐인가.*

이루어진 사랑의 남루한 일상이라.

하기는 지금 잠들어 있는 얼굴을 보니 확실히 예전에 연애하던 때의 그녀는 아니다. 얼굴은 잡티와 마른 살갗으로 덮여 있고 입내도 난다. 손을 가져다가 쓸어 본다. 어젯밤 김치를 썰었었나? 손톱 밑에 고춧가루가 끼여 있다.

그녀를 얻기 위해 나는 서너 명의 연적을 물리쳐야 했다. 그녀가 나를 택한 것은 솔직히 나의 과감한 감투(敢鬪) 덕이다. 나는 한 학기 내내 그녀만 쫓아다녔다. 그녀의 강의실 앞에서 강의가 끝나기를 기다려 점심 먹는 데까지 졸졸 따라갔다. 새벽같이 도서

관 자리를 맡아 주는가 하면 그녀의 리포트를 위해 남의 학교 도서관까지 뒤졌다. 미장원에서 잡지를 보며 그녀의 퍼머가 끝나기를 기다리기도 했다. 그때 내게 한심하다고 충고하는 친구도 있었다. 그러면 나는 용감한 자만이 미인을 얻는다며 짐짓 비장해 했다. 몇 달을 그렇게 하자 그녀는 감동했다. 그러고는 내가 평생 변함없을 줄 알고 나와 결혼했다.

갑자기 그녀가 뒤척인다. 식탁 불의 불빛이 눈을 찌르는지 한쪽 소매로 눈을 가리는데 그 소매 끝이 허옇게 닳아 있다. 얼굴을 가까이 대보니 어깻죽지에서 아들 녀석의 젖 토한 냄새가 비릿하게 스친다. 불현듯 그녀가 안쓰럽고 소중한 것이 가슴에 품고 싶어진다. 그녀의 잠옷 아랫도리를 벗겼다. 그녀가 눈을 뜬다. 그대로 나는 그녀의 속으로 들어갔다.

그날 나는 초저녁에 집에 들어갔다. 나를 보고 그녀가 반색하며 하는 첫마디가 "당신, 술도 안 먹었네?"였다. "그렇지 그럼." 나는 약간 무뚝뚝하게 대꾸하며 윗도리를 그녀에게 내주었다. 마음은 전혀 그렇지 않은데도 그녀가 들떠 하는 것이 이상하게 못마땅했다. 그녀는 오늘따라 반찬이 없다는 둥 설마 당신이 진짜로 일찍 들어올 줄 몰랐다는 둥 말을 많이 한다. 나는 웃기는 놈이다. 왜 이렇게 생색이 나고 당당해지는 걸까. 소작인에게 겉보리 한 말을 빌려 주며 연신 절을 받고 있는 지주처럼 숫제 거만한 마음까지 들고.

저녁을 먹고 나서 나는 텔레비전을 보고 그녀는 어쩐지 서두르며 설거지를 하고 있었다. 그때 전화 벨이 울린다.

"어, 네가 웬일이냐? 그래 오늘 좀 일찍 들어왔다. 야 임마, 그런 날도 있지 그럼. 가정적인 남편 아니냐, 내가."

　건너편 아파트 단지에 사는 친구 녀석이다. 지방대에 전임으로
있기 때문에 가족들과 떨어져서 혼자 사는데 서울 올라오면 이렇
게 가끔 내게 전화를 한다. 그녀는 불안한 얼굴로 내 쪽을 계속 흘
깃거리면서 설거지를 한다. 무슨 말을 하는지 들으려고 물 소리도
작게 해 놓았다. 그러다가 내가 전화에 대고 "그래, 얼굴이라도
봐야지?" 하자 결국은 낙망한 표정이 된다. 전화를 끊고 나서 나
는 일부러 괜한 한숨을 한 번 쉬고는 할 수 없다는 듯이, 나가 봐
야겠는데, 라고 작게 말한다. 웃옷을 걸쳐 입고 신발을 신는 동안
그녀는 아무 말이 없다. 나는 일부러 그녀의 얼굴을 쳐다보지 않
고, 금방 갔다 올게, 하고는 밖으로 나갔다. 나가니 바람이 시원했
다.

　나는 취해 들어와서 잤다. 생맥주집에서 무슨 얘기를 그렇게 떠
들어대고 그걸로 모자라 결국 그 친구의 집까지 가서 양주를 따
고…… 나는 그에게, 그래도 너는 지방에 내려가 사니 이 놈의 서
울 생활보다 여유가 있지 않냐고 부러워했고 그는, 요즘은 지방
인심도 예전 같지 않다, 근처에 스키장이 개발되는 바람에 사람들
을 다 버려 놨다, 그런 데다 어쩌다 서울 올라오면 다른 놈들은
10년 앞서가고 나만 촌놈 다된 것 같아 마음이 초조해진다, 대충
그런 식의 얘기를 네댓 시간 떠들어대니 목이 타서라도 술을 안
마실 수가 없었다.

　새벽에 나는 목이 말라 잠이 깼다. 냉장고에서 물을 꺼내 마시
고 있는데 식탁 위에 놓여 있는 그녀의 일기장이 눈에 띄었다. 나
는 식탁 불을 켜고 그것을 읽기 시작했다.

나는 왜 이렇게 쉬운 여자인가.

새벽에 파고드는 그이를 안는데 이상하게 눈물이 핑 돌면서 사는 게 다 안쓰럽기만 하였다. 아침에 그이는 다정하다. 일찍 들어올게, 하더니 정말로 일찍 들어왔다. 나는 그만 감격해서, 저는 당신이 얼마든지 주무르고 어를 수 있는 여자예요, 하듯이 다소곳해져 갖고 그이를 맞았다. 그런데 그이는 다시 나간다. 나는 왜 이렇게 쉬운 여자인가. 그이에게 나는 왜 이렇게 하찮은가.

열한시가 넘도록 들어오지 않는데 오늘만은 참을 수 없는 기분이 들었다. 화가 난다기보다 모욕감 같은 것이 들었다. 그렇다, 이것은 아내에 대한 사랑이 있고 없고를 떠나서 먼저 인간에 대한 예의가 아니다. 민후가 깊이 잠든 것을 확인하고 나서 민영이를 들쳐 업었다. 나의 분한 마음을 알 리 없는 민영이는 등에 업히자 발을 대롱거리며 좋아한다.

포장마차를 다 뒤졌다. 우리 아파트 단지를 다 훑고 건너편 아파트 단지까지 가봤는데 그이는 없다. 내가 민영이를 업고 포장을 비죽 들추고 들어가니 주인인 듯한 아저씨가 나를 술집에 선뜻 들어설 수 없어 머뭇거리는 아줌마라고 생각했는지 "들어오세요"라고 부추겼고, 부인인 듯한 아줌마가 남편을 쿡 찌르며 "누구 찾아왔어"라고 했다. 손님들이 일제히 나를 쳐다봤다. 오줌 누러 나왔던 한 중년 남자는 "아줌마, 뭘 기웃거려. 멱살을 잡고 끌어내라구" 하면서 슬쩍 다가왔다. 내 뺨으로 술 냄새가 확 끼쳤다.

등뒤에서 민영이는 잠이 들었는지 자꾸만 묵직하게 내려앉는다. 몇 번이나 포대기를 풀어 아이를 단단히 업어야 했다. 가게에서 소주 한 병을 샀다. 나는 한 손으로는 자꾸 미끄러지는 아이를 받치고 한 손으로는 소주를 병째 마시면서 집으로 돌아왔다. 단숨에 건너편 아파트 단지까지 갔다 오고도 나는 피로한 줄도 몰랐다. 술 덕분이었을 것이다. 그러나 그 따위 술기운이 내 꼴을 내가 보는 자괴감을 마비시켜 줄 리는 없었다.

사방이 어두웠다. 나는 어떤 집인지 모를 불 켜진 창을 올려다 보며 까닭 없이 그 불빛에 대고 그리움을 느꼈다.


갑자기 명치께가 아팠다. 가슴을 무엇인가 둔중한 것으로 얻어 맞은 듯이 한동안 숨쉬기가 거북했다. 이윽고 긴 한숨을 내쉼으로써 호흡은 조절했지만 이번에는 머리 속이 한없이 복잡해졌다.

언제부터 그녀가 술을 마셨나. 그녀는 술을 못 마신다. 술도 못 마시면서 연애 시절 소주집으로만 끌고 다니는 내게 불만을 말한 적은 없다. 그런 그녀가 혼자 술을 마시고 있을 줄은 몰랐다. 나는 일기장을 거슬러 넘겨 가며 또 술 이야기가 없나 찾아보았다. 가슴이 아픈 것 같기도 하고 화가 난 것 같기도 하고, 그때부터는 내 마음을 종잡을 수가 없었다.


4월 7일

소주를 한 잔 따랐다. 첫 모금을 혀에 대니 좀 세다. 가슴이 지르르하다. 하지만 밥이나 빵이나 과일이 아닌, 술을 마신다는 것이 즐겁다. 이것도 손쉬운 방법이나마 일상의 탈피니까. 머리 속에서 그이의 생각도 차츰 아련해진다. 술이 나더러 여편네 아니라고 한다. 대신 혼자 술 마시는 외로운 여자 하라고 한다.

5월 27일

아이들은 낮잠을 자고 나는 목욕을 한다. 며칠 만인지 모른다. 피곤해서 내 몸을 돌볼 여유가 없다. 사실 내 옷은 빨기도 싫고 나 먹을 반찬은 만들기 싫다. 내 것은 뭐든지 대충이다. 꼭 해야만 하는 가족의 시중에 밀려 나 자신의 시중은 뒷전인 것이다.

샤워를 한 다음 세면대 앞에 한참 동안 서서 거울 속의 내 알몸을 본다. 거울에 바싹 붙어 서 있으려니 젖꼭지가 세면대에 닿는다. 차갑고 단단한 도기에 닿는 젖꼭지의 감촉이 싫지 않다. 이런 섬세한 느낌을 가질 수 있다는 게 여자 된 즐거움인 듯도 하다.

하지만 욕조를 닦기 시작하면서 그런 기분은 깡그리 사라진다. 수세미에 세제를 묻혀서 욕조 안의 기름때를 박박 문지르고 있는 나. 조금 전까지 이 몸이 어떻게 여자의 몸으로 의식되었던가? 지금 다시 거울에 비친 나는 머리가 헝클어진 채 고개를 욕조에 깊이 처박고는 엉덩이를 들썩대며 씩씩하게 욕조를 닦고 있다.

그때 벨이 울린다. 외판원인가 보다. 대충 누르다 갈 줄 알았는데 끈질기다. 이러다가는 아이들이 깰 것만 같다. 서둘러 옷을 꿰고 문을 여니 역시 외판원.

"사모님, 방송 보셨습니까?"

나는 그의 얼굴이 잘생겼다는 생각을 한다.

"아침 프로 안 보신 모양이죠? 우리 나라 문화 수준이 낮다고 좀 높여 보자고요."

책인 모양이군, 팔려는 것이. 수준 어쩌구 하면서 나처럼 살림만 하면서 무식해지기는 싫은 아줌마들을 주눅들여 책을 팔려는 얄팍한 상술이다. 그런데도 나는 그와 얘기하는 게 괜찮아서 귀담

아들는 척한다. 계속 얼굴을 보면서. 언젠가 텔레비전에서 까만 터틀 스웨터를 입고 빙긋 웃는 안성기를 보고서 갑자기 가슴이 찌르르해지던 그때 기분 같기도 하다.

그가 돌아간 뒤 나는 다시 목욕탕으로 돌아와 욕조를 닦는다. 욕조와 벽 사이의 실리콘에 곰팡이가 잘 닦이지 않는다. 가계부의 '살림 힌트'란에서 그것을 지우는 방법을 본 것 같아 가계부를 들춰보는데 갈피에 끼워 두었던 고지서가 한꺼번에 떨어진다. 참, 오늘이 카드값 내는 날이지. 아이들이 깨면 데리고 은행에 갈 생각을 하며 나는 서둘러 쌀을 씻었다.

"여보, 새벽에 불켜고 뭐 해요?"

열린 방문 안에서 그녀의 목소리가 들린다. 지금은 그녀의 목소리가 다정한 것도 귀에 거슬린다. 일기장을 제자리에 두고 방으로 돌아오니 그녀는 밥을 지으러 나가려는지 스웨터를 걸치는데 가슴께에 눌린 밥풀 몇 개가 허옇게 말라붙어 있다. 칠칠맞기는.

나는 일기장 속의 그녀에게 화가 나 있었다. 하지만 그게 아닌지도 모른다. 꼭 그녀에게 화가 난 것은 아니었다. 어쩐지 산다는 게 다 울적했다.

다음날 술자리에서는 이런 이야기가 화제에 올랐다.

"요새는 한강 내려다보이는 고급 아파트들 인기가 떨어진다고 하대?"

"글쎄 말야. 신문 보니까 아줌마들이 강을 내려다보고 있노라면 삶을 비관하고 자살 충동까지 생겨서 그렇다며? 그래서 집을 복덕방에 내놔 버린다고 말야."

"팔자 좋은 얘기지. 죽을 시간도 없는데 인생 비관할 시간이 어디 있어?"

"남편들은 이 눈치 저 눈치 봐가며 뼈빠지게 벌어다 주면 마누라들은 한가하게 인생 타령이나 하고, 수준들 높다니까. 우리 마누라가 뭐라는 줄 알아. 자기도 자유가 필요하다나? 집안일이 지겹고 힘들다는 거야 나도 알지. 하지만 처자식 먹여 살리겠다고 더러운 꼴 참아 가며 죽으나 사나 이 놈의 회사에 모가지 붙들려 있는 것에 비하면 자기야 근무 여건이 좋은 편이지, 안 그래?"

"그래서, 그렇게 말했어?"

"맞아 죽게?"

화제는 자연스럽게 간 큰 남자 시리즈로 이어졌다. 누군가가 여자들은 먹는 일에 자기 돈의 절반을 쓰고 다시 빼는 일에 나머지 반을 쓴다는 재담으로 한바탕 웃음을 자아냈다. 지글지글 익어 가는 돼지 갈비를 뒤집으며 소주 맛 좋다, 하면서 밤을 보내고 있었지만 나는 어쩐지 기분이 끝내 유쾌해지지가 않았다.

집에 들어가니 그녀도 그날따라 기분이 안 좋다. 문을 따주고는 등뒤에 가만히 서 있는 품이 발언권을 얻겠다고 단단히 작정한 눈치다. 왜 그래? 내 목소리는 그지없이 당당한 나머지 짜증까지 섞여 있었다. 그렇게 매일같이 마셔야만 해요? 그래, 매일 마셔야 해. 술 안 마시고는 사회 생활이 안 돼요? 그래, 술 안 마시고는 사회 생활이 안 돼. 간암 환자 빼고 그런 놈 있으면 나와 보라고 그래. 내가 야유조로 대꾸하자 그녀는 입술을 지그시 깨문다. 잠깐 침묵이 흐른다. 나는 어쩐지 좀 미안해지려고 한다. 그런 내 마음을 붙들어매놓기 위해서라도 내 표정은 더욱 유들유들해질 수밖에 없다. 그녀는 한참을 그냥 그대로 서 있다. 나를 똑바로 쏘아보며. 그러다가 얼핏 고개를 옆으로 돌리는데 눈에 물기가 비친다. 내 귀에 그녀의 낮게 중얼거리는 소리가 들린다. 좀 진지하게 살 수 없어요? 그런 식으로 인생을 다 보내 버릴 거예요? 이게 무슨 소린가. 나는 갑자기 귀가 다 먹먹하다.

그 뒤로 며칠 동안 그녀는 말이 별로 없다. 밤늦게 들어오는 나를 맞아들이는 태도도 전처럼 다정하지 않고 아침 출근 때도 현관까지 따라 나오지 않는다. 좀 허전한 마음이 드는 것이 그제서야 그 동안 그녀가 내게 꽤 살가웠구나 싶어진다. 평소에는 느끼지 못했던 기분이다. 하지만 그렇다고 내 일상이 불편해지거나 지장을 받는 것은 아니다. 회사에서나 집에서나 내 일과는 다를 바가 없다. 집에서 밥도 잘 먹지 않고 얘기를 나눌 시간도 별로 없는 나로서는 설령 그녀에게 무언가 강한 의사 표현을 해야 할 때가 오더라도 단식이나 침묵 시위 같은 것은 애초에 성립될 수조차 없는 일인 것이다. 그러므로 내 쪽에서 먼저 그녀에게 말을 붙이는 것 역시 굳이 화해를 청하는 몸짓은 아닐 것이다.

사실은 '사우(社友) 아내들을 위한 교양 강좌'에 마누라들의 적극적인 참여를 끌어내라고 차장이 지시를 내렸기 때문이기도 했다. 강좌 제목을 보니 '남편 기 살리기'. 강사는 오랫동안 '사랑받는 아내 교실'을 운영해 온 여성 사회 운동가와 "남편이여, 아내를 사랑하라"라는 캐치프레이즈를 내걸었던 여성지의 사장이었다. 나는 다분히 사생활에 속하는 문제를 이래라저래라 하는 이런 종류의 강좌보다는 차라리 꽃꽂이나 서예 강좌가 낫다는 생각이 들었다. 하지만 머리 회전이 빠르고 세상 돌아가는 것을 앞서 파악한다는 기획 팀에서 대외 홍보와 사원 복지 차원에서 마련한 사업을 트집잡을 배짱은 없었다. 사우 아내를 위한 교양 강좌는 전에도 몇 번인가 열린 적이 있지만 그때마다 나는 그냥 무심코 지나쳤다. 그러나 이번에는 지나가는 말로라도 그녀에게 강좌가 있다는 것을 말해 줄 마음이 들었다. 그것이 그녀에게 '바람이라도 쐬라'는 말로 들려 주기를 기대한 건지도 모른다. 어쨌든 내게도 그녀가 도로 살가운 모습이 되어 주기를 바라는 마음이 없다고는 할 수 없으니까.

나는 그날 아침에야 출근하면서 넌지시 운을 떼었다.

"참, 오늘 회사 강당에서 사우 아내들한테 교양 강좌를 한다더라."

"……."

"당신, 가볼 거야? 두시라는데."

"……무슨 내용이래요?"

"'남편 기 살리기'라나 봐."

그녀가 얼굴을 천천히 들더니 나를 빤히 쳐다본다. 눈 속이 투명하여 아무 생각도 없는 듯한 표정이다. 그렇게 나를 뚫어져라 쳐다보니 죄 없이 내 얼굴만 붉어질 참이다. 역시 안 말하는 게 나을 뻔했다고, 나는 속으로 떨떠름해 한다. 그 순간 그녀가 입을 연다.

"시간 봐서…… 애들 맡길 데 있으면 가볼게요."

오랜만에 현관까지 따라 나오며 그녀는 말을 잇는다.

"민후 감기 때문에 병원 가야 되니까, 좀 힘들긴 한데……."

"누가 꼭 가야 한댔어?"

내 목소리는 어이없게도 퉁명스럽게 튀어나왔다.

그날 밤도 나는 자정이 다되어서야 집에 왔다. 그런데 아무리 벨을 눌러도 그녀가 문을 열어 주지 않는다. 아들 녀석 병 치다꺼리에 피곤해서 잠이 깊이 든 모양인가? 할 수 없이 열쇠로 문을 따고 들어갔더니 과연 그녀는 일기장을 펼쳐 놓은 채 그대로 엎드려 잠들어 있다. 워낙 고단했는지 오늘은 날짜만 써놓고 빈칸이었다. 그런데 펼쳐진 일기장의 왼쪽 페이지가 갑자기 내 눈에 확 들어온다.

때때로 나는 똥을 보고 놀란다. 저 흉측한 것이 내 몸에서 나왔다고 인정할 수 없다. 그러나 똥은 엄연하다. 우리 관계는 부인할 수 없다. 그래서 한참을 보니 신기하게도 저것이 더러운 똥이라는 생각이 안 든다. 이제 막 굳고 수고로운 일을 마친 가족 같기도 하다. 나는 똥을 자세히 본다. 내 똥을 자세히 보는 나를 거울 속으로 보니 참 정답다.

아들 녀석이 칭얼거린다. 아까 5분 넘게 벨을 눌러도 끄떡 않던 그녀의 잠은 아이의 뒤척이는 소리에 민감하게 깨어난다. 그녀는 황급히 아이 곁으로 다가가더니 이마 위의 물수건을 내려놓고 아이를 품에 끌어안는다. 그러고는 눈을 감은 채 아이의 뺨에 자기 뺨을 대고 앞뒤로 몸을 흔들며 등을 토닥거린다. 그러나 잠이 덜 깬 탓에 등을 토닥이다가 뒤통수를 토닥이다가, 손놀림이 일정하지 않다. 그녀의 앉은 엉덩이께에는 약봉지며 체온계며 대야, 수건 같은 것이 어지럽게 널려 있어 지금 아이를 안는 그녀의 동작이 몇 시간 동안이나 반복된 것임을 말해 준다.

아이를 안은 채 눈을 꼭 감고 있는 그녀의 얼굴은 피곤에 절어 있다. 뒤로 묶은 머리가 머리핀 사이로 잔뜩 빠져 나와 어수선하다. 살아가는 것은, 진지한 일이다. 비록 모양틀 안에서 똑같은 얼음으로 얼려진다 해도 그렇다, 살아가는 것은 엄숙한 일이다.

# 작 품 이 해

## ▌작가 소개 ▌

　은희경은 1959년 전북 고창에서 태어났고, 숙명여대 국문과와 연세대 대학원 국문과를 졸업했다. 1995년《동아일보》신춘문예에 중편〈이중주〉가 당선되어 작품 활동을 시작했다. 등단한 그해 그는 장편《새의 선물》로 제1회 문학동네소설상을 받으면서 문단의 호평과 함께 독자의 폭넓은 사랑을 받는 작가로 떠올랐다. 1997년에는 첫 소설집《타인에게 말 걸기》(1996)로 제10회 동서문학상을, 1998년에는 중편〈아내의 상자〉로 제22회 이상문학상을 수상함으로써 명실공히 1990년대를 대표하는 작가로 인정받았다. 소설집으로는《타인에게 말걸기》(1996),《행복한 사람은 시계를 보지 않는다》(1999)가 있으며, 장편소설로는《새의 선물》(1995),《마지막 춤은 나와 함께》(1998)가 있다.

　은희경의 소설은 흔히 사랑소설, 또는 연애소설로 불린다. 그러나 그 이면에는 상투적이 되어버린 사람과 사람 사이의 관계를 파헤침으로써 진정한 인간적 소통을 추구하고자 하는 진지한 노력이 강하게 배어 있다. 그렇기 때문에 그의 소설은 전반적으로 사랑에 대한 우리들의 환상을 대상으로 한 일종의 실험이라고도 할 수 있다.

구체적으로 살펴보면,《새의 선물》은 1969년 열두 살 소녀였던 진희의 눈을 통해 삶의 내밀한 모습들을 냉소적으로 보여주면서도 '삶의 진실'과 '진실한 사랑'에 대해 끊임없이 되묻고 있으며,《타인에게 말 걸기》에는 상처입은 여성들의 이야기를 통해서 우리 시대가 소통 불능의 시대임을 날카로우면서도 희극적으로 드러내고 있다.

한편《새의 선물》의 열두 살 진희가 삼십대 어른이 되어 펼치는 자유분방한 사랑을 다룬《마지막 춤은 나와 함께》에서는 한 사람을 위해 목숨조차 버릴 수 있는 지고지순한 순정적 사랑이 아닌, 배신과 반칙이 횡행하는 규범 없는 사랑을 다루고 있다. 그리하여 은희경은 이 소설을 통하여 우리 사회에서 통용되는 획일적이고 허위적인 가치로서의 사랑에 대해 신랄한 냉소를 퍼부으면서 일상적인 억압으로부터 벗어나는 자유로운 사랑을 강조한다. 그리고《행복한 사람은 시계를 보지 않는다》에서도 사회적으로 부도덕한 것으로 인식되고 있는 사랑에 대한 파격적인 상상력을 보여준다.

전반적으로 은희경의 소설은 인물에 대한 섬세한 심리묘사, 속도감 있는 문체와 치밀한 구성을 바탕으로 하여 작위적이고 허위적인 현실의 표면을 벗겨내면서 독자들을 사로잡는다. 특히 사랑이 지니고 있는 허위와 가식을 벗겨내면서 삶에 충동을 불어넣어주는 생생한 활기는 은희경의 소설이 우리에게 주는 가장 큰 매력이라고 할 수 있다. 삶의 이면을 꿰뚫어보는 가차없는 시선, 그것이 바로 은희경 소설의 가장 큰 힘인 것이다.

## ▌이해와 감상 ▌

이 소설은 의사 소통의 단절이 얼마나 안이한 생각으로 인해 생기는 것인가를 남편과 아내의 관계를 통해서 세밀하게 보여주고 있다. 남편과 아내 사이의 관계를 다루었다는 점에서 이 소설은 자유분방한 사랑에 초점을 맞추고 있는 은희경의 다른 소설들과는 다소 다른 모습을 보여준다. 그러나 남편과 아내 사이의 관계가 사랑의 완성이라고 한다면, 그 완성된 사랑의 또다른 모습을 파헤친다는 점에서 이 소설 역시 사랑의 환상에 대해 가차없이 냉소적인 시선을 보내고 있는 은희경의 다른 소설들과 그 맥을 같이 한다.

이 소설의 초반부에서 남편인 '나'는 아내인 '그녀'가 일기를 써왔다는 사실을 알고 충격을 받는다. '나'는 아내의 화장대 위에 놓여져 있던 일기장을 읽어 내려가기 시작한다. 그동안 '나'는 아내가 글쓰는 것과는 전혀 상관이 없는 사람이며, 생각이 없이 살아가는 사람이라고 생각해 왔다. 그만큼 나는 아내를 잘 몰랐던 것이다. 이 소설에서 남편이 아내를 '그녀'라는 객관화된 인칭으로 부르고 있는 것도, 바로 남편과 아내 사이의 단절감을 부각시키고자 하는 의도적인 장치에 해당한다.

전반적으로 아내의 일기는 이루어진 사랑의 남루한 일상에 관한 내용이다. 아내와 나는 분명히 사랑해서 결혼했고, 그렇기 때문에 사랑을 이루었다고 할 수 있다. 이것은 아내의 일기를 통해서도 확인된 바이다. 그러나 그렇게 이루어진 사랑 뒤에 남는 것은 언제나 가정 내에 갇혀진 일상과 그로 인한 외로움뿐이었음을 아내는 남루한 일상이라고 적고 있다. 이런 아내의 생각에 대해

'나'는 한편으로는 그것을 부정하기도 하지만, 다른 한편으로는 자신이 얼마나 아내를 외롭게 했던가를 깨닫게 된다. 그러나 아내를 이해하는 듯하면서도 남편은 계속해서 아내에게 외로움만을 던져준다. 물론 이러한 남편의 태도는 아내의 일기장을 보기 전과는 확연히 다른 것이다. 왜냐하면 남편은 이제 아내의 삶 역시 진지한 것이라는 점을, 그리고 아내 역시 생각하면서 살아가는 사람이라는 것을 분명히 깨닫고 있기 때문이다. 그럼에도 불구하고 이 소설에서 남편이 아내에게 퉁명스럽게 대하거나 아내를 더욱 힘들게 하는 것은 바로 상대에 대한 진실한 공감은 가식이 아니라 진지한 삶의 자세와 직결된 것이기 때문이다. 달리 말해서 남편은 여전히 한편으로는 자신의 삶이 더 진지한 것이라고 생각하고 있기 때문이다.

작품의 후반부에서 남편은 "좀 진지하게 살 수 없어요? 그런 식으로 인생을 다 보내버릴 거예요?"라는 아내의 나지막한 소리에 강한 충격을 받는다. 이것은 곧 자신의 삶이 더 진지한 것이라고 생각해 왔던 남편으로서는 당연한 것이라고 할 수 있다. 그러나 이러한 충격으로 인해 남편은 자신만이 진지한 삶을 사는 것이 아니라, 모든 삶이 진지한 것이라는 생각을 점차적으로 갖게 된다. 작품의 말미에서 '살아가는 것은, 진지한 것이다.'라는 남편의 생각은 어느 순간 남편이 아내의 삶을 이해하고 있음을 단적으로 보여주는 것이다.

작품의 구성에 있어서, 이 작품은 아내의 일기를 남편이 보는 방식을 택함으로써 독자들이 아내의 입장과 남편의 입장을 동시에 접할 수 있도록 해준다. 이러한 방식은 이 글이 남편을 직접적인 서술자로, 아내를 간접적인 서술자로 제시함으로써 독자로 하여금 어느 한 편의 일방적인 주장에 휩쓸리지 않도록 하는 효과를 낳는다. 이로 볼 때 이 작품에서 작가는 일기라는 내밀한 고백 수단을 효율적으로 이용하고 있는 셈이다. 그러나 이러한 방식은 동시에 누군가로 하여금 다른 사람의 일기를 계속해서 몰래 읽도록 해야 한다는 부담을 안고 있다. 예를 들어서 이 소설에서도 남편은 아내의 일기를 아내 몰래 계속해서 보아야만 하는 것이다.

이렇게 본다면, 작가는 일방적으로 아내의 입장만을 대변하고자 하는 것은 아니다. 왜냐하면 그러한 의도에서였다면 작가는 작품의 구성에 있어서 남편을 서술자로 내세우지 않고 아내를 서술자로 내세웠을 것이다. 그러나 이와는 달리 남편을 서술자로 내세움으로써 작가는 아내의 입장과 남편의 입장을 동시에 제시하면서 의사 소통의 단절을 구체적으로 보여준다. 여기에 이 작품의 묘미가 있으며, 의사 소통의 단절감을 극복할 수 있는 가능성이 있다고 하겠다.

생각해 볼 문제 ……………………………………………………………

이 소설에서는 전반적으로 아내의 입장이 남편에게 제대로 이해받지 못하고 있다는 점이 부각되고 있다. 그러나 뒤집어 생각해 보면 이것은 아내 역시 남편을 제대로 이해하고 있지 못함을 뜻할 수도 있다. 이러한 관점에서 이 소설에서 제시하고 있는 남편과 아내의 관계를 비판해 보자.

## 생각의 길잡이

◎ 남편과 아내 사이의 단절감은 서로의 노력에 의해 극복되어져야 한다. 왜냐하면 어느 한 편이 다른 한 편을 이해하는 것이 일방적으로 요구될 경우 또 다른 양태의 단절감이 발생할 수 있기 때문이다. 그런데 이 소설 전반적으로 볼 때 남편이 아내의 입장을 제대로 이해하지 못하고 있다는 점이 강하게 부각되고 있다.

이 소설에서 남편과 아내 사이의 단절감은 남편이 아내의 일기를 보는 방식으로 제시되고 있고, 이를 통해서 작가는 남편과 아내 사이에 존재하는 단절감을 적극적으로 문제삼고 있다. 하지만 이러한 제시 방법은 어떤 측면으로는 남편으로 하여금 일방적으로 아내를 이해하도록 강요하기도 한다. 왜냐하면 남편은 어떤 식으로든지 아내의 일기를 볼 수밖에 없고, 그 과정에서 자신이 아내의 입장을 제대로 이해하지 못했다는 점을 인정할 수밖에 없기 때문이다. 그런 점에서 볼 때, 남편이 아내의 일기를 계속해서 본다는 것은 남편이 아내의 입장을 이해해야만 한다는 점을 전제로 하고 있다고 해도 지나친 말은 아니다.

하지만 이러한 제시 방법은 남편이 아내의 입장을 제대로 이해하지 못하고 있다는 점을 드러내는 것에 비해 아내가 남편을 제대로 이해하지 못하고 있다는 점을 드러내는 데에는 미흡할 수밖에 없다. 물론 남편이 아내의 일기를 보면서, 그리하여 아내의 입장을 점차적으로 이해해 가는 과정을 통해서 작가는 아내가 남편을 어떻게 생각하고 있는가를 보여주기도 한다. 그리고 이것은 아내를 서술자로 내세우지 않고 남편을 서술자로 내세우고 있는 것과 마찬가지로 아내의 입장과 남편의 입장을 동시에 제시하고자 하는 작가의 의도라고 할 수 있다. 그러나 남편과 아내 사이에 존재하는 단절감이 결코 어느 한쪽의 일방적인 오해에서만 생겨난 것일 수 없다고 한다면, 이러한 제시 방법은 남편과 아내 모두 상대의 일기를 보는 방식에 의해 서술되는 것에 비해서는 아내의 입장을 부각시키는 것이다.

이 순 원

# 말을 찾아서

이 작품에서 작가는 양자로 들어갈 수밖에 없었던 어린 주인공의
심리 변화와 그에 따른 양아버지의 행동 양태를 통해서 가족의 의미에 관련된
근본적인 질문들을 던지고 있다. 점차적으로 가족이 해체되어 가고 가족의
개념이 와해되어 가는 현대사회를 고려할 때, 이 소설이 보여주고 있는
가족구성의 양상은 우리들에게 많은 것을 시사해 준다. 특히 가족의
해체와 구성의 과정을 서술과 대화, 그리고 상징을 통해 잘 형상화하고
있다는 점에서 주목된다. 인물들의 심리 변화에 주의하면서
작품을 감상해 보자.

# 말을 찾아서

"그럼 지금 나보고 봉평에 가달라는 겁니까?"

통화 중간 나는 나도 모르게 왠지 화가 나 있었다. 전혀 화를 낼 일이 아닌데도 그랬다.

"꼭 가셔야 되는 건 아니고요. 안 가시고도 쓰실 수 있으면 그렇게 하셔도 됩니다. 안 가셔도 2박 3일 간의 취재비와 취재수당은 저희가 따로 드리고요."

그러니까 저쪽 편집자의 말은 웬만하면 거절하지 말고 꼭 좀 써달라는 뜻일 것이다. 어떤 일이든 내가 하기 싫으면 그만이긴 하지만, 사실 그런 조건으로 쓰는 원고라면 이제까지 내가 받은 어떤 사보들의 청탁보다 좋은 조건이었다. 그런데도 나는 처음부터 그 일을 하지 않을 핑계를 찾고 있었다. 아마 며칠 전에 꾼 말 꿈 때문일 것이다. 그때 본 말이 아직도 내 머리 속을 떠나지 않고 있었다.

"그 회사는 돈이 그렇게 많습니까? 가지 않은 여행비까지도 주고."

이번에도 내 말은 가시를 달고 나갔다.

"그런게 아니라 처음 그런 기획을 할 때부터 책정해 놓은 경비니까 저희들로선 그렇게 드려도 문제가 없다는 뜻입니다. 선생님들께서 좋은 원고만 주시면……."

"그러니까 거기 나오는 노샌지 나귀 얘긴지만 확실하게 써달라……?"

"예. 독자들이 작품과 작품배경을 이해하기 쉽게 작품 얘기 반, 작품 무대 얘기 반, 그런 식으로요."

"그렇다면 다른 사람 찾아보지 그래요. 나는 안 가보고도 쓸 수 있을 만큼 봉평에 대해 잘 알지도 못하고, 그렇다고 그걸 쓰자고 지금 거기 다녀올 시간이 있는 것도 아니고 하니까."

"저희들은 선생님이 가장 적임자라고 생각해서 전화를 드린 건데, 고향도 그 쪽이고 해서……."

"적임자가 따로 있겠소? 가서 보고 쓰면 그게 적임잔 거지."

나는 저쪽에서 무어라고 더 말을 하기 전에 서둘러 전화기를 내려 놓았다. 그러나 사실 봉평에 대해서라면 누구보다 가슴속에 묻어 두고 있는 이야기가 많았다. 어린 날 보았던 봉평장터에 대해서도 그렇고, 〈메밀꽃 필 무렵〉 속의 허 생원과 그의 나귀, 또 그들이 걸었던 봉평에서 대화로 가는 80리(그러나 실제로는 60리밖에 되지 않는) 산길과 그 길 옆에 끝없이 펼쳐져 있던 메밀밭에 대해서도 그랬다. 다만 내가 지금 그 얘기를 하고 싶지 않은 것뿐이었다. 그 얘기를 하자면 나는 어쩔 수 없이 작품 속의 나귀가 아닌 또 다른 나귀와 아부제(양아버지) 얘기를 해야 할 것이었다.

"어디 전환데 그렇게 받아요?"

전화를 끊고 나자 옆에 섰던 아내가 말했다.

"아무것도 아니야."

"아무것도 아니긴요? 원고 청탁 전화 같던데……."

"원고 청탁 전화면 왜?"

"전화를 그런 식으로 받으니 그러지요. 애써 전화한 사람 무안하게……."

"말 얘기를 해달라니까 그렇지. 정초부터 말 꿈을 꾼 것도 부족해 말 얘기를 해달라고……."

"작품 여행 얘기가 아니고요?"

"그 얘기가 그 얘기지. 〈메밀꽃 필 무렵〉에 말 얘기가 안 나와? 나귀 얘기가 말 얘긴 거지."

"이제 그만 생각해요. 나쁜 꿈도 아니라면서……."

"그래도 내가 언짢으니까 그렇지."

며칠 동안 말 꿈으로 내가 신경을 쓰는 걸 보아서인지 아내도 더 이상 뭐라고 말하지 않았다. 만약 그러지 않았다면 아내도 지지 않고 그 속에 나귀 얘기가 나오긴 하지만 〈메밀꽃 필 무렵〉을 어떻게 말 얘기라고만 할 수 있겠느냐고 말했을 것이다. 어쨌거나 중요한 건 그게 말 얘기든 나귀 얘기든 지금 내가 그 원고를 쓰고 싶지 않다는 것이었다. 정초에 그런 꿈까지 꾼 다음 또 다른 나귀 얘기와 어린 날 아부제를 찾아 봉평에 갔던 얘기를…….

그 꿈을 꾸었던 것은 연말에 아이들을 강릉에 보내고 아내와 함께 모처럼 여행을 떠나 철원에 갔을 때였다. 한 해가 가는 마지막

날이었던 그날 우리는 이제 막 얼어붙기 시작하는 삼부연 폭포와 한때 임꺽정이 은신하고 있었다는 고석정, 김시습이 거기에 누각을 짓고 자신의 호를 따 이름붙였다는 매월대, 철원읍 홍원리의 궁예 성지 등을 둘러보았다. 그런데, 아무리 피곤하기도 하고 또 밖에 나와 자는 잠이라도 그렇지, 어쩌다 새해 첫날 그런 꿈을 꾸었던 것인지 모르겠다. 꿈에서 본 말은 내가 잠을 깬 다음에도 여전히 히히힝, 소리를 지르면서 달려와 앞발을 쳐들고 경중경중 뛰듯 내 주위를 맴돌았다. 새해 첫 꿈으로 말 꿈이 좋은 것인지 나쁜 것인지 생각해 볼 겨를도 없이 왠지 언짢은 기분부터 들었다. 차라리 나귀거나 노새였다면 또 모르겠다. 그랬다면 나도 어린 시절 늘 그걸 보고 자랐으니 충분히 그럴 수 있는 일이라고 생각해 다른 데까지 그걸 연결시켜 생각하지 않았을 것이다. 그런데 틀림없는 말이었다. 다리가 내 가슴 높이까지 오고, 앞발을 쳐들고 이리저리 경중경중 뛸 때 한 뼘반도 넘는 길이로 휘날리던 검은 갈기도 나귀나 노새의 것이 아니라 말의 것이 틀림없었다. 말에 대해서는 잘 모르지만 나귀와 노새에 대해서라면 누구보다 잘 아는 내가 그게 말인지 아니면 나귀거나 노샌지 구분 못할 까닭이 없었다. 그 놈이 등에 갖춘 안장과 고삐도 없이 자르르 윤기 흐르는 붉은 맨몸으로 내게 다가와 무어라고 히히힝, 소리를 지르듯 주위를 맴돌던 중 잠을 깨고 만 것이었다. 그런 모습이 내게 우호적이었던 것 같지도 않고, 그렇다고 머리로 나를 떠받을 만큼 성이 나 있는 것처럼 보이지도 않았다. 그냥 그 놈은 저만큼 멀리 들판에서 내게로 뛰어왔고, 뛰어와선 이리저리 갈기를 휘두르며 내 주위를 경중거렸던 것이다.

그 놈인가…….

나는 누운 채로 위로 손을 더듬어 머리맡에 둔 담배를 꺼내 물었다. 나로서는 한 번도 본 적이 없지만, 본 적이 없는데도 껄끄럽게 짐작이 가는 한 놈이 있었다.

"일어났어요?"

아내는 아직 잠결에서 물었다.

"응."

"몇 신데 벌써 일어나서 그래요?"

아내도 머리맡으로 손을 올려 시계를 더듬었다.

"다섯시잖아요. 더 자지 않고……."

"이상한 꿈을 꿨어."

"어떤 꿈인데요?"

"말 꿈……."

"그럼 나쁜 꿈도 아니네요, 뭐. 난 또……."

아내는 다시 잠이 들었다. 그러나 나는 그때부터 아내가 다시 깨어날 때까지 잠을 이룰 수가 없었다. 눈을 감아도 눈을 뜬 것처럼 그 놈이 나타나고, 그래서 눈을 뜨면 이번엔 눈을 감았을 때처럼 머리 속에 그 놈이 나타나는 것이었다.

"혹시 궁예가 타던 말이 당신에게로 온 것 아니에요? 어제 당신 궁예 성지를 둘러보며 연신 아쉬워하더니……."

아침에 일어나서도 내가 계속 말 꿈에 신경 쓰자 아내가 말했다.

"아니야, 그런 말이."

"당신이 어떻게 알아요? 그 말이 맞는지 아닌지."

"봤으니까 알지."

내가 생각하는 건 아까 꿈에서 막 깨었을 때의 생각대로 내 의식 한구석에 껄끄럽게 남아 있는 바로 그 말이었다. 철원 평야와 그곳 풍천원 도성 터를 달리던 궁예의 말이 아니라 꿈에서 본 것 말고는 달리 직접 눈으로 본 적도 없고 출신도 모르는 일본 오사카 어느 교외의 후미진 마굿간에서 자라 소나 양처럼 죽어 우리 곁으로 왔던……

그러나 그 이야기를 아내에게 하지 않은 채 여전히 찜찜한 마음으로 학저수지와 그 곳에서 멀리 떨어지지 않은 곳에 있는 도피안사, 철원 토성을 둘러보는 듯 마는 듯하고 서울로 돌아왔다. 혹시 꿈에서 본 것처럼 갑자기 헛것이 보이듯 말이 내가 운전하는 자동차 앞에 나타나는 것이 아닌가 싶어 그 곳을 돌아다닐 때에도 그랬고, 서울로 돌아올 때에도 나는 나보다 한참 운전이 미숙한 아내에게 키를 내주었다.

"왜 그래요? 자꾸……"

집에 도착해서도 자꾸 먼 산을 바라보듯 꿈에 본 말 생각을 하자 아내가 말했다.

"모르겠어. 새해 첫날 말 꿈을 꾸었다는 게 영 기분이 좋지 않아서 그래."

"말 꿈이 나쁜 것도 아니잖아요. 우리가 그냥 생각해 봐도……"

"그런데도 나한테는 자꾸 언짢은 생각이 드니 그렇지."

"그럼 물어 봐요. 그런 꿈이 좋은 꿈인지 나쁜 꿈인지."

"누구한테?"

"누구긴요? 강릉 어른들한테 물어 보면 알겠죠."

"강릉 어른?"

그렇게 되묻다가 나는 아버지의 얼굴보다 아부제의 얼굴을 먼저 떠올렸다. 다른 건 아버지가 더 많이 알지 몰라도 말에 대해서라면 아부제가 더 많이 알고 있을 것이었다.

"아이들이 지금 어디 있는지도 물어 보고요. 위에 있는지 아래에 있는지."

전화기의 번호판을 누를 때 다시 아내가 말했다.

"여보시오."

아부제였다.

"아부제?"

"어, 그래. 서울이나?"

"예."

"서울이야?"

"예."

아부제가 먼저 서울이나? 한 것은 전화를 거는 사람이 나냐고 묻는 말이었고, 나중에 서울이야? 하고 물은 것은 지금 전화를 거는 곳이 집이냐는 뜻이었다.

"어제 어데 갔다가 완?"

"예. 어디 좀 둘러볼 데가 있어서요."

"그런 걸 전화를 하니 자꾸 다른 여자가 받지. 에미 목소리도 아니구."

"다른 여자가 아니고 전화기가 그러는 거예요. 집 비울 때 거기 얘기할 게 있으면 하시라고."

"그건 아는데 목소리가 다르니 난 다른 여자가 느 집에서 전화를 받는가 하고…… 그래서 잘못 걸어 그렇나 해서 또 걸으니까 같은 목소리잔."

다른 땐 외출할 때면 보통 내 목소리를 녹음해 두거나 아내 목소리를 녹음해 두곤 했다. 그런 걸 엊그제 철원에 갈 땐 그냥 전화기 안에 내장되어 있는 기계음으로 자동 응답 버튼을 눌러 놓고 간 것이었다.

"요즘 아부제는 어디 편찮으신 데 없지요?"

"없어. 하는 일도 없이 노는 기 뭐 펜찮을 데가 어데 인? 그래 전화는 왜?"

"아부제 새해 복 많이 받으시라구요."

"새해는 무슨, 이제 개설 지난 걸 가지구."

"그래도요. 어머니도 건강하시구요."

"그래. 우리야 늘 조심하지 뭐. 어멈도 자나깨나 느 걱정말고는."

"그런데 아부제."

"어."

"꿈에 말을 보면 어때요?"

"니가 말을 봤더나?"

"예. 전에 집에 있던 그런 말이 아니고 큰 말이오. 사람이 타고 댕기는……."

"좋은 거다, 그거. 뭐가 좋은 일이 있을라는 모냥인데 니한테."

"말이 내 앞으로 뛰어와서 자꾸 경중경중 뛰더라구요."

"타라고는 안 하고?"

"그러지는 않는데 내 주위를 빙빙 돌면서요."

"그랬으믄 더 좋았을 거르. 니를 떠받거나 해꼬지는 안 하구?"

"예."

"그럼 그것두 좋은 거야. 말을 봤으믄. 느는 양력으로 세월 가는 걸 아니까 정초 꿈이래도 괜찮구."

"얘들은 지금 어디 있어요?"

"점심 먹고 나서 위에 올라갔잔. 즈 사촌들이 시내서 올라오니 모두 어울레서. 오던 날은 위에서 자고 어제는 여기서 즈 할미하고 자고."

"인사만 하고 내려와 자라고 그러지 그러셨어요. 어제는 올라가 자더라도 가던 첫날은."

"나두어. 게서 자믄 어때서. 즈 애비 생가 댁에서 자는 건데."

내가 아이들의 잠자리를 첫날과 둘째 날을 분별해 말하자 아부제는 금방 마음이 뿌듯해져 오는 모양이었다. 한결 푸근해진 목소리로 위에는 전화를 했다나? 하고 물을 때 아뇨, 이제 해봐야죠, 하고 대답하자 표현을 하지 않아도 그 뿌듯함은 전화선을 타고 이쪽으로 와 거실 전체를 가득 채우는 듯했다.

"그럼 위에도 얼른 전화를 하잖구."

"예. 그런데 아부제."

"어."

"말고기를 입에 대는 건 어때요?"

"꿈에 말이다?"

"꿈이라도 그렇고, 생시라도 그렇고요."

"그런 꿈꿨더나?"

"아뇨, 그런 꿈을 꾼 건 아니고요."

"괜찮아, 것두. 꿈이라도 괜찮구 생시라도 괜찮구. 나야 그 짐승 부렸으니까 안 그랬지만 사람이 개고기는 안 먹든? 뭐든 없어서 못 먹는 거지 일부러 가릴 건 없어."

"그런 꿈꾸고 나니 왠지 기분이 좀 그래서요. 좋은 건지 나쁜 건지…… 말이 경중경중 뛰면서 자꾸 빙빙 돌던 게……."

"좋은 거랄수록. 타라고는 안 해두 니한테로 와서 경중경중 뛰고 했다믄. 니가 평소 말한테 해꼬지한 일도 없을 테구. 하기야 요즘은 뭐 그러고 싶어두 그럴 말이라도 인?"

"그럼 해꼬지한 다음 그런 꿈을 꾸요?"

"그기사 좋을 게 없겠지만서두. 사람이나 짐승이나 해꼬지한 다음 다시 본다믄 아무래두 그렇지 않겠?"

"예에."

"괜찮아, 니가 꾼 꿈은. 좋은 거니까 그렇게 알구 어여 끊구 위에 아버지 계신데 전화나 혀."

"예."

"얘들한테두 즈 사촌들 와 있는데, 안 떨어지려구 하는 걸 괜히 억지루 여게 내려와 자라구 하지 말구, 게서 그냥 어울레 놀다 자게 두구."

"예."

"에미 몸은?"

"괜찮아요, 저흰."

"그럼 끊어. 끊구 위에다 전화하구."

나는 아부제의 전화를 끊고도 여전히 개운한 마음이 아니었다.

아니, 혹을 떼려다 혹 하나를 더 붙인 듯한 느낌이었다. 내가 그 놈의 고기를 입에 댄 다음, 꿈에 나타나 내게 모습을 보인 거라면 아부제 말대로 그건 좋은 꿈일 수 없었다. 살아 있을 때 해꼬지를 한 것은 아니지만, 죽은 다음 고기를 입에 대고 나서 꿈에 그 놈을 본 것이라면 살아 있을 때 해꼬지를 한 것이나 다를 게 없었다. 더구나 말을 끌던 아부제가 예전 유일하게 가리고 금기하던 고기가 그것이었다. 그런 걸, 그러고 나면 내가 먼저 께름칙해지고 말 거라는 걸 알면서도 그때 어떻게 그것을 입에 댔던 것인지 모르겠다. 그것도 익힌 것이 아닌 날 것을.

두 달쯤 전 일본에서 열린 어떤 문학 심포지엄에 갔을 때였다. 어느 지방 소도시에서 나흘 간의 공식 일정을 마치고 일행 모두 오사카로 왔다. 첫날은 버스 여행에 지쳐 방 배정을 받기 무섭게 잠을 자고, 아마 다음날 저녁때였을 것이다. 호텔 뒤편에 작은 술집들이 많았다. 일행 중 다섯 명이 함께 갔는데, 처음엔 저마다 입맛에 따라 데운 청주거나 맥주를 시키고 안주로는 메뉴 판의 그림을 보고 꼬치 안주와 철판에 구운 해물 안주를 시켰다.

"그런데 저건 뭐지?"

한참 술을 마시던 중 누군가 내가 앉은 자리의 뒤쪽 벽에 붙어 있는 안주 이름을 가리켰다. 돌아보았을 때 내가 아는 글자는 거기에 쓰여 있는 마(馬) 자 한 자뿐이었다.

"글쎄. 말고기라는 뜻인가."

한자로 '馬'라고 쓴 아래 일본 글자 세 자가 더 붙어 있었다.

"가만 있어 봐. 말 사시미……."

누군가 그 일본 말을 읽었다.

"사시미라면 회를 말하는 거고, 그러면 이거 말고기 생거라는 얘기 아니야?"

"그래, 그럴지도 모르겠다. 쇠고기 육회처럼."

"이야, 여기선 그런 것도 먹네. 정말 별걸 다 먹어."

그러자 일행 중 제일 나이 든 선배가 사막 여행 때 낙타고기를 먹어 봤다는 얘기를 했고, 그 얘기 끝에 사막 도마뱀 요리에 대해 말했다. 아니, 요리라는 말을 붙일 것도 없는 그냥 사막 도마뱀 얘기를 했다.

"느 그거 알아?"

"뭘요?"

"난 안 먹어 봐 모르겠는데, 중동에 일꾼으로 나갔다가 들어온 노인네가 도마뱀 때문에 다시 중동에 나간 얘기 말이야."

"그게 그렇게 맛있나. 한 번 먹으면 다시 안 먹고 못 배길 만큼."

"그게 아니고, 사막 도마뱀이 이거에 아주 최고라는 거야."

선배는 탁자 위로 내민 팔뚝을 끄덕여 보였다.

"그럼 중동에서 돌아온 다음 양기가 떨어져서 다시 나간 모양이죠 뭐."

"그러면 애초 얘기도 안 되는 거지."

"그럼요?"

"거 왜 옛날 서울고 자리에 현대 그룹 인력 본부가 있었잖아. 중동으로 나가는 노무자들 뽑아서 교육하는 데 말이야. 거기서 어떤 사람이 실제로 들은 얘긴데, 지난번에도 중동에 나갔다 들어온 사람 둘이 거기서 다시 만났거든. 한 사람은 늙수그레하고 한 사람은 좀 젊고 말이지. 그래서 젊은 사람이 나이 든 사람한테 우리야 젊으니 돈 더 벌려고 나간다지만 당신은 이제 그만 쉬지 뭐 하러 다시 나가냐니까 도마뱀 얘기를 하더라는 거야. 말도 마라고, 마누라가 죽겠다고 떠밀어서 다시 나간다고 말이지."

"마누라가 왜요? 그거 먹어 힘도 좋을 텐데."

"좋아도 너무 좋아 노니 탈인 거지. 이 사람이 먼저 나갔을 때 그게 좋다는 얘기를 듣고 틈날 때마다 거기서 그걸 잡아먹었거든. 그런데 거기선 그걸 써먹을 데가 없어서 몰랐는데 귀국해 들어와 마누라를 안아 보니 대번에 효과가 나타나는 거라. 그러니 젊은 나이도 아니고 쉰이 훨씬 넘은 나이에 밤마다 해제키니 동갑내기 마누라가 배겨나나. 마누라가 보기에 이게 중동에 나가 뭘 먹고 왔는지 사람이 아니라 완전히 짐승이거든. 그래서 남편한테 아주 대놓고 하소연 했다는 거야. 나도 이제 나이가 있는데 말이지 당신 하자는 대로 밤마다 그렇게 하다간 제명에 못 죽을 것 같으니 다시 거기 나가 뱀을 잡아먹든 뭐를 잡아먹든 더 늙은 다음에 들어오라고 말이지."

"에이……."

"에이는 이 사람아. 남 힘들게 얘기하는데. 저 말 사시미라는 것도 좀 그런 게 있는지 몰라. 말도 이게 크잖아. 소보다는 덩치가 작아도 이거 크기는 몇 배로 더 크고 말이지."

"그럼 우리도 한번 시켜 보죠 뭐."

"그럴까?"

"그래요. 많이는 말고 하나만."

도마뱀 얘기를 거치는 동안 조금 끈적해지기는 했지만 얘기는 다시 자연스럽게 말 사시미 쪽으로 돌아왔다. 그러나 그래서라기보다는 처음부터 다들 말 사시미가 어떻게 생긴 것인지 궁금해 하는 눈치들이었다. 나도 누군가 말 사시미라는 말을 읽어 준 다음그것이 어떻게 생긴 것이며 또 어떤 모습으로 나오는지 궁금했다.그러면서 마음 한편으로는 어린 시절 집에서 키우던 말 생각으로말 사시미라는 말만으로도 왠지 께름칙해지는 기분이었다.

"어이, 어이, 스미마센."

누군가 장난 반의 서툰 일본 말로 40대 여자 종업원을 불러 '호스 사시미'를 시켰다. 여자는 '호스'의 뜻을 못 알아듣다가 벽에붙여 놓은 안주 이름을 가리키는 손가락을 보고 나서야 하이, 하이, 하고 물러났다. 잠시 후 작은 접시에 나온 그 말 사시미는 마치 당근을 얇게 썬 것 같은 모습으로 길쭉한 다섯 장의 꽃잎 모양으로 놓여 나왔다. 색깔도 고기 결도 꼭 그런 모양으로 저며 내온 쇠고기 같았다.

"말고기라니 우리 생각에 좀 그렇게 보이는 거지 생긴 건 쇠고기하고 똑같네."

나이 든 선배가 불빛에 이리저리 고기 접시를 비춰 보며 말했다.

"그래서 옛날에 말고기를 쇠고기라고 속여 팔았다지 않습니까?"

그 다음으로 나이 든 선배가 말했다. 두 사람 다 본인이 직접 말고기를 보거나 먹어 본 적은 없지만 6·25때만 해도 그걸 먹었다는 얘기를 들었다고 했다. 그러나 어디 6·25때뿐이겠는가. 나역시 고기는 본 적이 없어도 그보다 썩 후에까지 아부제한테 말고기를 먹는 사람들의 얘기를 들은 적이 있고, 죽은 말고기를 가지러 집으로 온 사람들을 본 적이 있지만 입을 다물고 있었다.

"그럼 쇠고기가 말고기보다 비쌌던 모양이지? 살아 있는 건 말이 비싸도 말이지."

"아무래도 그렇잖겠습니까? 맛이야 그게 그거라 해도 기분상 차이가 있는 거니까."

"하긴……."

"그런데 이걸로 봐선 잘 모르겠는데, 사실 쇠고기와 비교했을 때 말고기가 더 뻘겋답니다."

그러면서 그 선배는 '사쿠라'에 대해서 말했다. 우리가 변절 정치인을 '사쿠라'라고 부르는 것이 사실은 벚꽃에서 나온 말이 아니라 말고기에서 나온 말이라는 것이었다. 말고기가 쇠고기보다 붉고, 그래서 쇠고기라고 속여 파는 말고기를 '사쿠라'라고 부르고 변절 정치인을 가짜라는 뜻으로 그렇게 불렀던 것인데, 우리는 그 말이 당장 일본 국화 벚꽃을 가리키는 말이니까 거기에 친일파라는 뜻까지 넣어 변절 정치인을 그런 의미로 해석해 부른다는 것이었다.

"그런데 이건 붉지 않고 좀 희끗희끗하네. 노새고긴가."

"냉동했다가 얇게 썰어서 그런 모양이죠, 뭐."

"니 이제 보니 많이 아네. 그 집 옛날에 노새 푸줏간 했나?"

그 말에 다들 웃었지만 나는 나를 보고 하는 말이 아닌데도 나에게 한 말을 못 들은 것처럼 시침을 떼느라 얼른 주머니를 뒤져 담배를 꺼내 물었다.

"가마이 있어 봐라. 700엔이면 이거 우리 돈으로 1만 원 넘는 거 아이가. 비싼 돈 주고 시켰으면 먹어야제. 우리가 다섯이고 이게 다섯이고, 그럼 딱 맞네. 한 앞에 하나씩."

"그래요, 먹읍시다. 우리가 안 먹어 봤던 거지 못 먹는 음식도 아니고……."

그래서 가장 용기 있는 한 사람이 먼저 젓가락을 가져 가고, 그걸 입에 넣고 우물거리며 뭐, 먹을 만하네, 하니까 또 한 사람이 나는 누가 먼저 젓가락만 대면 그게 지렁이라도 따라 대니까, 하면서 젓가락을 가져 가고…… 그러다 끝에 한 점 남은 게 접시째로 내 앞으로 오게 된 것이었다.

"야, 이수호, 그래 빼지 말고 니도 함 먹어 봐라."

"좀 있다가요……."

"먹어 봐라. 먹고 죽는 거 아니니까."

"그래, 이럴 때 먹는 거지, 언제 다시 우리가 말고기를 먹어 볼 기회가 있겠다고."

아마 공범자 의식 같은 것이었을 것이다. 얼굴에 먼저 검정을 묻히고 나면 아직 안 묻히고 망설이는 사람에게 저절로 그런 채근을 하게 되듯 모두들 한마디씩 거들고 나섰다. 나는 젓가락만 접시 위로 가져 갔다가 뺐다가 했다.

"하, 이제 보니 비위 되게 약하네. 니, 쇠고기 육회는 먹나?"

"그거야 이거하고 다르죠."

"그러면 이거라고 못 먹을 게 어디 있나. 말고기 먹으면 안 될 내력 가지고 있는 것도 아닐 테고."

"내력이 어디 있습니까? 옛날부터 소 키우던 집 소 잡고, 말 키우던 집 말 잡는 거지."

'사쿠라' 얘기를 하던 선배였다. 알고 한 말은 아닐 테지만 그 말이 무얼 알고 한 말인 것처럼 묘하게 가슴에 와 걸렸다. 남들처럼 일찍 젓가락을 가져 가지 않아 그런 소리까지 듣고 보면 언제까지 같은 채근을 받으며 접시를 앞에 두고 앉아 있을 수도 없는 일이었다. 나는 그걸 입에 대고 나면 한동안 께름칙한 기분에서 벗어나지 못할 거라는 걸 알면서도 당근을 썰어 만든 꽃잎 같은 그것을 젓가락으로 집은 다음 질끈 눈을 감고 입에 넣었다. 그리고 어금니 한 번 눌러 보지 않은 채 다른 손에 들고 있던 맥주로 그것을 삼켜 버렸다.

"잘 먹네. 하나 더 시켜 줄까?"

그때부터 나는 이제까지 마시던 맥주를 옆에 미뤄 두고 그 집을 나올 때까지 연신 맥주잔에 '사케'라는 일본 소주를 부어 마셨다. 얼마를 마셨는지 모른다. 잔이 비기도 전에 잔을 채웠고, 병이 비기 전에 다시 술을 시키곤 했다.

탈은 당장 다음날 아침에 있었다. 새벽부터 속이 쓰리며 자꾸 헛구역질이 나던 것이었다. 과음하긴 했지만 평소 경험했던 술탈과는 다른 무엇이 계속 속을 볶아대고 머리 속을 휘저어대고 있었다. 말이었다. 그날 관광 코스였던 나라(奈良) 지역이 대체 어느 나라 어느 지역에 붙어 있는 것인지 모를 정신으로 일행을 따라다녔다. 나라 공원 여기저기를 돌아다니는 사슴 떼를 볼 때에도 말 생각이 났고, 그 사슴들에게 주는 전병 모양의 사슴 과자를 볼 때에도 어제 먹은 말 사시미 생각에 속이 울렁거리고 거북했다. 약을 먹어도 다스려지지 않았다. 아마 일정이 사흘만 더 길었다면 나는 그 곳에서 병원 신세를 지고 말았을 것이다.

서울로 돌아오면 나아지겠지 했지만 돌아와서도 기분은 여전히 그랬다. 처음보다 나아지기는 했지만 수시로 그 말 사시미가 나를 괴롭혔다. 식탁에 오른 쇠고기를 볼 때에도 그랬고, 얇게 썰어 구운 돼지고기를 볼 때에도 그랬다. 고기만 보면 암만 참으려 해도 먼저 구역질이 나고, 일본에서 먹었던 말고기와 어린 시절 아부제 집에서 키우던 말 생각이 났다. 아이들이 먹는 과자를 봐도 나라 공원에서 본 사슴 과자 전병과 사슴, 그러다 또 그때 입에 댄 말고기와 말 생각으로 수시로 뱃속과 머리 속이 편하지 못했다. 그렇다고 그걸 누구에게 이야기할 수도 없는 노릇이었다. 일본에 가서 말고기를 먹어 그게 가슴에 얹히고, 앞으로도 당분간 내 의식의 한끝을 껄끄럽게 지배할 것 같다고……

말 꿈도 아마 그래서 꾸었을 것이다. 꿈을 꾸다 깼을 땐 차라리 나귀거나 노새였다면 어린 시절 늘 그걸 보고 자랐으니 충분히 그럴 수 있겠다고 생각해 다른 데까지 그걸 연결시켜 생각하지 않았을 거라고 했지만, 그건 말 꿈을 꾼 다음의 생각이지 만약 그랬다면 그 자리에서 화장실로 달려가 토악질을 했을 것이다. 내게 말이라는 건 그랬다. 일본에서 그런 일 없이 그런 꿈을 꾸었다 해도 나는 그 꿈을 좋은 꿈으로 생각하지 않았을 것이다. 어릴 때부터 말에 대해서 한 번도 나는 좋은 생각을 가져 본 적이 없었다. 그건 아부제 집에 양자로 들어가기 전부터 그랬다. 집에는 안 들어가 살고 어른들이 그냥 아부제의 양자 아들로만 정해 놨을 때에도 내 별명은 이미 '노새집 양재'였다. 집 나간 아부제를 찾아 봉평에 다녀온 다음엔 밥도 거기서 먹고 잠도 거기서 자고 학교도 거기서 다니는 '노새집 아들'이 되었다. 그때까지는 아부제라고 부르지 않았다. 당숙이라고 부르거나 아재라고 불렀다.

전화로 힘들게 거절했던 그 사보의 원고는 잠시 후 다시 쓰지 않을 수 없게 되었다. 먼저 전화를 했던 담당자가 다시 전화를 해서 잠깐만요 선생님, 우리 과장님 바꿔 드릴게요, 하고 전화를 바꾼 사람이 예전 학교 다닐 때 같은 대학의 교지 편집실에 있던 후배였다. 후배도 그냥 후배였던 것이 아니라 여름 방학 동안 '한국의 장터를 찾아서'라는 기획 기사를 취재하며 대화에서 봉평, 또 봉평에서 진부까지 〈메밀꽃 필 무렵〉 속의 무대를 함께 걸어 여행했던 친구였다. 70년대 후반의 일이었다. 그때엔 허 생원처럼 나귀를 끌고 다니는 장돌뱅이는 없었지만 젊은 날 벌어 놓은 게 없어 조 선달처럼 등짐을 지고 이 버스 저 버스 눈총받으며 옮겨 타고 다니는 나이 든 장돌뱅이들이 아직도 오일장을 찾아 다니고 있었다.

"거긴 언제 갔는데? 그 회사 있다는 얘기는 들었지만……."

"지난 연말에 이쪽 부서로 자리를 옮겼어요."

"그랬어?"

"그러니까 내가 여기 있을 때 하나 써줘야지요. 내가 일부러 형한테 전화를 걸라고 시킨 건데. 우리 전에 그렇게 다니기도 했었고. 형, 그때도 그러지 않았나? 어릴 때에도 그 길 걸어 봤다고. 나귀가 끄는 마차를 타고……."

아마 이럴 때 쓰는 말이 빼도 박도 못한다는 말일 것이다.

"임마, 그럼 애초에 니가 전화를 했어야지."

"놀라게 하려고 일부러 그랬지요. 오랜만에 전화를 하면서 원고 얘기를 하는 것도 좀 그렇고 해서……."

"바빠, 요즘. 해야 할 일도 많고."

"그래도 써요. 하루 저녁이면 할 일을 가지고. 옛날 거기 취재 떠났던 일도 생각하면서. 그리고 원고 다되면 나와서 저하고 소주도 한잔하고요. 원고 핑계삼아 술 한잔하자는 얘기니까."

그러니 무작정 거절할 수만도 없는 일이었다. 처음엔 몰라서 못 쓴다고 그랬지만, 후배의 전화까지 받으면서 더 어떻게 뻗댈 수가 없었다. 그 친구에게 꿈 얘기를 할 수도 없는 일이었고, 직접적이든 직접적이지 않든 말 얘기라면 그것과 연관되는 어떤 것도 지긋지긋하다는 말도 할 수 없었다.

그래서 그날 저녁, 말고기를 맥주로 삼키듯 하기 싫은 일 차라리 단매에 끝내고 말지 하는 생각으로 책상에 앉았다.

대관령 아래에서 태어나 대관령의 산 그림자를 보고, 대관령의 물을 먹고 자라면서도 한 번도 그 영을 넘어 보지 못한 내가 처음 그 영을 넘었던 건 중학교 1학년 여름 방학 때 봉평 우체국에 근무하는 친척 누이를 찾아서였다.

대관령 아래 면 소재지 마을까지 20리를 걸어 나가 강릉에서 올라 오는 대화행 완행 버스를 타고 먼지 풀풀 날리는 아흔아홉 굽이 고갯길을 넘어 세 시간 반 만에 장평에 도착해 거기서 다시 차를 갈아타고 한 시간 만에 가 닿은 곳이 봉평이었다. 차를 탄 건 네 시간 반 동안이었지만, 차를 타기 위해 걸어 나온 시간, 차를 기다리던 시간, 또 차를 갈아탈 때 지체했던 시간 때문에 아침 일찍 나온 걸음이었는데도 오후 늦게나 그 곳에 닿았다.

그러나 유감스럽게도 나는 그때 너무 어려서 내가 처음 큰 영을 넘어 찾아간 그 곳 봉평이 이효석의 〈메밀꽃 필 무렵〉의 실제 무대라는 것을 알지 못했다. 지금도 기억나는 건 그 곳의 늦은 장 풍경과 누이를 따라 처음 들어가 본 '남포 다방'의 풍경이다. 마침 가는 날이 장날이라 누이가 퇴근하기를 기다리는 동안 나는 그 곳 장터의 난전도 구경하고 나일론 양말과 나일론 옷들을 파는 포목전의 옷가게들도 구경하고, 장터 곳곳에 매어져 있는 장돌뱅이들의 나귀도 구경하고, 어른들의 눈을 피해 그 나귀의 왕자표 노새 자지를 툭툭 건드리며 나귀를 못살게 구는 각다귀 떼들도 구경했다. 그리고 누이가 퇴근한 다음 따라 들어가 본 남포 다방. 다방 이름이 '남포 다방'이었던 것이 아니라 내가 중학교 1학년이던 1969년 때까지 봉평도 큰 영 아래의 우리 마을과 마찬가지로 아직 전기가 들어오지 않아 장터가 있는 면 소재지의 단 하나뿐인 그 다방도 그렇게 밤이면 남폿불을 켜놓고, 작은 화덕에 숯불로 커피를 끓여 팔았던 것이다.

그러니까 나는 아직 이효석의 〈메밀꽃 필 무렵〉을 읽기도 전 그 소설의 무대를 거의 원형에 가깝게 보았던 셈이다. 작품이 씌어진 건 1936년의 일로 내가 본 것보다 30여 년 전의 일이었지만, 당시 강원도 내륙 지방의 사람살이와 도로 사정도 그렇고, 전기가 들어오지 않은 마을의 장터 풍경이란 그렇게 달라진 것이 없을 것이다. 아마 달라진 것이 있다면 숯불로 커피를 끓여 파는 다방이 들어서듯 허 생원과 조 선달이 피륙을 팔던 드팀전이 그때 막 대중화되기 시작한 나일론 양말들과 나일론 옷들을 파는 포목전으로 바뀌듯 몇 가지의 물건들이 시절에 따라 좀더 현대화된 것과, 또 생원이니 선달이니 하고 불리던 장돌뱅이들의 호칭이 허씨, 조씨 하고 불리던 것들일 것이다. 그들은 여전히 등짐이 아니면 나귀에 물건을 싣고 이 장 저 장을 떠돌아다녔다. 하루에 고작 몇 행보씩 다니는 콩나물 시루 같은 버스가 그들의 짐을 받아 줄 턱이 없었다. 장터의 음식점이나 술집 이름들도 두세 개의 중국집을 빼면 여전히 '충주집', '제천 식당'이 아니면 '진부옥', '강릉옥'들이란 간판을 반은 기와 지붕, 반은 초가 지붕 처마에 내걸고 있었다.

그러나 시작부터 나는 거짓말을 하고 있었다. 그때 봉평 우체국에 근무하는 친척 누이가 있었던 건 사실이지만 나는 그 누이를 찾아갔던 것이 아니라 몇 달째 집을 나가 있는 당숙을 찾아 봉평에 갔던 것이었다. 내 양아버지인 당숙은 그때 이미 나이가 마흔이 넘었는데도 밑에 아이가 없었다. 결혼한 지 15년이 넘는데도 당숙모가 아이를 낳지 못하는 것이었다. 유일하게 '애비'로 불리는 말이 있다면 그건 '노새 애비'라는 차라리 쌍욕보다 못한 호칭뿐이었다. 그때 당숙은 '은별'이라는 노새를 끌고 있었다. 붉은 기운이 도는 갈색 몸통에 정수리 한가운데만 별처럼 흰 털이 난 노새였다.

어른들 사이에 내가 작은집의 양자로 정해진 건 초등학교 4학년 때의 일이었다. 우리 집엔 아들 형제가 많았고, 그때 당숙모는 몸의 다른 곳이 아파 병원에 입원했다가 처음부터 아이를 낳을 수 없는 몸이라는 말을 들었다고 했다. 아파서 그런 게 아니구 애초 둘치라는구만. 당숙모가 없는 앞에서 어른들은 그렇게 말했다. 그래서 나는 둘치라는 말이 짐승에게 쓰는 말이 아니라 당숙모 같은 사람들에게 쓰는 말인 줄 알았다. 아마 어른들이 나를 일찍 작은 집 양자로 정했던 건 이제 앞으로도 당숙모가 아이를 낳을 수 없게 된 것을 알아서라기보다는 그때 당숙과 당숙모의 실의를 나의 양자로 메워 주려는 배려 때문이 아니었나 싶다. 그것은 또한 내 문제기도 한데 모든 일이 나 모르게 이루어진 것이었다. 나한테 묻지도 않았고, 얘기해 주지도 않았다. 할아버지와 작은할아버지를 포함해 그냥 어른들이 일방적으로 그렇게 정한 것이었다. 나는 마을 사람들이 나를 '노새집 양재'라고 할 때야 비로소 어른들이 그 일 때문에 늘 사랑에 모였었구나 하는 것을 알았다. 작은집으로 가는 양자니까 큰아들이 갈 수는 없고, 나머지 세 아들 가운데 하나를 지목하라니까 작은할아버지와 당숙이 셋째 아들인 나를 지목했다는 것이었다.

"그럼 작은형을 보내지 왜 날 보내?"

당숙의 양자로 정해진 걸 알고 내가 처음 어머니에게 따진 말은 그것이었다.

"작은집에서 널 들이겠단다. 아버지 어머이가 너를 보내는 게 아니라 누구를 들이겠느냐니까."

나를 달래기 위한 말이 아니라 실제로도 그랬을 것이다. 그때 작은형은 중학교 3학년이어서 집안에 무슨 일이 있는지 말하지 않아도 알았을 테고, 노새를 끄는 작은집(아니, 노새를 끌지 않더라도)에 자기는 죽어도 양자를 가지 않을 거라고 분명하게 말했을 것이다. 그리고 그런 것들을 짐작하고 있는 작은집에서도 일을 껄끄럽게 처리하는 것보다는 부드럽게 처리하자는 뜻에서 아직 무얼 모를 것 같은 나를 지목했을 것이다. 또 나를 낳고 나서 그 사

이에 여동생 낳은 다음 낳은 막내는 아직 젖먹이나 다를 게 없어
작은할아버지나 당숙이 보기에도 어느 세월에 절 받고 잔 받을까
싶었을 것이다.

"나는 양재 안 가."

"누가 지금 가서 살라나? 나중에 작은집 제사만 맡으면 되지."

"그래도 안 가."

그러나 그게 어디 내 마음대로 될 일이던가. 그 해 가을 덜컥 작
은할아버지가 세상을 뜨자 나는 단박 새로 지어 입힌 베옷을 입고
불려 나가 어린 상제 노릇을 해야 했다. 게다가 탈상 전 1년 동안
보름과 삭망 아침마다 작은집에 불려가 작은할아버지 궤연에 당
숙과 함께 잔을 올리고 절을 하고 와야 했다. 그러면서도 나는 말
끝마다 '양재 안 가'를 입에 달고 살았다. 그냥 양자도 싫고 서러
웠지만 '노새집 양재'는 더 더욱 싫고 부끄러웠다.

"나 양재 안 가니까 도로 물려."

작은집에 불려 내려갔다 오는 날마다 나는 어머니에게 떼를 썼
다.

"니가 몰라서 그렇지 작은집 살림이 어디 적은 살림인 줄 아나?
어여 그러고 가만 있으면 나중에 그게 다 니 것이 되는데."

"나 그런 거 안 가질 거니까 도로 물려 오란 말이야. 노새집 양
재 안 할 거니까."

"말은 뭐 아무나 끌고 아무나 부리는 줄 아나? 다 있고 부지런
하니 그러지."

"그럼 소로 끌면 되잖아."

내가 참을 수 없는 게 그것이었다. 마을에 우차를 끄는 종기 아

버지조차 노새를 부리는 당숙을 노새, 노새, 하고 부르며 은근히 깔보고 우습게 아는 것이었다. 그러니 다른 사람들은 오죽했겠는가. 농사만 지어도 될 일을 당숙은 농사 일은 거의 작은할아버지와 당숙모에게 맡기고 아침마다 노새를 끌고 시내(강릉)로 나갔었다. 작은할아버지가 돌아가신 다음에도 그런 출입은 여전해, 시내로 나가 벽돌을 실어 나르거나 국유림 쪽으로 들어가 산판장의 나무를 실어 날랐다. 원래 천성이 부지런하긴 해도 작은집의 살림이 그렇게 불어난 것도 당숙이 말을 부려서라고 했다.

그런 당숙이 완전히 집 밖으로 돌기 시작한 건 내가 초등학교 6학년 때부터의 일이었다. 밖에 일을 나가도 밤이면 꼬박꼬박 집으로 돌아오던 당숙이 어떤 때는 닷새고 열흘씩 집으로 돌아오지 않았다.

"거 봐라. 니가 그러니까 더 집 밖으로 돌잖는가."

어른들은 내가 정을 붙여 주지 않아 그런다고 했지만 그러거나 말거나 내가 상관할 일이 아니었다. 아니, 더 그렇게 해주길 바랐다. 나는 여전히 '양재 안 가'를 입에 달고 살았고, 어떤 때는 아버지와 어머니, 당숙과 당숙모가 함께 있는 자리에서도 서슴없이 그 말을 해 갑자기 분위기를 낯설게 만들어 놓기도 했다. 아버지 어머니가 아닌 다른 사람의 아들이 되는 것도 싫었지만 남들이 까닭 없이 깔보고 우습게 아는 노새집의 '노새 애비' 아들이 되는 게 싫었다. 나는 다른 아이들과 함께 길을 가다가 마차를 끌고 가는 당숙을 만났을 때 노새가 왕자표 통고무신 같은 자지를 배 밖으로 덜렁대고 있으면 내가 다른 아이들 앞에 옷을 벗고 그렇게 서 있는 것처럼 부끄러웠다. 동네 계집아이들이 그 옆을 지나기라도 하면 그만 학교에 다닐 마음조차 싹 가시고 마는 것이었다. 그래서 저만치서 노새가 보이면 늘 내가 먼저 그 자리를 피하곤 했다.

어른들은 내가 크면 낫겠지 했겠지만, 다음해 중학교에 들어간 다음 나는 노새를 끄는 당숙을 더욱 견딜 수 없어 했다. 중학교 때부터는 가르치는 데 큰돈이 든다 해서 교복도 작은집에서 지어 주었고, 학비도 작은집에서 가져오는 돈을 어머니가 내게 주었다. 어머니는 내게 그걸 늘 고마워하라고 말했지만 나는 그런 말부터가 싫었다.

"애초 그런 일 없었으면 집에서 줄 거 아니에요?"

"그래도 그러는 게 아니다."

"암만 그래도 난 양재 안 간다니까."

"누가 지금 가라더냐?"

"나중에도 안 간다구요. 누가 가는가 봐라 정말……."

그게 아버지 어머니에 대해서도, 그리고 작은집에 대해서도 나의 유일한 유세였다. 당숙은 일을 하러 나가고 들어오는 길에 나를 만나면 늘 마차에 나를 태우고 싶어했지만, 나는 한 번도 마차에 타지 않았다. 함께 학교로 가고 함께 집으로 오던 다른 아이들은 당숙의 마차를 만나면 즈들이 먼저 태워 달라거나 그런 말도 없이 달려와 가방부터 먼저 그 위에 던지고 냉큼 올라타곤 했지만, 나는 당숙의 마차가 아니더라도 마차만 보면 그 자리를 피하거나 그럴 틈이 없으면 고개를 팍 꺾고 내가 먼저 싫다는 뜻을 분명히 하곤 했다.

"남들도 타는 걸 왜 니는 안 타나?"

그런 말을 하는 사람은 늘 어머니였다. 당숙은 그런 말조차 하지 않았다. 내가 싫다면 억지로 뺏어 실었던 가방을 도로 내주며 그럼 천천히 걸어오라고 했다. 당숙도 내가 노새를 끔찍이 싫어하는 걸 알았다. 아니, 노새를 끄는 당숙을 싫어하는 걸 알고 있었다.

　"몰라서 물어요? 남들은 남이니까 타지. 나도 남이면 타고 댕긴다구요."

　"그래도 그러는 게 아니다."

　"아니면 지금이래도 작은형을 양재 보내면 되잖아."

　그러다 결정적으로 나빴던 건 어느 토요일 오후, 하교길에서의 일이었다. 남대천에서 모래를 퍼 실어 나르다 길 옆 버드나무 그늘 아래 마차를 세우고 다른 마부들과 함께 담배를 피우며 땀을 들이던 당숙이 같은 반의 다른 동무들과 함께 둑 길을 걸어오는 나를 보았던 것이었다. 내가 고개를 팍 꺾고 가면 그런 내 모습이 마음에 언짢더라도 못 본 척해야 되는데 그날은 웬일인지 그 자리에서 당숙이 나를 붙잡았다. 어쩌면 다른 마부들 앞에서 뭔가 낯을 내고 싶었던 것인지도 모른다.

　"학교 마치고 오나?"

　"야."

　나는 친구들 앞에 쥐구멍이라도 들어가고 싶은 마음이었다.

　"점심은 먹은?"

　"토요일이잖아요."

　"가마이 있어 봐라. 그래도 뭘 먹고 가야제. 안 봤다면 몰라두……."

그러면서 당숙은 품에서 빳빳한 100원짜리 한 장을 꺼내 주었다. 나는 고맙다는 생각보다는 그 자리에서 얼른 벗어날 생각으로 돈을 받았다.

"어이, 은별이, 갸는 누구야?"

당숙보다는 대여섯 살쯤은 아래로 보이는 다른 마부가 당숙에게 물었다. 당숙말고는 대부분 말만 끄는 사람들이었다. 그들은 서로의 호칭도 얼룩이, 점박이, 하는 식으로 노새의 이름으로 불렀다. 훗날 어이, 몇 호, 몇 호, 하고 자동차 끝 번호 두 자리를 이름 대신으로 부르던 택시 회사 사람들을 본 적이 있지만, 사람 이름을 은별이, 점박이, 하고 노새 이름으로 부르던 것도 내게는 낯선 일이었다.

"장래 우리 집 대주시다."

"대주라니?"

"우리 맏상주라구."

당숙은 보란 듯이 내 모자를 바로 씌워 주면서 말했다.

"뭐야, 그렇게 큰 아들이 있었단 말이아?"

아들 소리를 듣자마자 갑자기 눈앞이 아득해져 오는 느낌에 나는 손에 들고 있던 돈을 당숙에게 도로 내밀었다. 대주니, 맏상주니 하는 말을 할 때만 해도 얼른 그 자리를 벗어나야겠다는 생각만 했는데 이제 동무들 앞에서 노새를 끄는 마부의 아들 소리까지 나온 것이었다. 아이들은 이제 대번에 그 사람 느 아버지나, 하고 물을 것이었다.

"뭘 사 먹고 가라니까."

"싫어요. 나 이제 아재 양재 안 해요!"

나는 기어이 그 돈을 당숙 앞에 던지고 넘다 가방을 옆구리에 끼고 뛰었다. 뒤에 다른 마부들 앞에 당숙이 어떤 얼굴이 되었을까는 생각할 틈도 없었다. 당장 동무들 앞에 내 얼굴이 문제였다. 정말 그것만은 감추고 싶었고, 감추어 왔던 일이었다. 나는 동무들에게 먼 친척 아저씨인데 아들이 없으니까 분수를 모르고 나한테 찝쩍거리는 거라고 말했다. 그러니 우리 동네 애들한테도 물어보라고. 내가 어느 집에 누구하고 살고 우리 아버지가 말을 끄는 사람인지 아닌지…….

아마 그 일이 있고 나서였을 것이다. 처음엔 밤마다 술에 취해 마차를 끌고 들어오던 당숙이 어느 날 집을 나간 다음 한 달이 되고, 두 달이 되고 방학의 반이 지나 석 달이 되도록 집에 들어오지 않는 것이었다. 처음엔 집안 어른들도 무슨 일인가 몰랐다가 당숙모가 당숙이 떠나기 전의 일들을 얘기해 모두 그 일을 알게 되었다.

"집 나가기 전에 술을 잔뜩 먹고 와 이런 말을 하잖우. 어디 가서 여자를 사서라도 애 하나를 낳아 와야겠다구. 그러면서 또 나한테 그러잖우. 내가 오죽하면 아 못 낳는 자네 가슴에 못질을 하고 있겠느냐구, 그러면서 대구 울구……."

아버지가 남대천 제방으로 나가 전에 함께 일하던 마부들에게 수소문을 하자 당숙은 봉평 어디의 산판장에 가 있다고 했다. 거기서 다른 살림을 차렸을 거라는 얘기도 있었고, 살림까지는 차리지 않았지만 좋아 지내는 술집 여자가 있는 것 같더라는 얘기도 있었다. 당숙모는 날마다 우리 집으로 올라와 아버지에게 당숙을 찾아 데리고 올 수 없겠느냐고 말했다. 당숙이 오지 않거나 거기서 다른 여자와 살림을 차리고 앉은 거라면 이녁이 여기 있을 게 뭐가 있겠느냐며 올라올 때마다 눈이 붓도록 울고 내려갔다.

"거 봐라. 저 귀해 주는 어른 가슴에 못이나 지르고……."

일이 그렇게 되자 아버지와 어머니는 내가 양자로 아직 들어가 사는 것도 아니고 족보에 그렇게 올린 것도 아니니 늦게라도 셋째 양자에서 둘째 양자로 바꾸는 이야기까지 했지만, 그리고 이제 고 등학교 졸업반인 작은형도 어른들이 정 그렇게 정하면 자신도 어른들의 말에 따르겠다고 했지만 그건 당숙모가 안 된다고 했다.

"지가 우리를 싫다 해두 그간 그 양반하고 내가 시째한테 붙이 구 들인 정이 얼만디요. 지두 그거 크면 어련히 알 거구…… 그러 구 아버님 상세나셨을 때 어린 지가 와서 장삿닐 다했는데…… 어 린 게 달마다 오르내리며 보름 삭망 다 챙기구…… 아버님두 그래 알고 돌아가신 다음 절 받구 했는기…… 그간 정리를 생각해서두 난 시째 못 내놔요. 안 내놓는다구요."

"봐라. 니를 어떻게 생각하는지."

아버지는 아버지가 올라가 데리고 올 일이 아니라고 했다. 아버 지가 가면 억지로라도 따라 내려오긴 하겠지만 이내 또 집 밖으로 돌 거라고 했다. 그러면 나라는 얘기였다. 그간 지은 죄도 있고, 또 그때쯤 나도 가슴에 풀어지는 무엇이 있었다. 예전 중학교 다 닐 때만 해도 노새집 양자는 죽어도 안 가겠던 둘째 형이 이제 는 어른들이 시키면 시키는 대로 하겠다고 말하는 것을 듣자 어제 까지 가졌던 노새집 양자에 대한 부끄러움과 서러움도 많이 녹아 내리던 것이었다.

"올라가거든 거기 우체국에 가서 경금집 영자를 찾아라. 그리고 당숙을 찾는 거야. 수소문을 해 찾더라도 사람 찾는 것보다 짐승을 찾는 게 더 빠를 테구. 한 파수래도 좋고 두 파수래도 좋고 찾아서 니가 잘못했다구 말하구 모시구 오너라. 그러잖으믄 또 올라갈 테니까."

"살림하고 있으면요?"

철도 없이 그 말을 나는 당숙모까지 있는 자리에서 물었다.

"그런 일 없을 거다만 그런다 해도 널 보면 마음이 달라질 거다. 그간 니한테 들이고 쏟은 정이 얼만데. 이번에 올라간 것도 달리해 올라간 게 아니라 니한테 노여워서 올라간 거니까."

다음날 아침 면 소재지까지는 당숙모가 데려다 주었다. 나는 교복을 입고 가기 싫었지만 어른들은 교복을 입고 가는 게 모양도 반듯하다고 했다. 얼마를 묵을지 몰라 따로 몇 가지 옷들도 챙겨 갔다.

"꼭 니가 데리고 내려와야 한다."

"야."

"니가 가자면 올 거다."

"야."

"내려오면 내 인자 그 놈의 짐승 없애라고 할 거니까."

"……."

당숙모는 찐 계란 몇 개를 가방에 넣어 주고, 집에서 차비를 받아 왔는데도 100원짜리 돈을 세지도 않고 열 닢도 넘게 주머니에 넣어 주었다. 차를 두 번 갈아타도 봉평까지의 학생 차비가 완행 버스로는 100원도 되지 않을 때였다.

"경금집 영자한테 신세 질 것도 없이 때 되면 혼자서라도 든든히 사 먹어라. 잠이야 한데서 잘 수 없으니 얻어 자더라도."

"집이나 잘 설어(청소해) 놔요. 안 쓰더라도 내 방도 하나 내놓고."

어른들이 가르쳐 준 것말고도 나는 나대로 이 기회에 요량하고 다짐하고 있는 게 있었다.

봉평에 가서는 위에 적은 것 그대로였다. 우선 우체국에 들러 영자 누나를 찾았고, 혹시 이곳에서 우리 당숙을 보았느냐고 물었다.

"보기는 봤는데……."

봤어도 아는 체는 하지 않은 듯했다. 양자로 들어간 내가 길에서 마주쳐도 그랬는데, 암만 친척이라도 그렇지 영자 누나도 스무 살도 넘게 먹은 처녀가 객지에 나와 남들 보는 앞에서 말을 끄는 당숙을 아는 체하기가 쉽지 않았을 것이다.

"어디 잘 가는지는 모르나?"

"저쪽 장터에 가끔 보이는 것 같던데. 가방은 나 주고 거기 가서 물어 봐라. 진부옥이나 강릉옥이나. 그리고 이따가 이리로 와. 여기 와서 없으면 내가 저기 다방에 있을 테니까."

"내가 다방에 어떻게 들어가나? 중학생이."

"괜찮다, 여기는. 그냥 들어오는 게 아니라 나를 찾아오는 거니까."

"우리 아재를 찾으면 아재하고 같이 와도 되나?"

"그래. 니하고 같이 있으면."

"그런데 참 우리 아재 여기서 살림한다는 얘기는 못 들었나?"

"살림이라니?"

"방 얻어서 딴 여자하고 산다는 얘기는 못 들었느냐고."

"야, 수호야."

"왜?"

"넌 어린 게 그런 말도 할 줄 아나?"

"그 말이 왜?"

"니가 그런 말을 하니 이상해서 그런다."

"이상하긴, 몰라서 묻는 건데."

나는 우선 장터와 장터 뒷길을 다니며 당숙의 노새가 있는지를 살폈다. 장터라고 해봤자 시골 너른 집 마당보다 조금 더 큰 정도여서 이쪽 저쪽 뒷길까지 살피는 데도 10분이 안 걸렸다. 장꾼들의 노새가 몇 마리 보이긴 했지만 정수리에 흰 털이 난 노새는 보이지 않았다. 그래도 혹시 살림하는 집이 따로 있고, 거기에 노새가 매어져 있는 게 아닌가 싶어 마을 부근의 집들을 하나하나 다시 둘러보았지만 장터 주변말고는 노새 비슷한 것도 보이지 않았다. 천상 장터 거리의 술집이며 밥집에 들어가 물어 볼 수밖에 없었다. 나는 때보다 일찍 강릉옥에 들어가 강릉에서 올라온 마부 이씨를 찾는다고 했다. 당숙의 얼굴 모습과 노새의 특징을 함께 말했다.

"그 사람은 왜 찾는데?"

찾아도 바로 찾아 들어온 셈이었다. 마흔쯤 되어 보이는 주인 아주머니가 칼질을 멈추고 물었다.

"우리 아버집니다."

"콧날이 우뚝하고, 여기 귓불 아래 어금니 자리에 팥알만한 점이 있는 양반 말이제?"

"예."

"노새도 은별인지 뭔지는 몰라도 장배기에 허연 털이 나 있는 게 맞고……."

"예."

"그 사람이 맞나는 모르겠다만 아들이 없어 그래 댕긴다고 하던데."

"그러면 맞아요."

"참 이상네. 아들이 없다는 게 맞다면서 또 아버지라는 얘기는 무슨 얘긴데 시방?"

"지금 어디 있는지 아나요?"

"맞는지 아닌지는 모르겠다만 그 사람들 홍정산에 산판 들어갔는데 낼 모레나 돼야 나올 거르. 낼 모레가 한 파수 간조날이니까."

"그럼 낼 모레 여기로 오나요?"

"여기로 오든 어디로 오든 이곳으론 나올 기구만. 그래 하루 지내곤 또 이것저것 준비해 들어가구……."

나는 영자 누나를 만나러 가기 전 그 곳에서 이른 저녁으로 밥을 먼저 시키고 나서 소머리국 한 그릇을 나중에 시켰다. 영자 누나를 놔두고 혼자 밥을 먹은 건 잠은 거기서 얻어 자더라도 아침 저녁으로 먹는 것까지 신세를 져선 안 된다는 어른들의 말도 있었지만 우선은 주인 아주머니가 당숙 소식을 알려 준 게 반갑고 고마워서였다. 밥을 먹으며 몇 가지 더 물어 볼 말도 있었다. 그리고 밥을 먼저 시키고 소머리국을 따로 나중에 시킨 건 떠나올 때 아버지가 혹 국밥이 먹고 싶거든 그냥 국밥을 시키지 말고 그렇게 하라고 가르쳐 준 때문이었다. 장터 밥집들은 그냥 국밥을 시키면 먼저 먹던 손님들이 먹다 남긴 밥을 국에 말아 내오니 밥 따로 국 따로 시키라는 것이었다.

"강릉 큰 데서 학교를 다녀 본 게 있어서 그렇나, 여게 아들 같지 않고 참 똑똑타. 혼자 아버지를 찾아와 이래 밥도 시켜 먹고."

사기 사발 가득 국을 내오며 아주머니가 말했다. 나는 그 말을 내가 밥 따로 국 따로 시켜서 하는 말일 거라고 생각했다.

"니 중학교 몇 학년이나?"

"1학년요."

"그 양반이 정말 아버지가 맞나?"

"예."

"의젓하구만⋯⋯ 오늘 내려가지는 않을 테고 잘 데는 있나?"

"예."

"어디서 자는데?"

"정해 놨어요."

영자 누나 이야기는 하지 않았다. 영자 누나 이야기를 하면 이 사람들도 여기에 와 말을 끄는 당숙이 영자 누나의 가까운 친척이라는 걸 알게 될 것이었다.

"말을 끌어도 다른 사람들과 좀 다르다 했더니 아들을 보니⋯⋯."

"그런데 내일 모레 언제쯤 오시나요?"

"아마 저녁때 올 거르. 거의 어두워서."

그때 출입문이 열리고 주인 아주머니보다 조금 더 나이 들어 보이는 아주머니가 안으로 들어왔다.

"야는 누군데?"

어린 게 혼자 시골 밥집에 앉아 있으니 별일로 보이는 모양이었다.

"거 왜 홍정산에 산판 들어가서 그 아래 버덩말 차 다니는 데까지 나무 끌어내리는 말 패들 있잖은가?"

"말 패가 왜?"

"그 말 패 중에 강릉서 올라온 이씨 아들이래. 거 왜 코가 우뚝하고 눈이 서글서글한 이……."

"아들이라고?"

"그렇다니까."

"아이구야, 그이 말로는 의지가지없어 그래 댕긴다더니…… 진부옥 그 치는 무슨 일이래?"

주인 여자가 찔끔 눈치를 주었다. 나는 못 본 체하고 숟가락으로 묵묵히 밥을 퍼 올렸다. 한 가지는 분명하게 안 셈이었다. 그리고 그간 당숙한테나 당숙모한테 내가 지은 죄 또한 분명하게 안 셈이었다. 나는 오히려 그들이 내게 더 많은 것을 물을까 봐 밥값을 계산하고 밖으로 나왔다.

다음날 그 곳에서 30리 떨어진 곳에 있다는 홍정산까지 당숙을 찾아 들어갈까 하다 그만두었다. 아무래도 이곳에서 보는 게 좋을 것 같았다. 일부러 진부옥엔 들어가지 않았다. 그런데도 내가 강릉옥에서 점심을 먹을 때 그 곳에서 일하는 나이 든 아주머니가 내 눈치를 살피며 아닌 척하고 밖으로 나갔다가 잠시 후 들어올 땐 다른 여자와 함께 들어와 밥을 먹는 나를 살폈다. 나는 직감적으로 진부옥 그 치라고 생각했다. 밥 먹는 일이 어떻게 하면 의젓하게 보일까마는 그래도 나는 의젓한 모습을 보여야겠다는 생각에 혹시 밥알이라도 흘리지 않을까 싶어 순가락으로 밥을 꾹꾹 눌러 가며 그것을 떠먹었다. 따라 들어온 여자도 나이는 마흔쯤 되어 보이는데 인물로 봐선 거기 주인 같지는 않고 허드렛일을 하는 여자 같았다. 나는 그 여자가 내게 무어라고 묻거나 말을 시키면 어떻게 해야 하나 잔뜩 긴장하고 있었지만, 두 사람 다 일부러 다가와 그러지는 않았다. 한편으로는 느긋한 마음도 생겨 나는 별로 먹고 싶지 않은 물까지 한 그릇 더 달래서 먹고 영자 누나가 얻어 있는 방으로 돌아와 오후 동안은 거기에 꼼짝도 않고 있었다. 내일 산에서 당숙이 내려오면 어떻게 해야 하는지 그것만 곰곰이 궁리를 했다.

그런데 오후 늦게 영자 누나가 들어와 지금 진부옥에 가보라고 했다.

"거기 느 아재 와 있다. 진부옥에서 나를 찾아왔더라. 닐 데리고 오라고."

"강릉옥이 아니고?"

"진부옥이다."

나는 가방을 챙겨 일어났다. 영자 누나도 함께 가고 싶은 마음이 없는 듯했고, 나도 영자 누나와 함께 거길 가고 싶지 않았다.

"아재가 왔으면 바로 가야 할 것 같다. 가서 편지할게, 누나……."

"우리 집에도 내가 잘 있다고 말해 주고……."

"고맙다, 재워 주고 오늘 아침도 해주고……."

"니는 쬐끄만 게 별말을 다한다. 어제부터…… 그리고 이건 우리 엄마 좀 갖다 드려라. 추석 전에 내가 내려간다고 얘기도 해주고."

"알았다."

나는 영자 누나가 주는 돈을 받아 주머니에 넣고 밖으로 나왔다. 강릉옥이면 편한데…… 그런 마음으로 진부옥 문을 열고 들어서자 방안에 당숙이 앉아 있었다. 시커멓게 수염까지 길러 행색이 산사람이나 다를 게 없었다. 나로서는 남대천 제방 둑에서 보고 석 달 만에 보는 얼굴이었다. 당숙은 방에 앉아 있고, 낮에 강릉옥으로 나를 구경 왔던 여자는 부엌 쪽에 있었다.

"왔네요, 아드님이……."

당숙도 나를 보고 있는데 부엌 쪽의 여자가 말했다.

"언제 완?"

당숙이 방에서 일어서며 말했다.

"아부제……."

나는 신발을 벗고 방으로 들어서며 말했다. 강릉에서 올라올 때부터 내내 입 속으로 되뇌며 연습한 말이었다. 아버지가 있으니 아버지라고 부를 수는 없고, 그러면서도 아버지라는 뜻을 불러야 하고. 이젠 당숙을 그렇게 불러야 하고 그렇게 불러야 할 때가 왔다고 생각했다. 아부제가 놀라는 얼굴로 나를 바라보았다.

"아부제……."

"……."

"지가 잘못했어요."

"언, 언제 완?"

"어제요. 어머이가 아부제 모시고 오라고 해서요."

"······밥은 먹은?"

"야. 내일 온다더니요?"

"여게서 들어오는 사람 편에 니가 왔다는 얘기를 들었잔."

"진지는 드셨어요?"

"거게서 먹기는 해두 니가 뭘 안 먹었음 같이 먹을라구······."

"말은요?"

"뒤껻에 매놨는기 이젠 그것두 힘을 못 써서······."

"아부제······."

"······."

"가요, 집에······."

"오냐, 가야제. 니가 왔다 해서 다 챙겨 내려왔는기. 집은 다 펜한?"

"야."

"느 숙모도?"

"야."

아부제는 나는 빈 몸으로 오고 아부제는 말을 가져왔으니 나는 차를 타고 내려가고 아부제는 내일 산에서 간조 패들이 내려오면 돈을 마저 받은 다음 말을 끌고 내려오겠다고 했지만, 나는 나도 아부제하고 함께 내려가겠다고 했다. 가방까지 들고 나왔는데도 그날 하루 더 영자 누나 방에서 잠을 잤다. 아부제는 어디서 잠을 잤는지 모른다. 다음날 영자 누나가 출근한 다음 아부제가 말하던 대로 열시쯤 진부옥으로 다시 갔을 때 아부제는 이발을 하고 면도를 한 얼굴로 멀끔하게 앉아 있었다. 부엌 쪽을 살펴도 그 여자는 보이지 않았다.

"니 나하구 대화 가지 않으렌?"

"거긴 어딘데요?"

"차를 타믄 된다. 거긴 여기보다 큰 점방들이 많으니 니 뭐 사구 싶은 것두 사구……."

그날 아부제는 내게 시계를 사주었다. 내가 고른 것보다 아부제 마음에 드는 게 더 비쌌는데 비싼 그것을 사주었다. 큰형은 시계가 있어도 고등학교 3학년인 작은형은 아직 시계가 없었다. 라디오를 틀면 매시간마다 아홉시를 알려 드립니다, 열시를 알려 드립니다, 하는 오리엔트 야광 손목시계였다. 그 외에도 내 옷과 숙모 옷 몇 가지를 더 사고, 할아버지와 아버지 어머니의 옷가지도 샀다. 그리고 거기서 먹는 점심은 내가 내 식대로 아부제 것과 내 것을 시켜 먹었다. 아부제한테 내가 컸다는 것을 보여 주고 싶었다.

봉평으로 돌아오니 해가 저물고 있었다. 아부제는 진부옥에서 돈만 받으면 떠날 준비를 하고 홍정산 간조 패들이 오기를 기다렸다. 그 사람들은 우리가 저녁을 먹은 다음에 내려왔다.

"야, 느들 장래 우리 집 대주 봐라. 우리 아들 얼굴 얼마나 훤한가 한번 보란 말이다. 느 아들들이면 이만한 나이에 혼자 애비 찾아 여게 오겠나?"

아부제는 그들로부터 받아야 할 돈을 받은 다음 길을 떠나기 전 몇 잔 술을 마시며 연신 내 자랑을 했다. 어제까지는 내가 아부제라고 불러도 그 말을 드러내 놓고 좋아하지 못하고 서먹해 하더니 이젠 마음껏 그 말을 좋아했다.

"언제는 정 붙일 아들이 없어 돌아다닌다더니?"

"아들이 없기는, 내가 노새나? 아들이 없게. 애비 산에 가서 안

온다고 이렇게 여게까지 데리러 오는 아들이 있는데. 자, 이제 나는 아들하구 떠나네. 해져서 선선할 때 떠나야지, 짐승을 끌구 가는 기…….”

진부옥을 나온 다음 아부제와 나는 밤길을 걸었다. 아니 걷지 않고 마차 앞자리에 타고 밤늦도록 이목정까지 나왔다. 달이 없어도 별이 좋은 밤이었다. 아부제의 입에서 풍기는 술 냄새가 조금도 싫지 않았다. 노새는 연신 딸랑딸랑 방울을 울리고, 길 옆은 온통 옥수수밭이거나 감자밭, 올갈이 무와 배추를 뽑은 다음 씨를 뿌린 메밀밭이었다. 꽃 향기도 좋고 저녁 바람도 시원했다.

“수호야.”

“야.”

“니가 날 데리러 완?”

“야, 아부제.”

“니가 날 데리러 여게까지 완?”

“야, 아부제.”

“수호야.”

“야.”

“니가 날 데리러 이 먼 데까지 완?”

“야. 아부제.”

“니가…… 니가…… 나를 애비라구 데리러 완?”

“야, 아부제.”

돌아오는 길 내내 아부제는 그 말을 묻고 또 물었다. 나는 새로 찬 야광 시계를 보며 10분이나 20분 간격마다 지금 몇 시 몇 분이다, 를 말했다. 자정 통행 금지 시간이 다되어 이목정 말먹이집에 닿았다.

다음날 아침부터 걸은 길도 그랬다. 끓인 여물을 가마니에 받아 실고 노새가 맥을 못 추는 한낮만 잠시 그늘에 피했다가 저녁 늦 게야 대관령에 닿았다.

"자지 않고 떠나면 새벽이면 닿는다."

"아부제."

"어."

"그러면 그냥 가요."

"그라이자. 우리 맏상주 시키는 대로. 영 내려가다 중간 반정 (半頂)집에 가서 뭐 좀 달래서 먹구."

그리고 또 밤길을 걸었다. 아부제는 마차에 올라타기도 하고, 내리막 언덕이 심한 곳에서는 마차에서 내려 말의 고삐를 잡기도 했다. 그때면 나도 따라 내렸다. 아부제가 그냥 타고 있으라고 해 도 그랬다. 그러면서 아부제와 나는 또 얼마나 많은 이야기를 하 면서 그 영을 넘어왔던가.

"아부제."

"어."

"뭐 하나 물어 봐도 돼요?"

"그러믄. 누가 묻는 말이라구."

"아부제가 진부옥 아주머이를 좋아했어요?"

"그래 보이더나?"

"야."

"아니다. 내가 좋아한 게 아니구 그 쪽에서 그랜 거지. 내가 이 래 다 큰 아들이 있는데 아들이 없는 줄 알구. 그러니 니두 내려가

숙모한테 그런 말하믄 안 된다."

"야."

"그러믄 나두 니한테 뭐 물어 봐두 되겐?"

"야."

"니 아버지 어머이가 이렇게 해서 날 데리구 오라구 시키든?"

"데리고 오라고 시키긴 했는데, 이렇게 데리고 오라고 시키지는 않았어요."

"날 아부제라고 부르라구 시킨 것두 아니구?"

"야."

"그럼 니가 니 마음으루다 부른 말인?"

"야. 아부제."

"그러믄 하나 더 물어두 되겐?"

"야."

"니 내가 말 끄는 게 싫은?"

"……."

그 말만은 대답하지 못했다. 아부제도 그 말을 두 번 묻지 않았다.

"아부제."

"어."

"나 내려가면 이제 아부제 집에 가서 살려구 해요."

"우리 집에?"

"야."

"어른들이 그렇게 하라구 시키든?"

"아뇨. 지 마음으로요."

"니 마음으로?"

"야. 그래서 올라올 때 하생골 어머이한테 내 방 하나 치워 놓으라고 했어요."

"수호야."

"야."

"아부제는 고맙다. 무슨 말인 줄 알제?"

"야."

"그래, 내려가믄 나두 이 짐승 치우지 뭐. 니 싫어하는 걸 계속할 게 뭐 있겐."

"……"

"허, 이 눔이 말귀 알아듣나. 절 치운다니까 대가리를 흔드게."

"안 치워도 나 아부제 집에 가 살아요……."

"그래, 치우지 뭐. 치울 거야. 이제 이거 힘두 제대루 못써 사람 망신시키는 거. 늙어서 고집두 늘구……."

그날 아부제와 나는 온 하늘과 온 산이 붉게 동틀 무렵 하생골 집에 닿았다.

그러나 그날 밤길에도 그랬고, 먼저 살던 집에서 아부제 집으로 살림을 옮기듯 책상과 책가방, 입던 옷가지들과 내가 쓰던 물건들을 옮겨 온 후에도 끝내 말과는, 그리고 아부제가 그것을 끄는 것과는 화해가 되지 않았다. 예전보다 덜 부끄럽다고 해도 그랬다. 그때 나는 중학교 1학년이었고, 동네에서 아이들과 싸우다가도 '노새집 양재 새끼'라는 말을 들으면 그 말을 이 세상에서 가장 심한 욕으로 느끼던 열세 살의 소년이었다.

그 말은 내가 중학교 3학년일 때까지 집에 있었다. 내가 저를

핍박하고 서러움 줄 때 그는 이미 늙어 있었다. 그가 죽던 마지막 모습도 그랬다. 말굽을 박았는데도 공사장에서 벽돌을 내릴 때 땅에서 바로 선 대못을 밟아 오른쪽 앞다리부터 못쓰게 되더니 한 해 겨울을 한 쪽 다리를 늘 구부린 채 서서 앓다가 어느 날 배를 땅에 대고 만 것이었다. 알리지 않았는데도 어떻게 알고 시내의 마부들이 마차를 끌고 와 죽은 그를 싣고 내려갔다. 아부제는 따라가지 않았다. 마부들이 그럼 저녁때 고기라도 보낼까, 하고 묻자 아부제는 그러지 말라고 했다. 작은할아버지가 돌아가신 이후 그날 처음으로 나는 남몰래 감추는 아부제의 눈물을 보았다. 한 지붕 아래에서 사는 동안 그는 내게 참으로 많은 설움과 눈총과 미움을 받았다. 내가 누리는 모든 것이 그의 등에서 나왔는데도 그랬다. 아마 그가 죽어 정말 하늘의 은별이 되었다 해도 나는 앞으로도 말에 대해 자유롭지 못하고, 그에 대해 자유롭지 못할 것이다. 결국 그 원고에 나는 그의 이야기를 쓰지 못했다. 그러나 언젠가 나는 그의 슬픈 생애에 대해 제대로 글을 쓸 수 있는 날이 오길 기다린다. 그는 태어나기로도 암말과 수나귀 사이에서 온갖 핍박 속에 오직 무거운 짐과 먼 길을 걷기 위해 생식력도 없는 큰 자지만 달고 나온 노새였고, 이름은 은별이었다.

## 작 품 이 해

### ▌작가 소개 ▌

이순원은 1957년에 강원도 강릉에서 출생하였고, 강원대 경영
학과를 졸업하였다. 1985년 《강원일보》 신춘문예에 단편 〈소〉가
당선되었고, 1988년도 《문학사상》 신인상에 단편 〈낮달〉이 당선
됨으로써 창작활동을 시작하였다. 소설집으로 《그 여름의 꽃게》
(1989), 《얼굴》(1993), 《말을 찾아서》(1997) 등이 있고, 장편소
설로 《우리들의 석기 시대》(1991), 《압구정동엔 비상구가 없다》
(1992), 《압구정동엔 무지개가 뜨지 않는다》(1993), 《에덴에 그
를 보낸다》(1995), 《수색, 그 물빛 무늬》(1996), 《아들과 함께
걷는 길》(1996), 《그대 정동진에 가면》(1999) 등이 있다. 1996
년에 〈수색, 어머니 가슴속으로 흐르는 무늬〉로 제27회 동인문학
상을, 1997년에 〈은비령〉으로 현대문학상을 수상했다.

이순원의 소설은 주제와 소재, 형식 면에서 매우 다양하다. 구체
적으로 그는 〈소〉, 〈그 여름의 꽃게〉, 〈아버지의 수레〉, 〈혜산 가는
길〉에서는 분단의 아픔이나 전쟁의 상흔을 그리고 있으며, 〈익명
혹은 그런 사회학을 위한 여섯 개의 단상〉에서는 우리 사회의 익
명성과 그 익명성이 내포하는 사회적 문제를 그리고 있다. 또한
〈낮달〉, 〈다시는 빵을 핥지 않기 위하여〉에서는 군대사회의 폭력

과 모순을, 그리고 〈낙타는 무릎이 약하다〉에서는 노동운동을 특이한 각도에서 해부하고 있다.

한편 《압구정동엔 비상구가 없다》, 《압구정동엔 무지개가 뜨지 않는다》, 《에덴에 그를 보낸다》로 모아지는 일련의 '압구정동' 연작을 통해 이순원은 압구정동 문화로 대표되는 타락한 소비시장과 거짓 욕망에 대한 환멸을 드러내기도 한다. 앞의 두 작품들에서 주인공이 압구정동을 대표하는 인물들을 차례로 골라 살해한다거나, 세 번째 작품의 주인공이 이 두 작품을 읽고서 실제로 살인을 저지르는 것은 이러한 환멸을 구체적으로 보여준다.

그렇다고 해서 이순원의 소설이 비단 현실을 비판하는 데에만 초점을 맞추고 있는 것은 아니다. 왜냐하면 1990년대 중반 들어 이순원은 유년기의 기억이나 꿈, 가족의 이야기를 통해서 따뜻한 세상을 만드는 데에도 많은 관심을 보여주고 있기 때문이다. 《수색, 그 물빛 무늬》라는 연작소설집에서 그는 가족사를 통해 어머니 세대와 아들 세대 사이에 겹쳐진 섬세한 마음의 무늬들을 내밀하고도 감각적인 어투로 다루면서 와해된 가족을 새로 구성하고자 하는 열망을 보여준다. 《아들과 함께 걷는 길》에서도 강릉에 사는 할아버지에게 새로 만든 족보를 받으러 가는 소설 속의 아버지와 아들의 진솔한 대화를 통해서 아버지와 아들 사이의 끈끈한 정을 보여주고 있으며, 《말을 찾아서》와 《그대 정동진에 가면》에서도 유년의 기억이나 고향에 대한 이야기가 주를 이룬다. 이것은 따뜻한 세상을 만들고자 하는 작가의 열망이 새로운 차원을 적극적으로 개척하기보다는 과거에 존재했던 것을 그리워하는 경향을 지니고 있기 때문이다.

이처럼 이순원은 주제나 소재에 있어서 어떤 하나를 고집하지 않고 끊임없이 시대와 독자에 부응하는 작품을 쓰고자 노력해 왔다. 그리고 이러한 노력의 지향점은 따뜻한 삶이 존재했던 시절에 대한 그리움이다. 그의 소설이 유달리 많은 독자들의 사랑을 받는 것도, 그가 1990년대를 대표하는 작가들 중의 한 사람으로 불리어지는 것도 바로 이러한 노력의 결과라고 할 수 있다.

## ▋이해와 감상▋

6편의 중·단편을 모은 소설집 《말을 찾아서》에서 이순원은 무엇보다도 삶의 본질에 대한 깊은 관심을 보여준다. 여기에서 그는 전반적으로 따뜻한 삶을 그리워하는 소설 세계를 보여주는데, 이것은 이순원 소설이 나아가고자 하는 하나의 지향점이기도 하다. 이 점은 표제소설인 〈말을 찾아서〉에서도 잘 드러난다.

〈말을 찾아서〉에서 주인공 이수호는 이효석의 소설 〈메밀꽃 필 무렵〉의 무대인 봉평을 취재해 달라는 청탁을 처음에는 거절한다. 이것은 그가 며칠 전에 꾼 말 꿈으로 인해 그 일이 썩 내키지 않았기 때문이다. 그가 말 꿈을 꾸게 된 것은 두 달쯤 전에 일본에서 열린 문학 심포지엄에 참석했다가 일행들과 함께 오사카의 한 음식점에서 말고기를 먹었던 것과 관련된다. 말고기는 수호의 양아버지('아부제'로 불리어지고 있음)가 예전부터 유일하게 가리고 금기하던 고기였기에 수호는 그때 몹시도 괴로워했다. 그러나 수호는 어쩔 수 없이 봉평에 대한 글을 쓰기로 한다.

수호에게 있어서 봉평에 대한 글을 쓰는 것은 자신의 비밀을 드러내는 것이자 감추는 것이다. 그가 쓰는 글이 자꾸만 실제로 그가 알고 있는 봉평과는 다른 내용으로만 흘러가는 것은 바로 그 때문이다. 봉평은 고향 가까이에 있는 곳이면서도 그에게 부끄러운 상처를 안겨주었던 곳이다. 수호가 부끄럽게 여겼던 상처는 다름아닌 그가 '노새집 양자'라는 사실이다.

일찍이 수호는 초등학교 4학년 때 노새를 키우는 당숙네의 양자로 들어가기로 정해졌다. 그런데도 어린 수호는 계속해서 양자되기를 거부했고, 그리하여 자식을 갖지 못한 당숙네의 상처를 더욱 크게 하였다. 수호가 양자되기를 거부했던 것은 바로 노새집 양자라는 사람들의 말이 죽기보다도 싫었기 때문이다. 커다란 성기를 지녔음에도 불구하고 생식 능력을 갖지 못한 노새와도 같은 당숙네의 양자가 된다는 것, 그리하여 자신도 그러한 노새집의 운명을 지니게 되지 않을까 하는 두려움이 어린 수호의 무의식 속에 자리하고 있었던 것이다.

어린 수호의 거부는 그로 인해 한 가족의 대가 끊어진다는 점에서 가족제도에 대한 봉건적인 인식의 틀을 깨뜨릴 힘을 지니고 있다. 그러나 그것은 당숙네의 불행이 당숙 때문이 아니라 당숙모 때문이라는 점에서 한계를 지닌 것이기도 하다. 이 소설에서 수호의 양자 거부 때문에 당숙이 산판으로 떠돌아다니면서 집에 들어오지 않았던 것도 그가 가족에 대한 봉건적인 인식의 틀을 지니고 있었기 때문이다.

이 소설의 주제 의식은 바로 중학생이 된 수호가 산판으로 당숙을 찾아가서 그를 아부제라고 부르는 대목에서 잘 드러난다. 자신을 아부제라고 부르는 수호에게, 당숙은 그러한 수호의 변화가 무엇 때문에 일어난 것인가를 자꾸 확인하고자 한다. 이것은 아부제가 단순히 대를 잇기 위한 양자로 수호를 대하는 것이 아니라 자신의 삶의 의지처, 혹은 삶의 의미로 생각하고 있음을 말해준다. 물론 수호가 양자가 되기로 결심한 것은 당숙네 가족이 해체될 지경이었기 때문이기도 하지만, 양자가 결코 혈연과 같은 운명적인 관계가 아니라 선택적인 관계라는 인식 때문이기도 하다. 그렇기 때문에 가족은 무조건적으로 형성되는 것이 아니라 구성원들 사이의 상호 이해에 의해서 형성된다. 이것이 바로 작가가 궁극적으로 말하고자 하는 것이다.

전반적으로 이 소설은 대단히 잘 쓰여진 작품이다. 자신의 유년 시절에 대한 기억을 바탕으로 가족의 상호 이해가 가족 구성에 있어서 대단히 핵심적인 요소임을 안정감 있게 보여준다. 특히 과거의 기억이라는 시간적 요소를 여로의 패턴으로 공간화시켜 이끌어나가는 구성력이 돋보인다. 물론 작품 전반에 있어서 군데군데 지나치게 작위적이거나 지리한 면이 보이기도 한다. 예를 들면, 일본에서의 체험을 제시하는 대목에서 이러한 면들을 볼 수 있다.

그럼에도 불구하고 이 소설은 토속적인 어휘를 적절히 구사하고 있는 대화를 통해서, 그리고 '노새'라는 적절한 상징을 통해서 상호 이해에 바탕한 가족 구성의 중요성을 적절하게 형상화하고 있다.

아래의 제시문은 이순원의 〈말을 찾아서〉에 나오는 한 대목
이다. 여기에서 수호의 아부제는 수호의 행동이 무엇 때문에
변하게 되었는가를 확인하고 싶어한다. 아래의 제시문에서 아
부제가 수호에게 한 말을 통해서 아부제의 심정이 어떤 변화
를 보여주며, 아부제가 궁극적으로 확인하고자 하는 것이 무
엇이었는지를 잘 생각해 보자.

달이 없어도 별이 좋은 밤이었다. 아부제의 입에서 풍기는
술 냄새가 조금도 싫지 않았다. 노새는 연신 딸랑딸랑 방울을
울리고, 길 옆은 온통 옥수수밭이거나 감자밭, 올갈이 무와 배
추를 뽑은 다음 씨를 뿌린 메밀밭이었다. 꽃 향기도 좋고 저녁
바람도 시원했다.
　"수호야."
　"야."
　"니가 날 데리러 완?"
　"야, 아부제."
　"니가 날 데리러 여게까지 완?"
　"야, 아부제."
　"수호야."
　"야."
　"니가 날 데리러 이 먼 데까지 완?"
　"야, 아부제."

"니가…… 니가…… 나를 애비라고 데리러 완?"

"야, 아부제."

돌아오는 길 내내 아부제는 그 말을 묻고 또 물었다. 나는 새로 찬 야광 시계를 보며 10분이나 20분 간격마다 지금 몇 시 몇 분이다, 를 말했다.

### 생각의 길잡이

◐ 수호는 아부제의 양자가 되는 것을 계속해서 거부해왔다. 어린 수호에게 있어서 생식 능력을 지니지 못하는 노새집의 양자가 된다는 것은 부끄럽기도 하고 두렵기도 한 일이었다. 그러나 이런 수호의 거절은 역으로 정상적인 삶을 살고자 하는 아부제에게 있어서는 그야말로 삶의 의미를 없애버리는 커다란 상처이기도 하였다. 수호의 아부제가 산판을 떠돌아다니면서 정상적인 가정 생활을 하지 못한 것도 바로 그 때문이었다.

이 제시문은 수호와 아부제가 산판에서 내려와서 집으로 돌아가는 대목이다. 아부제의 양자가 되기를 거부해왔던 수호는 산판에 있는 아부제를 찾아가 집으로 돌아가자고 말한다. 이것은 수호에게 있어서는 아부제의 양자가 되는 것을, 그리고 아부제에게 있어서는 삶의 터전으로서의 정상적인 가족이 구성된다는 것을 뜻한다. 그런 만큼 특히 아부제에게 있어서 수호가 산판으로 자신을 찾아왔다는 사실은 의미심장한 일이다. 제시문에서 아부제가 수호에게 자꾸 산판으로 찾아오게 된 사정을 묻는 대목은 이러한 아부제의 심리를 잘 보여준다.

　"니가 날 데리러 완?"을 기준으로 볼 때, 아부제의 심정이 어떻게 변화하고 있는가는 '여게까지'와 '이 먼 데까지'를 통해서 가장 구체적으로 드러난다. 즉 아부제는 처음에는 수호가 자신을 데리러 왔다는 점(양자가 된다는 점)이 믿기지 않았다. 그리고 그 다음에는 '여게까지'와 '이 먼 데까지'라는 말을 덧붙임으로써 수호의 뜻이 얼마나 강한가를 물으면서 동시에 수호의 행위가 자발적인 마음에서 우러난 것이기를 강하게 바란다. 이렇게 볼 때, 아부제는 단순히 대를 이을 수 있는 양자를 원했던 것이 아니라, 애정을 주고받으면서 마음을 의지할 수 있는 가족을 절실히 원했다고 할 수 있다.

이 승 우

# 샘 섬

이 작품은 6·25가 초래한 비극을 한 인물의 욕망과 결부시켜 표현하고
있으며, 그 비극은 현재까지 영향을 미치고 있는 것으로 설명하고 있다.
그리고 한 개인이 비극을 넘어서기 위해 기울이는 노력이 어떠한 의미를
지닐 수 있는지, 과연 비극이란 극복될 수 있는 것인지 등의 근원적인
문제를 제기하고 있다. 따라서 작품에 나오는 상징적인 표현에
유의하여 감상할 필요가 있으며, 구성상의 특징에도 주목하여
전체와 개인의 관계를 파악하면서 감상하도록 하자.

# 샘 섬

샘 섬

1

일반인들에게 잘 알려지지 않은 겨울 바다를 한 번 찾아가 보자
는 의견이 나왔을 때 내 머릿속에서 불쑥 월산리가 떠올랐다. 그
것은 전혀 예상치 못한 일이었고, 생각해보면 얼마간 어처구니없
는 연상작용이기도 했다. 월산리는 나에게 이름만으로 존재했다.
그런 점에서 그곳은, 적어도 나의 의식 속에서는 카사블랑카나 칼
라하리와 크게 다르지 않았다. 아니, 그 정도도 아니었다. 나는 불
과 몇 달 전까지만 해도 월산리라는 이름을 접한 적이 없었다.

취재를 하다 알게 된 후 꽤 친하게 지내고 있는 한 화가의 고향
이 그곳이라고 했다. 집채만한 파도를 타며 그물을 던지는 어부들
의 생선처럼 싱싱한 얼굴과 물이 빠져나간 개펄의 분주함을 고집
스럽게 그리고 있는 윤두라는 화가가 서울 근교에 통나무집을 짓

고 사람들을 불러 집들이를 한 것이 지난해 겨울이었다. 그의 고향이 월산리라는 이야기를 그 자리에서 들었었다. 한반도의 남쪽 끝에 겨우 붙어 있는 아주 작은 마을이라고 했다.

그런데 아주 잘 아는 것처럼 불쑥 월산리라니? 다른 직원들이 거기가 어디냐고 물어왔을 때 나는 그냥 '남쪽'이라고밖에 말할 수가 없었다. 거기가 어떤 덴데요? 하는 질문이 당연히 이어졌고, 나는 "거기가 어디냐 하면 말이지……." 하고 뜸을 들인 다음, "자네들, 매생이라는 거 알아?" 하고 받아쳤다. 뚱한 표정을 짓고서 나를 쳐다보는 동료들에게 "그걸 먹어보았을 리가 없지." 하며 어깨를 으쓱해 보이는 것으로 월산리에 대한 나의 미심쩍은 연고권을 챙겼다.

윤두의 집들이 기억이 강하게 남아 있었던 탓인지 모르겠다. 나뿐만 아니라 그날 그 집에 초대되어 간 손님들은 매우 특별한 음식을 맛보았는데, 색깔은 검고 머리카락보다 더 가느다란 해초로 만든 국이었다. 김이 모락모락 피어오르고 있는 국 대접에서는 독특한 향내가 났다. 처음 대하는 음식인 데다 그 향과 맛이 이색적이었기 때문에 모인 사람들 대부분으로부터 집중적인 관심을 받았다. 나라고 예외일 수가 없었다. 이게 파래인가? 하고 묻는 사람이 있었는데, 나도 처음에는 파래인 것 같다는 생각을 했었다. 파래를 국으로 끓여먹는다는 말은 들어보지 못했기 때문에 이 집 안주인에게 특별한 요리법이 있는가 보구나 싶었다. 그런데 입 안에 넣고 보니 영 파래 맛이 아니었다. 우선 입천장에 닿는 느낌부터가 달랐다. 입 안에 들어왔는가 싶었는데 바닷바람 같은 그윽한 향만 남기고 어느새 물처럼 녹아 없어져버리는 것이 아닌가. 씹을

새도 없었다. 입 안에 감겨드는 느낌만 감미롭게 남았다. 신기했다. 집주인은 우쭐한 얼굴을 해가지고 우리를 보며 허허 기분 좋게 웃었다.

"그건 그냥 후루룩 마시는 거네. 씹을 필요가 없어."

"이게 뭐지? 파래는 아닌 것 같고…… 김인가?"

그렇게 묻긴 했지만 김으로 국을 끓여서 먹는다는 말도 금시초문이었다. 감촉도 그렇고 맛도 그렇고 김보다 훨씬 부드러웠다.

"매생이라는 거네. 우리 고향 특산물이지. 내가 특별히 주문을 하지 않았겠나. 새벽차 타고 올라온 거라네. 맛이 괜찮지?"

화가가 자랑할 만했다. 나는 그 맛에 홀려서 한 그릇을 더 시켜 먹었는데, 아쉽게도 그 이상은 불가능했다. 양이 충분하지 못하다는 것이었다. 나는 음식에 대한 낯가림이 조금 심한 편이고, 그 이유 때문에 외국에 나가는 걸 꺼리는 편인데, 매생이국은 아니었다. 처음 먹어본 음식에 반하기는 그때가 처음이었다.

"고향 특산물이라고? 자네 고향이 어디더라. 길홍이 아니던가?"

"길홍은 내가 태어난 고향 마을의 군청 소재지가 있는 읍 이름이지. 내가 태어난 데는 거기서도 한참 더 들어가야 해. 진짜 시골이지. 어렸을 때 기억으로는 길홍도 까마득히 먼 도시였어."

매생이로부터 자연스럽게 윤두의 고향 이야기가 나왔을 것이다. 화가는 태어나서 어린 시절을 보낸 남해안의 아주 작은 마을 이야기를 했다. 아니, 그는 그 마을에 대해 별로 이야기하지 않았다. 바닷가 풍경이란 게 말로 들을 때는 거의 차별이 되지 않는 탓에 그게 그것으로 들렸을 테고, 가난을 주제로 한 어린 시절의 기억이라고 하는 것도 대부분 비슷비슷해서 그다지 인상적일 수가 없는 노릇이었다. 그보다는 매생이의 독특한 맛에 홀린 나머지 그의 이야기가 귀에 잘 들어오지 않았다고 해야 할까. 그랬을지도 모르지만 꼭 그런 것 같지는 않다. 그러나 그곳에 가면 지금도 매생이를 먹을 수 있다고, 가끔씩 지겹게 먹던 그 매생이에 대한 기억 때문에 고향에 가고 싶어진다고 했던 그의 말은 아직도 선명하다. 윤두의 고향, 그곳이 월산리였다.

그때 그의 말을 들으면서, "언제 매생이 먹으러 가게 되면 나도 데리고 가줘." 하고 농담처럼 응수하긴 했었다. 모르겠다. 그 말을 할 때, 나에게 매생이에 대한 식욕이 얼마만큼 강렬했는지. 아니, 식욕의 문제가 아니었을 것이다. 누가 미식가들을 허기진 사람들이라고 말하겠는가. 만일 허기라고 하더라도 다른 허기일 것이다. 예컨대 그런 사람들은 유난히 외로움을 많이 타는 것이 아닐까, 생각해볼 수 있겠다. 그들의 미식 습관은 정신의 외로움을 견디거나 감추기 위해 고안된 나름대로의 방법인지 모른다. 그런 뜻에서 그 순간 내 마음속으로 들어온 매생이에 대한 욕구 역시 단순한 식욕이 아니라 매생이를 키워내고 있는 바다라는 그 설명할 수 없이 크고 신비스런 다산(多産)의 생물에 대한 동경이었다고 말하고 싶은 것이다.

그 동경이 내 영혼 한 귀퉁이에 웅크리고 있었던가 보았다. 기회가 오자 먹이를 발견한 카멜레온이 긴 혀를 쑥 내밀어 잽싸게 낚아채듯 튀어올랐다. 나는 이름밖에 모르는 월산리를 취재하겠다고 고집했고, 결국 관철시켰다. 마침 겨울이었고, 거기 가면 매생이 맛을 다시 볼 수 있으리라는 기대가 내 마음을 막무가내로 흔들었다. 그렇긴 해도 단지 매생이 때문에 월산리에 가겠다고 고집했다는 건 어쩐지 진지하지 못한 인상이다. 무언지 모르는 것이 나를 끌었다고 표현하면 대책 없는 신비주의자라는 혐의를 받게 될까? 그래도 어쩔 수 없다. 나는 벌써 13년 된 기자이다. 어느 분야나 마찬가지지만 이력이 붙으면 관록이라는 것이 생겨나는 법이다. 10년쯤 된 기자라면 풍경에서 그냥 풍경만을 보지는 않는다고 말해두자. 나에게 그런 것이 없다고 어떻게 말하겠는가. 겨울 바다를 취재하러 간다고 하지만 수평선을 치고 올라오는 일출 장면이나 보고 오겠다는 마음은 아니었다는 뜻이다.

"어떻게 가는지 알아요?" 하고, 나와 동행하기로 한 사진기자가 물었다. 그의 이름은 황정연이지만 사람들은 그를 랍비라고 부른다. 어떤 사람은 랍비 황이라고 부르기도 한다. 회사 내에서 틈만 나면 성경책을 펴놓고 줄을 그어가며 읽는 버릇이 그런 별명을 만들었다. 일요일이 낀 출장은 한사코 거부하기 때문에 동료들로부터 미움도 받는 눈치지만, 매사에 성실하고 자기 일에 대한 책임감도 남다른 편이라 나는 그 친구와 일하는 걸 좋아한다.

그는 지도책에다 눈을 박고 있었다.

"남해안을 다 뒤졌는데 월산리라는 데가 없어요."

"길흥을 먼저 찾아야 돼."

나도 그의 옆자리로 옮겨가서 지도책을 들여다보았다. 남해안만을 확대해서 보여주는 지도였는데 길흥은 찾을 수 있었지만 월산리는 끝내 찾을 수가 없었다.

나는 월산리가 고향인 윤두에게 전화를 걸었다.

"윤 형 고향 말이야, 거길 어떻게 가는 거지? 아무래도 길흥읍을 거쳐야 하겠지?"

"월산리? 거긴 왜?"

"매생이 먹으러 가려고 그러지."

윤두는 농담하지 말라는 듯 킥킥 웃었다.

"농담 아냐. 진짜로 갈 거야. 이 13년 된 고참 기자가 자네 고향의 매생이국을 전국에 퍼뜨릴 사명감을 품었다고 하면 고마워하려나?"

"쓸데없는 소리 말고, 언제 우리 집에 와. 내가 한 번 더 시골에 있는 친척에게 부탁을 해볼 테니까."

"이 친구 정말 내 말을 안 믿네……."

나는, 꼭 매생이국을 먹을 목적으로는 아니지만, 어쨌든 거길 가게 된 건 사실이라고 말했다. 대강의 회사 사정을 알리고, 동행할 생각이 없느냐고 물었다. 그가 동무삼아 같이 가준다면 그보다 더 좋은 일이 없을 것이었다. 바쁜 일이 없으면 같이 가자는 나의 부탁을 그는 거절했다. 월산리에 간다는 게 정말이냐고 몇 차례 반복해서 확인하더니 결국 싫다고 했다. "일하러 간다는데, 내가 뭣 때문에 따라가나……." 하고 구실을 대긴 했지만, 재청(再請)의 여지가 없는 그의 단호한 거절은 조금 뜻밖이었고, 여간 섭섭하지가 않았다. 섭섭한 마음 때문이었는지, 마음 한구석에는 그가 나의 월산리행 자체를 못마땅하게 여기고 있는 것 같다는 생각까지 들었다. 그럴 이유가 어디 있단 말인가. 그런데도 그런 생각이 드는 걸 어쩔 수 없었다.

"겨울 바다를 보려면 동해나 어디 섬 같은 데를 찾아야지, 거긴 뭣하러…… 가봤자 볼 게 없어. 틀림없이 후회할 거야."

그의 말이었다. 나는 경치가 아니라 삶을 취재하러 간다고, 죽어 있는 풍경으로서의 바다가 아니라 살아서 꿈틀거리는, 사람들과 섞이고 사람들의 운명에 개입하는 생물로서의 바다를 보고 글을 쓸 거라고 제법 진지하게 설명했지만, 그의 심드렁한 반응은 바뀌지 않았다.

"지난번 우리 집에 왔을 때, 내가 술을 좀 마셨을 거야. 술김에 그 벽촌을 가지고 허풍을 떨었을 테고, 자네가 그것에 속아가지고 이 야단인 모양인데, 그렇다면 정말 미안하네. 다시 말하지만 정말 볼 게 없는 동네야. 건질 게 하나도 없다니까. 틀림없이 후회할 거다."

"매생이 이야기라도 쓸 수 있지 않겠나? 그것만으로도 기사가 될 것 같은데, 왜 그렇게 말리는지 모르겠네. 알았어. 자네한테 동행하자는 소리 안 할 테니까 가는 길이나 알려주게. 그것도 싫으면 관두든가."

나는 그가 나와 동행에 응하지 못하는 것이 마음에 걸려서 그렇게 자기 고향인 월산리를 헐뜯는 것이라고 생각했다. 어딘지 미심쩍은 구석이 있긴 했지만, 그렇게 생각해버리기로 했다. 그 편이 내 마음도 홀가분해질 수 있겠다 싶었다. 꼭 가겠다면 할 수 없지만, 이라는 군소리를 단서 조항처럼 달고서 그는 월산리까지 가는 길을 일러주었다. 길고 험한 길이라는 말도 빼놓지 않았다.

## 2

멀긴 했지만 윤두의 엄살처럼 그렇게 험하지는 않았다.

길을 떠나던 시간에 진눈깨비가 날리기 시작했는데도 우리는 해가 지기 전에 도착할 수 있었다. 그곳으로 가는 길에 백양사에 들러 사진을 몇 방 찍으며 시간을 보냈는데도 그랬다. 하기야 아침밥을 먹자마자 출발한 걸 생각하면 시각이 꽤 걸린 셈이었다. 잠깐 교대를 하긴 했지만 거의 대부분 운전대를 잡고 있던 황은 밖으로 나오자마자 기지개부터 켰다.

"시골 공기가 좋군요. 바람에 묻어 있는 소금 냄새도 나쁘지 않고……."

그를 따라 나도 심호흡을 했다. 바람은 아마도 바닷속에서 태어나는 모양이었다. 기도를 타고 스며들어오는 바람 속에는 바다가 묻어 있었다. 나는 바다를 삼키기라도 하려는 것처럼 탐욕스럽게 해풍을 들이마셨다. 남해의 작은 어촌 마을에는 눈이 내린 흔적이 없었고, 바람이 제법 세차게 불었는데도 그다지 춥지가 않았다.

겉으로 보기에 월산리는 전형적인 시골 마을이었다. 낮은 산자락 아래 양철 지붕의 집들이 옹기종기 모여 있고, 그 앞으로 비어 있는 논이 꼬불꼬불한 농로를 데리고 누워 있었다. 그 꼬불꼬불한 농로가 끝나는 곳에 바다가 보였다. 바다는 마을을 포위하듯 감싸고 있었다. "여기가 거기예요?" 하고 묻는 것으로 보아 황의 마음에는 그다지 들지 않는 것 같았다.

"여기가 거긴가 봐."

나는 애매하게 대답했다.

"바다 쪽으로 가볼까요?"

"그래야겠지. 하지만 그전에 매생이 맛부터 보자고."

"어디서요? 이런 데 식당이 있을 것 같지도 않은데. 어차피 숙박을 해야 하니까 이따가 읍내에 나가서 식사를 하지요."

"재미없는 소리 말고 따라와봐."

큰소리치며 앞장을 서긴 했지만, 나에게 식당에 대한 정보가 있는 것은 아니었다. 윤두에 대한 섭섭함이 다시 일었다. 사정이 있어서 직접 동행은 못하더라도 먹고 자는 문제에 대한 충고 정도는 해줄 수 있는 일이 아닌가. 그에게는 전혀 어려운 일이 아니었을 것이다. 그런데 그는 마지못해 교통편만 알려주고 전화를 끊어버렸다. 느끼기에 따라서는 기분이 나쁠 수도 있었다. 그에게 일종의 우정과도 같은 친밀한 감정을 느끼고 있던 나로서는 마음이 개운할 리 없었다.

나는 지나가는 어린아이에게 물어서 무조건 이장 집을 찾아갔다. 이장은 50대 후반쯤 되어 보이는 중늙은이였다. 아마도 잠을 자고 있었던가 보았다. 한참을 불러도 대답이 없더니 마루에 걸터앉아 문고리를 덜거덕거리자 그제야 쪽문을 열었다. 주름이 깊고 앞니가 두 개나 빠져나가고 없었다.

"누구요?"

마당에 서 있는 두 명의 낯선 남자들을 경계하는 낯빛으로 바라보며 이장이 마루로 엉덩이를 밀고 나왔다.

"서울에서 왔습니다. 우리는 잡지사에 근무하는데, 겨울 바다를 찍으러 왔습니다. 이장님의 도움을 받으려고 합니다."

"바다? 바다에 뭐 찍을 게 있다고?"

"바다에 찍을 것 많습니다."

"그러면 찍고 가시오. 나한테 무슨 도움?"

"우리는 여기가 초행이라 여러 가지로 신세를 지게 될 것 같습니다. 우선 당장은 밥을 좀 먹어야 하는데…… 밥 먹을 데가 어디 없을까요? 따로 식당은 없을 것 같고……."

"글쎄. 식당이야 따로 없지만, 저 너머 갯가의 점방에서 밥을 해줄려나? 간혹 외지인들이 와서 공사 같은 걸 하면 거기서 밥을 해주고 그러긴 했는데…… 암튼 가봅시다. 따라와 보시오."

이장은 신발을 찾아 신었다. 키는 컸지만, 허리가 굽은 편이었다. 걷는 모습을 보면서 나는 이장이 처음에 짐작한 것보다 더 나이가 들었을지 모르겠다는 생각을 했다.

이장이 말하는 점방은 꼬불꼬불한 농로를 따라가다가 야트막한 고개를 하나 넘어야 하는 자리에 있었다. 다행히 자동차가 다닐 정도는 되었다. 차를 타고 좁고 울퉁불퉁한 길을 지나면서, 나는 매생이가 날 때가 맞지요? 하고 물었다. 이장은 매생이를 들먹이는 서울 남자가 신기하다는 듯 내 얼굴을 한 번 흘낏 쳐다보고는 그렇다고 대답했다. 나는 그 집에 가면 매생이국을 먹을 수 있겠느냐고 물었다. 이 계절에는 어떤 집 식탁에서든지 매생이국을 볼 수 있다는 것이 이장의 대답이었다.

그곳은 마을의 끝이었고, 그 가게는 바다와 잇대어 있었다. 안골로부터 상당히 떨어진 곳에 그 집만 덩그러니 서 있었다. 라면이나 과자 부스러기, 성냥이나 비누와 같은 생활용품, 그리고 무엇보다 술을 파는 집이었다. 마을 사람들이 바다로 일을 나갔다가 돌아오는 길에 하루의 피로를 털어내기 위해 그 집에 들러 술을 한잔씩 걸칠 거라는 추측을 어렵지 않게 할 수 있었다.

이장이 문을 열고 들어가자 아이를 들쳐업은 젊은 여자가 부엌에서 딸그락거리며 음식을 만들고 있다가 고개를 쑥 빼서 알은 체를 했다.

"이 손님들이 서울에서 오신 양반들인데, 매생이국을 먹고 싶대……."

이장이 그 여자에게 우리를 소개했다. 두 사람 사이에 무슨 말인가가 오고 가는 사이에 나는 전원이 아예 빠져 가동되지 않는 냉장고 안에서 350 *l* 캔에 든 맥주를 두 개 꺼냈다. 랍비 황은 내가 권하는 맥주를 손을 저어 사양했다. 음료수나 마찬가지라고 아무리 권해도 그는 받지 않았다. 그 대신 그는 콜라를 꺼내 마셨다. 나는 캔맥주 하나를 마시고, 나머지 하나는 손에 들고 있다가 이장에게 주었다. 이장은 "기왕 살 거면 그거 말고 소주로 사지." 하고는 진열대에서 소주를 한 병 꺼내더니 이빨로 뚜껑을 땄다. 이장의 그런 모습이 예사롭지 않았다. 술독이 잔뜩 올라 있는 얼굴이 그제야 눈에 들어왔다. 어쩌면 빠져나가고 없는 앞니 두 개도 소주병 뚜껑을 따다가 그렇게 되었는지 모르겠다는 생각이 들었다.

"걱정하지들 말고 여기 앉아서 기다리시오. 금방 밥을 해낼 테니까. 내가 매생이국을 특별히 맛있게 끓이라고 부탁했구만."

이장은 가게 안쪽의 난롯가에 앉아 소주를 병째 마셨다. 랍비라고 불리는 사진기자 황은 얼굴을 찡그렸다. 나는 그의 어깨를 탁 쳐주고는 이장 앞에 자리를 잡고 앉았다. 황은 사진 장비를 주섬주섬 챙겨 들고 밖으로 나갔다. 나는 그를 말리지 않았다.

이장은 나에게 소주를 권했다. 나는 마시고 있던 맥주캔을 들어 보였다. 그는 더 이상 권하지 않고 자기 입에 들이부었다. 나는 부엌에다 대고 안주거리를 좀 달라고 청했다. 이장이 필요없다는 표시로 손을 훼훼 내저었다. 나는 진열대에서 보이는 대로 새우깡 봉지를 하나 뜯어서 상 위에 펼쳐놓았다. 물론 이장은 과자 따위에는 손도 대지 않았다. 그것은 어차피 맥주 안주였다. 나는 약간 걱정되었지만, 그 사람의 음주 습관까지 간섭할 입장이 아니었기 때문에 아무 말도 하지 않았다. 한두 해 마신 술이 아닐 것이고, 그렇다면 그의 몸이 그의 음주 습관에 길들여져 있을 것이었다.

"우리 마을을 어떻게 알고 찾아왔는지 모르겠네. 외지 사람들이 통 드나들지 않는 곳인데……."

이장은 눈을 게슴츠레 뜨고 나를 쳐다보았다.

"이곳에 가보라고 권해준 사람이 있었습니다."

윤두를 마음에 두고 그 말을 한 것이라면 그것은 사실이 아니었다. 윤두는 나에게 월산리를 권하지 않았다. 그렇지만 나에게 월산리를 알게 한 사람은 그였다. 내가 그 말을 할 때 염두에 둔 사람이 윤두가 아니라면 누구겠는가. 그러니까 결국 나는 사실이 아닌 말을 한 셈이다. 윤두는 월산리를 알게 한 사람일 뿐 보라고 권한 사람은 아니니까. 그런데도 어쩐지 거짓말을 하고 있다는 느낌이 생기지 않았다. 이장이 "누구?" 하는 얼굴로 나를 겨냥했을 때 불현듯 생각난 것처럼 윤두라는 이름을 들이밀었다.

"여기 출신 화가가 있습니다. 이장님께서도 알지 모르겠는데, 윤두라고……."

"윤두? 윤두라면……."

"화갑니다. 바다 그림을 주로 그리는…… 개인전도 여러 번 열었지요."

"아, 그림쟁이? 그래, 그놈이 윤가지."

"친구처럼 지냅니다. 이번에 같이 올까 했는데, 바빠서 못 왔습니다."

"그놈이 여기 가서 사진 찍으라고 했다 그거지?"

이장은 확인할 것이 있는 사람처럼 내 얼굴을 똑바로 쳐다보았다.

"아니, 꼭 그건 아니고, 그 친구가 고향 이야기를 해주는데 관심이 생겨서요. 또 매생이국도 먹어보고 싶고 해서……."

나는 얼버무리고 있었다. 비로소 이장과 윤두를 한꺼번에 속이고 있는 듯한 죄책감이 들면서 마음속이 혼란스러워졌다. 정말로 내가 월산리에 어떻게 왔는지 갑자기 내 자신에게 설명하기가 어려워지는 것이었다. 그 순간 문득, 매생이국을 먹으러 왔다는 구실이 어찌나 유치하고 황당하게 느껴지는지 나조차 놀랄 지경이었다. 내 자신에게는 설명할 필요가 없으니까 괜찮았다. 그렇지만 이장에게는 달랐다. 물론 이장에게라고 설명해야 할 의무가 있는 것은 아니었다. 그가 그걸 원하고 있다는 증거는 아무데도 없었다. 문제는 나에게 있었다. 무엇 때문인지 모르겠으나 이장에게 월산리까지 오게 된 내력을 설명해야 할 것만 같았다. 매생이국과 겨울 바다라는, 일견 확고해 보이는 구실이 만들어져 있었음에도 불구하고 그것에 만족하지 못한 것을 보면 나는 어딘지 신비스럽고 무의식적인 대답을 찾고 있었던 것이 아닌가 싶다. 월산리의 무언가가 나를 끌었다, 하는 식으로. 하지만 월산리의 무엇? 기껏 매생이거나 아니면 윤두라는 화가의 고향 정도일 터이고, 하나 더 생각한다고 해봤자 그 유치스러움과 황당함이 더하면 더했지 덜 하지는 않을 13년 기자의 관록 정도일 텐데 그런 것으로 누구의 이해를 이끌어낼 수 있을지 자신이 없었다.

"그놈이 기자 양반한테 자기 고향 이야기를 해줬다는 말이지?"

이장이 술병을 입에 넣고 빤 다음 입가에 묻은 술을 닦으면서 다시 확인을 하고 나섰다. 나는 그렇다는 뜻으로 고개를 끄덕였다. 그것은 거짓이 아니었다. 그런데도 내가 무언가 잘못 말한 것이 있는가 싶었다. 이장의 표정이 어딘지 딱딱하게 굳어진다는 인상을 받았기 때문이었다. 하지만 무슨 잘못이란 말인가? 나는 말을 하지 않고 고개만 끄덕였을 뿐인데. 나는 왜요? 하고 그를 쳐다보았다. 그는 손을 내저었다.

"그것이 대견하기도 하고, 또 고향 이야기를 어떻게 했을까 궁금하기도 하고 해서……."

이장은 그렇게만 말했다.

마침 가겟집 여자가 상을 차려 내왔다. 상 위에는 어김없이 매생이국이 의뭉스럽게 김을 피워올리고 있었다. 그 가늘고 부드러운 해초의 독특한 향내가 맡아지는 순간 나는 걷잡을 길 없는 식욕을 느꼈다. 나는 문을 열고 황을 불렀다. 황은 바다 쪽에 대고 연신 카메라의 셔터를 눌러대고 있었다.

"빨리 와서 밥 먹어."

나는 그가 오기도 전에 숟가락을 들었고, 매생이국을 세 그릇이나 비웠다. 윤두가 가르쳐준 대로 그저 후루룩 마시기만 하면 되었다. 그러면 매생이는 걸리지 않고 목 안으로 후루룩 넘어갔다.

그런 내 모습이 재미있는지 황이 자꾸만 나한테 대고 셔터를 눌렀다.

이해할 수 없는 것은 황의 식성이었다. 그는 내가 세 그릇이나 먹어치운 매생이국을 한 그릇도 다 비우지 않았다. 그는 매생이국이 그다지 입에 맞지 않는 모양이었다. 흔하디흔한 김과 김장 김치하고만 밥을 먹었다. 나로서는 아쉽고 섭섭한 노릇이었지만, 사람마다 끌리는 맛이 다른 걸 어떻게 할 수는 없는 노릇이었다. 내 입에 맞는다고 다른 사람의 입에도 맞으라는 법은 없었다. 매생이는 나에게 그랬던 것처럼 그에게도 낯선 음식이었다. 내가 한입에 반했다고 해서 그도 그래야 하는 것은 아니었다. 그래도 나는 매생이국을 탐탁지 않게 생각하는 그가 잘 이해되지 않았다.


3


우리는 그 가게에 묵기로 했다. 어차피 어딘가에 숙소를 정해야 했는데, 가겟집 주인 남자(그는 우리가 상을 물리고 앉아 숭늉으로 입을 가시고 있을 때 허벅지까지 오는 검은색의 고무 장화를 신고 안으로 들어왔다. 금방 물에서 나온 것처럼 바다 냄새가 풀풀 풍겼다. 그 사람이 우리에게 밥을 차려주었던 아이 엄마의 남편이었다)가 방은 많으니까 다른 데 가지 말고 자기 집에 묵으라고 권했기 때문에 우리는 따로 숙소를 정하는 수고를 하지 않기로 했다. 몇 해 전 제법 큰 공사를 할 때 외지에서 온 인부들의 잠자리를 보아준 적이 있지만, 그 이후로는 묵으러 오는 손님이 통 없었다고 말했다. 말끝에다 그는 워낙 궁벽한 마을이라서요, 하고 덧붙였다.

이장은 소주를 한 병 더 비우고 돌아갔다. 억지로 권하는 바람에 나도 그의 술을 몇 잔 받아 마셨다. 술이 들어가자 기분이 좋아진 이장은 도움이 필요하면 뭐든 이야기하라고, 자기가 말해서 안 되는 게 없다고 큰소리를 쳤다. 나는 그 기회를 놓치지 않았다. 날이 밝으면 해안을 한바퀴 둘러보아야 하는데, 그러려면 배가 한 척 필요하다고 말했다. 이장은 걱정하지 말라며 내 손등을 몇 번이나 쓰다듬었다. 내일 아침에 자기가 배를 가지고 오겠노라고 장담했다. 이장님이 직접 노를 젓습니까? 내가 물었다. 나를 뭘로 보는 거여, 이 친구가……. 그는 겉옷을 벗고 자기 팔뚝을 만지게 했다. 나는 그의 팔뚝을 만져보았는데, 정말로 돌처럼 단단했다. 평생 동안의 노질로 생긴 근육이라며 이장은 앞니가 두 개나 빠져나간 이빨을 드러내고 호기 있게 웃었다.

이장이 돌아간 후에 우리는 바닷가를 산책했다. 바다는 수심이 얕고 물이 맑은 편이었다. 군데군데 김이나 미역 양식장을 표시하는 부표들이 물 위에 떠 있고 길다란 막대기들이 무슨 울타리처럼 세워져 있기도 했다. 물이 빠져나가자 모래밭 밑으로 넓은 뻘밭이 나타났다. 크고 작은 구멍들과 뽀글뽀글 솟아나는 기포들과 두 줄 세 줄의 꾸물꾸물한 선들이 그곳 역시 생명체들이 생육하고 번성하는 현장임을 상기시켰다. 모래는 푸석푸석해서 발이 푹푹 빠졌지만, 뻘은 그렇지가 않았다. 부드럽고 매끄러우면서도 단단했다. 발에 닿는 감촉이 매생이를 먹는 느낌과 비슷했다.

해안의 경치는 생각보다 좋았다. 사진을 찍는 황도 내 의견에

동의했다. 내가 사진이 되겠느냐고 묻자 그는, 사진은 괜찮겠는데, 글은요? 하고 되물었다. 다행이었다. 그는 뻘밭에 쭈그리고 앉아서 석양을 받아 진홍색으로 물든 바다를 카메라에 담았다.

"저 섬에 가봤으면 좋겠는데요, 사람이 살까요?"

황이 카메라에서 눈을 떼면서 손가락으로 한 지점을 가리켰다. 그가 가리키는 곳은 동남쪽이었다. 아주 가까운 곳에 아주 작은 섬이 하나 있었다. 육지에서 떨어져나간 큰 바위 같다고 할까, 그런 생각이 들 정도로 작고, 그만큼 가까운 거리에 있는 섬이었다. 기분 같아서는 헤엄쳐서 갈 수도 있을 것 같았다. 사람이 살고 있을 것 같지는 않았지만 그건 모르는 일이었다. 섬 한가운데 무슨 상징처럼 말라 비틀어진 나무 한 그루가 우뚝 서 있는 게 보였다. 마치 정교한 솜씨로 분재를 해놓은 것 같은 그 나무의 모습이 매우 인상적이었다. 황도 카메라의 렌즈를 통해 그 나무를 보았던 것일까. 그림 같은데요, 하고 감탄했다.

"내일 배를 빌리면 한번 가보지 뭐."

나는 그렇게 말하고 모래밭으로 걸어갔다. 모래는 입자가 굵어서 그다지 부드럽지 않았다. 걸을 때마다 밑에서 발바닥을 잡아당기는 것 같기도 했다. 자연이 돌들을 잘게 부숴 이 많은 모래들을 만들어냈을 것이다. 바위가 여러 개의 돌이 되고 그 돌들이 다시 수없이 많은 모래가 되기 위해서 도대체 얼마나 많은 시간이 쌓여야 했을까? 나는 모래밭에 엉덩이를 깔고 앉아 바다의 심장에서 차고 올라오는 바람을 깊이 들이마셨다. 짭짤한 소금기가 혀끝에 느껴졌다. 석양을 받아 얼굴이 발그스레해져 가지고 바닷속에서 걸어나오는 사람들을 보았다. 그들은 하나같이 등에 한 짐씩을 걸머지고 있었다. 황은 그 사람들에게도 카메라를 들이댔다. 그는 완전히 어두워져서 물체가 잡히지 않을 때까지 계속 사진을 찍었다.

그가 사진을 찍고 있는 동안 나는 가게로 돌아가서 캔맥주를 세 개 가져왔다. 이번에도 랍비 황은 맥주를 받지 않았다. 나는 바다를 바라보고 앉아서 혼자 맥주를 마셨다. 바다를 앞에 두고 술을 마시는 기분이 괜찮았다. 눈앞에 펼쳐진 넓디넓은 바다가 맥주의 거품과 함께 내 뱃속으로 흘러들어오는 듯한 느낌이었다. 겨울 바람이 볼을 스치고 지나갈 때면 애무를 받는 느낌도 들었다. 그 기분에 취해서 나는 평소보다 빠른 속도로, 평소보다 조금 많이 마셨다. 그래도 취기가 오르지 않았다. 그 대신 내 정신 속에서 무슨 소리가 들리는 것 같았다. 가느다란 피리소리 같기도 하고, 흐느껴 우는 여인의 울음소리 같기도 했다. 휘파람소리인가 하면 바람소리처럼 들리기도 했다. 그러고 보면 취기가 오르지 않았다고 하는 건 정확한 진술이 아닌지 모른다. 그렇게 여러 가지 소리가 정신 속에 들어 있었다고 하는 것이 벌써 웬만큼 취해 있었음을 증거하는 것이 아닌가, 하고 추궁할 수 있을 것이다. 하지만 꼭 그런 것은 아니다. 사실은 월산리의 천지가 커다란 침묵 속에 묻혀 있었다. 바다는 하나의 거대한 침묵의 집이었다. 그러니까 그 순간에 내가 들은 그 소리들은 천지에 충만한 그 큰 침묵에서 새어나오는 소음이었을 것이다. 침묵의 소리를 들었다고, 아니, 침묵이 말하고 싶어서, 그 큰 침묵이 무슨 말인가를 하고 싶어서 안달하는 모습을 보았다고 하면 허풍일까.

어떻게 말하든 마찬가지다. 나는 약간 어지러웠고, 곧 졸음이 쏟아지려 한다는 걸 깨달았다. 그것은 알코올이 나의 체내에 들어가서 일정한 작용을 하기 시작했다는 표시였다. 술이 어느 만큼 들어가면 나는 어디서든 쓰러져서 잠을 잔다. 그것이 오래 전에 습득한 내 몸의 보호 장치 같은 것이었다. 나는 배시시 기분 좋은 미소를 깨문 채 모래밭 위에 스르르 소리도 없이 누웠고, 그러자 나의 술버릇에 익숙해 있는 황이 낌새를 채고 황급히 달려왔다. 그는 나를 일으켜 세웠다. 나는 황의 팔에 이끌려 가겟집으로 들어갔다. 그러고는 곧 잠속으로 그대로 곤두박질쳤다.

<br>

4

아침에 일어나는데, 황이 알 수 없는 소리를 했다. 그는 벌써 밖으로 나가 겨울의 찬 공기 속에서 바다를 뚫고 솟아오르는 해를 찍고 돌아온 참이었다. 내가 눈을 뜬 것은 그가 아침 촬영을 마치고 돌아온 시간이었다. 나는 일어나자마자 물부터 찾았는데, 그는 내가 눈을 뜬 것을 확인하고는 앞뒤 가리지 않고 우리가 묵고 있는 가겟집에 우리말고 다른 손님이 한 명 더 있다고 말하는 것이었다. 손님이야 한 명이든 두 명이든 더 있을 수도 있고, 있거나 말거나 상관할 바가 없는 일이었다. 그런데도 황은 주인 남자가 어젯저녁 틀림없이 우리말고 다른 손님이 없다고 했다며 그것이 무슨 굉장한 계약 위반이라도 되는 것처럼 호들갑을 떨었다. 나는 이해할 수 없다는 얼굴로 그를 쳐다보았다. 그런데 듣고 보니 그가 그렇게 호들갑을 떤 것은 그것 때문이 아니었다.

"아무래도, 노인이 좀 이상해요."

황은 목소리를 낮췄다. 바다에서 막 건져올려진 해가 창문에 날카로운 빛살을 뿌리고 있었다.

"노인이라니? 이장?"

나는 머리맡의 물주전자를 입에 대고 마시면서 물었다.

"아니오, 우리말고 이 집에 묵고 있다는 사람이 노인이거든요. 어젯밤에 선배님 잠들고 나서 혼자 바닷가를 산책하는데 어슬렁어슬렁 들어오더라고요. 바로 옆방이에요. 자기 방으로 들어가고 나서는 기척이 없었어요. 근데……."

황의 목소리는 한층 은밀해졌다. 그의 말에 의하면, 노인은 한밤중에 다시 자기 방을 나갔고, 거의 동이 틀 무렵이 되어서야 들어왔다고 했다. 자정쯤 되었을 거라고 했다. 잠들지 않고 성경을 읽고 있었는데, 갑자기 속이 부글거리면서 화장실에 가고 싶더라는 것이었다. 그는, 아무래도 초저녁에 먹은 그 매생인지 하는 낯선 음식이 몸 속에서 거역반응을 일으킨 모양이라고 했다. 그랬을지 모른다. 윤두에 의하면, 매생이에는 소화를 돕고 장의 운동을 활성화시키는 모종의 물질이 들어 있을 거라고 했다. 장이 예민한 사람은 설사를 할지도 모른다고 경고했었다.

화장실은 밖에 있었다. 그리고 바깥은 어둡고 추웠다. 그는 웬만하면 참아보려고 했다. 그러나 참을 수 있을 것 같지가 않았다. 그는 결국 두루마리 화장지를 찾아들고 밖으로 나갔다. 더듬더듬, 악취가 풍기는 재래식 화장실에 들어가 앉자마자 요란한 소리를 내면서 물똥이 쏟아져 나왔다.

그 순간이었다. 문득 가게의 문이 열리는가 싶더니 한 사람이 밖으로 나오는 것이었다. 벌어진 문틈으로 언뜻 보기에도 꾸부정한 모습이 저녁에 보았던 그 노인이었다. 황은 노인이 화장실을 찾아오는가 싶어서 인기척을 내려고 했다. 그러나 그럴 필요가 없었다. 노인이 화장실과는 상관없는 쪽으로 방향을 잡고 뚜벅뚜벅 걸어가버렸기 때문이었다.

노인의 외출이 뜻밖이긴 했지만, 그래도 그때까지는 별로 이상하게 생각하지 않았다고 했다. 이상한 생각이 든 것은 그 다음이었다. 그는 찬 공기에 노출되어 있어서 얼얼해진 엉덩이를 문지르며 화장실에서 걸어나왔다. 바람이 제법 차가웠다. 그는 진저리를 치고 방으로 들어가려다가 우뚝 멈춰 섰다. 철벅철벅, 무엇인가로 물살을 가르는 소리를 그는 들었다. 등뒤에서 들려오는 그 소리는 차가우면서 섬뜩했다. 그는 본능적으로 고개를 돌렸다. 어둠과 몸을 섞은 캄캄한 바다가 눈앞에 있었다. 바다는 잠들지 않고 있었다. 파도가 담벼락까지 몰려와서 찰싹거리고 있었다. 그리고 그는 보았다. 어둠 속으로 튀어오르는 희끗희끗한 포말들. 기우뚱거리며 움직이는 검은 그림자. 차갑고 섬뜩한 그 철벅거림의 진원지가 바로 거기였다. 그는 추위 때문에 몸을 덜덜 떨면서 조금 앞으로 나아갔다.

바닷물 위에 배가 떠 있었다. 아주 작은 목선이었다. 움직이고 있는 것은 그 목선이었다. 누군가 그 배에 올라타고서 노를 젓고 있었다. 어둠 속이었지만 그는 노를 젓고 있는 사람이 조금 전에 바닷가를 향해 걸어갔던 그 노인일 거라고 생각했다. 다른 사람일리가 없었다. 그런데 노인은 이 캄캄한 밤중에 노를 저어서 어디로 가는 것일까. 바다 위에는 불빛이 전혀 보이지 않았다. 적어도 육안으로는 월산리의 해안에 떠 있는 배를 한 척도 확인할 수 없었다. 자정이 넘은 시간이 아닌가. 그런데 바닷속으로 미끄러져 들어가다니…… 이해할 수 없었다. 이상할 뿐 아니라 괴기스럽다는 생각까지 들었다. 황은 희끗희끗한 포말과 함께 기우뚱거리는 배가 조금씩 멀어져가는 걸 지켜보았다. 몸이 얼음처럼 딱딱하게 굳는 것 같았다. 볼과 귀가 참지 못할 정도로 시렸다. 몸이 덜덜 떨렸다. 이빨들이 맞부딪치며 딱딱 소리를 냈다. 추위 때문이었지만, 어느 정도는 두려움 때문이기도 했다. 그는 손으로 볼을 비비며, 에취, 재채기를 하고 서둘러 방으로 들어갔다.

"그 밤중에 노인이 어디로 간 걸까요?"

황은 자못 심각해져 있었지만, 숙취 탓인지 나는 영 심각해지지가 않았다. 나는 심드렁한 어투로 글쎄, 밤낚시라도 나간 모양인가? 했다. 내가 생각해도 무성의한 대꾸였다. 황은 자기 말을 건성으로 들어넘기는 내가 못마땅한 눈치였다. 그리고 어느 정도는 그 책임이 자기에게 있다고 생각했는지 조금 더 신중해졌다.

"근데, 그 노인이 언제 들어왔는지 알아요?"

"언제 들어왔는데?"

나는 물을 벌컥벌컥 들이마셨다.

"영 잠이 안 오더라고요. 잠자리가 바뀌면 난 좀 그렇거든요. 거기다가 노인이 언제 들어올지 궁금하기도 했던가 봐요. 꼭 그 노인을 기다렸다는 건 아니지만, 뭐 그럴 이유가 있었던 건 아니잖아요. 그렇긴 해도 어딘지 이상하다는 느낌은 있었으니까, 나도 모르게 바깥의 기척에 귀를 기울이게 되었던가 봐요. 그래서 눈으로는 성경을 읽으면서도 밖에다 신경을 쓰고 있었는데, 한 시간이 지나도록 자잘거리는 바다 물결 소리말고는 들리는 것이 없었어요. 그러다가 깜박 잠이 들어버렸을 거예요. 물론 깊은 잠은 아니었어요. 내가 눈을 뜬 것은 찰싹거리는 바다 물결과는 다른 소리를 들었기 때문이었어요. 가게문이 삐거덕 소리를 내며 열리고 누군가 안으로 걸어들어왔어요. 그 노인이라는 걸 쉽게 짐작할 수 있었지요. 노인은 망설임 없이 자기 방으로 들어갔어요. 창 밖은 아직 캄캄했어요. 시계를 봤는데, 네시 반이었어요. 이상하지 않아요?"

그러고 보니까 조금 이상하다는 생각이 들긴 했다. 황이 만들어낸 분위기에 말려든 것인지, 아니면 벌컥벌컥 냉수를 들이마신 덕택으로 그제야 술기운이 깨어나고 있었던 것인지 모르겠다.

"그 노인이 어딜 갔다 온 건데?"

황은 씨익 웃었다. 내가 반응을 보인 것이 비로소 마음에 든다는 얼굴이었다. 순진한 친구로구나. 뚱딴지같이 그런 생각이 들었다.

"그건 나도 모르지요. 그래서 이렇게 선배님한테 이야기하고 있는 거 아닙니까?"

"그렇구먼."

나는 애매하게 대답하고 손바닥으로 얼굴을 쓸었다. 손바닥이 미끌미끌했다.

"세수를 해야겠어."

나는 자리에서 일어났다. 황이 따라 일어섰다. 밖으로 나오니 눈이 부셨다. 공기는 차고 햇빛은 따뜻했다. 바다 끝에서부터 자잘한 비늘들이 출렁이고 있었다. 갈매긴가? 새 한 마리가 끼루룩

거리면서 해안을 낮게 날았다. 나는 숨을 깊이 들이마시고 가슴을 폈다.

"잠자리가 편안했는지 모르겠습니다."

허벅지까지 오는 검정색 고무장화 차림의 주인 남자가 손에 망태기를 들고 나오면서 꾸벅 인사를 했다. 벌써 일을 하러 나가는 모양이었다. 아침 햇살은 그 사람의 검게 탄 얼굴을 붉은색으로 물들이고 있었다.

"나는 세상 모르고 잘 잤는데, 이 친구는 꼭 그렇진 않았나 봐요."

"왜요? 어째서 자리가 불편했을까요?"

남자는 정색을 하고 물어왔다.

"아니, 그런 건 아니고…… 옆방에, 우리말고 누가 있나요?"

"옆방이요? 아, 말씀을 안 드렸군요. 우리 작은아버님이십니다."

"작은아버님이요?"

황이 끼여들었다.

"밤중에 어딜 나가시더군요. 알고 계셨나요?"

"어젯밤에…… 그러셨어요?"

주인 남자는 말끝을 감아들였다. 바다 쪽에서 달려온 햇살이 그의 한쪽 얼굴을 붉게 물들이고, 나머지 반쪽에 어두운 그림자를 만들었다. 그 시간에 어디를 가신 걸까요, 하고 황이 조심스럽게 물었지만, 주인 남자는 못 들은 체했다. 꼭 그런 것은 아닐 테지만, 그 사람이 대화를 피한다는 인상이 들었다. 그는 우리를 외면한 채, 폭풍이 올 거라고 하는구만요, 하고 말했다. 이렇게 날씨가 좋은데요? 내가 물었다. 알 수 없는 게 바다 날씨 아닙니까? 그가 말했다. 거울처럼 고요하다가도 금방 사나워져서 덤벼들지요. 종잡을 수 없는 게 바다 날씨예요. 들어가셔서 아침 식사들이나 하십시오. 그는 모래밭 쪽으로 걸어갔다. 나는 황의 얼굴을 보았다. 그는 어깨를 으쓱하고는 하늘로 시선을 돌렸다. 나도 하늘을 보았다. 폭풍이 올 거라는 징후는 어디에도 없었다.

5

아침에 또 매생이국이 나왔다. 황은 밥상 앞에 앉아 기도를 하기 전에 얼굴을 찡그렸다. 나는 공연히 미안해서, 이따가는 다른 국을 좀 끓여주세요, 하고 주인 여자에게 부탁했다. 여자는 고개만 끄덕이고는 방을 나갔다. 나는 이번에도 매생이국을 두 그릇이나 먹었다. 나보다 먼저 밥상에서 물러난 황은 촬영 장비를 챙기고 밖으로 나갔다.

아침 식사를 마치고 밖으로 나오는데, 우리 쪽으로 노를 저어오는 배가 보였다. 그 배에 타고 있는 사람이 이쪽을 보고 손을 흔들었다.

"어이! 술이나 몇 병 가지고 와."

이장이었다. 그는 한 손으로 노를 저으면서 다른 손으로는 술을 마시는 흉내를 냈다. 멀리서도 이빨 빠진 자리가 거무스름하게 보였다. 바닷물이 밀려들어오고 있었다. 개펄은 물 속에 숨어서 보이지 않았다. 이장의 배는 바닷물이 야금야금 먹어들어오는 모래

톱에 멈춰 서서 우리를 기다렸다. 나는 가게 안으로 들어가서 소주를 세 병, 맥주를 두 병 가지고 나왔다. 안주거리를 고르는데, 마땅한 것이 보이지 않길래 땅콩과 오징어를 집어들었다.

"어디를 보려나?"

배에 올라타자마자 이장이 행선지부터 물었다.

"해안선을 따라 한바퀴 돌았으면 좋겠는데요."

"그러지."

이장은 퉤퉤 손바닥에 침을 뱉고 두 손바닥을 딱딱 소리나게 부딪쳐 보고는 노를 잡았다. 그가 힘을 쓰자 배가 쑤욱 앞으로 나갔다. 그의 입에서 저절로 노래가 나왔다. 서산에 지는 해는 지고 싶어서 지느냐, 나를 두고 가는 님은 가고 싶어서 가느냐……. 탁하고 갈라지는 목소리였는데도 가락이 워낙 청승스러워서 그랬는지 듣기가 좋았다. 노래는 공중에 퍼졌다가 바닷속으로 떨어졌다. 하늘과 바다 사이의 공백을 그의 노래가 채우는 것 같았다. 만경창파에 둥둥 뜬 배, 어기여차 어야디야, 노를 저어라……. 황은 카메라를 눈에 붙였다. 내 가방 속에는 수첩과 연필이 들어 있었지만, 나는 그것을 꺼내지 않았다. 아직 무엇을 쓸 마음이 생기지 않았다. 월산리에 대한 단편적인 인상들이 하나의 체계를 가진 큰 그림으로 그려질 때까지는 글을 쓰지 못할 것이다. 그 대신 나는 이장에게 자꾸만 말을 시켰다. 저긴 어디냐? 저건 무엇이냐? 김은 어떻게 양식하느냐? 저기 떠 있는 배들이 김을 채취하는 것이냐? 저 마을에는 몇 가구나 사느냐? 학교는 있느냐? 젊은이들은?……. 내가 질문하면 이장은 노래를 하다 말고 성실하게 대답을 해주었다.

배가 해안선을 끼고 왼쪽으로 한참 갔다가 다시 오른쪽으로 돌아왔다. 배는 바다 한가운데 떠 있었고, 마을로부터 제법 멀리 떨어져 있었다. 황이 올라가보고 싶다던 바위섬이 바로 눈앞에 있었다. 우리가 떠나왔던 해안선이 까마득히 멀어 보이는 걸로 보아 육지에서 볼 때 지척인 것 같던 그 섬도 꽤 거리가 있는 모양이었다. 이장은 어제와 마찬가지로 이빨로 소주를 땄다. 나는 함께 준비해온 오징어와 땅콩을 그 앞에 내놓았다. 이장은 안주에는 손도 대지 않았다. 그 대신 나에게 술을 권했다. 나는 손을 젓고 캔맥주를 땄다. 오줌 냄새 나는 그게 어디 술인가? 이장이 투덜거렸다.

"저 섬은 무인도지요?"

내가 섬을 가리키며 물었다. 온통 바위투성이인데 섬 한가운데 나무가 한 그루 덩그렇게 서 있었다.

"무인도지."

이장이 눈을 가늘게 뜨고 섬을 노려보더니 대답했다.

"섬 이름이 있습니까?"

"이름이야 있지. 활천도(活泉島)라고 하는데, 여기 사람들은 그냥 샘섬이라고 불러."

"샘섬이요?"

"샘이 있었거든."

"바다 한가운데에 샘이 있어요?"

"그럼, 얼마나 물이 좋았는지 몰라. 맑고 시원하고, 암튼 기가 막혔지. 육지 사람들이 저 섬에서 물을 길어다 먹고 그랬으니까. 오죽했으면 활천이라고 했겠소?"

나와 이장이 대화 나누는 장면을 황이 찍었다. 이장은 그러는 사진기자를 흘낏 쳐다보고는 다시 술을 병째 들이켰다. 거기에다 대고 황이 또 찰칵, 셔터를 눌렀다. 나도 맥주를 들이켰다. 맥주를 마시면서 이장의 말을 생각했다. 그의 말은 잘 이해가 되지 않았다. 우선 바다 한가운데 있는 조그만 섬에 샘이 있다는 것부터 믿어지지 않았다. 바닷속에서 민물이 솟아난다는 것이 아닌가. 그것은 바닷물이 짜지 않고 싱겁다는 진술만큼이나 의심스러운 것이었다. 그런데 거기서 한술 더 떠서 이장은 그 물이 기가 막히게 좋았다고 말한다. 육지 사람들이 저 섬에 있는 물을 길어다 먹었다고? 믿을 수 없었다. 이해할 수 없는 것은 또 있었다. 그렇게 좋은 물을 내는 섬이 바위투성이라는 걸 어떻게 받아들여야 할까. 좋은 샘을 가진 섬은 풀과 나무를 키워내지 않을 수 없다. 그런데 무슨 상징처럼 섬 한복판에 달랑 서 있는 한 그루의 나무도 그 비틀어지고 휘어진 꼴이 말이 아니었다. 나의 상식으로는 섬에 물이 있다면 저럴 수는 없는 것이다. 그러니까 저 섬에는 물이 있을 리 없다. 물이 없어야 한다. 나는 의문을 제기했다.

"그야 지금은 샘이 없어졌으니까."

이장은 당연하다는 듯 그 사유를 설명했다.

"샘이 없어지기 전에는 저렇게 보기 흉한 몰골은 아니었지. 나무도 많고 풀도 자라고 그랬거든. 여기로 와서 소 꼴을 베어가기도 했으니까……. 그 일이 있기 전까지 우리 월산리 사람들이 저 섬을 얼마나 사랑하고 아꼈는지 모를 것이구만."

"무슨 일이 있었습니까?"

"거기서 사람들이 많이 죽었소. 젊은 장정들이 수십 명이나 죽었어."

이장은 쯧쯧 혀를 차며 문득 그래야겠다는 생각이 들었는지 마시던 소주를 바닷물에다 뿌렸다. 나는 아직 그를 따라 맥주를 뿌릴 생각이 들지 않았다. 나에게는 그의 설명을 마저 듣는 일이 급했다. 방심하다가 예상치 않은 일격을 당한 느낌이었고, 그 충격이 만만치 않았지만, 그렇기 때문에 더욱 이장의 이야기에 귀기울이지 않을 수 없었다.

"언제요?"

카메라 셔터를 눌러대던 황이 어느새 우리들 사이에 끼여 앉아 있었다. 나를 대신해서 언제요? 하고 물은 것은 황이었다.

"망할 놈의 전쟁 때지, 언제는 언제겠어?"

이장이 이번에는 자기 입에다 소주를 부었다. 그리고 하던 말을 계속했다. 40년도 더 전이라고 했다. 한반도 곳곳이 생경한 이념들이 힘을 겨루는 싸움터가 되어 할퀴고 있던 무렵, 월산 마을은 한때 깊은 산속에 은신해 있다가 산자락을 타고 내려온 빨치산들로부터 시달림을 받은 적이 있었다. 바다에 그물을 던져서 살아가던 월산리 사람들에게 이념이란 터무니없이 생소한 방언이었다. 그들은 그 이념에 익숙하지 않았고, 그래서 그 방언을 잘 알아듣지 못했다. 그러나 이념은 사람을 가리지 않고 덤벼들었다. 무섭고 악랄한 소문이 전해져 왔다. 멀쩡한 마을이 파괴되고 뚜렷한 까닭 없이 사람이 사람을 죽인다고 했다. 형제가 형제를 찌르고 친구가 친구를 배반한다고 했다. 처음에 그런 소문이 들어올 때만 해도 마을 사람들은 그것을 아득한 메아리처럼 들었다. 그 마을은 그렇게 외지고 깊었다. 그들에게 그 모든 지독한 소문들은 자기네 살림살이와는 아무런 상관이 없는 것들이었다. 그러나 당분간만이었다. 멀리서부터 들려오던 끔찍스런 소문들은 시간이 흐르면서 조금씩 가까워졌고, 그러면서 구체적인 공포의 모양을 갖춰가기 시작했다. 그 소문의 진원지가 바로 이웃해 있는 지역까지 이르렀을 때 그들은 더 이상 자기들과 상관없는 일로 치부할 수가 없게 되었다. 공포가, 그때까지 축적되어 온 무섭고 악랄하고 끔찍스런 소문의 내용 속에 담겨 있던 두려움이 고스란히 마을을 덮쳤다.

헐벗고 피로에 지친 일단의 남자들이 총을 들고 들어오던 어느 날 밤에 한 명의 마을 주민이 죽고 세 명이 다쳤다. 그들은 산에서 내려온 사람들이었다. 총을 든 남자들은 마을 사람들을 위협해서 먹을 것을 빼앗고 날이 밝기 전에 떠났다. '해방 전쟁의 영광스러운 전사'가 되어야 한다며 젊은 남자 몇 명도 강제로 끌고 갔다. 그 과정에서 사상자가 생겨났다. 그들은 다시 오겠다는 말을 남기는 걸 잊지 않았다. 공포는 현실이 되었다. 마을 사람들은 모여서 회의를 했지만, 뾰족한 수가 없었다. 도움을 청하기 위해 사명을 띠고 읍내 지서까지 갔다 온 젊은이가 지서 건물이 완전히 박살났다는 소식을 전했다. 지서만이 아니었다. 읍내는 완전히 쑥밭이었다고 했다. 마을 사람들은 어떻게 해야 할지 몰라 우왕좌왕했다. 마을을 자기들 손으로 지키지 않으면 안 된다는 건 알았지만, 어떻게 지켜야 할지는 알지 못했다.

어떤 사람이 산 사람들에 대한 기억을 불러일으켰다. 그들은 약속한 대로 다시 올 것이고, 그들이 다시 오면 지난번처럼 먹을 것을 빼앗아 갈 것이고, 집기들을 부술 것이고, 부녀자들을 희롱할 것이다. 그리고 '해방 전쟁의 승리를 위해' 젊은 남자들을 끌고 갈 것이다. 그런 사태는 막아야 했다. 마을 사람들은 한곳에 모여 회의를 했다. 길고 힘든 회의였다. 누군가 샘섬을 거론했다. 당분간 젊은 남자들을 샘섬에 가서 숨어 있게 하자. 사람들이 숨을 죽였다. 그 의견보다 더 좋은 의견은 나오지 않았다. 샘섬은 안전할까? 의문을 제기하는 사람이 있긴 했지만, 다른 의견이 나오지 않았기 때문에 마침내 그렇게 하기로 결정을 보았다. 이튿날 날이 밝자마자 마을의 젊은 남자들이 배를 탔다. 샘섬에는 천연 동굴이 하나 있었다. 젊은이들은 그곳에 몸을 숨겼다. 물 걱정은 할 필요가 없었고, 먹을 것도 배를 이용해 하루에 한 번씩 공급하기로 하였으므로 걱정할 것이 없었다. 그들의 배는 마을 쪽에서 보이지 않는 곳에 정박해두었다. 마을에는 젊은 남자들의 모습이 보이지 않게 되었다. 남자라고는 제대로 걷지도 못하는 노인들이거나 어린아이들밖에 남지 않았다.

그러나 일주일이 지나도 그들이 걱정하고 우려하던 일이 생기지 않았기 때문에 마을 사람들 사이에서 지레 겁을 집어먹고 과민반응을 보이고 있는 것이 아니냐는 말이 나오기 시작했다. 언제까지 이렇게 답답하게 숨어 있어야 하느냐는 투덜거림도 샘섬에 몸을 숨긴 남자들로부터 나왔다. 차라리 마을로 돌아가는 것이 낫겠다는 쪽으로 생각들이 모아지고 있는데, 불쑥 총을 든 남자들이 마을로 쳐들어왔다. 그들은 지난번처럼 먹을 것만 빼앗아가지고 떠나지 않았다. 이번에는 지난번과 달랐다. 먹을 것을 빼앗고 행패를 부린 것은 같았지만, 그때처럼 쉽게 물러나지는 않았다. 그들은 낮에 마을에 들어왔고, 밤을 보냈으며, 그 다음 밤에도 떠나지 않았다. 그러면서 동네 남자들이 다 어디로 갔느냐고 추궁했다. 남자들이 숨은 곳을 대라고 윽박질렀다. 마을에 남은 아낙들과 노인들은 입을 다물었다. 어린아이들은 어른들이 어디로 갔는지 알지 못했기 때문에 말할 수 없었다.

"그런데…… 어떻게 알았는지 몰라. 그놈들이 배를 빼앗아 타고 샘섬으로 몰려간 거야. 한밤중이었는데 이상할 정도로 쉽게 동굴을 찾아냈어. 그리고……."

이장은 한숨을 몰아쉬었다. 아주 오래된 일인데도 마치 며칠 전 이야기를 옮기는 것처럼 몸을 부르르 떨었다. 나는 그를 재촉하지 못했다. 들어보지 않아도 무슨 일이 일어났을지 짐작이 갔다. 그런데도 궁금했다. 도대체 무슨 일이 일어났을까? 그가 한참 만에 말을 이었다.

"그놈들이 동굴 입구에다 불을 지르지 않았겠소? 매캐한 연기가 안으로 빨려들어갈 것은 당연한 일이지. 안에서 자고 있던 사람들이 멋모르고 밖으로 뛰쳐나왔고, 놈들은 입구에 지키고 서 있다가 한 사람씩 죽창으로 찔렀어. 사태를 알아챈 사람들이 동굴 밖으로 나오지 않고 버텼지. 그러자 놈들은 섬에 있던 나무를 베어다가 계속 불을 피워댔어. 생솔가지 타는 연기가 얼마나 고약한지 아시오? 마을에 있던 사람들은 바닷가에 나와 서서 발을 동동 구르며 밤하늘을 어지럽히는 시커먼 연기를 바라볼 수밖에 없었다오. 그래도 나오지 않고 끝까지 버틴 사람이 물론 있었지. 그러나 살아 남은 사람은 없었어. 그날 밤에 죽창에 찔려 죽거나 질식해 죽은 사람의 숫자가 서른이 넘었어. 난 그때 열 살도 채 안 된 어린애였지. 그래도 다 기억이 나……."

이장은 기억을 씻어내기라도 하려는 듯 허리를 굽혀 바닷물에 손을 씻었다. 이장의 이야기는 나와 황을 충격하기에 충분했다. 처음 들어보는 이야기였다. 이런 이야기가 어떻게 외부에 알려지지 않았는지 의아스러웠다. 이장은 그날의 그 비극과 샘섬의 운명을 연결시키려고 하는 것 같았다. 그래도 나는 그가 무슨 말을 하는지 직접 듣고 싶었다. 혹시 그가 자기 입으로 발설한 그 비참한 시절에 대한 기억에 집착한 나머지 샘섬의 운명에 대해 설명해야 한다는 걸 잊어먹지 않을까 걱정이 되었다. 아무래도 그가 그 이야기를 꺼내게 된 동기를 상기시켜 주는 편이 좋을 것 같았다.

"그 사건이 샘섬을 황폐하게 만들었나요? 그 사건으로 샘섬이 고갈되었다는 말씀을 하시려는 겁니까?"

"사실이야. 그날 서른 명이 넘는 남정네들의 피를 마신 다음부터 샘섬이 영 달라져버렸어. 샘은 당장 붉은빛이 도는 물을 냈어. 맛은 씁쓸하고 비릿했지. 그나마도 얼마 후에는 말라버렸어. 섬을 푸르게 덮고 있던 나무들과 풀들도 시들어갔지. 그걸 우연이라고 할 수 있을까?"

이장은 다시 소주를 바닷물에 뿌렸다. 그의 얼굴에 팬 굵은 주름이 유난히 깊어 보였다.

"올라가볼 수 있을까요?"

황이 조심스럽게 물었다. 내가 하고 싶은 말이었다.

"올라가볼 수야 있지만, 아주 오랫동안 가보지 않았는데…… 일 년에 한 번씩, 그 사람들이 희생된 날에 맞춰 공동으로 제사를 지냈지. 하지만 몇 해 전부터는 그것마저도 중단하고 있는 실정이라오."

"한번 둘러봤으면 좋겠습니다."

이번에는 내가 말했다. 이장으로부터 들은 이야기는 뜻밖이었고 충격이었다. 그런 만큼 현장을 확인해야겠다는 마음도 강했다. 이장의 말을 믿지 못해서가 아니었다. 그 사건이 믿기 어려울 만큼 충격적이기도 했지만, 그보다 일종의 직업정신 같은 것이 그 순간에 나를 섬으로 올라가라고 부추기고 있었을 것이다. 뉴스가 있는 곳에 기자가 있다. 그러나 기자가 가는 곳에 뉴스가 있는 것도 사실이다. 기자는 뉴스를 따라다니도록 운명지어진 자이지만, 어쩌면 뉴스 역시 기자를 따라다니도록 운명지어져 있는지 모른다. 이장이 싫다고 하면 사진기자와 함께라도 올라가볼 작정이었다.

　"뭐 볼 게 없어요……."

　그 말은 윤두가 한 말과 같았다. 내가 월산리에 간다고 했을 때 윤두도 그랬었다. 뭐 볼 게 있어야지……. 윤두가 그랬던 것처럼 이장도 별로 응하고 싶은 눈치가 아니었다. 나와 황은 교대로 이장을 구슬렸다. 나는 여기까지 와서 그냥 가면 서운하지 않느냐고 했고, 황은 올라가서 사진을 좀 찍어야겠다고 했다. 이장은 사진이야 이 배에서 찍으면 되지, 했다. 이장은 섬에 오르고 싶어하지 않는 것 같았다. 그 심정이 이해될 듯했다. 그래도 나는 그 동굴을 보아야 했다. 내가 재촉을 계속하자 그때서야 이장은 마지못해 몸을 일으켰다.

　"그러면 한번 올라가봅시다."

　샘섬은 밖에서 보던 것보다 훨씬 더 황폐한 모습을 하고 있었다. 오랫동안 햇빛에 노출되어 하얗게 빛이 바랜 거대한 바위 덩어리, 그것이 샘섬이었다. 풀이나 나무는 물론 바닥을 기어다니는 벌레도 보이지 않았다. 섬 한가운데 서 있는, 말라 비틀어진 노송 한 그루의 생명력이 의아스러울 지경이었다.

우리는 이장의 뒤를 따라 조심스럽게 앞으로 나아갔다. 황은 걸으면서도 계속 사진 찍는 걸 잊지 않았다. 저만치 앞에 우리가 떠나온 해안선이 납작하게 엎드려 있었다. 황은 렌즈를 바꿔 끼우고 그곳에도 카메라를 들이대었다.

"저기가 그 동굴인데, 안으로 들어가볼 거요?"

이장이 동굴 입구를 가리키며 물었다.

"물론입니다."

나는 동굴 안을 기웃거렸다. 이장은 입구에서 조금 떨어진 자리에 멈춰 서 있었다. 안으로 들어가고 싶지 않은 눈치였다. 그는 바위에 걸터앉았다. 나는 황이 가까이 다가올 때까지 기다렸다가 그와 함께 안으로 들어갔다. 동굴 안은 좁고 건조하고 어두웠다. 거기다가 이상한 냄새까지 났다. 기분이 그래서 그랬는지 머리끝이 쭈뼛 일어서는 듯했다. 나는 라이터를 켜들었다. 그 안에 바람이 있는지 라이터의 불꽃이 흔들렸다.

"향 냄새 같은 게 나는데요."

황이 뒤에서 말을 건넸다. 나도 무슨 냄새인가를 맡고 있었지만 그것이 향 냄새라고 생각하지는 않았었다. 그런데 황의 말을 들으니 향 냄새인 것 같았다.

"1년에 한 번씩 제사를 지냈다고 하더니 그 냄새인가?"

"벌써 몇 해 전에 그만두었다고 하지 않았습니까?"

"그러게 말이야."

조금 더 앞으로 나아갔다. 꽤 깊은 동굴인 것 같았다. 라이터의 불이 흔들렸고, 그에 따라 우리 두 사람의 그림자도 동굴 벽에서 앞뒤로 흔들렸다. 거기다가 내 손에 들린 라이터는 자주 꺼졌다. 황이 가끔씩 번쩍번쩍 카메라의 플래시를 터뜨렸다.

얼마 가지 않아서 황이 아무것도 없네요, 하고 내 등뒤에서 말했다. 나는 고개를 끄덕였다. 그와 마찬가지로 나 역시 유골 같은 걸 기대하는 마음이 있었던가 보았다. 만일 그렇다면 참 어이없는 일이었다. 희생자들에게는 모두 가족이 있었고, 그나마 40년도 더 지난 일이었다. 가족들이 희생자들의 시신을 이 동굴 속에 40년이 넘도록 방치했을 까닭이 없었다. 그런데도 내 마음 한구석에는 40년 전의 희생자들이 자기들의 존재를 증명하기 위해 남긴 무언가가 있을 거라는 막연한 기대가 있었던 모양이었다. 그런 기대가 충족될 리 없었다.

그 어느 순간에 카메라의 플래시에 의해 갑자기 환해진 동굴 안에서 나는 무언가를 보았다. 보았다고 느꼈다. 한 사람이 겨우 들어갈 수 있게 좁은 통로가 거기쯤에서 갑자기 넓어지는구나 싶었는데, 한쪽 벽과 맞대어 무언가가 놓여 있었다. 나는 라이터의 불빛이 흔들리지 않게 손으로 바람을 막고 그곳으로 다가갔다. 그것은 조그만 상이었다. 소반 위에는 양초가 두 개 서 있었는데, 내가 보기에 그 양초는 아주 오래 전에 사용한 것으로는 보이지 않았다. 나는 그 양초에 불을 붙여보았다. 쉽게 불이 붙었다. 이것은 무얼 뜻하는 것일까?

동굴 속으로 그리 깊이 들어오지 않아서부터 어떤 느낌이 있었다. 막연하게 냄새가 난다고 느꼈던, 그 수상한 느낌의 정체를 구체적으로 붙잡지 못했었는데, 비로소 그 순간에 깨달아지는 것이 있었다. 그것은 사람의 체취에 대한 감각이었다. 물론 황의 말대로 그것은 향 냄새이기도 했고, 실제로 양초가 놓여 있는 상의 중앙에는 향을 피우는 그릇도 자리잡고 있었다. 그럼에도 불구하고 나는 그 순간에, 그 향 냄새까지를 포함해서, 그곳으로부터 나와 같은 사람의 체취를 분명하게 감지했던 것이다. 나와 같은 사람? 그렇다. 나와 같은, 살아 있는 사람의 체취였다. 나는, 곤충이나 다른 동물들이 그런 것처럼 사람들에게도 사람들끼리만 통하는 어떤 암호가 있다고 믿는데, 내가 그 동굴 안에서 맡은 냄새는 말하자면 그런 암호와 같은 것이었다.

황은 플래시를 터뜨리며 사진을 찍었다. 그가 플래시를 터뜨릴 때마다 그런 확신이 조금씩 커졌다. 그렇다고 그 자리에 누군가 있었다는 뜻은 아니다. 실제로 그런 의심이 들어서 주변을 둘러보았지만, 아무도 보이지 않았다. 그러나 양초와 향 그릇이 놓인 그 상 앞에 한 사람이 앉을 만한 공간이 있었고, 그 공간에서도 똑같이 사람의 체취가 묻어난 것은 사실이었다. 수년 전에 중단된 합동 제사의 흔적이 아니라는 건 명백했다.

그것이 어느 정도 나를 놀라게 했기 때문에 내 안에서 자연스럽게 받아들일 수 있는 길을 스스로 만드는 데 약간의 시간이 필요했다. 내가 만든 생각의 길은 이랬다. 많은 세월이 흘렀다고 하지만, 생각하기에 따라서는 불과 40년이다. 이장도 그렇게 말했거니와, 마을에는 그 시절을 직접 겪은 사람들도 아직 있을 것이다. 아버지를 잃기도 했을 것이고, 삼촌이나 형, 아내를 잃기도 했을 것이다. 어떤 기억들은 세월이 흘러도 흘러가지 않는다. 흘러가지 않는 기억들은 억지로 흘려보낼 수 없고, 오직 견뎌야 한다. 때로는 견디기 위해 기억을 불러내야 하는 역설도 그래서 생겨난다. 나는 생각했다. 시간이 흘렀어도 지워지지 않기 때문에 견뎌야 하는 사람들이 있다. 견딜 힘을 얻기 위해서 더 잘 기억하려는 사람들이 수시로 이곳을 드나들며 향을 피우고 절을 했을 것이다. 그것이 어떻게 이상하고 놀랄 일이겠는가.

그런 식의 임시 방편으로 땜질을 하고 나니 동굴 속에서 발견한 것들에 대한 거부감이 덜했다. 양초를 들고 동굴 안쪽 끝까지 샅샅이 살펴볼 용기도 생겼다. 그러나 거기서부터는 살펴볼 것이 더 없었다. 얼마 가지 않아 길이 현저하게 좁아졌기 때문이었다. 무릎을 꿇고 기어갈 수도 없을 정도였다. 그 길을 따라 계속 나가면 다른 출구가 있을지도 모른다는 생각은 들지 않았다. 우리는 결국 거기서 돌아 나오고 말았다.


6


"글쎄, 그러면 그 노인이 그랬을까?"

이장은 혼자말처럼 중얼거렸다.

동굴 안에 향 그릇이 있고, 양초도 두 개나 놓여 있으며, 그 양초에 불이 잘 붙더라는 말을 이장은 믿으려 하지 않았다. 그럴 리가 없다는 말만 했다. 요새는 아무도 샘섬에 오지 않는다는 것이 이유였다. 샘섬은 저주를 받았기 때문이라고 했다. 한때는 샘섬이 축복이었지만, 이제는 재앙 덩어리였다. 마을 사람들은 샘이 마르고 나무가 사라진 이후로 샘섬이 저주를 받았으며, 자기들에게 재앙을 내린다고까지 믿고 있었다. 이장은, 월산리의 성쇠가 샘섬과 운명을 같이해 왔다고 증언했다. 한때 월산리는 인근에서 가장 부유하고 살기 좋은 마을이었다. 샘섬이 맛좋고 시원한 물을 펑펑 쏟아낼 때는 그랬다. 그러나 섬이 푸른색을 잃어버린 후 월산리도 급격하게 쇠락해갔다. 이 마을 전체를 다 팔아도 마을 사람들이 진 빚을 다 못 갚는다오, 하고 이장은 말했다. 그의 목소리에는 회한이 느껴졌다. 몇 해씩 가뭄이 들었고, 예고도 없이 자주 풍랑이 쳐서 사람의 목숨을 빼앗아갔다. 어느 핸가는 바닷물이 마을 안쪽 깊숙이까지 밀고 들어와 집들을 잠기게 한 이변도 있었다. 그런 일이 반복되자 샘섬의 저주와 재앙에 대한 마을 사람들의 의혹은 믿음이 되었다. 이제는 아무도 섬에 접근하지 않는다고 했다. 우리가 동굴 안에서 감지한 사람의 기색이라는 것을 이장은 믿을 수 없어 했다. 우리가 그 증거로 양초와 향 그릇, 그리고 동굴 벽에 배어 있는 짙은 향 냄새를 제시했지만 이장은 고개를 갸웃거리기만 했다.

그 어느 순간이었을 것이다. 내 머릿속으로 언뜻, 돌발적인 생각 하나가 쳐들어왔다. 나는 황을 향해 어젯밤에 보았다는 그 이상한 노인에 대해 물었다. 아침에 황으로부터 들을 때는 시큰둥했었는데, 그 순간에 불쑥 그 노인이 생각이 났다. 황의 눈이 번쩍 뜨이는 걸로 보아 내가 무슨 생각을 하는지 눈치챈 모양이었다. 황은 지난밤에 자기가 목격했던 장면을 아침에 나에게 했던 대로 다시 재현했다. 그 노인이 그 사람 아닐까요? 황은 자기 이야기를 질문으로 마쳤다. 황의 이야기를 다 들은 이장은 고개를 갸우뚱하며 무언가 생각을 오래 하더니 마침내 그렇게 말했다. 글쎄, 그러면 그 노인이 그랬을까?

"그 노인일까요? 그렇다면 왜 그랬을까요?"

나는 틈을 놓치지 않고 재빨리 물었다. 이장은 몇 번 더 고개를 흔들었다. 망설이고 있는 표정이 역력했다.

"김일중일 거요, 그 노인 이름이. 손님들 묶고 있는 그 점방 주인이 그 노인 조카지. 오래 전에 도시로 나갔어. 돌아온 지 얼마 안 되었는데, 듣자하니 몸에 암 덩이가 퍼져 있어서 얼마 못 살 거라고 하고, 다시 도시로 돌아갈 것 같지는 않다고도 하던데……. 마을 사람들과 전혀 접촉을 하지 않으니까 잘은 모르겠지만 말이야……."

이장은 혼자말처럼 말했다. 그의 말은 노인이 누구인지에 대한 궁금증을 불러일으켰다.

"그 노인이 누굽니까?"

나는 단도직입적으로 물었다. 노인은 고개를 흔들었다가 다시 끄덕였다.

"그 끔찍한 사건 있잖나……. 다 죽었다고 했는데, 실은 그날 동굴에 있던 사람 중에 생존자가 꼭 두 명 있었어. 밤을 이용해서 마을로 먹을 것을 가지러 나왔다가 목숨을 건졌지. 천운이었다고 해야 할 거야. 노인은 그 두 사람의 생존자 가운데 한 명이었어. 충격이 심했겠지. 마을의 어떤 사람들보다 더 정신에 큰 상처를 받았을 거야. 그 때문이었을까, 그 일이 있고 얼마 되지 않아서 마을을 떠났어. 그때가 그 사람, 아마 스무 살은 넘었을 테고 서른은 안 되었을 거야."

"월산리에 나타난 게 얼마 안 되었다고요?"

"어쩌다 한 번씩 오긴 했지. 하지만 최근에는 통 발걸음을 하지 않았었는데, 나이가 들긴 든 모양이지. 왜 그러지 않겠나. 나이가 들면 잊어버렸거나 혹은 잊어버리려고 했던 기억들이 터무니없이 선명하게 떠오르곤 하거든. 더구나 확실히는 모르지만, 죽을 날을 받아놓았다면 더욱 그렇겠지. 서른 명이 넘는 사람들이 죽어가는 현장을 자기 혼자서 피했다는 사실이, 물론 우연히 그렇게 되었고, 따라서 그가 무슨 책임을 져야 하는 건 아니겠지만, 그래도 그를 몹시 괴롭혔을 거야. 비겁하게 혼자서 죽음을 피했다는 자괴감도 들었을 테고, 어쩔 수 없이 죄책감 같은 것도 느끼지 않을 수 없었겠지. 그러니까, 그랬을까? 노인이 그 밤중에 샘섬에 찾아가서 죽은 넋들의 명복을 비는 향을 피운 것일까? 그럴지도 모르겠네."

노인은 이야기를 하면서 자기 스스로 의아스러움을 풀었다. 처음에는 갸우뚱하던 노인의 머리가 위아래로 끄덕였다. 한 손에 들고 있던 소주병을 입으로 가져갔지만, 술은 한 방울도 남아 있지 않았다. 이장은 할 일을 다했다는 듯 엉덩이를 털고 일어났다. 동굴 쪽으로 흘낏 눈길을 주긴 했지만, 그쪽으로 걸어가진 않았다. 노인의 흔적을 확인하고 싶은 마음은 없는 모양이었다. 오히려 서둘러 섬을 떠나고 싶어하는 눈치가 보였다.

노인은 다시 배에 올라탔다. 아까보다 물결이 높아졌다는 걸 느낄 수 있었다. 그리고 보니 조금 전까지 쨍쨍하던 하늘에도 어느새 구름이 가득 덮여 있었다. 한바탕 쏟아지려나? 이장이 하늘을 올려다보며 중얼거렸다. 눈이 올까요? 내가 물었다. 여기는 여간해서는 눈이 안 와요. 비가 내리겠지. 이장이 대답했다. 큰 바람이 불 거래요. 황이 끼여들었다. 그럴지도 모르지. 이장이 다시 하늘을 올려다보았다. 이장은 굳은 얼굴로 노를 저었다. 내 마음속은 개운하지가 않았다. 이장은 비교적 자세하게 오래 전에 샘섬에서 일어난 무서운 사건에 대해 이야기했다. 그는 숨기지 않았고, 그럴 이유도 없었다. 그럴 필요가 무어란 말인가. 이야기는 끝났다. 그런데도 나에게는 끝난 것 같지가 않았다. 이장이 무언가 할말을 다하지 않았다는 의미가 아니었다. 그는 할말을 숨김없이 다했다. 그렇지만 나는 만족스럽지 않았다. 무언가가 더 필요했다. 그래야 완전한 그림이 그려질 것 같았다. 그래서 나는 끊긴 대화를 다시 이어가기로 했다.

"다른 한 사람은요?"

이장은 무슨 말이냐는 듯 멀뚱한 얼굴로 나를 보았다.

"그 동굴에 피신해 있던 사람들 중에 생존자가 두 명 있었다고 하지 않았습니까? 한 명은 마을을 바로 떠났다고 했지요. 그 사람이 우리가 묵고 있는 가겟집의 작은아버지고…… 다른 한 사람은요? 그 사람도 마을을 떠났나요?"

"아니, 그 사람은 마을에서 계속 살았어. 몇 해 전에 세상을 떴지만."

"왜 그랬을까요? 그 사람은 왜 떠나지 않았을까요? 다른 한 사람은 괴로움 때문이든 죄책감 때문이든 바로 마을을 떠났는데, 그 사람은 왜 떠나지 않았을까요?"

내가 생각해도 내 질문은 엉터리였고 억지였다. 내 질문은 그 사람이 마을을 떠났어야 한다는, 그것이 옳고 합당한 처사라는 일방적인 판단을 밑바탕에 깔고 있었다. 뚜렷한 근거도 없이 상처투성이의 한 영혼을, 그 사람이 다른 한 사람과 다르게 행동했다는 이유만으로 비난하고 있는 셈이었다. 사실을 말하면, 떠날 수도 있고 떠나지 않을 수도 있는 일이었다. 그뿐, 어느 쪽이든 옳거나 그른 것은 아니었다. 더구나 내 엉터리 질문을 받고 있는 상대는 당사자가 아니었다. 내 질문은 질문이라고 할 수도 없었다. 그런데 이장은 내 엉터리 질문을 질문으로 인정해 주었다. 내 질문이 무언가 생각나게 한 게 있는 모양이었다.

"꼭 마을을 떠나야 할 필요가 있었던 건 아니니까. 아무도 등을 떠밀지 않았지. 그리고, 지금 생각해보니 마을을 떠났던 그 사람도 그 사건 직후에 바로 떠난 건 아니었어."

"그건 무슨 뜻인가요?"

그는 기억을 더듬었다. 정확하지는 않지만, 이라는 단서를 달고서 그는 그 사람이 고향을 떠난 게 전쟁이 끝난 다음이었다고 회고했다. 샘섬에서 비극적인 사건이 일어난 지 1년 반쯤 지난 다음이었을 거라고 덧붙였다. 이장이 그 사실을 기억하는 것은 그 사람이 마을을 떠난 후에 퍼진 한 가지 괴이한 소문 때문이라고 했다.

전쟁이 끝난 후 월산리에는 또 하나의 기억할 만한 큰 사건이 생겼다. 그것의 발단은 일종의 간통사건이었다. 한 여자가 임신을 한 사실이 알려졌는데, 1년 전에 샘섬의 그 동굴에서 지아비를 잃은 젊은 과부였다. 그녀에게는 세 살짜리 아들까지 있었다. 일부종사와 엄격한 부덕(婦德)을 생명처럼 지켜온 월산리 사람들에게 젊은 과부의 임신 사실은 충격이 아닐 수 없었다. 마을 전체가 시끌시끌했다. 노한 시댁 어른들이 누구의 아이인지를 대라고 다그

쳤다. 그러나 그녀는 입을 열지 않았다. 시댁에서는 그녀를 감금하고 밥을 주지 않았다. 마을 어른들은 회의를 열었다. 흥분한 어른들은 그녀를 그대로 둘 수가 없다고 했다.

월산리 마을에는 오랫동안 이어져 내려온 독특한 형벌이 하나 있었다. 주로 공동의 이익에 반하거나 반사회적 범죄를 저지른 사람을 벌할 때 사용한 것으로 '멍석말이'라고 불렀다. 둥근 멍석에 사람을 말아서 묶는다. 그런 다음 큰길로 굴리고 다니며 욕을 하고 발로 차고 몽둥이로 두들겨 패는 것이다. 어른부터 애까지 마을 사람들이 모두 참여해서 그렇게 한다. 고통스럽기도 하지만, 무엇보다 수치심을 견디기가 어려운 벌이다. 그때까지 월산리에서 멍석말이를 당한 사람은 몇 명의 남자들이었다. 술에 취해서 자기 아버지에게 칼을 들이댄 패륜아와 남몰래 친척들의 전답을 팔아먹은 사기꾼들이었다. 여자는 그녀가 처음이었다.

어른들은 애 아빠가 누구인지를 꼬치꼬치 캐물었다. 남자의 이름을 대기만 하면, 처벌을 사해주겠다고 구슬리기도 하고 욕설을 퍼부으며 협박을 하기도 했다. 그러나 그녀의 입은 열리지 않았다. 하는 수 없이 그녀의 몸이 멍석에 말렸다. 포대처럼 묶인 그녀의 몸을 사람들은 마을 이쪽 끝에서 저쪽 끝으로 굴리고 다니며 뭇매를 가했다. 사람들은 그녀가 임신중이라는 것도 고려하지 않았다. 아니, 고려했는지 모른다. 그들은 부정한 씨앗을 태어나게 하면 안 된다는 신념을 가지고 있었을 것이고, 그래서 더욱 거칠게 매질을 했을 것이다. 그렇게 심한 매질이 여자의 생명을 빼앗아버릴지도 모른다는 생각을 그들은 하지 못했을까? 멍석을 폈을 때 여자는 새파랗게 질린 채 죽어 있었다.

여자의 죽음으로 그녀가 관계를 가진 남자가 누구인지는 영원히 알 수 없게 되어버렸다. 사람들이 모이면 으레 이런저런 쑥덕공론이 벌어지긴 했지만, 누구라고 지칭할 수도 없었고, 또 그럴 근거도 없었다. 가장 유력한 추측은 그녀의 상대가 다른 마을 사람일 거라는 것이었다. 월산리 마을에는 젊은 남자들이 거의 대부분 희생되고 없었기 때문에 그 추측은 부분적으로 설득력이 있었다.

그러나 대외적으로 자살이라고 알려진 여자의 장례식이 끝나고 난 후 상황에 약간의 변화가 생겼다. 좀더 엄격하게 말하면 여자의 장례식 후가 아니었다. 한 사람이 마을을 떠난 후였다. 그 사람은 여자의 장례식이 끝나자마자 마을을 떠났고, 새로운 소문은 그가 마을을 떠나자마자 생겨났다.

"선명하진 않지만, 시기가 우연히 일치해서, 그래서 그런 소문이 났던 게 아닌가 싶어. 죽은 여자와 관계를 맺은 남자가 바로 그 사람이다. 그런 소문이었지. 남자가 갑자기 마을을 떠났으니까 그런 소문이 날 만도 했을 거야. 원래 남의 말하기 좋아하는 게 사람들의 입이 아닌가. 그래서 쑤군쑤군대고 그랬지. 뭐 어디서 둘이 몰래 만나는 걸 보았다는 이야기도 나오고, 밭에서 같이 일할 때 두 사람 눈빛이 심상치 않았다는 말도 나오고 그랬어. 하지만 그 소문이 오래가지는 않았던 것 같아. 남자하고 나이 차이가 꽤 나는 데다가, 아마 열 살 가까이 나지 않았을까 싶은데, 거기다가 좀 멀긴 하지만 친척지간이었거든. 그런 이유들 때문에 장작불처럼 빠르게 타오르던 그 소문은 또 금방 사그라들었어."

"그렇게 떠나가서는 이제껏 고향 나들이를 하지 않았었군요."

"아니, 그렇진 않았어. 그 사람, 도시에서 꽤 돈을 번 모양이야. 서너 차례 고향에 나타나서 무슨 공사인가를 벌이곤 했지. 다 잘 되진 않았지만…… 노인이 나타나니까 옛날 생각이 다 나고, 새삼스럽구먼…… 그런데, 이런 이야기 나한테 처음 듣는 거요?"

이장은 말을 하다 말고 문득 이상하다는 듯한 눈빛으로 그렇게 물었다. 무슨 뚱딴지 같은 질문이란 말인가. 이장은 우리가 월산 리와 샘섬에서 벌어진 그 무서운 사건에 대해 아무런 정보를 가지고 있지 않다는 것을 이미 알고 있었다. 그런데 처음 듣느냐니? 처음 듣지 않으면 그런 이야기를 어디서 듣는단 말인가. 나는 이해할 수 없다는 눈빛으로 그를 바라보았다. 파도가 뱃전을 때렸고, 그럴 때마다 낡은 목선이 출렁거렸다.

"그 윤가놈한테 여기 이야기를 들었다고 해서, 나는 또 알고 있는가 했지."

이장은 노를 젓는 팔에 힘을 주면서 혀를 끌끌 찼다.

"불쌍한 놈이지. 샘섬에서 아버지를 잃고, 어머니마저 그렇게 졸지에 잃고 큰댁에서 자라지 않았나. 어렸을 때부터 영리한 놈이라 제 길을 열었지. 그렇지 않았으면 우리 같은 무지렁이로 살았을걸. 참 다행스런 일이야. 그 녀석, 지금도 큰집 어른들을 자기 아비 어민 줄 알고 있을지 몰라."

이장은 먼 곳에 시선을 준 채 노를 젓는 일에 열중했다. 그가 바다 그림을 열심히 그리는 내 친구 윤두에 대해 말하고 있다는 건 의심의 여지가 없었다. 그런데도 어쩐지, 현실감이 희미해졌다고 해야 할까, 그가 말하는 윤가가 현실 속의 윤두와 잘 연결되지 않았다.

## 7

키 큰 남자들이 발로 멍석을 굴린다. 멍석은 쿨럭거리며 땅 위를 굴러간다. 땅 위에 박힌 뾰족한 돌덩어리들이 살을 찌른다. 사람들이 침을 뱉고 발길질을 한다. 몽둥이를 들고 때리는 사람도 있다. 멍석 안에 말려서 뭇매를 당하는 여자는 허리가 아프고 다리가 아프고 머리가 아프다. 무엇보다 숨이 막힌다. 여자는 이를 악물고 최대한 몸을 구부려서 팔과 다리로 자기 배를 감싼다. 그녀의 배 안에 생명이 자라고 있다. 그녀는 그 생명을 지켜야 한다고 생각한다. 화냥년, 하고 누군가 침을 뱉듯 소리지른다. 그 소리가 아득하게 들린다. 꼭 꿈을 꾸는 것 같다. 멍석 밖은 다른 세계이다. 그는 멍석 안에 있고, 사람들은 멍석 밖에 있다. 멍석 밖에 있는 사람은 멍석 안에 있는 사람에게 닿지 않는다. 멍석 안에 있는 사람도 멍석 밖에 있는 사람과 닿지 않기는 마찬가지다. 멍석은 안과 밖을 차단한다. 멍석의 두께는 우주이다. 그 사이로는 감정이나 정서가 흐르지 않는다. 소통이 불가능하다. 멍석 안은 다른 세계이다. 누구하고 그 짓을 했는지 어서 고해라. 누군가 버럭 소리지른다. 그러나 그 소리 역시 꿈꾸는 것처럼 아득하다. 다른 세계의 소리. 그래서 그녀의 마음을 움직이지 못한다. 그녀는 더욱 필사적이 되어 자기 배를 감싼다. 그녀의 두 눈에서 주르륵 눈물이 흐른다. 멍석은 쉼없이 굴러가고 매질은 멈추지 않는다…….

멍석말이 장면이 눈앞에서 떠나지 않았다. 말로만 들었을 뿐 멍석말이라는 걸 한 번도 본 적이 없는데도 마치 눈앞에서 보고 있는 것처럼 그림이 선명했다. 나는 몇 번이나 고개를 저었다. 그 고갯짓을 통해 내가 부정할 수 있는 것은 아무것도 없었다. 나는 그저 그 그림이 지워지기만을 바랐을 뿐이었다. 아마도 그 순간에 나는 그 비운의 여인을 향해 깊은 동정심과 함께 슬픔을 느끼고 있었던 듯하다. 그녀는 자기의 감춰진 남자를 목숨을 걸고 보호했다고 했다. 그녀의 운명과도 같은 사랑이 폭풍처럼 가슴을 쳤다. 그렇다고는 해도 서른 명도 넘는 남자들의 억울한 죽음에 대해서보다 그 한 여자의 죽음을 더욱 마음 아파하는 나를 나도 이해하기가 어려웠다. 아니, 전혀 이해할 수 없었던 것은 아니다. 내 환상 속에 나온 멍석 속의 여자는 낯이 설지 않았다. 그것은 윤두의 얼굴이었다. 여자인데도 얼굴은 윤두였다. 그것은 내가 윤두를 의식하고 있다는 뜻이었고, 그것이 멍석 속의 그녀에게 유난스런 감정을 품게 만드는 이유였다.

윤두. 그의 밝고 쾌활한 얼굴이 떠올랐다. 그가 우울해하는 걸 본 적이 있었던가. 그럴 리 없는데도 그런 모습을 본 기억이 나지 않았다. 그의 과거, 그의 내면에 그런 것이 있을 줄은 몰랐었다. 내가 알고 있는 것은 그의 겉껍데기에 불과했던가, 생각하니 마음이 쓸쓸했다. 내가 월산리에 같이 가자고 했을 때 그가 왜 그렇게 퉁명스럽게 내 청을 뿌리쳤는지 알 것 같았다. 그의 가슴속에는 상처가 있었다. 그 상처는 그가 움직이면 덧나기 쉬운 것이었다. 그는 그것을 두려워한 것이 아닐까. 하기야 자기 혼자서 안고 가야 하는 상처는 누구에게나 있게 마련이다. 그에게도 그런 것이 있었던 것이다. 그는 그 상처를 밖으로 드러내지 않으려고 안간힘을 쓰면서 살아왔다. 그 안간힘을 나는 눈치채지 못했다. 누가 그런 눈치를 챘을지 모르겠다.

가슴속에 물 같은 것이 차오르는 느낌이었다. 나는 갑자기 윤두가 보고 싶어졌다. 그의 음성이라도 들었으면 싶었다. 나는 충동을 참지 못하고 전화를 찾았다. 마을 사람들이 공동으로 사용하는 전화가 이장 집에 한 대 있다고 했다. 나는 이장 집으로 달려가서 윤두에게 전화를 걸었다. 그는 집에 있었다. 그는 내 목소리를 듣자 어디냐고 물었다. 나는 월산리라고 했다. 그가 웃으면서 매생이국을 먹었느냐고 물었다. 나는 여러 그릇 먹었다고 대답하고 여기서 먹으니까 맛이 더 좋더라고 덧붙였다. 그는 동행하지 못해서 미안하다고 사과했다. 나는 괜찮다고 했다. 좋아? 하고 그가 물었다. 그는 무엇이 어색한지 자꾸만 웃었다. 나는 좋아, 하고 대답했다. 왜 전화했어? 약간의 침묵 끝에 그가 물었다. 그냥. 말해놓고 나도 웃었다. 샘섬에 갔다 왔어, 하고 말하려다 그만두었다. 어쩐지 그가 거북해할 것 같았다. 그를 침묵하게 만들고 싶지 않았다. 무슨 할말이 있는 것 같은데……. 그가 넌지시 말했다. 나는 아니라고 했다. 언제 와? 그가 다시 웃으면서 물었다. 하룻밤 더 자고 내일 가려고 해. 내가 대답했다. 여기는 날씨가 흐리고 파도가 높은데, 서울은 어때? 이번에는 내가 물었다. 여기도 흐려. 밤에 눈이 올 거래. 그가 대답했다. 잘 보내고 와. 그가 말했다. 서울 가서 봐. 내가 말했다. 그리고 우리는 전화를 끊었다.

그럴 수밖에 없었다. 불쑥 그에게 전화를 걸고 싶다는 충동이 일긴 했지만, 무슨 말을 하겠다는 작정 같은 것은 없었다. 그냥 그가 보고 싶었고 그의 목소리라도 들었으면 싶었다.

저녁 식사를 하기 전에 나는 가겟집에 우리와 함께 머물고 있는 노인과 이야기를 나누려고 시도해보았다. 그는 이야기를 가진 사람이었다. 이야기는 때로 폭탄과도 같다는 걸 나는 알고 있다. 폭탄이기 때문에 함부로 꺼내지 못하는 이야기가 있다. 폭탄은 누군가, 자기 자신이나 혹은 주변에 있는 사람을 다치게 하기 때문이다. 어떤 사람에게 그 폭탄의 위력은 치명적이기도 하다. 노인이야말로 그런 폭탄, 그런 이야기를 가진 사람이라는 생각이 들었다. 그의 가슴속에 들어 있을 폭탄을 보고 싶었다. 누군가 다칠지 모르지만, 어쩌면 내가 다칠 수도 있는 일이지만 만져보고 싶었다.

노인은 자기 방에서 나오지 않고 있었다. 잠을 자는지 기척이 없었다. 황은 지난밤에 그를 보았다고 했지만, 나는 그의 얼굴도 보지 못한 상태였다. 우선 주인집 남자에게 부탁을 해보려고 했다. 그러나 남자는 바다에서 아직 돌아오지 않은 시간이었다. 나는 가겟집 여자에게 노인을 좀 만나게 해달라고 부탁했다. 여자는 설레설레 고개를 저었다.

"지금 약 드시고 주무세요."

"무슨 약을 드시나요?"

"나는 잘 몰라요. 한 번씩 약을 드시고 잠들면 몇 시간씩 꼼짝을 안 하세요."

그래도 나는 한 번 말씀을 드려보라고 청했다. 여자가 노인의 방으로 다가가서 문을 두드렸다. 여자가 안에다 대고 무슨 말인가를 하는 것 같았다. 안에서 무슨 말을 하는지는 들리지 않았다. 여자가 곧 우리 곁으로 다가와서 손을 내저었다.

"잠이 깊이 드셨어요."

"많이 아프신가요?"

내가 물었다.

"몹시 고통스러워하다가도, 약을 드시고 주무시고 나면 곧 좋아지곤 해요."

나는 노인의 방문 앞을 서성이다가 내 방으로 들어왔다.

황은 성경을 펴놓고 읽고 있었다. 성경을 읽기만 하는 것이 아니라 무언가를 노트에 받아적기도 했다. 그가 성경을 읽는 방법이었다. 그렇게 하면 하나님 말씀을 더 잘 이해할 수 있다는 것이 그의 설명이었다. 그 곁에 배를 깔고 누워서 나도 무언가를 적어보려고 했다. 그러나 아무것도 써지지 않았다. 멍석말이 정경만 눈앞에서 어른거렸다. 멍석에 말린 채 뭇매를 맞고 있는, 윤두를 꼭 빼닮은 여자의 얼굴이 어찌나 선명한지 환상이라는 생각이 들지 않았다. 나는 천장을 보고 바로 누워서 그 여자의 칠흑 같은 운명에 대해 생각했다. 그녀의 연약한 몸으로는 어찌해볼 수 없었을, 시대의 도덕과 인습, 그 무거운 멍에를 생각했다. 아무도 그녀의 편을 들어주지 않았다. 누군가 그녀의 편을 들어주리라는 기대는 불가능했다. 그녀가 목숨과 바꾸었던 한 남자가 있었다. 그러나 그 남자도 침묵했다. 어떻게 그럴 수 있었을까? 나는 다시 그 남자에 대해 생각했다. 남자가 어떤 행동인가를 했어야 했을까? 예컨대 내가 그 남자요, 하고 나섰어야 했을까? 그랬다면 상황이 달라졌을까? 왜 그런지 고개가 끄덕여지지 않았다. 그 남자가 옳았다는 것이 아니라, 그에게도 선택의 여지가 별로 없었을 거라는 생각이었다. 여자가 고통당하는 모습을 지켜보면서 그녀의 숨어있는 남자가 견뎌야 했을 더 큰 고통과 슬픔을 우리가 어떻게 헤아리겠는가. 그런데도 나는 그것을 이해할 수 있을 것 같은 심정이었다. 그러자 그 여자의 남자가 걷잡을 수 없이 궁금해졌다. 그 사람이 그 노인일까? 소문은 그 남자로 노인을 지목했다가 곧 철회했다고 했다. 그 사람이 그 노인일까?

곁눈질을 해보니 황은 여전히 성경에 고개를 처박고 있었다. 나는 그에게 말을 붙였다.

"어떻게 생각해? 노인이 그 사람일까?"

황은 내 말을 알아들었다. 그러나 그는 곧바로 대답하지 않았다. 무슨 생각인가를 하는 눈치였다. 잠시 후에 그가 성경에서 눈을 떼지 않은 채 말했다.

"노인이 심상치 않다는 느낌은 들어요. 샘섬에 있는 흔적이 그 노인의 것이라면, 그런 형태도 이상하고요. 하지만, 그 간통사건의 남자 주인공이 그 사람이었을 거라는 생각은 어쩐지 좀…… 그때 노인은 여자보다 나이가 한참 어렸고, 또 친척지간이었다지 않아요? 40년도 더 전 시대였는데, 그럴 수 있었겠어요? 모든 사람들이 참혹하게 죽어간 현장에서 살아 돌아온 데 대한 죄책감으로 괴로워하긴 했겠지요. 그건 자연스러운 것 같아요. 그 때문에 마을을 떠난 것도 자연스럽고요. 이장 말대로 그 사람이 마을을 떠난 날이 우연히 여자의 장례식 직후가 되다 보니 일시적으로 오해를 샀던 거겠지요."

"그럴까?"

"선배님은 그렇게 생각 안 해요?"

"글쎄."

나는 애매하게 대답하고 몸을 돌려 누웠다.

가겟집 주인 여자가 밥상을 들고 들어왔다. 한쪽에는 매생이국이 차려져 있고, 다른 한쪽에는 된장국이 차려져 있었다. 상 한가운데는 생선찌개가 놓여 있었다. 황은 된장국과 생선찌개로 밥을 먹었다. 매생이국을 대접째 후루룩 마시는 내 모습을 황이 물끄러미 쳐다보았다. 나는 "먹고 싶지?" 하고 대접을 내밀었다. 그는 얼굴을 찡그리고 몸을 뒤로 빼며 손을 내저었다.


8


밤이 되면서 바람이 거세졌다. 바람은 양철 지붕의 모서리를 흔들고 물결을 출렁이게 했다. 모래톱을 침범해 들어오는 파도 소리가 제법 거셌다. 밖에 나와 보았지만 별이 보이지 않았다. 어둡고 추운 밤이었다. 큰 바람이 불어올 거라고 주인 남자는 말했었다. 나는 안주 없이 캔맥주를 두 개 마시고 잠자리에 들었다. 눈을 감는데 윤두 얼굴이 자꾸만 떠올랐다. 멍석말이를 당한 채 죽어간 40년 전의 한 여자의 가슴속에 있던 뜨거움, 그 열정과 원한의 불이 고스란히 윤두의 가슴속에 옮겨 들어가 있는 것 같았다.

황은 내 옆에서 성경을 읽고 있었다. 그가 언제 잠들었는지는 잘 모르겠다. 어제와 마찬가지로 딸싹거리는 그의 입술을 바라보다가 언제인지 모르게 내가 먼저 잠들었으니까. 우리는 다음날 아침 일찍 일어나 몇 군데만 더 돌아본 후 오전중에 떠나기로 했다. 그렇게 하면 계획대로 일을 마치고 가는 셈이었다. 처음부터 2박 3일 일정의 출장이었다. 나는 황에게 되도록 일찍 자라고 말하고 먼저 눈을 감아버렸다.

내가 눈을 뜬 것은 담벼락이 무너지는 것 같은 굉음을 들었기 때문이었다. 황도 그 소리를 듣고 깨었는지 부스럭거리며 일어나 앉았다. 나는 불을 켜고 밖으로 나갔다. 황이 따라나왔다. 바람이 몸을 날릴 기세로 덤벼들었다. 언덕만한 파도가 마당 안까지 쳐들어왔다. 파도가 모래밭 위에 세워진 돌담을 무너뜨린 모양이었다. 무너진 돌담 앞에 주인 남자가 우뚝 서서 바다를 바라보고 있었다. 나는 그 사람에게로 다가갔다.

"자지 않고 왜들 나오십니까?"

그가 말했다.

"담이 무너졌나 보군요. 대단한 파도네요. 저걸 어떻게 하지요?"

"바람이 자면 다시 돌을 주워다가 쌓으면 되니까 담 무너진 거야 문제될 게 없어요. 지금 문제는……."

언덕만한 파도가 무너진 담을 훌쩍 넘어서 주인 남자가 서 있는 자리로 덮쳐왔다. 그의 옷이 바닷물에 젖었다. 그런데도 그는 꼼짝하지 않고 그 자리에 서 있기만 했다. 그가 무슨 생각인가를 골똘히 하고 있다는 걸 알 수 있었다. 그는 무슨 말인가를 하려다가 파도 때문에 중간에서 멈췄다는 걸 깨닫지 못하고 있는 것 같았다.

"아무래도 안 되겠어."

이윽고 그의 입에서 그런 말이 나왔다. 그가 결심을 한 듯 바다 쪽으로 발을 내딛었다.

"뭐 하시려고요?"

"어딜 가십니까?"

황과 내가 동시에 물었다. 그는 잠시 망설이는 듯하더니 이내 고개를 돌려 우리 쪽을 보았다.

"글쎄, 가능할지 모르겠지만, 배를 한번 띄워보려고요."

"이런 날씨에 배를요?"

내가 놀라서 소리쳤다.

"그러게요. 배를 띄우면 안 된다고 그렇게 말렸는데, 내 말을 듣지 않고 배를 타고 나갔지 뭡니까? 강제로라도 붙잡았어야 했는데……. 쉽게 잘 것 같지가 않은 바람이라 걱정이 돼서 안 되겠어요. 아무래도 가봐야겠어요."

그는 자기가 말하는 사람이 누구인지 밝히지 않았다. 그러나 그가 누구 이야기를 하는지는 물어보지 않고도 알 수 있었다. 하지만 그 엄청난 바람 속에 배를 띄우고 바다로 나가겠다고? 그것은 무모하기 짝이 없는 일로 내게는 비쳤다. 내 눈에만 그랬을 리 없었다. 남자 스스로 그 바람 속에 배를 타고 나간 노인의 무모함에 대해 말하지 않았는가. 그렇게 말해놓고 자기는 배를 띄운단 말인가?

나는 위험하지 않느냐고 물었다. 위험하지요. 그가 말했다. 파도가 다시 그의 몸을 훑고 지나갔다. 그는 아무렇지도 않다는 듯 옷에 묻은 물을 털고 앞으로 걸어나갔다. 무슨 작용이었는지 모르겠으나 잠시 후에 나도 그를 따라 바다 쪽으로 걸어나가고 있었다.

그는 방파제에 묶여 있던 줄을 풀고 배 위로 올라갔다. 닻을 거둬들이는데, 다시 언덕만한 파도가 몰려왔다. 파도는 마치 높이뛰기를 하듯 배를 훌쩍 넘어갔다. 주인 남자는 기우뚱거리는 배 안에서 힘들게 중심을 잡고 섰다. 나도 배 위에 올라타려고 했으나 용기가 나지 않았다. 땅을 딛고 가만히 서 있는데도 넘어질 것만 같았다. 황도 내 뒤에 서 있기만 했다. 남자는 노를 저으려고 했다. 그러나 그것이 여의치 않은 모양이었다. 그의 몸은 자꾸만 흔들렸는데, 그것은 그를 태우고 있는 배가 심하게 흔들렸기 때문이었다. 파도는 점점 거세졌다. 그는 바닷물 속에 노를 넣고 힘껏 저었지만, 배는 기우뚱거리며 그 자리에서 뱅뱅 돌기만 했다. 바다는 칠흑처럼 깜깜했다. 나는 고개를 저었다.

"안 되겠어요. 내려와요."

내가 소리질렀다. 그 사람도 나와 같은 생각을 한 모양이었다. 그는 닻을 내리고 바다로 뛰어내렸다. 파도가 그의 몸을 모래밭으로 밀어올렸다. 그는 방파제에 배를 묶고 머리에 묻은 물기를 털어내면서, 그러나 못내 아쉬운 듯 몇 번이나 뒤를 돌아보며 철수했다.

"못 가게 막았어야 했는데……."

그가 고개를 저으면서 중얼거렸다.

"감기 들겠어요."

내가 말했다. 그는 안으로 들어갔다. 나와 황도 따라들어갔다. 그는 방으로 들어갔고, 우리는 가게 안에 있는 불을 켜고 의자에 앉았다. 나는 담배를 피워물었고, 황은 진열장 안에서 오렌지 주스를 꺼내 마셨다. 맥주도 하나 꺼내. 내가 말했다.

"노인이 왜 거길 갔을까요?"

황이 내게 캔맥주를 건네면서 물었다.

"노인이 왜 월산리에 나타났을까?"

나는 그가 건네준 맥주를 한 모금 마시고 나서 되물었다. 내가 생각하기에 그것은 같은 질문이었다. 노인이 월산리에 나타난 것은 샘섬에 가기 위해서였다. 그러면 그는 왜 거길 가려고 했을까? 그는 약을 먹는다고 했다. 주인 여자의 설명에 의하면 약을 먹은 후에 몇 시간씩 깊은 잠을 잔다고 했다. 그는 노인이고 아프다. 그가 노인이고 아프다는 것, 그것이 그의 행동의 동기를 어떤 식으로든 이루고 있으리라는 추정은 어렵지 않게 할 수 있었다. 그러나 그것으로 충분하지는 않다. 늙고 병든 그의 몸과 마음을 지배하고 있는 것은 그러면 무어란 말인가? 보다 깊고 더 엄격한 동기가 있으리라고 추측하는 것은 자연스럽다. 그것은 기억의 영역에 붙박여 있는 어떤 심리적인 인자일 것이다. 물론 그것의 윤곽을 어렴풋하게나마 짐작하지 못하는 것은 아니었다. 나도 그렇고 황도 그랬다. 그런데도 우리는 서로에게 자기 생각을 이야기하지 못했다.

우리의 마음속에 있는 생각을 밖으로 꺼내준 사람은 다행히도 주인 남자였다. 근본적으로는 김일중 노인 자신이었다. 주인 남자는 옷을 갈아입고 방에서 나왔다. 나는 그에게 캔맥주를 내밀었다. 그는 목이 타는지 맥주를 벌컥벌컥 들이켰다. 그의 시선은 문밖을 향해 있었다. 나는, 노인이 샘섬으로 떠난 게 맞느냐고 물었다. 그는 고개를 끄덕였다. 어제도 샘섬에 갔다온 거겠군요, 하고 말한 사람은 황이었다. 그는 긍정도 부정도 하지 않았다. 왜요? 하고 황이 다시 물었다. 주인 남자는 드르륵 문을 열었다. 바람이 와락 쏟아져 들어왔다. 그는 얼른 문을 닫았다.

"작은아버지는 샘섬에 가서 죽어야 한다고 말했어요. 자기는 그 동굴에서 죽어야 한다고 입버릇처럼 말했어요. 그 말이 걸려요."

그는 정말로 마음이 급한 것 같았다. 조금만 바람이 자면 당장이라도 배를 탈 작정이라는 걸 한눈에 알아볼 수 있었다. 그가 느끼고 있는 불안과 초조가 나에게도 전염되는 듯해서 나는 일부러 큰 소리로, 무슨 일이야 있겠어요? 하고 말했다. 노인이 그곳으로 떠날 때 그다지 파도가 높지 않았다면 무사히 샘섬에 도착했을 것이고, 어쨌든 섬에 있기만 하다면 안전하지 않겠느냐고 내 말을 보충했다. 그러나 그는 내 말로부터 별로 위로를 받은 것 같지 않았다. 나를 흘낏 바라보았을 뿐 대꾸하지 않았다. 그가 섬으로 가기 위해 바다에 떠 있는 노인이 아니라 그 섬에 도착해 있는 노인을 걱정하고 있다는 생각이 그때서야 들었다. 노인에게 샘섬이 의미하는 바가 무엇인지를 나도 어느 정도는 알고 있었다. 나는 낮에 이장으로부터 대충 이야기를 들었다고 말함으로써 샘섬에 얽힌 비극에 대해 알은체를 했다. 주인 남자는 새 캔맥주를 땄다.

"그때 그 동굴에서 살아 돌아오지 말았어야 했다면서 참 많이 괴로워했어요. 작은아버지는 평생 동안 그 일을 가슴에 담고 살았어요. 아마 단 한 순간도 저 샘섬의 동굴을 잊고 살아본 적이 없을 거예요. 미친 듯이 일을 했지만, 그래서 돈도 좀 모으고 살 만하게 되었지만, 그의 가슴에 뚫려 있는 캄캄한 동굴을 어떻게 할 수가 없었던가 봐요."

그는 김일중 노인이 살아온 삶을 요약해서 말했다. 고향을 떠난 후 노인이 도시에서 어떻게 돈을 벌고 동굴의 기억 때문에 얼마나 괴로운 세월을 보내야 했는지 이야기했다. 그는 닥치는 대로 일을 했다. 험한 일, 궂은일을 가리지 않았다. 자기 육체를 혹사하기로 작정한 사람처럼 일만 했다. 결혼도 하지 않고 일만 했다. 젊을 때 건설 공사장에서 기술을 익힌 그는 나중에 소규모 주택을 직접 지어 파는 집 장사를 시작했다. 때마침 주택 건설 붐이 일어나서 제법 많은 돈을 벌었다. 도시에 여러 개의 빌딩을 지어 팔고 몇 개는 직접 소유주가 되었다. 주변에서 많이 권했지만, 그는 끝내 결혼하지 않고 독신으로 살았다.

　그 대신 그는 언젠가부터 종교에 몰두했다. 독실한 기독교 신자라고 했다. 그가 종교에 몰두한 것은 마음의 안정을 찾기 위해서였을 테고, 그래서 주변 사람들은 그의 결정을 반겼다. 그런데 기대와는 달리 기독교 신자가 된 후로 노인의 죄책감이 더욱 심해진 것 같았다고, 어찌된 노릇인지 모르겠노라고 가게 주인은 말했다. 나는 그 영문을 어렴풋하게나마 알 수 있을 것 같았다. 내가 이해하는 한 기독교는 죄에 대해 매우 민감한 종교이다. 사람에게 죄, 혹은 죄의식이 있기 때문에 기독교가 있다고 해도 틀린 말이 아닐 정도로 기독교와 죄는 친밀하다. 경전의 첫머리에 첫 번째 사람 아담의 죄를 부각시키고 있지 않던가? 그런데 죄가 믿음을 부르는 것은 사실이지만, 그 믿음이 죄의식을 불러일으키는 것도 사실인 것 같다. 죄로부터 자유로워지려는 사람은 먼저 죄를 의식하는 사람이어야 하는 이치이다. 종교는 죄와 죄의식으로부터의 자유를 말한다. 그러나 노인은 유감스럽게도 그 자유를 누리지 못했던 것 같다. 마음의 안정을 누릴 수 없었으므로 노인은 그 종교 안에 머물러 있을 이유가 없었다. 그래서 노인은 몇 차례 교회를 떠나기도 했었던 모양이다. 그러나 곧 다시 돌아가지 않을 수 없었다. 교회 밖에서도 죄의식을 피할 수가 없었던 까닭이었다. 가게 주인은, 평생을 바쳐 모은 재산을 교회에 모조리 바칠 정도라고 노인의 현재의 믿음을 증언했다.

그가 종교에 몰두한 일말고 열정적으로 한 일 가운데 특이한 것은, 가게 주인의 설명에 의하면, 샘섬에 대한 집요한 관심과 투자였다. 벌써 20년쯤 전 일이지만, 그때 그는 샘섬을 원래대로 푸르고 맑은 섬으로 만들겠다며 도시에서 기술자들을 데리고 와서 여러 날 동안 지질 조사를 하고 수맥을 찾고 나무를 심고 하며 법석을 떨었다. 가능성이 높은 몇 군데를 파들어갔지만 물줄기는 발견되지 않았다. 옮겨 심은 나무가 뿌리를 내릴 때까지 배에 물을 실어다 뿌리기도 했지만 나무는 뿌리를 내리지 못하고 곧 시들어버렸다. 그 몇 해 후 다시 고향에 나타난 노인은 이번에는 더 많은 인원과 더 큰 장비를 가지고 섬으로 들어갔다. 지난번과 같은 작업이 반복되었지만, 섬은 살아나지 않았다. 지금 샘섬 한복판에 섬의 재앙을 상징하는 것처럼 말라 비틀어진 채 서 있는 나무가 그때 심은 나무들 가운데 유일하게 남은 한 그루였다. 그 후 두 차례 더 그런 일이 있었지만 모두 실패로 끝났다.

"작은아버지는 샘섬이 저 모양으로 황폐하게 된 원인이 자기에게 있다고 했어요. 그래서 어떻게 해서든 섬을 원래대로 만들어놓겠다고 열정적으로 매달렸는데, 작은아버지의 소망과는 달리 섬은 회복되지 않았어요. 그렇게까지 할 필요가 있었는지 모르겠어요. 작은아버지는 유난스럽게 샘섬에서 일어난 그 참사를 잊지 못해 했어요. 마치 자기가 살아 남은 것이 큰 허물이라도 된다는 듯이 죄책감에 시달리고 그랬어요. 충격이 워낙 컸던가 봐요. 세월이 가도 가슴 깊숙이 박힌 그 기억이 영 사라지지 않는 것 같았어요. 나이가 들면서 점점 심해진다 싶었는데……."

남자는 한숨을 몰아쉬고 문을 열었다. 바람은 조금도 수그러들지 않았고, 어느새 비까지 내리고 있었다. 그는 도로 문을 닫았다. 운명의 소용돌이에 휘말린 한 영혼의, 결코 평범할 수 없는 한평생이 폭풍우 속에 버려져 있는 것 같아 마음이 어두웠다.

"그런데 왜 결혼을 하지 않았을까요?"

내가 그렇게 질문한 것은 다소 유별스럽게 보이는 노인의 과도한 집착과 죄의식에 의혹이 생긴 때문이었을까. 아무에게도 내놓고 말할 수 없었을 노인의 내밀한 아픔과 고뇌가 충분히 전해져왔지만, 그 아픔과 고뇌의 진정한 내용이 무엇인지에 대한 확신은 아직 충분히 서지 않았다.

"그게 나도 의문이었어요. 불만이기도 했고요. 여기저기에서 중매를 붙이는데, 통 관심을 보이지 않으니……. 언젠가 그런 질문을 했더니 나 같은 죄인이 결혼은 무슨? 하고 한숨을 쉬더라고요. 그것이 전부였어요."

"그 소문, 알고 있나요?"

"무슨 소문이요?"

"전쟁이 끝난 후 한 여자가 부정한 짓을 저지르고 임신한 죄로 멍석말이를 당한 적이 있었다면서요. 그 여자는 끝내 자기와 관계한 남자의 이름을 밝히지 않고 죽었다고 하던데……."

"그런 일이 있었다고 하더군요. 그리고 그 일로 잠깐 작은아버지가 의심을 받았다고 해요. 하지만 그건 아니에요. 지금까지 그 남자가 누구인지 밝혀지진 않았지만, 작은아버지는 아니에요."

"작은아버지가 아니라고 확신한다는 것은, 그 상대 남자가 누구인지를 알고 있다는 뜻인가요?"

"그건 아니에요."

"누구인지 모른다면 누구나 그 남자일 수 있는 거 아닙니까? 꼭 작은아버지라는 뜻이 아니라 논리적으로 작은아버지도 그 대상이 될 수 있지 않느냐는 뜻입니다."

나는 조심스럽게 물었다. 남자는 내 말에 대꾸하지 않았다. 그 역시 나와 같은 의심을 하고 있을지 모른다는 생각이 문득 들었다. 그런 생각이 들지 않을 까닭이 없었다. 다만 그는 그런 생각을 하지 않으려고 애쓰고 있을 뿐인지 몰랐다. 그래서 그렇게 완강하게 부정하는지 누가 알겠는가. 그에게는 그럴 이유가 있었다. 그는 자꾸만 맥주를 마셨다. 바람은 지붕을 흔들고 파도는 맹수처럼 으르렁거렸다. 굵은 비가 사선을 그으며 떨어졌다. 바다는 깜깜했다. 샘섬의 모습도 당연히 보이지 않았다. 그럴 리가 없겠지만 혹시 샘섬이 잠겨버리는 건 아닐까, 쓸데없는 걱정이 생겼다. 노인은 샘섬에서 무얼 하고 있을까? 노인의 그 사무친 원망과 집착을 어떻게 이해해야 좋을까? 그런 생각을 하다가 문득, 노인이 입버릇처럼 했다는 말을 떠올렸다. 그는 샘섬의 동굴에 가서 죽어야 한다고 말했다. 그는 그곳에 죽으러 간 것이 아닐까? 나는 그동안 왜, 하고 물어왔다. 노인은 왜 월산리에 왔는가? 어째서 밤중에 샘섬으로 갔는가? 그 질문에 대한 대답을 노인이 앞서서 해둔 것이 아닌가? 주인집 여자는 노인이 아프다는 정보를 주었다. 그는 죽으러 갔는지 모른다. 한번 그렇게 생각하고 나자 다른 생각을 할 수가 없었다. 그가 죽기 위해 샘섬으로 갔다는 말이 자꾸만 입 속에서 맴돌았다. 노인은 죽으러 나갔을까?

"노인은 죽으러 나갔을까?"

내 자신에게 묻는 것이었는데, 불쑥 그 말이 입 밖으로 나오고 말았다. 순간적으로 내 질문에 내가 당황해서 얼른 입을 닫고 남자의 눈치를 살폈다. 그런데 남자의 표정에는 변화가 없었다. 내 말을 듣지 못한 것처럼 가만히 있었다. 나의 얼굴을 쳐다보지도 않았다. 그의 시선은 아까부터 바람이 거세게 불고 있는 창 밖을 향하고 있었다. 여전히 시선을 비낀 채 한참 만에 그가 말했다.

"그럴지도 모르겠어요. 아니, 그런 것 같아요. 그래서 마음이 불안해 죽을 지경이에요."

그는 벽에 걸려 있던 비옷을 찾아 입고 밖으로 나갔다. 열린 문 사이로 빗줄기가 쳐들어왔다.


9


김일중 노인의 죽음을 확인한 것은 이튿날 석양 무렵, 폭풍이 어느만큼 자고 난 다음이었다. 불길한 말을 부지불식간에 입 밖에 낸 나로서는 노인에게 나쁜 주술이라도 건 것처럼 마음이 꿉꿉하지 않을 수 없었다.

아침이 되었는데도 비바람이 멈추지 않았기 때문에 우리는 그곳을 떠날 수 없었다. 비바람이 멈추지 않아서, 라고 한 말은 반드시 정확한 표현은 아니다. 우리에게는 차가 있었다. 사진이 조금 미진했지만, 그것도 그렇게 큰 문제는 아니었다. 사진보다 큰 문제는 내가 쓸 글이었다. 그러나 그것도 절대적인 것은 아니었다.

무엇보다도 노인이 어떻게 되었는지를 확인하지 않고는 떠날 수가 없었다. 그것이 가장 큰 이유였다. 우리는 밤새 거의 잠을 이루지 못했음에도 불구하고 아침에 일찍 일어났다. 나와 황은 거의 동시에 눈이 떠졌는데, 가게로 나가자 주인 남자가 이장과 함께 앉아 이야기를 나누고 있었다. 이장은 벌써 해장술을 한잔 한 모양이었다. 내가 나가자 앞니가 두 개나 빠진 입을 벌리고 웃으며 술잔을 들어 보였다. 나는 그에게로 가서 술잔을 받았다. 그러나 입에 털어넣지는 않았다. 맥주를 마시고 그냥 자서 그런지 입 안이 꺼끌꺼끌했다.

두 사람은 노인에 대해 이야기를 나누고 있었던 듯했다. 이장이 가겟집 남자에게 진작에 이야기를 좀 하지, 하고 나무라는 말을 했다. 가겟집 남자는 고개를 숙였다.

"몸이 그렇게까지 안 좋은지는 몰랐는데. 정말로 까맣게 몰랐어."

이장의 그 말은, 일정한 간격으로 약을 투여하지 않으면 큰일난다고 했는데 작은아버지가 약병과 주사기를 그냥 두고 가서 걱정이라는 가겟집 남자의 말이 끝나고 나서 한 말이었다. 몸이 요구할 때 약을 투여하지 않으면 노인의 심장이 터져버릴 거라고 했다. 그랬구나, 싶었다. 지난밤에 남자가 그렇게까지 안절부절못해하던 이유를 알 것 같았다.

"못 가게 붙잡았어야 했는데……."

남자가 자기 가슴을 쳤다.

"자네 잘못이 아니네. 일단 바람이 멈출 때까지 기다려보세."

"지금으로서야 도리가 없긴 하지요. 그러니 더 답답한 노릇 아닙니까?"

　도리가 없는 일이었다. 인근에 규모가 조금 큰 발동선이 있긴
했지만, 이런 날씨에는 그것을 띄우는 것도 불가능했다. 도리 없
이 바람이 자기만을 기다려야 했다. 거참, 노인이 밤중에 거긴 뭐
하러?…… 이장은 아무것도 모르는 사람처럼 자꾸만 혀를 끌끌
찼고, 나는 불길한 예감을 주저앉히기 위해 말을 줄였다. 입을 열
면 방정맞은 소리가 나올 것 같아서였다. 예컨대 나는 노인이 약
을 두고 간 것이 고의일지 모른다는 생각을 하고 있었지만 그것을
입 밖에 꺼낼 수는 없었다. 무엇보다도 나의 호기심이 호사스런
것으로 비칠까봐 걱정이 되었다.

　비바람이 수그러들기를 기다리며 하루를 거의 다 보냈다. 파도
가 잦아든 것은 저녁 무렵이 되어서였다. 가겟집 남자는 바람이
웬만큼 가라앉는 듯하자 배에 올라탔다. 나와 황도 그 배에 올라
탔다. 이장도 마을 사람 두 명과 함께 자기 배를 타고 뒤따라왔다.

　노인은, 샘섬에 있었다. 향을 피우는 냄새가 자욱한 그 샘섬의
동굴에 누워 있었다. 땅에다 얼굴을 대고 팔과 다리를 벌린 채 누
워 있었다. 깊은 잠이라도 자고 있는 것 같은 모습이었다. 겉으로
는 그렇게 편안해 보였다. 그러나 몸을 바로 눕히자 드러난 노인
의 얼굴은 흉했다. 뼈가 튀어나와 보일 정도로 앙상하고 주름진
얼굴이었다. 눈이 퀭하게 들어가 있고, 눈자위가 동굴처럼 어두웠
다. 고통 때문인지 표정이 잔뜩 일그러져 있었다. 그 일그러진 표
정은 타다 만 장작을 생각나게 했다. 그렇게 사납고 험악했다.

　노인은 그렇게 죽어 있었다. 여러 개의 향을 피우고, 그 향을 맡
으면서 죽어 있었다. 그는 자신의 죽음 앞에 스스로 분향을 한 것

일까?

노인의 죽음에 대해 내가 무슨 책임을 져야 하는 것은 아니었다. 불길한 말(죽으러 갔을지 모른다는)을 입 밖에 내긴 했지만, 그것 때문에 노인이 숨을 거두었다고 할 수는 없는 일이었다. 그리고 나에게 그렇게 말하는 사람도 없었다. 내 마음이 괴로웠다고 하는 것과 그것은 별개의 문제였다.

엄밀하게 말하면 노인은 죽으려고 했던 것이 아니라(왜냐하면 그는 죽음을 목전에 두고 있었으니까), 샘섬의 동굴에 가서 죽으려고 했던 것이다. 왜 그랬을까? 그것은 그의 영혼 속에 죽지 않고 살아서 끊임없이 그를 자극했을 40여 년 전의 기억에게 물어보아야 할 것이다. 세월이 가도 소멸되지 않고 오히려 더욱 선명하고 또렷해졌을, 그래서 그의 상처를 수시로 덧나게 했을 기억. 그것은 무엇이었을까? 그 기억이 어떻게 그렇게 한 남자의 평생을 지배할 수 있었을까? 도대체 그는 무슨 일을 했던 것일까?


10


그 마을을 떠나기 전에 윤두에게 전화를 건 것은 왜 그런지 노인의 죽음을 알려줘야 할 것 같아서였다. 내가 전화를 걸자 그는, 대뜸 어디냐고 물었다. 서울에 왔느냐고 묻는 질문이었다. 나는 아직 월산리라고 대답했다. 왜? 하고 그가 물었다. 이제 가려고 해. 내가 말했다. 근데 왜 또 전화질이야? 전화 끊고 출발해. 가져올 수 있으면 매생이 좀 구해오고. 그의 말이었다. 그의 쾌활한 목소리가 나의 입을 막았다. 그래서 나는 잠깐 동안 말을 쉬었다. 무슨 일 있어? 무슨 안 좋은 예감이 들었는지 얼마간 경계하는 목소리로 그가 물었다. 나는 또 약간 사이를 두었다가 김일중 노인이 죽었노라고 말했다. 윤두는 곧바로 반응을 보이지 않았다. 나는 빠른 목소리로 덧붙였다.

"그 노인, 얼마 전에 여기 내려와서 조카 집에 묵고 있었어. 죽어가고 있었다고 하더라. 그런데도 밤이면 샘섬으로 배를 타고 가곤 했다는 거야. 어젯밤에는 바람이 몹시 거세게 불었는데 그런데도 혼자서 샘섬으로 갔어. 노인은 동굴 속에 누운 채 죽어 있었어. 노인은 아마도 죽으려고 했던 것 같다. 샘섬의 그 동굴에서 죽으려고 했던 것 같다. 죽으려고 이곳에 왔던 것 같다……."

내 말이 계속되는 동안, 윤두는 끈질기게 침묵을 지켰다. 나는 무슨 말인가를 더했던 것 같다. 노인의 몸은 이미 죽음에게 저당 잡힌 상태였으며, 독한 약에 의지해서 살고 있었다든지, 일부러 약을 안 가지고 섬에 갔을 것으로 추정된다든지 하는 말들. 그리고 또 무슨 말을 더했을까. 이윽고 윤두가 몹시 침잠해 들어가는 목소리로 입을 열었다.

"나한테 그런 이야길 하는 걸 보니까 들은 이야기가 많은 모양이로구나. 노인과 나의 관계에 대해서도 알고 있는 것 같고……."

"……."

이번에는 내가 입을 다물었다. 윤두의 숨소리가 전화기를 통해 건너왔다. 그가 긴장하고 있다는 걸 눈치챌 수 있었다. 나는 그의 말을 기다렸다.

"어느 날 다 늙은 노인이 나를 찾아왔어. 처음 보는 사람이었지. 무언가 음침한 것이 얼굴을 덮고 있는 것 같은 인상이었어. 어쩐지 좀 섬뜩했어. 그런데 노인이 내 이름을 확인하고는 대뜸 어머니의 묘가 어디 있는지 가르쳐달라고 하는 것이었어. 나는 그가 누구인지 모르는데 말이야……"

윤두는 더듬더듬, 아무에게도 해본 적이 없는 자기 이야기를 들려주었다. 그는 성인이 될 때까지 자기 어머니에 대해 알지 못했었다고 말했다. 그를 키워준 큰아버지와 큰어머니가 아버지이고 어머니인 줄 알고 자랐었다고. 그분들이 친부모가 아니라는 사실을 바로 알게 된 것은 그가 대학에 들어가던 해였다. 그가 공부를 하러 서울로 떠나던 날 큰아버지는 그의 아버지와 어머니에 대해 이야기했다. 그는 비로소 샘섬에서 벌어졌던 그 끔찍스런 사건에 대해 들었다. 자기 아버지와 어머니가 어떻게 죽어갔는지도 그날에야 알게 되었다.

산등성이에 거의 버려진 채 관리되지 않고 있던 어머니의 묘를 서울 근교로 이장해온 것은 결혼을 한 후였다. 문중 어른들은 어머니가 선산에 묻히는 것을 허락하지 않았다. 언젠가는 선산에 자리를 마련해야겠지만 그때까지는 자기가 지켜드려야겠다는 생각으로 이장을 했다. 그러나 이장을 한 후 지금까지 어머니의 묘를 찾는 사람은 없었다.

윤두로서는 당연히 어머니의 묘를 찾는 노인의 정체가 궁금할 수밖에 없었다. 공원묘지로 가는 승용차 안에서 노인은 자기가 누구인지를 밝혔다. 아니, 그는 자기가 누구인지 말하지 않고 월산리에서 무슨 일이 일어났었는지를 말했다. 샘섬의 동굴에서 벌어진 비참한 살인극에 대해서 말했다. 그리고 자기가 그 엄청난 비극에서 무슨 역할을 맡았는지 말했다. 아니, 그는 거의 말하지 못했다. 울먹이느라고 제대로 말하지 못했다. 울먹이면서 그는 자기가 살인자라고 말했다. 비겁한 살인자라고 말했다. 윤두의 아버지와 어머니를 죽게 한 자가 자기라고 고백했다. 서른 몇 명의 무고한 생명들을 죽게 한 자도 자기이고, 샘섬이 황폐해진 것도 자기 탓이라고 했다. 아니, 그는 거의 말하지 못했다. 울먹이느라고 제대로 말을 하지 못했다.

윤두 어머니의 무덤 앞에 엎드려서 그는 또 말했다. 자기가 너무 젊었었다고, 한 여자를 향한 불 같은 열정에 사로잡힌 나머지 분별력을 잃었다고, 그 여자만 자기 것이 된다면 세상이 다 망한다고 해도 상관없을 것만 같았다고, 그런 심정이었다고, 자기 가슴을 치면서 말했다. 그 사람을 무모하기 짝이 없는 열정 속으로 몰아넣은 여자가 윤두의 어머니였다. 노인은 한때 자신의 영혼을 송두리째 빼앗아버렸던 여인의 무덤 앞에 쓰러져서 일어날 줄 몰랐다. 그는 횡설수설했고, 울먹이느라고 제대로 말을 하지도 못했다. 그래도 윤두는 다 알아들었다.

노인은 윤두가 자기를 향해 분풀이라도 할 것을 예상했는지 모르지만, 이상하게도 그런 감정은 일지 않았다. 뜻밖의 충격을 접한 데 대한 충격 때문에 그냥 좀 목이 막혔을 뿐이었다. 목이 꽉 막혀서 말을 못하겠더라고 했다.

"그 순간에 나는 그의 황폐한 영혼을 본 것 같았어. 월산리의 샘섬이 황폐해진 것은 그의 영혼이 황폐해졌기 때문인지 모른다는 생각도 들었어. 그 사람의 과거를 모두 이해한다는 뜻은 아니야. 그건 다른 문제야. 노인은 자기가 죽어가고 있다고 하더라. 내가 보기에도 그런 것 같았어. 그런데 노인은 또 아무데서나 죽어선 안 된다는 것이었어. 거의 혼자말처럼, 그러나 몹시 결연한 눈빛으로 샘섬으로 가야 한다고 말하는 거야. 내가 어떻게 할 수 있었을까? 내가 노인의 귀향을 말렸어야 했을까?"

윤두가 자기 이야기를 질문으로 마쳤다.

"예상하고 있었구나."

내가 말했다.

"어느 정도는…… 내가 잘못한 것일까?"

윤두는 불안하게 한숨을 내쉬었다.

"잘못한 사람은 아무도 없다."

나는 그렇게 말했다. 그리고 서둘러 전화를 끊었다.

전화기 옆에 서서 나의 심상찮은 표정을 초조하게 살피고 있던 황이 한숨을 쉬며 물러나는 내게 무슨 일이냐고 물어왔다. 나는 아무 일 아니라고 둘러댔다. 그러나 황은 나의 표정과 말투에서 이미 심상치 않은 징후를 포착해낸 다음이었다. 그런 정도의 눈치도 없는 황이 아니었다. 아무것도 모르는 듯 무슨 일이냐며 자꾸만 졸라댔지만 아무런 짐작도 하지 못하고 있는 것 같지는 않았다.

"이제 여길 떠나자. 차나 몰아."

나는 승용차 안으로 먼저 들어가버렸다. 우물쭈물 옆에 서 있던 황이 어쩔 수 없다는 듯 운전석에 올라탔다.

하늘은 어느새 말갛게 개어 있었고, 바다도 무슨 일 있었느냐는 듯 마냥 평온하기만 했다. 석양을 받은 바다는 핏빛으로 출렁이고 있었다. 샘섬이 유난히 가깝게 보였다. 한 시대의 비극을 상징하는 것처럼 섬의 중앙에 서 있는, 말라 비틀어진 한 그루의 소나무가 눈에 시렸다.

나는 얼른 고개를 돌려버렸다. 황이 내 얼굴을 힐끔거리며 무슨 말인가를 붙이려 한다는 눈치가 보였다. 그러나 나는 모르는 체하고 눈을 감았다. 그러자 그림이 나타났다. 배가 바다 위에 떠 있다. 캄캄한 밤이다. 반쪽 달이 하늘에 떠서 내려다보고 있다. 달빛은 청년이 탄 뱃전에 은색으로 부서진다. 청년이 여자를 끌어안는다. 불안과 두려움이 뒤섞여서 청년의 포옹은 거칠고 억세다. 서로의 몸 속으로 서로의 몸이 파고든다. 몸은 뜨겁지만 몸놀림들은 조급하고 거칠다. 불안이 두 사람이 포옹하고 있는 바다 위를 떠도는 기류이다. 여자와 남자는 신음을 지른다. 황홀경에서 쏟아져 나온 그 신음은 그러나 곧 울음과 섞인다. 그들의 마음처럼 배가 불안하게 출렁인다……. 나는 고개를 저었다. 그렇지만 그 그림은 지워지지 않았다.

더 이상 침묵을 견디지 못하겠다는 듯 황이 입을 연 것은 마을로부터 자동차로 30분쯤 달린 다음이었다. 바다를 벗어난 자동차는 꼬불꼬불한 산길을 달리고 있었다.

"선배님이 무슨 생각을 하고 있는지 내가 말해볼까요? 내가 틀렸으면 지적해줘요."

나는 가만히 듣고만 있었다. 윤두와 관련된 이야기를 꼭 숨겨야겠다고 작정하고 있어서가 아니라 내 스스로 아직 정리를 하지 못하고 있어서였다.

"밧새바라는 여자가 성경에 나와요. 이 여자가 어떤 사람이냐면 말이지요……."

황은 내 쪽으로는 시선도 주지 않고 말을 이어갔다.

"어느 날, 이스라엘의 왕인 다윗이 옥상에서 거닐다가 어떤 여자가 목욕하는 광경을 보게 돼요. 다윗의 눈에 그 여자는 너무나 아름다웠어요. 다윗은 한 순간에 그 여자에게 사로잡혔던가 봐요. 그래서 그 여자가 누구인지 알아보라고 했어요. 그녀는 전쟁을 치르기 위해 출전해 있는 군대의 장수인 우리아의 아내 밧새바였어요. 그 여자에 대한 욕정을 참을 수가 없었던 다윗은 궁전으로 데려오게 해서 같이 잤어요. 그런데 얼마 후에 여자가 임신을 했지요. 다윗은 머리를 썼어요. 그녀의 남편인 우리아를 전쟁터에서 불러들여 집으로 들어가게 한 거예요. 그렇게 해서 자기 범죄를 가리려고 했던 거지요."

랍비 황은 거기서 잠깐 멈추고 호흡을 가다듬었다. 내 쪽으로 고개를 돌리지는 않았지만, 그가 나의 반응을 기다리고 있다는 짐작은 쉽게 할 수 있었다. 그는 나에게 의사를 표현할 틈을 마련해 주고 있었던 것이다. 내가 이의를 제기한다면 그쯤에서 그만둘 수도 있다는 신호였으리라. 그러나 나는 꼼짝도 하지 않았다. 어느 정도는 그의 이야기에 흥미를 느끼고 있다는 표시이기도 했다. 그는 내 신호를 받아들였고, 그의 이야기는 계속되었다.

"그런데 그녀의 남편이 무슨 눈치를 챘던 걸까요? 우리아는 자기 집으로 들어가지 않았어요. 왕이 왜 그랬느냐고 묻자 동지들이 빈 들에서 진을 치고 있는데 자기만 편안하게 먹고 마시고 아내와 같이 잘 수 없다고 대답했어요. 장수의 충성스런 대답은 그러나 다윗을 감동시키지 못했어요. 다윗은 이튿날 우리아를 다시 전장으로 보내면서 한 장의 편지를 들려 보내지요. 부대 책임자에게 보낸 그 편지에는, 가장 위험한 격전지에 우리아를 투입시켜 죽게 하라는 내용이 적혀 있었어요. 부대 책임자는 다윗의 지시대로 일부러 지는 싸움을 해서 우리아를 죽게 해요. 물론 그 거짓 전투에서 우리아와 함께 다른 많은 무고한 군인들도 희생되었지요. 한 여자에 대한 다윗의 무분별한 욕정이 그 여자의 남편이고 자기 군대의 장수이며 부하인 한 젊은이를 죽였어요. 그 젊은이에 대한 범죄를 은폐하기 위해 다른 사람들까지 죽음의 구렁텅이로 몰아넣었어요."

황은 거기서 다시 호흡을 가다듬었다. 나는 그가 무슨 말인가 더 할 것이라고 생각했고, 그랬으면 하고 기다렸다. 내가 생각하기에 그 이야기는 아직 완성되지 않은 것 같았다. 다음 이야기를 듣고 싶었다. 하지만 그는 더 말하지 않았다. 나는 그를 쳐다보았다. 그는 나를 보지 않았다. 그는 우리아의 아내 밧새바와 다윗에 대한 이야기를 함으로써 40여 년 전에 월산리에서 일어난 사건의 진짜 내막을 짐작하고 있다는 뜻을 비쳤다. 나는 부정의 표시를 하지 않음으로써 그의 짐작이 틀리지 않다는 확인을 해주었다. 그리고 우리는 오랫동안 아무 말도 하지 않았다. 어두워진 길을 자동차가 달렸다. 황은 오디오에 스위치를 넣었다. 감미롭고 잔잔한 음악이 흘러나왔다.

자동차는 월산리로부터 점점 멀어지고 있었다. 어둠 속으로 이렇게 여섯 시간을 달리면 서울에 도착할 것이다. 그러나 나의 의식은 월산리의 바다와 섬을 떠나지 못하고 있었다. 차가 K시를 지날 즈음, 나는 약 5분쯤 깜박 잠이 들었는데, 그 사이에 아주 짧은 꿈을 꾸었다. 그 꿈의 내용이 내가 월산리의 바다와 섬을 떠나지 못하고 있다는 증거였다. 실은 꿈이라고 할 수도 없는 것이었다. 꿈이 되기 위해서는 인물과 사건이 나오고 소박한 대로 서사적 구조를 갖춰야 하는데 그렇지가 않았다. 그것은 그냥 한 장의 그림이었다. 바다 위에 떠 있는 샘섬. 그런데 내가 꿈에서 본 그 섬은 건조하고 황폐한 바위섬이 아니었다. 40여 년 전의 샘섬이 저랬으려니 싶게 푸르고 울창했다.

나는 그 꿈의 의미가 무엇인지 궁리해보았다. 모든 꿈은 메시지를 담고 있다는 것이 나의 지론이었다. 다만 우리가 그 메시지의 내용을 해독하지 못하는 경우가 있을 뿐이었다. 거기 가서 죽어야해……. 갑자기 노인이 반복해서 했다는 그 말이 손가락에 박힌 가시처럼 쓰벅거리기 시작했다. 거기 가서 죽겠다는 노인의 비장한 결심이 새삼스러운 무게로 압박해왔다. 나는 그것이 내 꿈의 의미를 풀 수 있는 하나의 열쇠라는 걸 직감적으로 알아차렸다.

노인은 샘섬에 가서 죽겠다고 했다. 그 안타까운 소망은 어디에서 온 것일까? 그렇게 하면 샘섬이 다시 살아나기라도 할 거라고 생각한 것일까? 그렇게 스스로에게 질문해놓고 나는 조금 놀랐다. 그랬을지도 모르겠다는 대답이 곧바로 튀어나왔기 때문이었다.

노인은 몇 차례에 걸쳐 샘섬을 원래대로 만들려고 애를 썼다. 그는 맑고 시원한 물이 솟고 나무와 풀들이 자라는 샘섬을 보려고 했다. 그는 왜 그렇게 샘섬을 원래대로 푸르게 만드는 데 집착했을까? 아마도 그는, 윤두의 짐작대로, 샘섬을 자기의 영혼과 동일시했을 가능성이 크다. 샘섬의 회복은 곧 그의 영혼의 회복이었을 것이다. 그리고 그것은 그 섬에 떠돌고 있는 억울한 원혼들로부터 용서를 얻어내는 일이기도 했을 것이다. 그의 영혼이 자유를 누린다는 것은 그들의 용서를 전제로만 가능한 일이었을 테니까. 그랬을 것이다. 샘섬을 회복시킴으로써 그는 그것을 용서와 회복의 상징으로 삼고 싶었을 것이다. 그러나 그의 시도는 실패로 끝났다. 그는 용서받지 못했고, 죄책감은 깊어갔고, 그의 영혼은 회복될 수 없었다. 샘섬이 그런 것처럼 그의 영혼은 더욱 황폐해져갔다.

그리하여 이제 몸과 정신이 함께 쇠약해진 노인은 샘섬을 회복하기 위해 자기가 할 수 있는 마지막 일을 생각해냈다. 그것은 자기 목숨을 제물로 바치는 일이었다. 자기 몸을 바쳐 제사를 지내는 일이었다. 그렇게 해서 그는, 시대와 원혼들의 용서를 끌어내고 샘섬에 다시 물이 솟게 하려고 했다. 그는 그 일을 해야 했다. 그 일을 하고 죽어야 했다. 그 일을 하기 위해 죽어야 했다. 마지막 순간까지 그가 붙들고 있었던 것이 바로 그 불가해한 희망이었다. 노인의 편집적인 샘섬에의 집착은 자신의 죽음을 통해 섬을 회복시킬 수 있다는 확신을 불러일으켰을 것이다. 그에게 다른 길은 없었다. 그래서 그는 그 길로 걸어갔다.

윤두는, 내가 어떻게 해야 했었겠니? 하고 물었다. 나는 내 자신에게 물어보았다. 어떻게 해야 했을까, 그는? 윤두는 침묵했다. 침묵말고 다른 방법이 있었을지, 그 당장에는 잘 생각이 나지 않았다. 윤두가 그랬던 것처럼 나 역시 침묵할 수밖에 없었다. 동굴에 쓰러져 있던 노인의 어둡고 깡마르고 일그러진 모습이 눈을 찔렀다.

작 품 이 해

## ▌작가 소개▐

1959년 전남 장흥에서 출생한 이승우는 1981년 《한국문학》에
〈에리직톤의 초상〉으로 신인상을 수상하면서 문단에 데뷔했다.
신학대학과 신학대학원을 수료한 이승우는 그의 데뷔작 〈에리직
톤의 초상〉에서부터 지속적으로 신과 인간의 문제에 대해 탐구하
기 시작한다. 그 뒤 〈에리직톤의 초상2〉를 쓰고, 이 두 작품을 일
부 개작하고 합치면서 장편 《에리직톤의 초상》을 출간하게 된다.
등단작인 이 작품의 기본구조, 다시 말해 신과 인간의 수직적 관
계(초월성, 종교성)와 인간과 인간의 수평적 관계(인간성, 역사성)
를 서로 교차시켜 두 구조가 대결하는 긴장은 그의 초기 대부분의
작품에서도 드러난다. 따라서 이승우의 작품들을 이러한 구조에
입각하여 분류할 경우, 우선 전자에 속하는 유형으로는 〈연금술사
의 춤〉, 〈고산지대〉 등과 장편 《생의 이면》, 《가시나무 그늘》을 들
수 있다. 이들 작품에서 그는 초월적이거나 성스러운 존재와 인간
적이고 지상적인 존재의 합일(합치)을 통한 인간의 구원을 모색하
고자 한다.

그러나 〈에리직톤의 초상〉의 다른 한 측면이라고 할 수 있는 신
과 종교라는 절대적인 차원으로부터의 탈출은 또 다른 작품유형

을 이루는데, 여기서 신은 바로 인간세계의 권력이라는 것으로 변모되면서 현대사회에 대한 비판적 인식을 보여주게 된다. 〈구평목씨의 바퀴벌레〉, 〈화(靴)〉, 〈유산일지〉 등의 작품이 여기에 해당된다. 이들 작품에서는 주로 한 개인을 파멸이나 억압으로 이끄는 집단권력의 폭력성이 강조되면서 사회악에 대한 고발의 성격을 띠게 되는 것이다. 그렇더라도 이승우의 경우 이들 작품이 단순히 고발차원의 사회비판에 그치는 것은 아니다. 그는 저주받은 세상이라는 인식과 아울러 그 속에서 삶의 존재이유를 상실한 한 인간의 자기탐색을 지속적으로 보여주기 때문이다. 자신을 억압하는 존재로서의 고향과 어두운 기억으로서의 아버지에게서 벗어나기 과정을 형상화한 〈일식에 대하여〉, 〈세상 밖으로〉, 〈목련공원〉, 〈샘섬〉, 장편 《내 안에 또 누가 있나》 등은 그 단적인 예이다. 도시적 욕망의 속물성(〈목련공원〉)에 회의를 느끼고 고향으로 돌아가기를 바라면서도 막상 그곳에 도달할 수 없음(〈마음속의 지도〉, 〈샘섬〉, 〈갇힌 길〉)은 자신의 존재에 대한 부끄러움과 고통스러운 과거의 기억 때문이다.


## ▌이해와 감상 ▌

〈샘섬〉은 전설적인 소재를 취함으로써, 전쟁으로 인해 일어난 비극이 전쟁 당시로 그치는 것이 아니라, 아직도 우리 사회에 남아 지속적으로 영향을 미치고 있음을 보여준다. 전쟁은 한 마을의 젊은 남자들을 송두리째 몰살시키는 비극을 만들고, 그 와중에서 비극의 직접적인 계기로 작용하는 한 인간의 욕망을 추적해가는 과정이 흡사 추리소설과도 같은 면모를 보이기도 한다. 그러나 이 작품에서 중요한 점은 그러한 비극을 초래했던 인물의 참회록적인 삶에 있다.

비극 자체가 한 인물의 노력에 의해 극복될 수 있는가 라는 점은 차치해 두더라도, 자신으로 인해 일어난 비극을 고난에 가득 찬 삶 속에서 속죄하고자 하는 김일중 노인의 눈물겨운 노력은 우리의 삶을 다시 한번 돌아보게 하는 계기를 만들어준다.

문학이란 삶이 주는 거대한 중압감과 공포감을 실체화시켜 줌으로써, 그것을 견딜 수 있게 해준다는 점에 의의를 두기도 한다. 이 작품에서도 '샘섬'이라는 한 장소를 둘러싸고 벌어지는 인간들의 욕망과 그 결과로 초래된 한을 한 인간의 삶 속에 용해시켜 구체화함으로써, 전쟁으로 인한 비극성을 잘 형상화하고 있다. 6·25를 이념 갈등에 의한 동족상잔의 비극으로 규정하는 사회·역사적인 정의의 추상성에서 벗어나, 아직도 지속되고 있는 한 인간의 비극성으로 형상화함으로써 더 구체적이고 나아가 우리 자신의 문제로 다가오게 만들어주는 것이다.

　이 작품에서는 김일중 노인이 비극을 넘어서고자 하는 노력의 일환으로서 한 그루의 소나무를 형상화하고 있다. 그가 샘섬을 되살리기 위해 심은 소나무 한 그루가 볼품없이 서 있다는 상징적인 대목은 노인의 노력이 무의미하게 그치고 있음을 말해준다. 이 소나무의 상징성이 주는 효과에 대해 생각해 보자.

### 생각의 길잡이

　🔵 이 소설의 전설적이고 환상적인 분위기는 노인의 소나무에서 절정에 달한다. 샘섬의 비극은 '활천'으로 불리며 생명력이 넘치는 샘에 핏빛이 돌고 주위의 나무들이 말라죽는 것으로 표현된다. 죄의식에 사로잡힌 노인은 자신의 추악한 욕망과 그 결과를 두고 속죄하기 위해 섬에 건너가 동굴에서 기도를 올리며 섬에 나무를 심어 복원하기 위해 노력하지만, 그러한 노력들은 결국 수포로 돌아가게 된다. 소나무 역시 비극으로 인해 황폐해진 섬처럼 결국 시들어 버리기 때문이다.

　이 작품에서 소나무를 통해 상징적으로 제시되는 주제는 한 인간의 노력이 과연 운명으로서의 비극을 극복할 수 있는가라는 문제이다. 그리고 이 주제는 인간의 근원적인 삶의 본질과 직결되는 문제이기도 하다. 마치 카뮈가 〈시지프스의 신화〉에서 제시했던 것처럼 무의미하더라도 삶은 지속되어져야 하고, 설령 실패로 끝날 수밖에 없을지라도 계속 노력해야 하는 것이 인간의 운명이다. 이렇듯 무의미하고 실패에 그치는 인간의 노력을 그려내는 것은 그럼에도 불구하고 그 나름의 의미를 지닌다.

　김 노인의 눈물겨운 비극 넘어서기 과정은 인간의 지나온 삶 자체에 대해 반성하는 계기를 제공해주기 때문인데, 이러한 노력의 결실은 김 노인 자신이 아닌 또다른 등장인물을 통해서 나타난다. 김 노인의 욕망에 의해 부모가 죽임을 당하는 등 가장 큰 피해자라고 할 수 있는 윤두가 "내가 노인의 귀향을 말렸어야 했을까?" "어느 정도는…… 내가 잘못한 것일까?"라고 말하는 구절은 죽을 것이 분명했던 김 노인의 귀향을 말리지 않은 자신도 또다른 비극의 가해자였음을 반성하는 대목이다. 결국 김 노인의 비극 넘어서기 노력은 타인들의 삶에 대한 반성을 초래함으로써 승화되는 의미를 지니는 것이다.

전 경 린

# 바닷가 마지막 집

이 소설은 '삶에 있어서 가장 소중한 것이 무엇인가?' 라는 물음을
우리에게 던져주는 작품이다. 더이상 가족 구성원들에게 평온함을
주지 못하는 가정과 어머니로부터 벗어나고자 하는 힘과, 그래도 가정만은
꼭 지켜내고자 하는 힘이 독자들에게 팽팽한 긴장감을 준다. 내면의 세심한
부분까지 예리하게 다루고 있는 작가의 시선과, 이야기와 결부되어 글을
이끌어나가는 상징에 특히 주목하면서 작가가 궁극적으로
말하고자 하는 것이 무엇인가를 곰곰이 생각해 보자.

# 바닷가 마지막 집

연못의 물은 불에 데운 듯 뜨겁다. 연못 아래로 두어 걸음 내딛어 구부정하게 몸을 숙이고 양동이를 담가 물을 떠낼 때마다 녹아버린 수초의 역겨운 냄새가 숨을 틀어막는다. 나는 여섯 번째 물을 길어 소들의 여물통에 부었다.

축사엔 엄연히 수도꼭지가 있긴 하다. 그러나 진작부터 물이 나오지 않는 고요한 수도꼭지이다. 처마 바깥에 햇볕이 달군 쇠붙이처럼 내려쪼일 때, 물이 나오지 않는 수도꼭지란 얼마나 고요한 것인지 꼭지를 비틀고 기다려본 사람은 알 것이다. 가뭄 때문이라지만, 나는 이제 그런 건 믿지 않는다. 그것은 엄마의 관용구대로 '니 아버지 하는 일이 그렇지.' 인 것이다. 아버지는 재작년까지만 해도 엄연히 작은 도시의 시청 공무원이었다. 25년 동안 공무원이던 아버지는 어느 날 사표를 내고 생활을 정리하기 시작했다. 그리고 고향으로 돌아왔다. 그는 땅을 사들여 새 집을 짓고 집과

멀찍이 떨어진 외딴 곳에 축사를 지었고 축협 대출을 받아 소를 사들였다. 정부에서 축산을 장려해 퇴직자들이 축사를 짓고 소를 키우는 것이 유행일 때였다. 그러나 아버지는 불운했다. 이른바 막차를 탄 것이다. 지금 소값은 사들인 때의 절반 값이다. 아버지는 사료 먹이고 쇠똥 치우고, 새끼소 받고, 꼭 이 년 사이에 햇볕에 까맣게 탄 지치고 야윈 농사꾼이 되었으나, 그 노동의 결과란 축사 속에서 소 일곱 마리를 녹인 것이 전부였다. 그 일곱 마리 중에는 고등학교를 졸업하고 농협에서 일하는 여동생의 적금을 대출해 사들인 송아지 두 마리도 들어 있었다.

나는 빈 양동이를 바닥에 놓고 햇볕 속에 주저앉는다. 깨알처럼 작은 하루살이와 등에 푸른빛을 내는 커다란 쇠파리들이 눈앞에서 잉잉거린다. 기진맥진한 나는 이따금 팔과 다리를 털어 파리들을 쫓는다. 멀리 고추밭을 매는 엄마의 작은 움직임이 보인다. 장바닥에서 산 챙 넓은 싸구려 모자에 두꺼운 수건을 덮어쓰고 소매 긴 헌 셔츠에, 쪼그리고 걸어도 당기지 않게 몸뻬바지를 입었다. 엄마는 고개 한 번 들지 않고 골을 따라 무릎걸음을 하고 있다. 그 머리 위 햇볕은 미동도 하지 않고 밤나무숲에서는 악의에 찬 뻐꾸기가 단조롭고 집요하게 운다.

나는 사범대학을 졸업하고 시골로 내려와 발령을 기다리고 있다. 요 몇 달 사이에 내 몸은 많이 야위었다. 시골 사람들은 화장도 전혀 하지 않고 머리까지 깡똥 짧은 나를 열두 살 먹은 계집아이 같다고 말한다. 원래 몸이 숙성하지 않은데다 살이 빠진 탓도 있겠지만, 무엇보다 이런 광막한 시골 풍경 속에서는 나 스스로도 내 몸의 존재를 느끼기가 어려워진다. 발밑에 밟히는 풀꽃만큼이

나, 키 작은 풀꽃 사이를 잠시 나는 곤충들만큼이나 창백하고 조
그맣게 느껴진다. 몹시 가문데도, 그래도 꽃들은 자꾸만 피어난
다. 방치된 습지에 융단처럼 핀 붉은 패랭이꽃 무리, 빈터를 뒤덮
는 희고 노란 냉이꽃, 숲길에 번지는 파랑 달개비꽃떼와 무더기
무더기 피어나는 토끼풀꽃, 띄엄띄엄 서 있는 잎이 거친 보라색
엉겅퀴, 나무처럼 키가 큰 오이풀꽃, 검게 고인 물가의 미나리아
재비꽃…… 무더운 적막 속에 풀이 지쳐가는 여름의 비릿한 냄새
가 들판에 가득하다.

　마을 첫집에 사는 범구아재가 요란한 엔진소리를 내며 경운기
를 몰고 온다. 나는 마을 사람을 잘 모르지만 그는 늦봄 내내 축사
아래 밀밭에서 사료로 쓸 밀을 베어내는 일을 했기에 낯을 익혔
다. 나는 잘린 밀밭 냄새가 좋아 아무 시집이나 들고 밭가의 길을
따라 선 플라타너스 나무 그늘에 앉아 시간을 보내곤 했다. 물기
많은 통통한 밀단들은 싱그러운 향내를 품으며 이내 시들어가고,
산에서는 뻐꾸기가 단조롭게 울어대고, 습기를 머금은 햇빛은 반
짝이고, 돗자리 밑의 풀들은 시시각각 푸른 넝쿨을 뻗으며 꿈틀꿈
틀 자라고 있었다. 바람이 책의 페이지를 제멋대로 넘기고 나는
그것이 재미있어 바람이 펼친 장을 무심코 읽었다. '바닷가 마지
막 집, 나는 그대가 바닷가 마지막 집에 살았으면 좋겠어요. 그곳
엔 활짝 핀 레몬나무들의 검은 우듬지가 향기로운 바람에 무겁게
흔들리지요. 세상에서 멀리 떨어져 있는 그곳엔 모든 소리가 잦아
들고요. 어스름만…….' 나는 책을 읽는다기보다는 그 모든 것 위
에 그냥 떠 있었다. 흔들리는 요람 속의 아기처럼, 바람에 탬버린

소리를 내는 미루나무 잎사귀처럼, 거름내나는 보잘것없는 풀꽃들처럼. 그리고 자주 눈물이 났다. 한낮의 연약한 그늘 속에서 누구를 기다리는 것처럼, 누구를 기다리다 지쳐 황폐해진 것처럼…….

"어어, 나온다!"

범구아재의 소리가 들려온다. 아침에 와서 어두운 축사를 들여다보니 어미소의 엉덩이께에 무엇인가 커다랗고 벌건 덩어리가 들러붙어 있었다. 열린 자궁인 듯했다. 어미는 진통을 느끼는지 어찌할 줄을 모르고 이 구석 저 구석을 헤매며 비척댔다. 파리들을 쫓으며 몸을 일으키려 하는데, 현기증이 몰려온다. 나는 잠시 그대로 땅을 짚고 앉아 있었다. 현기증은 서늘하고 어둡다. 땀이 이내 식었다. 송아지가 다리부터 나오고 있는데, 범구아재가 억센 팔힘으로 송아지 다리를 잡고 빼낸다. 눈이 부신 공포를 똑바로 쳐다보고 선 듯한 어미소의 눈에 진물이 흐른다. 나는 양동이를 찾아들고 다시 연못의 물을 떠 나른다. 나는 성난 것처럼 거칠게 움직인다.

연못가에는 미루나무들이 둘러서 있고, 나무들 곁에 방 한 칸을 넣은 농막이 세워져 있다. 아버지는 그 방에 침대와 카세트 라디오와 전기 밥솥과 전기 프라이팬, 작은 냉장고까지 구비해두셨다. 집을 짓기 전 아버지는 가족보다 먼저 내려와 이곳에서 지내셨다. 그때 아버지는 저녁마다 꿩사냥을 해 전골을 해 드셨다. 나 역시 맛 본 적이 있는데 닭보다는 작고 담백했다. 잔뼈와 특유의 냄새만 아니라면 차라리 쇠고기 전골에 가까웠던 것 같다.

물양동이를 들고 축사로 가니, 이미 새끼가 나와 있다. 새끼는 미음 같은 멀건 액체에 폭 젖어서 엎쳐져 있다. 송아지를 한 마리 얻었는데도 아버지는 좋은 기색이 없다. 지금은 그런 때다. 내다 팔아도 돈이 되지 않고, 먹이자면 사료값이 아까울 지경인 것이다. 범구아재가 송아지의 몸을 대강 닦고, 태를 싼 짚을 들고 나가 축사 곁 산 쪽으로 간다. 질이 범구아재가 든 태를 기웃거리며 꼬리를 게으르게 흔들며 뒤따른다. 질은 송아지의 태를 탐내는 것일까. 엄마가 보았다면, 또 재수없다고 입술을 바르르 떨었을 것이다.

어미소는 비스듬히 서 있고 아직 눈도 뜨지 못한 새끼는 벌써 일어서려고 절뚝거리며 애를 쓴다. 스무 번이나 서른 번쯤 절뚝거리다가 넘어지더니 마침내 송아지가 네 다리를 딛고 등을 번쩍 일으켰다. 송아지는 여전히 눈을 뜨지 못한 상태였는데도 부들부들 떨리는 다리를 간신히 앞으로 내딛으며 어미소 쪽으로 위태롭게 걸어간다. 어미에게 닿은 새끼는 얼굴을 위로 들고 어미의 다리 아래 가슴 부분을 쿡쿡 들이받았다. 어미가 젖을 찾기 쉽도록 몸을 조금 틀어준다. 송아지는 이내 젖을 물고 빨아대기 시작한다. 그것을 보고 있자니 가슴에 뜨거운 것이 치받고 올라 눈 사이가 뜨거워진다. 나는 양동이를 들고 또 물을 뜨러 비틀거리며 햇볕 속으로 나아갔다. 누가 살아가라고 가르쳤을까. 뱃속에서부터 배워 나오는 그것, 눈도 뜨기 전에 유일하게 명확한 것은 그것뿐이었다. 살아가야 한다는 것……


밤이 온다. 나는 뒤늦게 마당에 널린 빨래들을 걷는다. 시골의 밤은 얼마나 어두운지. 엄마는 깜깜한 집 앞 개울에서 발에 묻은 흙덩이와 두 배로 커진 거친 손과 검고 깡마른 얼굴을 씻고 수건으로 닦은 다음, 목에 수건을 걸고 한 손에 늙은 상추를 뜯어 들고 다른 손에는 모자를 들고 들어온다. 엄마는 아침에도 한낮에도 저녁에도 상추로만 밥을 먹는다. 식구들을 위해서 양파와 풋고추를 많이 넣은 된장을 끓이고, 그리고 식탁엔 물을 털어낸 상추만 수북하게 올린다. 그뿐이다. "우린 빚이 너무 많다. 갚을 가망도 없어……. 그리고 집엔 현금이라곤 한푼도 없다. 돈버는 사람은 저 애 하나뿐이야." 엄마가 중얼거린다. 그럴 때면 아버지는 의연하지만 돈을 버는 유일한 사람인 동생은 울려고 한다. 농협에 다니는 동생의 도시락은 늘 멸치볶음이나 오뎅볶음, 아니면 고추장아찌다. 나는 한낮에 졸아붙은 된장과 상추뿐인 식탁에 앉아 엄마와 말없이 밥을 먹다가 이따금 창밖에 쏟아지는 햇볕을 멍하니 보곤 했다. 눈물을 흘리지 않으려고 딴청을 피우는 것이다. 그러나 저렇게 많은 햇볕이 나에게는 아무 소용도 없구나, 하는 생각이 들면, 눈물은 오히려 더 걷잡을 수 없이 쏟아졌다. 흡사 공중에서 새하얀 설탕이 녹아내리는 것만 같이 가슴이 아팠다.

아버지는 아직 집에 들어오지 않는다. 오늘도 마을의 어느 마당이 캄캄한 집 마루에 올라앉아, 주인은 잠들었는데 혼자서 술이 머리끝까지 오르도록 마실 것이다. '공무원이란 정권의 시녀가 아니야, 공무원은 엄연히 국민의 녹을 먹는다구. 공무원은 국민과 국가의 충복이야. 내가 18년 독재정권 아래서 공무원을 했어도, 난 그런 신념을 갖고 일했어. 그런데, 우라질…… 이 빌어먹을 정권은 인간에게 그 정도 변명도 할 수 없게 해…… 그러니, 절이 싫으면 중이 떠나야지. 정년퇴직 5년 남겨놓고 나, 미련없이 낙향했

어. 내 고추친구, 니놈들과 어울려 남은 인생 물장구치고 놀듯 그
냥 살아 버릴려고 했어. 그런데 이놈들이 물귀신처럼 나를 따라와
서는 끝까지 물을 먹이는군. 물을 먹여⋯⋯.'

엄마는 무슨 생각을 하는지 알 수 없는 눈길로 상추로 싼 밥을
입이 미어지도록 밀어넣고 우적우적 씹는다. 지난달엔 엄마의 거
짓말로 집이 발칵 뒤집혔다. 10년 동안이나 한 식구처럼 키워온
질이 어느 날 사라져버렸을 때, 아버지와 동생과 나는 혹시라도,
질이 들쥐를 잡기 위해 놓은 농약이라도 먹고 죽은 것이 아닌가,
하고 온종일 들판을 헤매고 다녔다. 어딘가에서 죽지 않았다면,
질이 제발로 집을 떠날 리는 없었다. 질은 도시에서 이사 온 후,
엄마와 동생 못지않게 시골 생활에 적응을 하지 못했다. 최근에는
마을 사람 몇을 물기까지 해, 사람들이 집으로 몰려와 항의를 하
는 소동을 겪기도 했다. 엄마는 갑자기 질을 미워하기 시작했다.
질이 귀신이 되었다는 것이다. 귀신이 씌인 것도 아니고, 귀신이
되었다니⋯⋯. 엄마는, 짐승을 10년이나 한 집에서 키우면 귀신
이 된다는, 동네 점집 여자의 모함을 그대로 믿어버렸다. 엄마는
질이 자신의 몸에 닿을 때면 주먹을 꼭 쥐고 사정없이 내리쳤다.
그리고 질이 자신을 똑바로 쳐다보는 것을 견디지 못했다. 질 때
문에 집안에 재수가 없다고도 하고, 질의 눈이 징그럽다고도 했
다. 엄마는 가족들 몰래 슬쩍 질을 굶기기도 했다. 내가 집을 비운
날은 하루 종일 굶긴 때도 있었다. 어쩌다 그런 일이 생겼을까. 엄
마는 질을 젖도 떼기 전에 얻어와 미음을 먹여 키웠다. 그리고 개
에게 이미 질이라는 이름이 있다고 우리에게 전해준 사람도 엄마
였다. 질이라니, 개 이름치고는 이상했다. 우리는 모두 친구집의

개처럼 해피나 메리 같은 이름으로 새로 짓고 싶어했다. 그러나 엄마는 우리의 반발에도 불구하고 질이라는 이름을 고집했다. 전 주인이 이미 질이라고 불렀다는 것이었다. 우리가 질이라는 이름에 익숙해지는 데는 여러 달이 걸렸다.

집을 나갔던 질이 돌아온 것은 엿새쨋날 새벽이었다. 질은 우리의 염려와는 달리 살까지 올라 더 커진 듯한 모습이었다. 질이 돌아와 컹컹 짖자 우리는 모두 자다가 일어나 마당으로 나갔다. 너무 신기해서 믿어지지 않았다. 목에는 개목걸이가 채워졌고 긴 쇠사슬도 그대로 달려 있어서 질이 움직일 때마다 철렁철렁 소리를 냈다. 납치니, 유괴니 몇 가지 그럴싸한 추측들을 했으나 의문은 곧 풀렸다. 그날 아침 가족들이 세수를 하는 시간에 개장수가 들이닥쳤던 것이다. 개장수는 곧바로 엄마를 불러내어 거세게 따지기 시작했다. 엄마가 질을 보신탕집에 팔아 그 돈으로 새 가스레인지를 들이고 치마를 사입고 쇠고기를 사와 구워먹은 것이었다. 나는 입을 틀어막은 채, 아무 소리도 내지 않았다. 유일하게 돈을 버는 동생이 적금을 넣고 남은 월급을 털어 질의 몸값을 갚았다.

"짐승은 십 년 넘게 키우는 법이 아니다. 난 질이 무서웠다. 질은 이제 귀신이 됐어."

엄마가 동생에게 변명했다.

동생은 엄마를 향해 소리를 꽥 질렀다.

"난 그러는 엄마가 더 무서워. 그러는 엄마가 무서워서 죽겠다구!"

그 후로 마당에 혼자 선 채 질을 노려보는 엄마의 모습을 자주 볼 수 있었다. 무슨 생각을 하는지 알 수 없는 눈빛, 흡사 상추로

싼 밥을 입이 미어지게 밀어넣을 때의 눈빛과 같은 그 낯설고 막막한 표정.

밥을 다 먹은 엄마는 추적추적 안방으로 들어가 베개도 내리지 않고 방바닥을 가르며 모로 눕는다. 엄마의 눈은 약간 치켜떠진 채 문갑 위의 사진틀에 박힐 것이다. 오빠는 군복을 입고 어깨에 총을 메고 웃고 있다. 그러나 웃는 모습이 내가 보아도 안쓰럽기만 하다. 총을 멘 남자가 으레 보여주어야 할 바로 그 헐리우드 영화의 주인공 같은 웃음을 흉내내고 싶어하지만, 오빠로서는 불가능하다. 총을 쥔 손도 너무 작고 연약해 보인다. 오빠는 오히려 울려고 하고 있다. 엄마는 밤마다 방바닥에 눈물을 투둑 투둑 떨어뜨려놓고 잠이 든다. 반 컵쯤 물을 쏟은 것처럼 제법 흥건해서 걸레로 닦아내고 이불을 깔아야 한다. 나는 엄마의 머리를 들어 베개를 밀어 넣는다. 짐승의 털처럼 함부로 뭉친 머리카락이 푹 젖었다.

세수를 하고 제 방에 들어간 동생은 다시는 나오지 않는다. 동생은 밥도 먹지 않았다. 동생은 나와 달리 몸이 통통하고 키도 조금 더 크며 장딴지는 무처럼 둥글고 희며 재클린처럼 각이 진 얼굴은 조그맣지만 꽃핀 나무처럼 화사하게 생겼다. 마을 사람들은 그애가 명랑하며 잘 웃고 인사도 잘한다고 한다. 그러나 그애는 집에만 오면 말을 하지 않고 웃지도 않는다. 집에서는 질만이 그애와 통할 뿐이다. 질은 동생이 출근할 때면 고갯길까지 바래다주고, 저녁에 동생이 돌아올 때도 고갯길까지 마중을 나가는 각별한 식구인 것이다. 그애는 읍내의 농협 연쇄점에서 일한다. 이른 아침에 나가 저녁까지, 계산도 잘하지 못하고 억지를 써대는 촌늙은

이들에게 설탕과 밀가루, 식용유와 소주, 사탕과 빨랫비누와 소금, 심지어 커다란 포대에 든 비료 따위를 팔며 하루종일 실랑이를 벌인다. 그애는 그 일을 지겨워한다. 그애가 만날 수 있는 젊은 남자라고는 물건을 대주는 음료수회사의 직원뿐이다. 그러나 알고 보니 그 남자마저 유부남이라고 한다.

그애는 도시로 나가 젊은 여자들과 젊은 남자들 속에서 일하고 걸어다니고 생활하고 싶어한다. 그렇지만 그애가 넣은 적금은 이미 대출되었다. 아버지가 소를 사버린 것이다. 적금은 속이 텅 빈 채 메워야 할 빚이 되어버렸다. 3년 만기 적금을 이자와 함께 다달이 갚지 않고는 떠날 수도 없다. 그애는 한밤중에 가끔 운다. 그런 뒷날 아침이면 눈 속이 붉고 눈두덩이 부은 채로 나에게 더욱 쌀쌀하게 군다. 그애는 대학까지 나와 하루종일 집에서 놀고 있는 나를 경멸한다. 그러나 나는 매일 밤, 그애가 농협에서 입는 유니폼을 손으로 세탁하고 아침에는 바싹바싹하게 다려 차갑게 식혀서 건네준다. 나는 속으로 조금만 더 참으라고 말한다. 머지않아 교직 발령이 날 거라고, 그러면 함께 도시로 가자고, 네 어린 피가 밴 적금은 내가 다 갚아줄 테니 아무 걱정 말라고……

밤 하늘이 흐려지고 있다. 구름이 별들을 하나하나 지운다. 별은 얼음조각처럼 차가울 것 같다. 내 방의 창은 아주 크다. 벽 하나가 온통 창문이다. 아버지는 이제 막 땅을 고르고 그 위에 벽돌을 겨우 두어 줄 쌓았을 때, 먼발치에서 보고 선 나에게 손짓을 해 이곳이 네 방이다, 여기선 정원이 바로 보여, 라고 했다. 그때는 정원도 없었고 그곳이 방이 될 것처럼 보이지도 않았다. 싸한, 젖은 시멘트 냄새 때문에 나는 얼굴을 찌푸렸다. 그때 나는 4학년이었고, 이곳은 아버지의 고향일 뿐, 내가 이곳에 내려와서 살 일은 없으리라고 믿었다. 나는 그때 무엇을 믿었던 것일까, 이제 와서 생각하면 알 수가 없는 일이다. 교직을 얻기가 어려울 것을 알고, 다른 곳에라도 취직을 하려고 마음을 먹었을 때는 이미 너무 늦어 있었다. 게다가 나는 사회라는 것을 몰랐다. 그것을 생각하면 눈을 감고 코끼리를 만지는 듯했다. 투명하면서도 들어설 문이라고는 없는 뫼비우스의 띠 같은 이상한 성…….

승혜, 나는 그를 사랑한다. 사랑이, 그 순간순간의 섬광으로, 다가오는 미래를 염탐하는 두 눈을 감기고 두려움까지 지워버리는 거칠고 열광적이고 아무것도 바랄 게 없는 허무한 것이라면 말이다. 나는 무엇엔가 부딪혀 부서지듯이 그를 사랑했다. 나의 두 손 안에 안긴 그의 머리…… 나의 머리를 감싸던 그의 손바닥…… 우리는 누군가 머리에 총구를 들이대기라도 하는 양 다급하게 서로를 끌어안고 안심시키기 위해 부벼대곤 했다. 그와 나는 6개월 정도를 같은 방에서 지냈다. 나는 4학년 마지막 학기였고 그는 현장 생활을 할 때였다.

나는 졸업을 했는데, 승혜는 복학해 겨우 3학년이 되었다. 승혜뿐 아니라 남자애들이 좀체로 자라지 않는 시대였다. 집에 내려가서 교직 발령을 기다리겠다고 말했을 때, 승혜는 농담하느냐고 했다. 오빠는 군대엘 갔고, 엄마는 가망없는 시골 생활로 인해 우울증에 걸렸으며 아버지는 귀향의 낭만을 즐겨볼 사이도 없이 막노동에 지치고 있었다. 그리고 여동생은 적대감을 가지고 나를 대했고, 집의 경제는 이자에 이자가 물리면서, 하루하루 빚이 불어나고 있었다. 나는 아버지가 정해준 나의 방으로 돌아왔다. 아버지 말대로 정원이 바로 보이는 방이다.

　밤이 깊어지자 마른번개가 치고 바람이 거세지며 마른 흙 냄새와 큰 하천이 뒤집히는 듯한 비릿하고 개운한 비냄새가 몰려온다. 비가 올 것 같다. 아버지는 아직도 집에 들어오지 않았다. 어느 마당 어두운 집 마루에서 쓰러져버렸는지도 모르겠다.

　풍경 속에 깊숙이 안개비가 스민다. 열린 창문가에 서서 오랫동안 바깥을 내다본다. 구부러진 개울의 끝에 걸린 작은 다리는 안개에 묻혀 보이지 않는다. 색이 칠해지지 않은 블록 축사와 연못의 미루나무들과 성냥갑처럼 작은 농막, 참나무와 아카시아, 소나무로 가득 찬 축사 곁의 산과 어린 모가 촘촘하게 심긴 연푸른색 들판, 하천변의 자갈돌과 습지의 풀밭, 말뚝에 묶인 누런 소 두 마리와 검은 염소 다섯 마리, 이따금 에에에, 울어대는 새끼들, 반대편 밤나무 과수원이 있는 산기슭…… 안개비에 젖은 풍경은 버려진 화투짝같이 진부하다. 개조차 짖지 않는다. 완전한 정적…… 나는 아주 옛날부터 창가에 서 있었던 것 같다.

　비가 내리는데도 엄마와 아버지는 모심기 품을 갚으러 나갔다. 오늘은 대정댁네 모심는 날이라고 한다. 나는 우산도 받지 않고 집을 한바퀴 돈다. 비가 오는데도 새떼가 날아간다. 지렁이도 성급하게 땅 속에서 기어나와 바깥 공기를 쏘인다. 질은 개집 안에 우두커니 앉아 가는 빗줄기를 바라보고 있다. 공기 속에는 눅눅하고 매캐한 짐승의 털냄새가 무겁게 떠 있다. 질은 쓸데없이 비를 맞고 다니지 않는다. 귀신이 되었다는 말은 너무 현명해져서 듣게 된 소리인지도 모르겠다. 나는 대문간에서 파란 잉크로 군사우편이라고 찍힌 편지봉투를 주워든다. 글씨들이 빗물에 젖어 얼룩이지고 있다. 후방에 계신 어머니에게 편지를 보내는 일도 군인들의 의무일까, 오빠는 한 달에 한 번 정기적으로 엄마에게 편지를 보내오고 있다. 다른 사람들은, 둥실이나, 두둥실, 두리둥실같이 구름의 양을 암호로 하여 부쳐야 할 돈 액수를 엄마들에게 알려온다고도 하지만 오빠는 자신의 군대 월급을 엄마에게 보내기까지 한다. 그리고 편지 마지막에 언제나 같은 말을 쓴다. '사랑하는 어머니, 사회로 돌아가면 꼭 효도하겠습니다. 만수무강하십시오.' 엄마는 아직 쉰두 살일 뿐이다. 오빠가 자신의 형편에 맞지도 않는 판에 박인 속 빈 말을 하고 있어서 가슴이 더욱 찡해진다. 엄마도 무척 감동하는 것 같았다.

된장을 데워 점심을 먹고 있는데 정전이 된 듯 갑자기 어두워지더니, 빗줄기가 굵어진다. 나는 식탁이 잘 보이지 않아 일어나서 불을 켠다. 창밖을 내다보니, 주렴을 친 듯 빗줄기밖에는 보이지 않는다. 밥그릇과 숟가락을 씻고 있는데, 엄마가 뒷부엌문을 밀치고 들어왔다. 밀짚모자를 쓰고 투명한 비닐 우의를 입었는데 모자 밖으로, 우의 속으로 빗물이 줄줄 타고 흐른다. 엄마의 얼굴에도 굵은 빗물이 타고 흐른다. 우의를 벗으니, 남루한 셔츠, 장딴지까지 걷어올린 흙물 밴 몸뻬바지, 늙은 서커스 여자나 신을 법한 코가 줄줄 풀린 검은 스타킹, 앞이 막혀 물이 찔꺽거리는 플라스틱 슬리퍼 차림이다. 들판을 내내 달려왔는지, 엄마의 숨은 거칠고 얼굴은 발갛고 명랑하게도 보이지만 어찌 보면 울기라고 한 듯, 눈가가 붉다. 불안하다. 손에는 작은 보퉁이를 들고 있다.

"물 좀 다오."

물에 젖은 엄마는 부뚜막에 걸터앉자 검은 스타킹을 쥐어뜯듯이 벗으며 물을 찾는다. 나는 솥에 물부터 올리고, 마침 끓여둔 따뜻한 찻물을 준다. 엄마는 물을 마시고 그 자리에서 몸에 척척 달라붙은 옷가지들을 떼어낸다. 옷에서 김이 올라온다. 내가 물을 데운다고 말해도 엄마는 바가지로 찬물을 떠서 몸에 쏟아붓는다. 엄마의 얼굴은 여전히 발그레하다. 목욕을 마친 엄마는 수건으로 몸을 닦고, 보퉁이에서 소주병을 꺼내 들고 방으로 들어간다. 나는 엄마의 젖은 옷들을 빨래통에 담그고, 편지와 김치와 풋고추를 담은 쟁반을 들고 방문을 연다. 엄마는 누빈 홑이불을 끌어 덮고 소주를 병째 들어올려 홀짝 마신다.

"엄마, 오빠한테서 편지 왔어."

엄마는 말없이 손을 벌린다. 손톱 밑엔 검은 흙물이 배어들었고, 물과 흙이 파고든 손등은 붉게 부어 있다. 나는 그 손에 편지를 쥐어준다. 엄마는 구겨지도록 꼭 쥔다. 엄마는 집에 오기 전부터 취해 있었던 것 같다.

"잘란다."

엄마는 편지를 꽉 쥔 채 오빠 사진을 향해 팔을 베고 모로 눕는다. 얼마 전만 해도 엄마는 아버지를 원망하고 자주 도시에서의 편리하고 화사했던 생활을 되새기며 자신을 학대했다. 그때는 그래도 기운을 잃지는 않았다. 그 어떤 독기가 엄마를 지탱하고 있었을 것이다. 지금 엄마는 아버지는 물론이고 자신마저 원망하지 않는다. 엄마는 주위에 무심한 채 일만 한다. 일할 때 엄마의 얼굴은 깊은 우물 속에 혼자 빠진 듯 적막하다. 엄마는 우울증을 앓고

있다. 벌써 방바닥에 눈물이 고였다. 집 안도 바깥도 너무나 축축
하다.

방안에 고기 굽는 냄새가 가득하다. 나는 눈을 뜬다. 시침과 분
침과 숫자판들이 어둠 속에서 푸른빛을 내는 탁상시계는 두시를
가리키고 있다. 밖에는 여전히 비가 온다. 한밤중에 깨어 음식냄
새를 맡으니, 흡사 어릴 때 겪었던 제삿날 같다. 그러나 바깥이 너
무나 고요해서 무섭고 의심스러운 생각이 든다. 나는 문손잡이에
잔뜩 힘을 주어 소리없이 열고 얼굴을 내민다. 컴컴한 거실 너머
부엌에 누군가 있는 것 같다. 보이지는 않지만 기척 없이 움직이
는 모양이 엄마인 것 같다. 이 시간에 부엌에서 혼자 고기를 굽는
엄마와 마주친다면 어쩐지 고통스러울 것 같다. 나는 다시 소리나
지 않게 문을 닫고 납작하게 눕는다. 그러나 잠이 오지 않는다. 기
분이 이상해진다. 질이 짖는 소리가 어렴풋이 들린다.

아침에 세수를 마친 동생이 스킨을 얼굴에 두드려 바르며 꿈이
야기를 한다. 어젯밤, 집에 세 명의 저승사자가 왔다고 한다. 저승
사자는 동생의 방문을 열고 땅 속에서 몰려나오는 듯한 으스스한
바람을 일으키며 들어섰다. 검은 갓을 쓰고 검은 두루마기를 입고
검은 신을 신은 채였다. 동생은 너무 놀라 심장이 멎는 것 같았다.
동생은 잠자던 몸을 일으켜 그들을 따라나섰다. 주위는 검고 황토
색 길은 구불구불 한없이 계속되었다. 오랫동안 걸어간 뒤에 황톳
길 가운데서 질을 만났다. 뜻밖에도 질은 길가에 앉아 계란을 팔
고 있었다. 질 앞에는 계란이 수북하게 쌓여 있었다. 동생이 반가

위하자 질도 반가워하며 계란을 하나 주었다. 삶은 계란이었다. 동생이 계란을 먹자 저승사자들이 사라졌다. 질은 동생에게 어서 집에 가라고 소리쳤다. 동생은 질에게 함께 가자고 말했다. 질은, 자신은 죽음으로 가는 길가에서 계란을 팔아야 하니 어서 집에 가라고 큰소리로 외쳤다. 동생은 등을 돌려 달리기 시작했다. 동생은 마치 발에 자전거 바퀴가 달린 것처럼, 미끄럼틀을 탄 것처럼, 등에 작은 날개가 달린 것처럼 빨리 달렸다.

동생이 구두를 신고 마당에 나서서 질을 부른다. 보통은 동생이 나서기도 전에 질이 현관문을 두드리는데 오늘은 이상한 날이다.
"질—— 질—— ."
질은 나타나지 않는다. 개집 안에도 질은 없다. 흙과 눌어붙은 음식 찌꺼기가 뒤섞인 밥그릇 속에 고기 한 점이 들어 있다. 가슴이 서늘해진다. 밤중에 고기를 굽던 냄새와 부엌에서 나던 숨죽인 인기척이 떠오른다.
"마을에 나갔나봐."
내가 말한다. 동생은 시계를 보더니, 총총히 걸어나간다. 고개를 넘어 큰길로 나가 버스를 타야 할 시간이 빠듯하다. 나는 개 밥그릇을 멍하니 들여다본다. 고기 한 점…… 밤에 비가 왔는데도 빗물따윈 고여 있지 않았다. 나는 내 방에 들어가 처음부터 다시 시작하려는 듯 납작하게 누워 눈을 감는다.

동생은 사흘 동안 질을 찾아 들판을 헤집고 다녔다. 나는 그날 밤 누군가 부엌에서 고기를 구운 일에 대해 악착같이 입을 다물고 있었지만, 동생은 이미 엄마를 의심하고 있었다. 나흘째부터는 동생이 집에 들어오지 않았다. 연쇄점 동료들에게 물으니, 동생은 전날 퇴근 후, 음료수회사 트럭을 타고 갔다고 말했다. 그러나 동생을 태우고 갔던 음료수회사 남자는 여전한 얼굴로 오후에 연쇄점에 들렀다. 그는 단지 동생을 버스터미널까지만 태워주었다고 말했다. 그 외에는 아무것도 알지 못한다고……. 버스터미널이란 어린 여자애들에게는 불온한 곳이고 막다른 곳이다. 터미널의 화장실 바닥은 언제나 질척하고 흙과 알 수 없는 검은 가루들이 뒤섞여 있으며 문짝들은 부서져 고리가 걸리지 않고 쓰레기통은 넘쳐나고 거울은 김이 서린 것처럼 부옇고 물이 고인 세면기엔 머리카락들이 엉겨 있다. 그리고 그 앞엔 언제나, 어디로 떠나는지 알 수 없는 여자애들과 지친 여인들이 분과 립스틱을 새로 바른다. 그 지독한 지린내 속에서 코로 숨을 쉬며…… 동생은 엿새째 돌아오지 않고 있다. 그애는 어디로 갔을까. 동생은 바다가 있는 도시를 꿈꾸곤 했다. 아주 낯선 작은 도시들, 가령 강릉·속초·주문진, 혹은 충무·목포·여수 같은 곳.

오늘은 일요일이다. 아버지는 결혼식에 참석하기 위해 도시에 갔고, 엄마는 앓아누웠다. 밖에는 여우비가 오고 있다. 엄마가 점심으로 먹은 죽그릇을 씻고 거실 창가에 서서 바깥을 내다본다. 햇빛이 쨍한데, 슬픈 꿈처럼 비가 내리고 있다. 저 고운 햇빛이 내게는 아무 소용도 없구나, 하는데 창 바깥에서 넘어온 그림자 하나가 문득 나와 겹쳐서 마주선다. 승혜……. 나는 꿈에서 깨지 못한 소녀처럼 몽환적인 눈으로 그를 마주본다. 그와 나는 웃지도 않는다. 이렇게 마주쳐도 금간 유리접시들처럼 마음이 아프기만

하다.

나는 슬리퍼를 끌고 현관문으로 나간다. 빗속의 햇볕, 햇볕 속의 비 때문에 그가 온 것이 현실 같지가 않다.

"이렇게 갑자기, 미리 연락이라도 하지 않고……."

"나도 이렇게 오게 될 줄은 몰랐어."

자기 발로 온 사람이 나의 얼굴을 보고는 더 놀란 얼굴이 된다. 머리카락이 젖어 그리워했던 그의 체취가 더욱 짙다. 비를 피할 곳이 필요한데 엄마가 아픈 중이라 집으로 들어가자고 할 수는 없다. 나는 그를 데리고 어디로 가야 할지 몰라 망설인다. 마당 뒤편 녹슨 쇠문을 열고 등을 굽히고 나간다. 대문으로 나가면 작은 마을이라 금세 소문이 퍼질 것이다.

뒷문 밖은 바로 하천변이다. 담장에 기대어 만든 낮은 닭장이 있을 뿐, 마을은 돌아앉아 있다. 하천의 물은 치마를 걷어올리고 건널 만할 것 같다. 조금씩 굵어지는 빗방울이 흐르는 물 위에 떨어지고 있다. 내가 방죽을 내려가 슬리퍼를 손에 들고 치마를 걷어올리자 그도 운동화와 양말을 벗어들고 바지를 걷어올린다. 그는 웃음이 조금씩 묻어나는 눈으로 창백하도록 새하얗고 가녀린 나의 다리를 쳐다본다. 나도 그의 벗은 발가락을 정답게 쳐다본다. 빗방울이 굵어져 그의 발등에 뚝 떨어진다. 우리는 손을 잡고 물을 건넌다. 바닥에 푸른 물이끼가 끼어 미끄럽다. 그의 발이 미끄러지자 나는 치마를 걷어쥔 손을 풀고 안간힘으로 그를 붙든다. 나의 치마가 물결을 따라 펼쳐진다. 우리는 목쉰 듯한 조그만 소리로 웃는다. 개울을 건너니 발바닥에 융단같이 부드럽고 푸른 풀밭이 느껴진다. 풀밭이 빗물에 잠겨 그 위를 맨발로 걷는 것이 꿈

같다. 그는 나의 치마를 걷어올려 물기를 짠다.

오늘은 풀을 뜯는 가축이 한 마리도 없다. 황소 두 마리, 염소 다섯 마리, 그리고 아기 염소들, 오늘은 볏짚이 깔린 훈훈한 우리 속에서 주인이 베어다 준 풀을 먹을 것이다. 들판에는 토끼풀꽃과 강아지풀, 키 큰 오이풀과 엉겅퀴꽃이 가득하다. 하늘이 기우뚱 기울어지듯, 갑자기 햇볕이 사라지고 빗방울이 굵어진다. 우리는 찔레덤불에 다리를 긁히며 하천 둑길을 걷는다. 군데군데 쇠똥이 퍼져 있어서 그가 깨끔질을 하며 웃는다. 비가 더 거세어지자 우리는 뛰기 시작한다. 나는 축사로 그를 데리고 들어가 새로 태어난 송아지를 보여준다. 축사에는 짙은 거름냄새가 나고, 소들의 되새김질로 김이 피어올라 공기가 훈훈하다. 송아지는 젖을 먹다 말고 불안한 듯 어미 뒤로 몸을 숨긴다. 송아지의 등은 곱고 앳된 노란 털로 덮여 있고, 두 귀 사이의 머리는 까까머리 아기 같다. 우리가 꼼짝않고 서 있으니 아무것도 본 적 없는 말간 두 눈이 어미의 몸 뒤에서 가만히 내다본다. 나는 그들이 지금 행복하다고 생각한다. 그래서 소가 또 소를 낳는 거라고······.

며칠 내린 비로 연못에도 물이 많이 차올랐다. 우리는 미루나무들을 지나 농막 안으로 뛰어들어간다. 비워두었던 방이라 먼지가 덮여 있고 서늘하지만, 모든 것이 잘 정돈된 빈 공간은 슬레이트 지붕을 두드리는 빗소리와 미루나무 잎사귀에 떨어지는 빗소리와 그와 나의 체취와 온기로 이내 가득 차고 조금씩 조금씩 흐트러진다. 작은 유리창을 여니 가지 하나가 팔을 뻗쳐 젖은 미루나무 잎이 우수수 들어온다. 빗방울도 날려들어온다. 짙고 상큼한 한여름의 냄새다. 아버지의 고물 카세트에는 남과 여, 모나코, 라스트 콘

서트 같은 낡은 영화 음악 테이프가 들어 있다. 우리는 마음이 따뜻해진다. 벽에 등을 기대고 가만히 앉아 있으니, 젖어버린 우리의 몸에서 짙은 체취가 풍겨나온다. 나는 몸과 마음이 동시에 달아오른다. 그것은 아픔과도 비슷하다. 그에게 안기고 싶다. 그도애가 타는지 눈 속이 붉다. 파같이 새하얀 나의 맨발이 감자처럼노란 그의 발가락 위에 천천히 놓인다. 그의 발가락은 구운 감자처럼 뜨겁다. 우리의 발가락이 서로를 만지며 꼼지락거린다. 나의발가락 사이사이가 조금씩 열리는 것이 느껴진다. 우리는 끌어안는다. 이마 위에 굵은 빗방울이 날려와 떨어진다. 나는 그를 너무나 그리워해왔다는 것을 어쩔 수 없이 고백한다. 나의 얼굴에 그의 입술이 닿자 눈물이 솟구친다. 갑자기 바깥이 어두워지고 빗방울은 폭우가 되어 쏟아진다. 그와 나는 살이 부러진 작은 우산 속에 있는 것 같다.

　마지막 키스를 나누고, 작은 유리창 앞에 선다. 비가 그쳐 나뭇잎에서 물방울이 연못 위에 똑똑 떨어질 뿐이다. 너무 오래 시간을 보낸 것 같다. 밖은 어둑하다. 창문을 닫으려고 뻗친 미루나무가지를 밖으로 내보내려니, 미루나무 잎사귀에 달팽이 한 마리가기어가고 있는 것이 보인다. 나는 긴 한숨을 내쉬며 그에게 손짓한다. 그는 달팽이를 보지 않고 말한다.
　"이곳에 있지 말고 나와 함께 지내자. 지금 가자."
　나는 고개를 떨어뜨리고 달팽이만 쳐다본다. 달팽이는 소라껍데기 같은 것을 끌고 천천히 움직인다. 그는 바다에서 왔다고 말한다. 바닷가의 집을 끌고 그렇게 먼 곳에서 왔다고. 나는 고개를 젓는다. 그는 말이 없다.

　우리는 왔던 길을 돌아간다. 그러나 하천 둑길에 오르자 말문이
막힌다. 우리가 밟고 왔던 풀밭 위로도 깊고 누런 황토물이 콸콸
흐르고 있다. 그 사이에 비가 그렇게 퍼부었던 것일까. 개울물이
불어 강이 되어버렸다. 긴 꿈을 꾼 것만 같다. 나는 몸을 돌려 축
사 쪽으로 다시 걷는다. 산은 벌써 어둡다.

　"이곳에서 네가 할 수 있는 건 아무것도 없어. 너희 집이 이렇
게 된 것도 다 놈들의 짓이야. 그들은 농촌 사람들에게 축산을 장
려하고, 뒤로는 쇠고기를 수입했어. 지금 우리나라 농가 전체가
빚더미에 올랐어. 농협과 축협은 그들을 상대로 흡혈적인 고리대
금업을 하고 있고."

　나는 아무 말도 하지 않는다. 축사에 이르자 그에게 길을 가르
쳐 준다.

　"먼저 나가. 이리로 쭉 가서 마을 앞길을 지나 다리를 건너면
네가 우리집으로 왔던 그곳이 돼. 그러면 왔던 길로 되돌아 나가
고개를 넘고, 큰길에서 버스를 타면 돼."

　"함께 가자. 나와 함께 지내자."

　나는 완강하게 고개를 젓는다. 그는 우두커니 서 있다가 발을
옮긴다. 성난 듯 나를 보지도 않고 곧바로 걸어간다. 그의 뒷모습
이 많이 흔들린다. 그는 곧 밭가의 감나무들 속으로 사라진다. 나
는 맨다리에 한기를 오소소 느낀다. 한참 뒤에 마을 앞길을 걷는
그의 모습이 다시 보인다. 그가 다리를 지난다. 그리고 사라진다.
나는 축사에 들어가, 새하얀 송아지의 눈을 한참 들여다본다.

　나는 그가 먼저 간 길을 걷기 시작한다. 모심은 논을 지나 플라

타너스가 줄을 지어 서 있는 밭길을 지나, 감나무밭 사이를 지나 동네 앞길을 지나고, 다리를 건넌다. 다리를 건널 때, 개울가에 마을 아이들이 우르르 몰려나와 있는 것이 보인다. 아이들 한 무리는 위에서 뗏목을 타고 물살 위를 떠내려오고 있다. 그들이 비명을 지르며 가파르게 지나자 개울가에 선 아이들이 환호성을 지르며 뒤따라 하천 방죽 위를 달린다. 자세히 보니 아이들은 공터에 내버려져 있던 찬장을 물에 띄우고 대나무 장대로 방향을 조정하고 있다. 우리집으로 가는 갈림길에서 마을 입구의 길 쪽을 보니, 그의 모습은 보이지 않는다.

친구 아들 결혼식을 보러 간 아버지는 아직도 돌아오지 않고, 동생도, 질도, 아무도 돌아오지 않는다. 어머니는 저녁 죽을 먹고 다시 모로 누운 지 오래다. '이곳에 있지 말고 나와 함께 지내자. 지금 나와 가자.' 나는 라디오 심야 프로그램을 듣다가 라디오를 끄고 눈을 감는다. 그러나 그 소리가 눈 안에서 울려 잠들 수가 없다. 나는 책상 위에 앉아 책을 펼쳤다가 다시 덮고, 편지지를 꺼내 여우비, 여우비, 햇볕 속의 비, 빗속의 햇볕, 여우비라고만 쓰다가, 그만 폭삭 엎드려버렸다. 나는 별안간 겉옷을 입고 양말을 신고, 낡은 구두를 신고 마당으로 나간다. 내일은 맑으려는지 밤공기 속에 뿌연 안개가 걷히고 있다. 나는 대문을 빠져나가 마을을 나가는 길을 따라 아무 작정도 없이 호주머니 속에 손을 넣고 걷는다. 호주머니 속에는 늘 어딘가로 갈 차비 정도는 들어 있다. 언제든 나서기만 하면, 뜻대로 가버리자고 넣어 두고 간혹 잊어버렸던 비상금이었다. 하늘은 캄캄하고, 마을엔 불빛들이 꺼져 세상이 어디로 떠내려가버린 듯 칠흑처럼 캄캄하다. 나는 내가 가는지, 가지 않는지, 가면 어디로 가는지도 모르면서 희미하게 드러나는 길만 쳐다보며 마을 바깥을 향해 걷는다. 떠나는 사람은 다 이럴까, 이런 마음으로 자신도 놀라면서 한걸음 한걸음 먼 곳으로 떠나는 것일까……. 그러나 고갯길을 오른 나는 그 자리에 우뚝 멈추어선다.

불꽃나무…… 차갑고 맑은, 무수한 불꽃들이 이교도 무리처럼 은밀하게 명멸하고 있다. 나는 자신도 모르게 하늘을 올려다보았다. 다리가 접히며 아득히 까무러지는 듯하다. 미확인의, 다른 차원의 비밀을 보아버린 것만 같다. 한참 만에야 나는 그 명멸이 반딧불꽃이라는 것을 알았다. 그토록 많은 반디들이 나무에 붙어 깜박이고 있는 것이었다. 신비스러운 불꽃나무는 고갯길을 가로막은 채 나에게 무슨 말인가를 하고 있었다. 나는 한걸음도 더 걷지 못하고 어둠 속을 두리번거렸다. 숲의 깊은 어둠 속에서 나무들이 가지와 잎사귀를 뒤치며 바람에 흔들리는 기척이 들렸다. 뒤집히는 배들같이 흰 속을 드러내는 나뭇잎들, 아무도 모를 어둠 속에서 세찬 바람에 흔들리며, 그래도 무엇인가 밀고 당길 때, 밀리거나 당기우며 흔들릴 수 있는 펼쳐진 가지와 이 많은 잎사귀가 있어서 좋다고, 이렇게 살아서 내게 닿는 고통을 노래하니 좋다고 탄식하고 있었다.

집으로 돌아가, 집으로…… 꿈속의 질이 떠오른다. 질은 죽음의 길 중간에 앉아 계란을 팔고 있다. 나는 천천히 몸을 돌려 빗물에 잠긴 풀밭 같은 마을 쪽을 바라본다. 그러자 머릿속에 문득 책장을 화르르 넘기며 바람이 지나간다. 그리고 시가 적힌 책장 하나가 무심하게 펼쳐진다. '나는 그대가 바닷가 마지막 집에 살았으면 좋겠어요. 그곳엔 활짝 핀 레몬나무들의 검은 우듬지가 향기로운 바람에 흔들리지요. 세상에서 멀리 떨어져 있는 그곳엔 모든 소리가 잦아들고요. 어스름만이 소곤소곤 한 시절을 노래할 뿐입니다……'

집으로 돌아가는 길에 나는 누군가 속삭이는 소리를 들었다. 지금은 바닷가 마지막 집이라고, 미루나무 잎사귀만큼이나 작은 한 시절일 뿐이라고……

작 품 이 해

## ▌작가 소개 ▌

전경린은 1962년 경남 함안에서 출생하였고, 경남대학교 독문과를 졸업하였다. 1995년 《동아일보》 신춘문예에 중편소설 〈사막의 달〉이 당선되어 작품활동을 시작했다. 소설집으로는 《염소를 모는 여자》(1996), 《바닷가 마지막 집》(1997)이 있으며, 장편소설에 《아무 곳에도 없는 남자》(1997), 《내 생애 꼭 하루뿐일 특별한 날》(1999)이 있다. 이 밖에도 어른을 위한 동화 《여자는 어디에서 오는가》(1998)가 있다. 전경린은 짧은 창작 활동 기간에도 불구하고 많은 상을 수상함으로써 문단의 주목을 받았다. 1996년 단편 〈염소를 모는 여자〉로 제29회 한국일보문학상을 수상했으며, 1997년 장편 《아무 곳에도 없는 남자》로 제2회 문학동네소설상을 수상했다. 그리고 단편 〈메리고라운드 서커스 여인〉으로 제3회 21세기문학상을 수상했다.

전경린의 소설은 끊임없이 '정신적 가출'을 시도하는 여성들을 그려왔다. 그런 만큼 그의 소설들은 기존의 제도나 윤리 같은 것들을 무시하면서 아주 쉽게 우리가 금기라고 여기는 것들을 넘어서곤 하였다. 특히 그의 소설에 등장하는 여성들은 대체로 사랑이 근본적으로 불온한 정열임을 선명하게 드러내는 인물들이다. 즉 그들에게 있어서 사랑은 열망하면 열망할수록 안정된 사회적 · 도덕적 삶을 불가능하게 하는, 그렇기 때문에 사랑 자체에 탐닉하게 하는 일종의 정념이다.

구체적으로 전경린의 소설은 야생으로 돌아가려는 갇힌 여성들의 상징인 염소를 통해서 일상으로부터 도주를 꿈꾸는 여성의 내면을 그리고 있거나(《염소를 모는 여자》), 잔인하고 패덕한 남자에게 이상한 정념을 바치는 여자와, 마음속에 다른 남자에 대한 열정을 숨기고 사는 유부녀를 통해 난폭하고 기괴한 정념의 원초적 상태를 집요하게 보여주기도 한다(《봄 피안》). 이와 관련된 일련의 소설들을 통해서 전경린은 사랑이 관습과 제도를 거역하는 지점에서 그 강렬한 전율을 완성하는 것임을 내세우려는 듯하다.

그러나 최근에 발표된 소설들은 이전의 소설들과는 다소 다른 세계를 보여준다. 이 소설들에서 전경린은 그동안 너무도 쉽게 넘어서 버렸던 금기들에 대해 어느 정도 진지한 사고를 보여준다. 그의 소설들이 전반적으로 가정이라는 순결한 틀을 지키기 위해서 어쩔 수 없이 포기해야만 되는 부분들이 있음을 인정하고 있는 것은 그 단적인 예라고 할 수 있다. 《내 생애 꼭 하루뿐일 특별한 날》에서 주인공 '미혼'이 남편이 외도한 사실을 알고서도 남편과 헤어지지 않고 바닷가 작은 마을로 내려갔다는 점은 전경린의 소설이 가정의 소중함을 인식하고 있음을 잘 보여준다. 물론 거기에서 미혼이 사설 우체국장인 '규'와 불륜의 게임에 빠져든 것은 여전히 금기를 넘어서는 원초적인 정념이다. 그러나 그러한 금기 위반이 단 하루에 그치는 것으로 상정되어 있다는 점에서 이 소설에서의 정념은 무조건적인 것이라고는 할 수 없다.

문장 하나하나에 작품 전체를 흐르는 어둠과 무게가 실려 있는 전경린 소설의 문체적 특성은 그 내용의 강렬함과 더불어 많은 독자들을 사로잡아 왔다. 그의 소설은 그만큼 독자들에게 뜨거운 충격과 열기를 안겨준다.

## ▌이해와 감상 ▌

이 소설은 현실의 각박함 속에서 작아질 대로 작아져버린 현대인들을 통해 우리의 삶이 어떤 가치를 지닐 수 있을 것인가를 진지하게 문제삼고 있다. 커다란 사건을 중심으로 스토리가 전개되는 것이 아니라 한 가정과 관련된 여러 가지 에피소드들이 제시되고 있는데도 불구하고 거기에서 드러나는 서술자의 내면은 현실과 이상을 적절하게 대비시켜 준다. 그리하여 가족 구성원의 터전으로 더이상 작용하지 못하는 가정, 즉 그 구성원에게 의미를 지니지 못하는 가정이나마 지키고자 하는 서술자의 내면이 독자들로 하여금 삶 전반을 되돌아보게 한다.

이 소설에서 서술자인 '나'는 사범대학을 졸업하고 시골로 내려와 발령을 기다리고 있는 여성이다. '나'에게 있어서 삶은 무력하기만 하다. 하지만 '나'는 삶의 아름다움이나 이상을 상징하는 시집을 읽기도 한다. 그러니까 '나'는 현실과 이상 사이의 괴리를 누구보다도 진지하게 바라보고 또 절실하게 느낄 줄 아는 인물이다.

우선 '나'의 눈에 비춰진 현실은 가족 구성원에게 더이상 삶의 터전으로서의 역할을 하지 못하는 파괴된 가정의 모습이다. 예컨대 25년 동안 근무했던 공무원직을 그만두고 고향으로 돌아온 아버지는 소를 키웠으나 실패하고, 계속해서 술만 마신다. 그리고 이러한 과정 속에서 어머니는 다소 정신이 이상하게 되어 버렸고, 생계를 꾸려온 동생은 '나'의 무능함을 탓하면서 가정으로부터 탈출하고자 도시로 가출해버린다. 이런 전반적인 상황은 "오빠는 군대엘 갔고, 엄마는 가망없는 시골 생활로 인해 우울증에 걸렸으며 아버지는 귀향의 낭만을 즐겨볼 사이도 없이 막노동에 지치고 있었다. 그리고 여동생은 적대감을 가지고 나를 대했고, 집의 경제는 이자에 이자가 물리면서, 하루하루 빚이 불어나고 있었다."에서 잘 드러난다.

그럼에도 불구하고 '나'는 살아가야 한다는 것이 생래적인 것임을 깨닫고, 어떻게 해서든지 가정을 지키려고 한다. 대학을 다닐 때 학생운동에 가담해 사회 현실의 모순에 대항하기도 했던 '나'였지만, '나'는 점차적으로 가정이 파탄되어 가는 것이 단지 사회적 모순 때문이라고만 생각하지 않는다. 애인이었던 승혜가 찾아와서 이전의 활동을 권유할 때에도 '나'는 그것을 완강하게 거절한다. 왜냐하면 '나'는 자신이 지켜내야 할 것은, 아니 자신이 지켜낼 수 있는 것은 바로 가정임을 깨닫고 있기 때문이다.

특별한 스토리를 갖지 않으면서도 이 소설은 '바닷가 마지막 집'이라는 상징을 바탕으로 삶의 가치를 가정으로부터 찾고 있다. '나는 그대가 바닷가 마지막 집에 살았으면 좋겠어요. 그곳엔 활짝 핀 레몬나무들의 검은 우듬지가 향기로운 바람에 흔들리지요. 세상에서 멀리 떨어져 있는 그곳엔 모든 소리가 잦아들고요. 어스름만이 소곤소곤 한 시절을 노래할 뿐입니다……' 라는 시 구절에서 '바닷가 마지막 집'은 '마지막', '세상에서 멀리 떨어진 곳', '어스름만이 한 시절을 노래할 뿐인 곳'으로 특징지어 진다. 그러니까 '바닷가 마지막 집'은 한편으로는 삶의 이상향으로서 각박한 현실과 대비되는 곳이고, 다른 한편으로는 작중 인물인 '나'가 지켜야만 하는 가정이기도 하다.

이런 점에서 볼 때, 이 작품은 작가의 이전 소설들과는 다른 모습을 보여준다. 지금까지 작가는 전반적으로 가정으로부터의 일탈과, 기존의 관습으로부터의 일탈을 꿈꾸면서 원초적인 정념을 그리고자 하였다. 그러나 〈바닷가 마지막 집〉에서는 이러한 일방적인 금기 위반과는 달리 우리가 지켜야만 할 것이 무엇인가라는 문제를 새롭게 던져준다.

## 생각해 볼 문제

이 작품에는 집에서 기르던 '질'이라는 개에 관한 이야기가 있다. 아래의 제시문들은 모두 이 개와 관련된 대목들이다. (가)와 (나)를 통해서 볼 때, 이 작품에서 질이 상징하는 것이 무엇인가를 생각해 보도록 하자.

(가) 집을 나갔던 질이 돌아온 것은 엿새쩻날 새벽이었다. 질은 우리의 염려와는 달리 살까지 올라 더 커진 듯한 모습이었다. 질이 돌아와 컹컹 짖자 우리는 모두 자다가 일어나 마당

으로 나갔다. 너무 신기해서 믿어지지 않았다. 목에는 개목걸이가 채워졌고 긴 쇠사슬도 그대로 달려 있어서 질이 움직일 때마다 철렁철렁 소리를 냈다. 납치니, 유괴니 몇 가지 그럴싸한 추측들을 했으나 의문은 곧 풀렸다. 그날 아침 가족들이 세수를 하는 시간에 개장수가 들이닥쳤던 것이다. 개장수는 곧바로 엄마를 불러내어 거세게 따지기 시작했다. 엄마가 질을 보신탕집에 팔아 그 돈으로 새 가스레인지를 들이고 치마를 사입고 쇠고기를 사와 구워먹은 것이었다.

(나) 나는 문손잡이에 잔뜩 힘을 주어 소리없이 열고 얼굴을 내민다. 컴컴한 거실 너머 부엌에 누군가 있는 것 같다. 보이지는 않지만 기척 없이 움직이는 모양이 엄마인 것 같다. 이 시간에 부엌에서 혼자 고기를 굽는 엄마와 마주친다면 어쩐지 고통스러울 것 같다. 나는 다시 소리나지 않게 문을 닫고 납작하게 눕는다. 그러나 잠이 오지 않는다. 기분이 이상해진다. 질이 짖는 소리가 어렴풋이 들린다. (중략) 동생은 사흘 동안 질을 찾아 들판을 헤집고 다녔다. 나는 그날 밤 누군가 부엌에서 고기를 구운 일에 대해 악착같이 입을 다물고 있었지만, 동생은 이미 엄마를 의심하고 있었다. 나흘째부터는 동생이 집에 들어오지 않았다.

## 생각의 길잡이

⭕ '질'은 어머니가 가져 온 개이다. 그런데 어느 날 어머니가 가족들 몰래 질을 개장수에게 팔아버리는 사건이 발생한다. (가)는 개장수로부터 도망쳐 나온 질이 다시 집으로 찾아왔던 일과 그 사건의 전말을 알려주는 대목이다. 여기에서 어머니는 가족을 위해서 희생하는 전통적인 인물이라기보다는 오히려 자신의 욕망을 위해 가족들이 소중하게 생각하는 질을 팔아버린 존재이다. 그리고 이러한 어머니의 모습은 질을 사랑하면서 가족의 생계를 책임지는 동생의 모습과는 대조적이다.

한편, (나)는 어머니가 질을 죽이고 나서 그 고기를 구워먹는 장면과 그 사건으로 인한 동생의 가출에 대해 서술하고 있다. 새벽에 부엌에서 고기를 구워먹는 어머니의 섬뜩한 모습을 '나'는 동생에게 말하지 않지만, 동생은 질이 없어진 것이 어머니 때문이라는 것을 직감한다. 이렇게 볼 때, 동생의 가출은 바로 어머니 때문에 발생한 사건이다. 이것은 어머니가 가족 구성원들의 구심점이 아니라 오히려 가족을 파괴하는 힘이라는 점을 말해준다.

그러므로 이 작품에서 질이 상징하고 있는 것은 바로 어머니와의 관계 속에서 잘 드러난다. 질은 바로 어머니와 대립적인 존재인 것이다. 그렇기 때문에 어머니가 가정을 파괴하는 힘이라고 한다면, 질은 가족 구성원들을 묶어주는 보이지 않는 힘이라고 할 수 있다. 이 작품에서 어머니가 질에게 가하는 모든 행동들을 이러한 맥락에서 이해해야만 비로소 작품을 제대로 감상할 수 있다.

◑ 엮은이 / 구인환

서울대학교 사범대학 국어교육과 졸업. 동 대학원 수료(문학박사). 현재 서울대 명예교수, 국어국문학회 대표이사. 한국현대소설연구회 회장, 한국소설가협회 대표위원, 바이칼문화연구소 소장.

◑ 주요작품집

〈동굴 주변〉 외 140여 편(이상 중·단편). 《움트는 겨울》, 《일어서는 산》, 《별들의 영가》, 《불타는 서울》 외 다수(이상 장편). 《숨쉬는 영정》(이상 소설집).

◑ 저 서

《문학개론》, 《한국근대소설연구》, 《이광수소설연구》, 《근대문학의 형성과 현실의식》 등.

엮은이와
협의하에
인지생략

고교생이 알아야 할
베스트 셀러 베스트 작가·3

초판 1쇄 인쇄 ▌ 1999년 11월 25일
초판 1쇄 발행 ▌ 1999년 11월 30일

엮은이 ▌ 구 인 환
펴낸이 ▌ 신 원 영
펴낸곳 ▌ (주)신원문화사

주소 ▌ 서울시 강서구 등촌1동 636-25
전화 ▌ 3664-2131~4
팩스 ▌ 3664-2129~30
출판등록 ▌ 1976년 9월 16일 제5-68호
구인환 ⓒ 1999

값 7,500원

＊잘못된 책은 바꾸어 드립니다.

ISBN  89-359-0878-9  04810
89-359-0879-7 (세트)